Willi Achten

# DIE FLORENTINISCHE KRANKHEIT

Roman

EDITION KÖLN

Willi Achten

# DIE FLORENTINISCHE KRANKHEIT

Roman

Famen und Esperanzen 19

Um den Zuginstinkt zu untersuchen, sperrten Wissenschaftler Grasmücken in Käfige und hielten sie in verdunkelten Räumen, wo sie den Himmel nicht sehen konnten. Die Vögel lebten in einem verwirrenden Zwielicht. Doch jeden Oktober hockten sie voller Unruhe zusammen und waren außer sich vor Verlangen. Der magnetische Puls zog an ihrem Blut, der Fingerabdruck des Nachthimmels lag auf ihrem inneren Auge.

Wenn du dich an die, die du liebst, verloren hast, wendest du dich wie der Vogel im Käfig nach Süd-Südwest. Zu bestimmten [...]zeiten wird dein Körper vom Instinkt überflutet – weil so viel von ihnen in dir ist, so viel von dir in ihnen.

(Anne Michaels)

## *Prolog*

Manchen Städten – ich weiß es von Lissabon, von Tanger – nähert man sich am besten vom Meer aus. Florenz aber, sagte Sophia, müsse man zunächst aus der Luft entdecken: im Drachenflug über die Ziegeldächer und den Fluss gleiten. Ein Fluss wie ein Spiegel. Kein Boot, kein Fisch furcht das Wasser. Eine Stadt, die streng sei, die nichts von den fiebrigen Träumen Tangers, nichts von der Melancholie Lissabons wisse. Ob ich mich erinnere, fragte sie eines Abends. Eine absurde Frage. Wann erinnerte ich mich nicht! An Lissabon. An Tanger. Ein Winterabend. Vor vier Jahren. Die Stadt feucht und klamm. Ein Empfang im deutschen Konsulat. Für unser Team, das in der neurologischen Klinik Ärzte fortzubilden hatte. Ich hatte sie im Foyer gesehen. Dunkles Haar, dunkler Teint, ich hatte sie für eine Einheimische gehalten. Später sprach sie über maghrebinische Kunst und die Kulturgeschichte Tangers. Eine tiefe, ein wenig heiser klingende Stimme. Ein schön geschwungener Mund. Meine Augen ließen die Rednerin nicht los, dieser leichte Schmerz in der Zwerchfellgegend, wenn sich unsere Blicke trafen. Noch während des Applauses am Ende des Vortrags machte ich mich auf, hielt auf das Rednerpult zu und fragte sie, und sie lächelte – ein wenig spöttisch, sagte zu, mir die Kunst und die Stadt zu zeigen. Vom Meer her müsse man sich Tanger nähern.

Schon am nächsten Abend fuhren wir hinaus, sie stand an der Reling, die Gischt spritzte, und der Regen fiel in bleistiftdünnen Strichen vom Himmel. In den Ohren das Pfeifen des Windes und das Klatschen der Wellen, wenn der Bug einen Wellenrücken nicht zeitig genug hinaufritt und ein Wellenkamm die Bordwand mit Wucht traf. Die Stadt, kubisch und weiß, dann grau, bis die Silhouette vor meinen Augen verschwamm, als Sophia, breitbeinig, um auf den Planken das Gleichgewicht zu halten, meine Hand nahm, sie an ihre Wange legte, einen Augenblick lang, bevor ich die Augen schloss und in den Füßen das Vibrieren des Schiffsmotors spürte.

Später an Land besorgte Sophia einen Wagen und einen Fahrer. Er fuhr uns hinaus in die Nacht, er fuhr in den Morgen und den Abend, das Land war fruchtbar und der Ozean blau, und manchmal schlief sie, ihr Kopf sackte in das Polster des Citroëns, der uns über die Landstraßen schaukelte, die, je tiefer wir in den Süden kamen, unbelebter wurden. Auf dem Asphalt am Ende der Sous-Ebene unterhalb der Südhänge des Atlas, dann die Luftschlieren der Hitze, Eselkarren und rußgeschwängerte Lastwagen, im Straßendreck kauernde Kinder, in den Bäumen Ziegen, die von Ast zu Ast kletterten auf der Suche nach winzigen grünen Blättern, Hirten, die zu Füßen der Stämme hockten, regungslos, wie verzaubert von der Hitze, die Sprenkel weißen Lichts auf Sophias Wange warf, und wir schauten uns an und sprachen kaum, und manchmal zog sie die Vorhänge an den Fenstern und zum Fahrer hin zu, und dann saßen wir in einer flaschengrünen Dunkelheit, die uns vor allen Blicken schützte, während wir staubige, trostlose Ortschaften passierten, in denen, sobald der Fahrer hielt, um zu tanken oder eine Kleinigkeit zu essen, Trauben von Kindern den Wagen umringten, ihre Finger klopften gegen die Scheiben, zart und rhythmisch wie Regen, der hier seit Jahren nicht mehr gefallen war, und manchmal öffnete sie die Wagentür, stieg aus, und die Kinder wichen zurück, sie warf ein paar Münzen in den Dreck, und die Kinder schwirrten zu Boden wie Fliegen, die ein Stück Aas entdeckt hatten, woraufhin sie wieder in den Wagen zurückkehrte, der sich auf fast schnurgeraden Straßen, immer häufiger von Sandverwehungen behindert, seinem Ziel näherte, bis endlich der Asphalt einer Piste wich und der Fahrer Reifenspuren und den Stümpfen abgeknickter Telefonmasten zu folgen schien und sich allmählich am Horizont aprikosenfarbene Höhenzüge aus dem Glast schälten, Trugbilder, weiche, geschwungene Linien, die, je näher wir kamen, an Intensität, an Klarheit gewannen. Der Wagen hielt vor einem heruntergekommenen Lehmbau, ein burgähnliches Gehöft mit vier niedrigen Wachtürmen, wir stiegen aus, liefen hinaus in die Dünen, die nun ein Orange trugen, da die Sonne unterging, der Wind trieb Staubfahnen über die Kämme, die wir erstiegen, unsere Schuhe hatten wir längst abgestreift. Manchmal blieben wir stehen, außer Atem, schauten über dieses gefurchte Meer und in mir der Wunsch, immer tiefer in dieses Labyrinth der Grate und Klippen, der Senken und Wannen zu verschwinden, es zu durchwandern, bis die Erschöpfung mich würde umkehren lassen, aber es kam nicht dazu. Auf einer Anhöhe, der Wagen, das Gehöft, winzige Punkte nur noch in der scheinbaren Endlosigkeit der Wüste, fasste sie meine Hand, zog mich zu sich heran, dann sanken wir auf den Sand, sie strich über meine Wange, küsste mein Ohrläppchen und meinen Mund, ihre Zunge fuhr meine Kehle hinunter, sanft drückte sie mich zu Boden, über meinem Kopf ein Schwall aus Haar, das meine Haut kitzelte, so dass sich mein Gesicht zu einem Grinsen verzog, das Sophia bemerkte, und sie zunächst irritiert innehalten, dann ihre Bemühungen verstärken ließ, ein Missverständnis, da ich längst begonnen hatte sie auszuziehen. Langsam, Stück für Stück nahm ich ihr, was sie am Körper trug, bis sie nackt auf mir lag, ich sie von mir herunterschob, ein Fisch im Sand, der sich drehte und wand, der leise bebte unter meinen

Berührungen, der still wurde, als ich in sie eindrang. Ihr Atem stockte, dann hechelte sie, schwamm durch den Sand, der ihren Rücken panierte, sie flüsterte meinen Namen, ich sah mich selbst in ihren Augen, schimmernd in der untergehenden Sonne, noch ohne die Qual, sie verlieren zu können, noch ohne das Gestrüpp des Kummers, in welchem man sich verfängt und aus dem man nicht mehr herausfindet. So früh fürchtet die Liebe noch nicht den Verlust, so früh ist sie ihrer selbst gewiss, weiß sich ins Ziel kommen, kennt noch nicht die Bleigewichte von Zweifel und Sehnsucht, die an den Füßen baumeln und unseren Gang behindern. In der Liebe muss man schnell sein, muss den Augenblick nutzen. Aber wer ist leichtfüßig, wer vermag zu fliegen mit dem Gewicht des Schmerzes?

Sophia japste nach Luft, schlang ihre Beine um meinen Rücken, ihr Atem stieß in mein Ohr, sie bäumte sich auf, riss an meinem Nacken, als gälte es, ihn an die Schwerkraft zu erinnern, bevor sie kam und das Regengrün ihrer Augen sich einen Moment lang verwischte.

Später Lissabon. Ob ich mich erinnere, an jenen Moment, als das Schiff den Tejo hinauffuhr und wir die Stadt sahen. Sophia war schön, eine Schönheit, die man wie einen Schmerz fühlt. Splitter blauen Lichts, das die Bordbeleuchtung warf, tanzten auf ihrem Haar, und ihre Zähne leuchteten weiß und seltsam grell in die beginnende Nacht hinaus, es war jener Moment, da die Stadt, der Quai vor uns schon eindunkelten, aber der Himmel noch fast blau war. Ich tauchte mein Gesicht in ihr Haar, in der Ferne der Pfiff eines Zuges, ein gestreckter und spitzer Ton, meine Hände fuhren ihren Rücken hinunter, und ich schmeckte den Duft ihres Haars, dieses nicht eigentlich dauerhaft schwarzen Haars, das im Süden immer ein wenig ins Brünette aufhellte, und sog ihn ein, den Duft, in die Spitzen meiner Lungen, in die Verästelungen der

Kapillare, wo er die Blutschranke passierte und also in mir gegenwärtig blieb, da irgendein Speicher in meinem Hirn ihn dann archivierte – jener Duft, der Sophia ist.

Der Quai füllte sich, die Motoren wartender Autos drehten im Leerlauf vor sich hin, Koffer und Taschen wanderten in Kofferräume und auf Rückbänke. Ich wollte, dass er blieb, dieser Augenblick, dass die Zeit für Sophia, für mich, dieses eine Mal, auf einem Schiff auf dem Tejo, eine Ausnahme machte, aber die Zeit kennt keine Ausnahmen, und so verringerte sich allmählich die Intensität unserer Umarmung, der Druck der zueinander strebenden Körper, und wir verließen als letzte das Schiff und gingen hinein in die Stadt.

«Nichts bleibt, wie es ist», meinte Sophia an jenem Abend und biss kleine Stücke von der gegrillten Sardine ab, die ich ihr hinhielt, als sei sie ein Tier und ich der Dompteur.

«Masaccio», sagte sie, «was meinst du, hat man ihn mit einem Fisch vergiftet?»

Ich blickte auf ihre Kehle, in der die kleinen Bissen verschwanden.

«Der Fischgeschmack ist so ausgeprägt, wer spürt schon, wenn man einem Fisch etwas beimischt», fuhr sie fort.

«An welches Gift denkst du?», fragte ich.

Sie lächelte und antwortete: «Erzähl ich dir später.»

Später dann Florenz. Ohne mich. Studien für ihre Dissertation. Monate blieb sie dort. Als sie letzten Herbst zurückkehrte, war alles anders zwischen uns.

# *Teil 1*

# 1

Vielleicht wissen wir es beide, niemand ist ohne Schuld: Die Nacht ist im Zimmer, draußen raschelt ein Tier. Der Mond vor dem Fenster ist weiß, weiß wie die Trauer. Jedes Gefühl hat eine Farbe. Das Mondlicht wandert über die Wand. Es lässt mich nicht schlafen. Man kann sich vor dem Kummer nicht schützen. Die einzige Möglichkeit, ihn zu überstehen, sagt meine Ärztin, sei, ihn zu hofieren, ihn ganz ans Licht zu holen. Er müsse sich zeigen, immer wieder, um sich in uns aufzuzehren, endgültig, damit er uns nicht zerstöre. Gleichwohl dürfe man den Kummer nicht bewahren wollen, er sei auch ein Gift, ein süßes Gift. Manchmal in den Nächten glaube ich Sophias Stimme auf der Piazza zu hören, ich stürze ans Fenster, und da ist nur die Stille. Manchmal spüre ich noch das Gewicht ihrer Hand auf meinem Unterarm, jener Moment, da sie wegdöste, und ihre Hand zuckte, als der Schlaf sie erreichte.

Ich nehme Sophias Manuskript aus der Schublade des Nachttisches. Sie ist abschließbar. Niemand vom Personal, auch Tarek nicht, auch meine Ärztin, die Maldini, nicht, kann Sophias Aufzeichnungen einsehen. Masaccio – er hatte es ihr angetan. Er vor allem. Masaccio – der Siebenundzwanzigjährige, der Darling der Medici, den schließlich eifersüchtige Kollegen vergiftet hatten. Es heißt, sie hätten die Genialität seiner Fresken in der Brancacci-Kapelle nicht ertragen. Er hat kaum mehr als zwanzig Werke hinterlassen, aber die Kenntnisse der Malkunst sammelten sich darin wie in einem Brennglas. Mit Masaccio begann die italienische Renaissancemalerei. Ich kenne mich aus. Sophia weihte mich ein. Abend für Abend. Seite um Seite.

Von Sophia ist mir nichts geblieben, nichts als Papier, nichts als das Manuskript für ihre Dissertation und das Tagebuch. Als sie vor ein paar Monaten verschwand, hatte ich nicht einmal die üblichen Formalitäten zu regeln. Kein Hausstand war aufzulösen, kein Sorgerecht zu klären, keine Scheidungspapiere zu besorgen, nichts. Als hätte es die Jahre mit ihr nie gegeben. Wir hatten nicht geheiratet, hatten nicht einmal eine gemeinsame Wohnung.

Mitunter meine ich das Rauschen von Bäumen zu hören, aber die Piazza ist baumlos. Ich rühre mich nicht, das Manuskript liegt auf meinen Knien, ein Nachtfalter kreuzt im Zimmer. Wenn er ins Licht fliegt, glitzern seine Flügel. Ich fahre mit dem Finger über das Papier. Es ist rau und vom vielen Blättern gewellt. Aus Hunderten von Schriftstücken würde ich die Seiten mit verbundenen Augen erkennen. Es gibt eine Lesart der Fingerspitzen, die unbeirrbar ist. Im Süden Marokkos, in der Sous-Ebene, einem Landstrich zwischen dem Atlantik und dem Ödland unterhalb der Südhänge des Atlas, gäbe es Schmetterlinge, hat Tarek vor ein paar Tagen erzählt, die noch über eine Distanz von mehr als zehn Kilometern die Duftmoleküle eines Weibchens wahrnehmen.

Spät, mit beinahe fünfunddreißig, hatte sie sich daran gemacht, noch zu promovieren. Sophia hatte gearbeitet wie eine Besessene. Ihr Eifer war vergebens gewesen. Von ihrer Dissertation existiert allein noch die Anmeldung beim Dekanat. Ich habe damals kurz vor ihrem Verschwinden den Zettelkasten und ihre handschriftlichen Aufzeichnungen verbrannt. Ich habe vor allem die Festplatte ihres Computers gelöscht. Sämtliche Disketten, die ich vorfand, habe ich an mich genommen. Sie enthalten die Summe von Sophias wissenschaftlichem Leben. Ihre Karriere wird unvollendet bleiben. Ihre Gedanken, der ganze wunderbare Slalom durch die Kunstgeschichte von Florenz, die Leichtigkeit ihrer Analysen über Masaccio und die Brancacci-Kapelle sind in eine Blechschublade verbannt. Die Zeit wird über sie hinwegfließen. Eine andere begabte Doktorandin wird Sophias Arbeit schreiben.

Die Nacht ist endlos. Das Ticken des Weckers. Türen, die zuschlagen. Schritte, Stimmen an meinem Ohr, unter dem Kopfkissen, ein Streit, Worte, die durch die Holzdecke heraufdringen, spitz und fauchend, später ein Wimmern, Glockenschläge zu jeder vollen Stunde. Die Nacht ist ein Meer, das es zu durchschwimmen gilt, bis das Licht vor dem Fenster steht, grau zunächst, dann magentafarben. Ich steige aus dem Bett, trete hinaus auf den Balkon. Die Stadt schläft noch. Die Taubenschwärme sind bereits in der Luft. Die Sonnenstrahlen fassen an ihre Flügel, die erst weiß, dann golden werden.

Tarek kommt zur Tür herein. Seine schwarzen Locken sind verschwunden. Sein Schädel ist geschoren. Er grinst verlegen und reicht mir eine Schale mit Medikamenten. Er hat Augen, die an Kohlenstücke erinnern.

«Meine Glückspillen?»

Tarek grinst noch heftiger.

«Es gibt keine Pillen, die das Erinnern verhindern, das weiß auch Ihre Chefin.»

«Natürlich.» Tarek strafft sich ein wenig in den Schultern.

«Manche Ärzte hier, auch die Dottoressa Maldini, glauben», sagt Tarek und macht ein Gesicht, als beiße er in eine Zitronenscheibe, «dass sich jeder Erinnerungsvorgang als eine Art isolierbares Molekül in unserem Gehirn einnistet. Folglich, so ihre These, müssten sich entsprechende Partikel auch extrahieren und auf andere Personen übertragen lassen.

Man hört hier im Haus von Experimenten, in denen es gelungen sein soll, einem Meerschweinchen Bewusstseinsinhalte, Gefühle eines anderen Tieres quasi einzuimpfen.»

Er wischt sich mit dem Ärmel seines Kittels über den Mund, dann öffnet er das Fenster. Ein feuchtwarmer Wind streicht herein. Es ist Anfang September. Die Stadt wartet auf Regen. Wolken ziehen aus dem Chianti auf und zerwirbeln über den Höhenzügen. Der Regen brächte Kühlung, er brächte einen anderen Geruch. Ich lege mich aufs Bett, flach auf den Rücken. Ich fühle den Wind auf meinem Gesicht. Tarek bittet mich, wieder aufzustehen. Ich gehe hinüber zum Fenster. Ich schwanke ein wenig.

«Man sollte Florenz im Sommer meiden», murmelt Tarek. «Die Hitze ist unerträglich.»

Mit ein paar Handgriffen bringt er das Laken in Ordnung. Er wendet mein Kopfkissen.

«Dazu der Wind. Er bringt keine Abkühlung. Macht die Leute nur schwindlig.»

Die Hitze flirrt über den ziegelroten Dächern.

«Im Süden Marokkos kennen wir Winde, die Tage andauern, die Haut und Herz ausdörren. Manchmal ziehen Sandnebel über das Land. Sie nehmen den Atem. Sie beginnen in der Wüste und finden dann kein Ende. Nichts hält sie auf.»

Ich höre ihm zu. Er erklärt mir die Welt. Ich sehe von meinem Fenster aus den Dom, dahinter die Dächer von San Frediano und drüben jenseits des Flusses auf einer Anhöhe die Villen von Bellosguardo. Oft in der Dämmerung, wenn Tarek und die Maldini längst Dienstschluss haben, stehe ich noch am Fenster, lese in Sophias Manuskript oder in ihrem Tagebuch, während die Stadt im Dunst verschwindet und der Himmel noch ein fleckiges Abendrot trägt. Ich fürchte diesen Moment, da ich allein bin mit Sophias Worten und mein Blick nicht mehr abschweifen kann und ich benommen im Zimmer zurückbleibe, erschöpft und erregt zugleich und diesen seltsamen Schauder eines Süchtigen spüre, ein Flattern wie von großer Angst oder Lust.

Manchmal am Mittag verlasse ich die Klinik und gehe hinunter auf die Piazza, über die das Licht flutet wie Wasser eine Ebene in Besitz nimmt. Dort hocke ich im Schatten der Arkaden auf einer Eisenkette, die sich zwischen den Mauerbögen spannt. Der Himmel ist tiefblau, ohne jeden Glast. Meistens rauche ich. Fast alle Patienten, die sich hier einfinden, rauchen. Das Rauchen suggeriert uns Normalität, weil es den Anschein, den Duft einer Marotte hat, die uns mit unserem früheren Leben verbindet – jenem Leben, das uns in die hier zu kurierende Krankheit getrieben hat. Ich beobachte die Menschen. Auf ihren Gesichtern schwimmt das Licht. Es bricht erst, wenn sie das Portal des Krankenhauses betreten. Eltern, Kinderwagen schiebend, immun gegen unseren Anblick, die wir häufig genug in Pantoffeln und Trainingsanzügen wie eine ausgemusterte Fußballmannschaft in der Gegend herumstehen. Andere verraten durch ein Humpeln oder Schlurfen, durch ihr Hasten oder Zaudern, durch den gebeugten oder einen strammen aufrechten Rücken, die geschwellte oder die eingefallene Brust ihre Geschichte, erzählen von etwas, das an ihnen nagt. Der Körper vergisst nicht.

Es klopft. Diesmal ist es die Maldini. Sie ist eine hochgewachsene Frau. Sie trägt nicht den üblichen Arztkittel, sondern ein grünes, leicht ins Bläuliche changierendes Kostüm. Vielleicht hält sie das für angemessener, wenn sie das Krankenzimmer eines Kollegen aufsucht. Sie hat ihr Haar gelöst. Früher einmal muss sie schön gewesen sein. Das dunkel eingefärbte Haar tanzt auf dem Kragen ihrer Bluse. Ihre Hände sind gepflegt, auf den Fingernägeln ein Perlmuttton.

«Begleiten Sie mich, bitte. Es wird Zeit, dass wir uns näher mit Ihren Problemen befassen. Die Medikamente alleine werden Sie nicht auf die Beine bringen.»

Wenn sie spricht, decken sich noch beinahe weiße Zahnreihen auf, hier und da das Flackern eines Goldzahns. Ihr Mund formt die Wörter bedächtig, setzt sie behutsam in den Raum.

«Wie schnell hier eine Woche verstreicht. Es gibt Orte, da scheint die Zeit schneller zu fließen, finden Sie nicht?»

Ich zögere zu antworten. Ich weiß nichts über die Zeit. Ich weiß auch nichts über mein Leben. Ich weiß nicht, was mich hierher brachte – auf die psychiatrische Station von Santa Maria Nuova. Die Maldini führt mich hinaus. Manchmal grüßt sie auf dem Flur einen entgegenkommenden Kollegen – ein schwaches Nicken, wobei sie die Augen schließt. Ich kann mir die Maldini nicht heftig oder ungestüm vorstellen. Zurückhaltung mäßigt ihre Bewegungen, als trüge sie eine Fessel. Wir kommen zu ihrem Zimmer. Sie öffnet mir die Tür, lässt mich eintreten.

«Nehmen Sie Platz», sagt sie. Ich lasse mich auf der Chaiselongue nieder, einer hartgefederten, brokatbespannten Antiquität. In der Glasplatte des Schreibtisches spiegeln sich taubenblaue Chintzvorhänge.

«In Sizilien», beginnt die Dottoressa und lächelt, «ist es die Stille, das plötzliche Schweigen der Vögel, die den Vulkanausbruch ankündigen. Eine Geräuschlosigkeit ist in der Luft, als trüge man Ohrstöpsel und höre allein noch das Blut in den Adern rauschen. Erzählen Sie.»

Ich strecke mich aus, schließe die Augen. Ich spüre die Erschöpfung. Sie ist überall in meinem Körper. Sie ist in den Muskeln und im Hirn. Ich denke und fühle erschöpft. Es gibt nichts in mir, das nicht müde wäre.

«Erzählen Sie von sich. Irgendwas. Beginnen Sie einfach.»

Ich kann von Sophia erzählen. Ich schildere der Maldini, die in einem roten Ledersessel am Kopfende der Chaiselongue sitzt, wie Sophias Haar im Nacken und an den Schläfen fällt. Ich erwähne Sophias Mund und ihre Ohren, kleine Muscheln, die eng am Kopf anliegen; ihre Nase, die schmal und ein wenig stupsnasig ist, gerade soviel, dass sie noch schön zu nennen ist. Die Dottoressa macht Notizen in ihrem Spiralblock. Ich höre das Kratzen des Bleistifts auf dem Papier. Manchmal öffne ich die Augen, dann fällt mein Blick auf die rußschwarzen Bilder, die die Wände ausfüllen. Ich kann der Maldini, als sie nachfragt, die Position der beiden Leberflecken auf Sophias linker Wange bestimmen, den Neigungsgrad der Brauen, wenn sie wütend ist. Ich beschreibe Sophias Augen.

«Es sind die Details, die uns verrückt machen …», sagt die Maldini.

Die Augen … ein Regengrün …

«… die den Abschied verhindern», meint die Dottoressa.

Ein Sommerabend auf einer Insel vor Stockholm. Reste des Sonnenlichts auf Sophias Rücken, eine schlangenförmige Linie, welche die Wirbel kreuzte, am Waldsaum sang ein Vogel, später zog am Himmel ein Nachtblau auf, und der Duft des Ginsters machte sich breit, und ich sagte, halb im Scherz, nur so dahin, taub für das Orakel der eigenen Worte: »Solltest du mich irgendwann verlassen, werde ich dich ausfindig machen, auch am Ende der Welt« – eine Örtlichkeit, die ich mir unwirtlich vorstellte, ein aufgelassenes Fort am Rand der Wüste oder in den Bergen Patagoniens, aber da presste sie auch schon ihre Lippen auf meinen Mund, und ich wehrte ihre Zunge ab, um nur dieses Pochen, diesen feinen Puls auf ihren Lippen zu fühlen.

«Erzählen Sie», sagt die Maldini. «Was führte zu Ihrem Zusammenbruch? Was brachte Sie hier zu uns nach Santa

Maria Nuova? Es war ein Fehler, nach Florenz zu kommen, nicht wahr?«

Ich zögere. Immer noch bin ich benebelt von dem Beruhigungsmittel, das die Maldini mir zusätzlich zu dem Antidepressivum verabreicht. Ich finde keine Worte, obwohl die Erinnerung an Sophia natürlich noch ganz frisch ist. Ich rutsche auf der Chaiselongue umher. Es ist eine Qual. Minute für Minute.

«Nehmen Sie das hier», sagt die Maldini schließlich. Sie hat ein Einsehen. Sie reicht mir ein Aufnahmegerät. «Probieren Sie es aus. Vielleicht fällt Ihnen das leichter.»

Sie steht auf. Lächelt. Ich warte, bis sie den Raum verlassen hat. Dann drücke ich die Aufnahmetaste. Ich schweige. Das Fenster ist geöffnet. Das Rauschen des Verkehrs füllt das Zimmer. Nichts anderes als Verkehrsgeräusche wird das Gerät aufnehmen. Ich strecke mich auf der Chaiselongue aus und höre dem Rauschen zu …

Schon am ersten Tag, schon auf meinen ersten Wegen hatte ich gespürt, dass ich die Stadt nicht vertrage. Und es war nicht allein die Hitze. Selbst in den Hinterhöfen backte sie den Stein, leckte Reste von Feuchtigkeit hinter undichten Regenrohren auf. Spatzen hockten stumm auf Simsen und Dachrinnen. Die Via Romana war wie ausgestorben, die Fensterläden verschlossen. Die Hitze tanzte auf dem Asphalt. Auf die Hausfassaden dampfte sie kleine Aureolen heißer Luft auf. Eine Kirchturmuhr schlug, mein Hemd war schweißnass, klebte am Rücken und an der Brust. In einem Hauseingang saß ein Bursche und zupfte Blütenblätter von einer Blume. Er schaute nicht auf, als mein Schatten auf sein blasses, mageres Gesicht fiel. Es war still wie an einem Karfreitag. Auf einer Bank, dort, wo man von der Via Romana durch einen Einlass in den Giardino di Boboli gelangt, schlief ein Losverkäufer. Sein aus Zeitungspapier gefalteter Hut saß tief in der Stirn. Mit jedem Atemzug hob und senkte sich der mit Lotterielosen beflaggte Stock, den er sich quer über den Bauch gelegt hatte. Ich kaufte an der Kasse eine Eintrittskarte und betrat den Park. Unter meinen Füßen knirschte der Kies. Ein Gemurmel, ein Singsang stieg auf – Ausflügler, die auf den Wiesen ein Picknick machten. Laubengänge und Wäldchen von Steineichen taten sich auf. Kühles, phosphoreszierendes Grün. Der Geruch fließenden Wassers. Die Wasserrinnen entlang der Wege waren jedoch staubtrocken. Das leise Klicken von Bocciakugeln. Die verfallenden Gerätehäuser der Gärtner. Zypressenalleen, ein Teich, ein paar kümmerliche Seerosen, gleißendes Mittagslicht, Tauben im Gras, dösend mit aufgespreizten Flügeln, um das Licht auf ihren Schwingen einzufangen. Schließlich am Nordende des Parks der Palazzo Pitti: weniger Palast als Festung, ein Koloss aus tonnenschweren, ockerfarbenen Quadern. Tausende von Besuchern, hatte Sophia erwähnt, würden täglich durch den Palasthof in die Galeria Palatina strömen, in deren Zimmerfluchten Bild an Bild sich reihe und den Atem nehme. Man irre durch die Säle, spüre eine gewisse Beklemmung angesichts all der Kunst. Ich betrat den Innenhof: ein riesiges, gepflastertes Geviert. Stockwerk um Stockwerk hob sich in die Höhe, die Loggien groß wie Hallen. Handwerker arbeiteten an den Fassaden. Ihre Leitern wuchsen in den Himmel. Besucher drängten durch das Portal. Schulklassen, Gruppen aus allen möglichen Ländern. Die Führer gaben lautstark Anweisungen. Reihe um Reihe postierte sich vor der Galeria Palatina. Je mehr man sich jedoch dem Einlass näherte, setzte um so heftigeres Schieben und Drängen ein, bis sich allmählich die Formationen kreuzten, vermengten, schließlich auflösten und ein einziger quirliger Strom von Leibern ins Innere des Palastes driftete, wo man einander in die Hacken und auf die Zehen treten würde, um einen Blick auf Raffael und

Rubens, Tintoretto und Tizian zu erhaschen. Nein. Ich kehrte um.

Ich schlug den Weg zum Fluss ein. Der Asphalt schwitzte. Jeder Schritt durch die Via Mazzetta schien die Luft zu quirlen, bevor sie sich wieder hinter der Bewegung schloss. Winzige Läden im Souterrain hatten ihre Türen aufgesperrt. Ein Aroma von Klebstoffen und Gummi schlug mir entgegen. Schuhe, Fahrradschläuche, Schwimmreifen wurden geflickt. Ein Hämmern und Sägen um mich herum, der Geruch von Leim und Hobelspänen – ein Handwerkerviertel, unwirklich, hier, in der Nähe des Zentrums, nur ein Katzensprung bis zur Ponte Vecchio. Stimmen, die sich aus geöffneten Fenstern davonmachten und durch die Gasse trieben, bis jemand antwortete, einsilbig oder mit einem Schwall von Wörtern, dass man den Kopf einzog. Auf der Piazza hatten Zigeuner einige Buden aufgebaut. Regungslos, ohne aufzusehen, saßen die Verkäufer hinter dem Plunder: Specksteinfiguren, billiger Schmuck, Sonnenbrillen, Batiktücher. Außer mir ließ sich hier niemand blicken, kein Käufer weit und breit, als umgäbe die Stände eine Bannzone. In der Ferne tönte ein Martinshorn auf …

Plötzlich steht die Maldini im Zimmer. Ich habe sie nicht zurückkommen hören. Sie setzt sich an ihren Schreibtisch, schaut mich an. Ich fühle mich unbehaglich wie ein Schüler, der eine Aufgabe nicht gelöst hat. Dann tue ich ihr den Gefallen und spreche auf das Band.

«Schon in der Via de' Bardi roch man den Fluss. Pfützen, die nach einem starken Sommerregen oft Tage lang nicht auftrocknen, haben einen ähnlich brackigen Geruch …»

Mein Stimme ist belegt. Es ist das Beruhigungsmittel, das meinen Mund austrocknet. Ich räuspere mich.

«Die Sonne stand hoch am Himmel, Spätjulisonne. Sie komprimierte meinen Schatten auf dem Trottoir – ganz so, als wäre ich kurzbeinig. Unten am Ufer waren unsere Arbeiten vorangekommen. Die Hebebühne war einsatzbereit. Sie schob sich neben einem Metallpfosten, an welchem später das Seil befestigt wurde, in die Höhe. Jedes Mal verharrte sie, bis ein Bolzen in den Pfosten eingeschlagen war und setzte dann ihren Weg fort. Von Zeit zu Zeit riss ein hoher, metallisch klingender Ton in den Verkehrslärm auf der Straße hinter mir eine Schneise – immer dann, wenn eine Bohrung im Pfosten für den Bolzen zu eng war und das Metall unter dem Hammer langsam nachgab und sich weitete, bis der Bolzen weit genug eingetrieben war. Die Eisen, ähnlich den Steigeisen an Strommasten, blinkten in der Sonne. Der Fluss war wachsfarben. Seine Oberfläche eben. Kein Boot, kein Fisch furchte das Wasser. Auf dem Uferkies lag das Seil bereit. Dann war wieder das Martinshorn zu hören, schon auf der Uferstraße, in meinem Rücken. Ich weiß noch, der flirrende Schatten eines Taubenschwarms überquerte den Fluss. Die Sonne brannte auf meinem Gesicht …»

Meine Stimme ist immer noch spröde. Die Anwesenheit der Maldini hemmt mich. Ich drücke die Pausetaste. Gieße mir ein Glas Wasser ein.

«Haben Sie sich an jenem Tag schon schlecht gefühlt? Gab es damals bereits Anzeichen für einen bevorstehenden Zusammenbruch?»

«Nun ja, es war heiß. Ich habe Hitze noch nie ertragen können. Und es gab keinen Schatten auf dieser Bank unten am Fluss, auf die ich mich niederließ, um die Arbeiten zu kontrollieren», weiche ich aus.

Ein Windstoß wirft das Fenster zu. Die Maldini zuckt zusammen. Sie sieht müde aus. Von den Nasenflügeln hinunter zum Mund zeichnet sich eine Furche ab.

«Übrigens, es ist kurios», fahre ich fort, »wie dabei alles mit allem zusammenhängt. Unser Experiment über dem Arno würde nicht stattfinden, hätte es nicht Rochatain gegeben. Ohne Rochatain wäre ich nicht nach Florenz gekommen, wäre ich jetzt nicht Ihr Patient in Santa Maria Nuova. Seltsam wie das Leben eines anderen Menschen unser eigenes beeinflusst, finden Sie nicht?»

Die Maldini lächelt. Wahrscheinlich spürt sie, dass ich mich ihrer Befragung entziehen will. Ihr Handy surrt.

«Entschuldigen Sie.»

Sie steht auf. Geht zum Fenster. Wendet mir den Rücken zu. Sie spricht leise. Ihre Stimme klingt ein wenig kleinlaut. Nach kurzer Zeit wendet sie sich mir wieder zu. Sie schaut blass aus. Das Telefonat muss ihr zugesetzt haben.

«Machen wir weiter. Rochatain ..., meinten Sie, den Seiltänzer», sagt sie zerstreut. Ihr Blick geht ins Weite.

«Ja, Rochatain und sein bizarres Unterfangen damals, sechs Monate schlaflos auf einem Seil zu verbringen. Er lebte auf dem Seil ohne jemals hinabzusteigen, heißt es. Seine Familie besuchte ihn an den Wochenenden. Er las den Kindern vor, demonstrierte Kunststücke – Kopfstand, Looping und andere Ungeheuerlichkeiten, das alles auf einem Seil hoch über einer Schlucht bei St. Etienne. Rochatain wird sich als Akrobat in allen einschlägigen Rekordverzeichnissen verewigt haben.»

«Vor allem wurde er in den Annalen der Schlafforschung geführt», sagt die Maldini matt.

«Nun ja, all die kuriosen Rekorde in Sachen Schlaflosigkeit. Ich zweifele da manches an. Was Rochatain angeht, kann man vielleicht davon ausgehen, dass nichts getürkt wurde. Außer für kurze Auszeiten, in denen er sich auf eine Plattform über der Schlucht zurückzog, soll er schlaflos geblieben sein. Bleibt zu hoffen, dass es seinem Nachfolger Vernet, unserem Akrobaten aus Lüttich, nun ähnlich ergehen wird.»

Die Maldini nickt gedankenverloren. Sie hat mir kaum zugehört.

«Ich frage mich, Dottoressa, warum macht man so was? Was trieb Rochatain dazu? Und was jetzt Vernet? Sportlicher Ehrgeiz, Geld?»

«Ich weiß es nicht. Was Ihren Chef, was Reger angeht, kann ich verstehen, dass er das Ganze neu aufgelegt hat«, sagt sie und setzt sich wieder in den Ledersessel am Kopfende der Liege. «Rochatain wäre damals für die Neurologie ein idealer Proband gewesen. Nicht nur Ihr Fach, auch mein Metier, die Psychiatrie, hätte davon profitiert.»

«Niemand ließ sich bei Rochatain blicken.»

«Kein Wissenschaftler wusste von Rochatains Unternehmung. Aber kommen wir jetzt zu Ihnen, Signore Gerber.»

«Unsere Zunft kam zu spät. Leider oder Gott sei Dank – ganz wie man will», erwidere ich.

«Für Reger und alle anderen ist die Sache eindeutig. Seit Jahren ...»

«Seit Jahren ist vor allem Reger von der Idee besessen, dieses seltsame Unterfangen zu wiederholen. Ich sage b e s e s s e n, verstehen Sie?»

«Und nicht zu unrecht», merkt die Maldini auf und lässt sich offenbar ein weiteres Mal ködern. «Wir wissen noch immer viel zu wenig über den Schlaf.» Ihre Stimme klingt nun fester. «Rochatain», fährt sie fort, «hätte Hinweise geben können, wie lange ein Mensch dem Bedürfnis zu schlafen überhaupt widerstehen kann. Man hätte die Langzeitwirkungen der Schlaflosigkeit auf das Nervensystem und die kognitiven Funktionen studieren können. Welche Auswirkungen hat fehlender Schlaf über einen so langen Zeitraum auf die Stressresistenz? Wann genau stellen sich die gefürchteten Schlafattacken und Halluzinationen ein? Also, das ganze

Programm. Ich muss Sie da doch nicht mehr überzeugen. Sie sind Teil des Teams.»

Ich schaue zum Fenster hinaus. Der Himmel ist fahl. Die Hitze steht über der Stadt. Mir kommt es immer noch unglaublich vor, dass es Reger tatsächlich gelungen ist, auf dem Arno, unweit von der Ponte Vecchio eine Neuauflage von Rochatains absurdem Kunststück zu arrangieren, die zudem noch medienwirksam ist. Schon die Pressekonferenz, auf der wir unser Projekt der Öffentlichkeit vorstellten, war gut besucht gewesen. Die Maldini als Vertreterin der hiesigen psychiatrischen Forschung hatte Reger dort wirkungsvoll zur Seite gestanden. Sie und Reger hatten, wie verabredet, den Blick der Journalisten vor allem auf die wirtschaftlichen Folgen der Schlaflosigkeit gelenkt. Luftfahrt und Militär, auch die Versicherungswirtschaft unterstützte entsprechende Forschungsarbeiten schon seit geraumer Zeit, ganz zu schweigen von einigen europäischen Logistikunternehmen, deren Personal häufig genug Phasen der Schlafabstinenz mit den bekannten Folgen zu ertragen hat: Schwerste Unfälle mit übermüdeten Lastwagenfahrern oder einnickenden Zugführern waren mehr oder weniger an der Tagesordnung.

«Eine andere Frage ist freilich, ob es vertretbar ist, Vernet so lange schlaflos zu lassen, finden Sie nicht?», werfe ich ihr einen weiteren Brocken hin.

Ihr Blick fliegt auf. Ihre Stirn kräuselt sich.

«Kommen Sie, Gerber. Jetzt, wo das Projekt in die entscheidende Phase kommt, bloß keine Skrupel. Vernet wird das aushalten. Alles in allem ist die Tortur noch zumutbar. Die vegetativen und neuronalen Beeinträchtigungen gelten als kontrollier- und kompensierbar, das wissen Sie so gut wie ich. Schwieriger wird es da schon sein, den Seiltänzer lange genug auf dem Seil zu halten. Vernet wird sich bemühen müssen, annähernd Rochatains Marke zu erreichen. Nicht zuletzt auch wegen der Sponsoren.»

Je länger Vernet auf dem Seil blieb, desto häufiger würde unser Experiment, würden unsere Forschungen über Schlafentzug und damit die Firmenlogos in den Fernsehnachrichten, zumindest in den Magazinen der Privaten auftauchen – so das Kalkül.

«Wissenschaft gekoppelt an einen auch noch so abwegigen Rekordversuch», fährt sie fort, «lässt sich einfach besser vermarkten. Ich finde das nicht verwerflich.»

Wieder klingelt ihr Handy.

«Es ist vor allem Reger, der nicht länger weit ab von jeglicher Öffentlichkeit in seinem Schlaflabor versauern will», antworte ich.

«Das geht uns doch allen so», sagt sie, schaut auf das Display und steht auf. «Wir drängen alle mit der Aktion ins Rampenlicht, oder nicht? Lassen wir es für heute genug sein. Wir haben uns verplaudert. Das war ja wohl Ihre Absicht. Wir sehen uns morgen wieder. Dann geht es um Sie, Kollege Gerber. Bis dahin könnten Sie das Band weiter besprechen.»

Sie bemerkt meinen Blick. Ich kann mein Unbehagen nicht verbergen. Ich stehe vom Sofa auf, wende mich zur Tür.

«Nein, warten Sie. Schreiben Sie auf, was Ihnen in Florenz geschah, und schreiben Sie auch über Ihre Zeit mit Sophia. Ich glaube, diese Methode ist besser. Ich erkläre es Ihnen später.»

Ich gehe hinunter auf die Piazza und rauche. Das Licht ist grell. Meine Augen tränen. Als ich auf mein Zimmer zurückkehre, liegen bereits ein Stapel Papier und eine Kladde dort. Ich setze mich an den Tisch – ein aufklappbares, an die Wand montiertes Halbrund. Ich starre an die Wand. Ich bezweifele, dass meine Geständnisse mir helfen. Vielleicht helfen sie der Maldini – wobei auch immer:

Seit ein paar Tagen war ich in der Stadt, und ich war so gut wie ohne Schlaf. Dazu noch die Hitze. Ich hätte an jenem Tag in den Giardino di Boboli zurückkehren und mir einen schattigen Platz zum Verschnaufen suchen sollen. Die Arbeiten auf der Hebebühne kamen auch ohne mich voran. Dort unten am Fluss brauchte mich kein Mensch. Wieder hörte ich das Martinshorn. Hinter mir auf der Uferstraße kam der Verkehr zum Erliegen. Musik drang aus offenen Fenstern und Schiebedächern. In Kaufhäusern und Fußgängerzonen, im Sessel der Zahnärzte, in Zugabteilen und an den Schaltern der Fluggesellschaften, in Almhütten und in Fischbuden am Strand: Es gab kein Entrinnen vor *Yesterday* und der Inbrunst Joe Cockers, keine Rettung am Vormittag vor Eric Claptons Version von *After Midnight*. Ein Song, einmal im Kanon der Hotelmanager und Filialleiter gelistet, war für mein Ohr verloren. Ich musste mich ausruhen. Meine Glieder waren bleischwer. Irgendetwas fraß an mir. Schlafen – einen Augenblick wollte ich wegsacken in dieses wunderbare Nichts, das den Kopf kühlt und das Herz leicht macht. Ich fuhr mit den Händen durchs Gesicht. Der Geruch von Minze stieg mir in die Nase. Sophia. Oft ist es ein Duft, der der Erinnerung genügt. Ich hatte Sophia am Küchentisch gefunden. Ihr Atem hatte über das Papier gestrichen. Eine Haarsträhne auf Vasaris *Lebensläufen*, ihr Arm lag ausgestreckt auf Stendhals *Rom, Neapel und Florenz* – ein Klassiker, ein kluges, bisweilen beunruhigendes Buch unter all der Literatur, die die Stadt nicht aufs Korn nahm und Florenz als harmlose Pilgerstätte für Kunstliebhaber unterschätzte. Ich umarmte Sophia. Vorsichtig, damit sie nicht aufwachte. Ich roch ihr Parfum, das schwach aus dem Nacken aufstieg und in mir ein Verlangen weckte, das nur oberflächlich mit ihrem Körper zu tun hatte, ein Verlangen, als ob man auf dem Heimweg von einem Wolkenbruch überrascht wird und losrennt und Straße um Straße hinunterhastet und endlich die Tür aufstößt und zu Hause ist. Ich fuhr mit der Hand über ihr Haar. Meine Fingerkuppen ruhten auf der Narbe – ein fingernagelgroßes Mal am Hinterkopf, uneben und wulstig, beinahe schmiegsam wie Silikon. Ich hätte Scham empfinden sollen. Aber es war eine Liebe, die von Beginn an schamlos war, die den Bodensatz auslotete und den Verlust, den Schmerz mit einschloss, damals nur erst eine Ahnung, ein fernes Wetterleuchten an einem Sommerabend vor ihrer Abreise nach Florenz, als ich ihren Atem an meinem Gesicht spürte, und der Geruch von wilder Minze in der Luft lag. Ihr Blick traf mich. Der Widerschein des Sternenlichts spiegelte sich in ihren Augen. Wenn ich sie je verlor, würde sich der Kummer ausdehnen wie die Gedärme der Widder, die, so erzählte sie an jenem Abend, Leonardo da Vinci in der hohlen Hand gehalten und dann an einem Blasebalg angeschlossen hatte, bis sie aufgeblasen das ganze Zimmer bis zur Decke ausfüllten und jedermann sich davonmachte. Mein Blick fiel auf ihre wüste Handschrift, die in blauer Tinte Anmerkungen in das ausgedruckte Manuskript gesetzt hatte – Fußspuren von Vögeln, die über eine geharkte Sandfläche gelaufen waren. Die Künstler in der Brancacci-Kapelle, Florenz. Sie zitierte *Vasari*, den arbeitswütigen Alleskönner, Architekten, Maler und neunmalklugen Kunstplauderer, *der berichtet, dass alle Maler und Bildhauer, die sich in dieser Kapelle übten und dort studierten, ausgezeichnet und berühmt wurden.* Ich kann den Satz mittlerweile auswendig. Ja, ich kann ganze Passagen ihrer Dissertation herunterbeten. Ich öffnete den Reißverschluss an ihrem Kleid. Ein Schauer, noch im Schlaf, lief über ihre Haut. Ich knetete ihren Rücken – langsam kreisende Bewegungen, so wie man Brotteig knetet. Ich legte meine Wange auf die gerötete Haut, Wirbel für Wirbel rutschte mein Mund hinunter und legte sich in die Kuhle oberhalb des Steißbeins, verharrte dort einen Augenblick lang. Ihr Haar floss über die Bücher, ihr geöffneter Mund lag auf Vasaris Worten.

Ein anderes Mal hatte ich sie am Schreibtisch gefunden. Eingeschlafen über den Büchern, über Bredekamps *Das Reich der Venus*, auch ein Titel von Vasari war wieder dabei, wenn ich mich richtig erinnere, eingeschlafen über einem Kunstdruck von Botticellis berühmtem Bild *Primavera*. Ich hatte mit einer Feder über ihren Rücken gestrichen. Sie hatte leise aufgestöhnt. Ihr Haar war feucht, sie drückte ihre Schädelrundung an meine Wange. Ich schob ihren Kopf zur Seite, mein Blick flog erneut über das Manuskript.

*Masaccio gelangte in der Körpersprache der Figuren erstmals zu einer Art Naturalismus. Menschen aus Fleisch und Blut zauberte er auf den Mörtel der Fresken. Menschen, die wütend und entsetzt waren, die Schmerzen litten und sich an irgendeiner Begeisterung, einer Manie erschöpften.*

Sie zog mich an sich, ihre Hände in meinem Nacken, ihr Parfum, ein Limonenduft. Später drehte sie sich von mir weg, ging hinüber ins Bad und hob auf ihrem Weg die Buchenblätter auf, die der Wind durchs offene Fenster getrieben hatte. Ihr Rücken flammte in der untergehenden Sonne auf. So weit Sophia.

Vom Flussufer stieg das Gurren der Tauben zu mir herauf. Die Tiere hockten im Gestänge der Aufbauten. Nirgendwo in der Stadt konnte man den Tauben entgehen. Vernet, Rochatains Nachfolger, würde sie in Zukunft von seinem Seil aus beobachten können. Er würde die Schwärme sich über dem Palazzo Vecchio verdichten sehen: eine immer dunkler werdende Wolke, die den Turm umkreiste und sich plötzlich hinunterstürzte zur Piazza della Signoria.

Ich schaute auf den Fluss. Er war glatt, fahl vor Hitze. Ein

Bündel schaukelte im brackigen Wasser. Zwei-, dreihundert Meter flussaufwärts. Ein paar kümmerliche Uferweiden, dort hatte es sich verfangen, mannsgroß, von einer grünen Plane umschlossen. Ein paar Vögel kreisten. Wenig später hielt eine Polizeistreife auf der Uferstraße. Zwei Carabinieri stiegen die Uferböschung hinunter, wateten kniehoch in die Brühe und zogen das Bündel heraus. Einen Moment zögerten sie, dann bückten sie sich und fingerten an der Plane, bis sie sie schließlich aufschlugen und innehielten. Ich konnte nicht genau erkennen, worum es sich handelte. Ein Körper vielleicht. Kurze Zeit darauf näherte sich auf der Ponte alle Grazie ein Rettungswagen. Er jagte an der wartenden Autoschlange vorbei, stoppte und wenige Augenblicke später erreichten die Einsatzkräfte das Ufer. Ich wartete darauf, dass man sich an dem Körper zu schaffen machte, die üblichen Handgriffe. Aber nichts dergleichen geschah. Polizei und Rettungskräfte umstanden regungslos den Fund. Von Zeit zu Zeit wendete sich jemand von der Gruppe ab, hielt eine Hand vor den Mund, wie bei einem Würge- oder Hustenanfall. Immer mehr Schaulustige eilten von der Straße hinzu, scharten sich um die Plane, die nun meinen Blicken entzogen war.

Schritte, eine Stimme an meinem Ohr: «Buon giorno.» Ich fuhr herum. Ein Bursche, schmal, mit pirschendem Blick unter der Baseball-Kappe stand neben mir. Um seinen Hals baumelten Kopfhörer. Seine Finger klopften den Takt der Musik auf seinen Arm. Hatte ich ihn schon einmal gesehen? Ich war mir nicht sicher. Vielleicht vorhin in der Via Romana? Er hatte Ähnlichkeit mit dem Jungen, der dort in einem Hauseingang gesessen hatte.

«Möchten Sie eine Karte kaufen? Extra-Preis», murmelte er.

Er streckte mir die Karte entgegen.

«Für das Spiel heut Abend. Firenze gegen Inter.»

Ich zögerte einen Moment zu lange. Die Karte wanderte in meine Hände.

«Bloß 20 Euro.»

«Aber nein …»

«Sie sollten sie kaufen. Eine Abwechslung wird Ihnen guttun.»

«Hören Sie, ich …»

«Fast alle von euch unterschätzen die Stadt.»

Der Junge schwitzte. Seine Haut war blass. An den Schläfen schimmerten Adern durch. Er hatte die Haut eines Neugeborenen.

«Fast alle gehen hier weit über ihr Limit. Sie verstehen.»

Der Junge schaute mich an. In seinen Augen glänzte das Fieber.

«Die Stadt ist maßlos. Sie ist ein Mythos, nicht mehr. Sie sollten jetzt die Karte kaufen. Eine Ablenkung wird Ihnen guttun.»

Er wischte sich den Schweiß am Hemdsärmel ab.

«Masaccio kann warten. Die Brancacci-Kapelle. Der ganze kunsthistorische Plunder in der Stadt kann warten. Die Hitze macht nichts einfacher. Nur Dummköpfe gehen davon aus, dass die Stadt nur e i n Gesicht hat. Sie sollten sich beim Spiel entspannen, ein wenig von der Kunst ausruhen.»

Masaccio. Warum erwähnte er Masaccio und die Brancacci-Kapelle? Ich hielt ihm den Schein hin. Er steckte ihn in die Hosentasche.

«Sie werden es nicht bereuen. Es wird Ihnen gefallen. Es geht um nichts. Firenze ist so gut wie abgestiegen in die Seria B. Es wird ein harmloses Spiel sein», verabschiedete er sich. Ich schaute ihm nach, bis er in der Menge der Passanten auf der Uferstraße verschwunden war. Was sollte das? Hatte er wirklich nur eine Eintrittskarte verhökern wollen? Warum ausgerechnet an mich?

Auf der Straße war der Verkehr wieder in Gang gekommen. Der Kies glänzte im Mittagslicht. Das angeschwemmte Holz am Ufersaum lag aschweiß in der Sonne. Die Bauten am jenseitigen Ufer des Arno stachen ins Auge. Selbst der Himmel war nun zu blau. Es war einer jener Augenblicke, die keine Pastelltöne kennen, auf alles um mich herum ergoss sich Licht, auf die Brücke und das Ufer, auf die spielenden Kinder hinter mir auf der Piazza Demidoff, auf das Päckchen Zigaretten, das ich nun aus der Tasche zog, auf die Frauen, die Einkaufstaschen mit Obst, Gemüse, Brot nach Hause trugen, auf Streuner und Obdachlose, auf ihre Habe, die sie in Plastiktüten herumschleppten, auf Wohnmobile, die auf dem Lungarno Serristori unterwegs waren, auf einen Priester und einen Jungen, der den Mann auf einem Skateboard begleitete. Auch auf dem Fluss lag das Licht, wo eine Biberratte jetzt auf einen der Brückenpfeiler zuhielt. Ihr breiter Kopf pflügte durch das Wasser. Von Zeit zu Zeit hob sich auch der Rücken heraus, eine braune, pelzige Bürste, und plötzlich war da in der Flussmitte ein zweiter Kopf, ein Schwimmer, eine Frau, die mit kräftigen Armschlägen unter dem Brückenbogen kraulte, ich hörte einen Motor aufdrehen, jenseits der Brücke, eine Gischtwelle streifte nun die Frau und die Ratte, und dann sah ich es, das Motorboot, leuchtend gelb, das flussaufwärts unter der Brücke auftauchte, es schoss auf die Frau zu, hatte sie offenbar nicht bemerkt, dann warf es sich zur Seite, der Bug riss herum, ein, zwei Sekunden tanzte es in der Luft, sein blanker vorderer Kiel flammte im Licht auf, die Frau wirbelte in der Gischt, das Heck nun über ihr, ich schrie, ich warf die Arme in die Luft – genau wie die Passanten auf der Ponte alle Grazie, eine Geste, als wollten wir davonfliegen, ein Taubenschwarm, in den der Schreck fährt, da das Wasser sich nun färbte, eindunkelte, einen kurzen Moment lang. Natürlich glaubte ich an einen Unfall. Jemand sprang von dem Boot ins Wasser. Er umschwamm die Stelle, wo er die Frau vermutete, wo das Wasser nun wieder glatt war, nur ein wenig dunkler und schieferfarben. Um mich herum griffen die Leute nach ihren Handys. Um mich herum ein Kanon der immer gleichen Worte. Ich konnte hier nicht helfen. Ich wollte weg, wollte hinüber zur anderen Stadtseite, weg von dem Anblick der entsetzten, ratlosen Menge. Die Brancacci-Kapelle konnte warten. Alles konnte warten. Der ganze kunsthistorische Plunder. Ich lief den Lungarno Serristori hinauf, erreichte den Ponte Vecchio. Man sollte den Ponte Vecchio meiden – wann immer es geht. Aber ich war neu in der Stadt und plötzlich schwamm ich im Sog der Leiber. Hunderte schoben über die Brücke. Was zog die Leute hier nur an? Die Juweliere und Goldschmiede? Das Panorama der hintereinander gestaffelten Arnobrücken, der Blick auf die pittoresken Uferstraßen, wie es in Reiseführern heißen mochte – wo doch schon alle Aufmerksamkeit damit gebunden war, sich einen Weg durch die Menge zu bahnen. Auf Höhe von Cellinis Büste saß ich endgültig in einem Knäuel von Leibern fest. Man war aufgelaufen. Rücken und Bäuche klemmten fest, Handtaschen und Rucksäcke ineinander verkeilt. Ein Fäulnisgeruch strich vom Fluss herauf, erinnerte an die Zeiten, da noch Metzger und Chirurgen hier ihre Arbeit unter freiem Himmel verrichtet und ihre Abfälle direkt von der Brücke in den Fluss geworfen hatten. Die Brust wurde mir eng. Mir war schwindlig. Ich kannte die Schilderungen der Patienten aus der Psychosomatik. Meine Füße plötzlich eiskalte Klumpen, die nicht zu mir zu gehören schienen, mich nicht tragen konnten. Ich hatte nie an Klaustrophobie gelitten. Die Beine sackten weg. Es würde vorübergehen. Ich musste mich ausruhen, einen Augenblick hinsetzen, einen Platz auf der Brüstung erwischen, diese paar Quadratzentimeter waren meine Chance. Einen Satz nach links machen. Mich aus der Schlange seitlich herausfallen lassen. Das Kind dort. Vorsicht. Das Kind mit dem Eis. Ich taumelte, ein Kreisel, der aus der Bahn gestoßen wird, ich schlug zu Boden, riss das Kind mit. Auf allen Vieren kroch ich davon. Hinter mir ein Stimmenschwall, ein Geschrei aus schnellen, bösen Worten. Nicht umdrehen. Nur auf und davon durch das Gestänge der Beine. Und endlich die Brüstung, an der ich mich heraufzog. Ein Ertrinkender, der das Ufer erreichte. Dann eine Hand, ein Griff, der meinen Nacken schüttelte; ich fuhr herum, ein Gesicht, das über und über gerötet war, das platzen wollte, ein Mund, der geiferte, die Zähne bleckte, eine heiße Stirn, die sich an meine drückte, bis sie plötzlich kühl zu werden schien und der Mann – die Wangen schon wächsern und fahl – sich wegdrehte und zurücktauchte in die Menge, dem Kind über den Kopf strich, jetzt, wo die Wut sich aufgezehrt hatte und der Erschöpfung wich.

Ich lehnte mich gegen die Brüstung, atmete durch. Mein Augenlid flatterte, und der Nacken schmerzte, in meinem Ohr ein Stimmengewirr, kehlig und dringend, Beschwörungen in Pidgin-Englisch. Afrikaner, die zwei, drei Schritte von mir entfernt auf dem Boden hockten und Schmuck, Ethno-Tand, verhökerten und Gürtel mit ausladenden Schnallen ausgelegt hatten, die kein Mensch brauchte, aber ein jeder blieb stehen, überlegte, prüfte, schaute den Burschen ins Gesicht, ob sie auch mager und bedürftig genug erschienen in ihren flirrenden Djellabas. Ich hatte mich wieder im Griff. Ein Saxophon greinte. Jemand rief seine halbwüchsigen Kinder bei Fuß. Junge Liebespaare schoben vorbei – Pennäler auf Klassenfahrt, mit glasigem Blick und von einer Aura aus Ernst umgeben, die alle Unerfahrenen ziert, die sich zum ersten Mal in der Welt probieren. Kinder zappelten an ausgestreckten Armen. Warfen sich zu Boden. Schmierten Schokoladengebäck an

Rockzipfel und Hosenbeine. Ich machte kehrt. Noch einmal Schulter an Schulter, noch einmal Fuß an Fuß. Bis zur Via dei Gucciadini, bis zur Via Romana. Auf der Schattenseite der Straßen war es kühl. Radios plärrten in den Wohnungen, und Fernsehbilder sprangen von Tisch zu Tisch. Es roch nach Brokkoli und Lauchsuppe.

## 2

Die Fenster zum Garten hin standen offen. Auf den Fluren der Duft des Oleanders. Efeu hing in Büscheln über den Fenstern. Das Glas war milchig vom Staub. Aus dem Hörsaal drang eine Stimme, die von der *formatio reticularis*, die vom *hippocampus* sprach. Manchmal fragten andere Stimmen, jüngere, weniger modulierte und schwunglosere, nach und erhielten eine Antwort. Ich setzte mich auf eine Bank. Diese Welt war mir vertraut. Ich lauschte dem Singsang, der von der Wahrscheinlichkeit, dem Verdacht berichtete, dass der Schlaf eine immunologische Funktion besitze, die bislang unterschätzt worden sei. Es musste Melfiore sein, der von Hepatitis-Viren sprach, impfgeeignete, in der Potenz reduzierte Hepatitis-A-Viren, die man Ratten verabreichte. Bei Tieren, die ausreichend hätten schlafen können, habe der Organismus eine immunologisch ausreichende Reaktion gezeigt, nicht aber – und Professore Melfiores Stimme, seine im Gegensatz zur Telefonstimme, die ich bislang nur gekannt hatte, warme und ein wenig fiebrige Stimme, schwang sich auf – nicht aber bei solchen Tieren, die man am Schlafen gehindert habe. Bei diesen sei eine deutlich reduzierte Anzahl von Antikörpern festzustellen gewesen, wodurch der Impferfolg also reduziert sei. Die Übertragbarkeit der Ergebnisse auf die Humanmedizin sei wahrscheinlich. Ich schmunzelte. Melfiore referierte seine neuesten Forschungen, noch bevor sie veröffentlicht waren, noch bevor sie einem kritischen Diskurs in einer Fachzeitschrift standgehalten hatten. Ich wartete, bis er seine Vorlesung beendet hatte und die Studenten entließ. Ich stand auf und betrat den Hörsaal. Melfiore blickte auf, seine Stirn furchte sich, er hielt inne, seine Manuskriptblätter zu ordnen.

«Franz Gerber.»

Melfiore zwirbelte seinen Schnurrbart. Dann trat er auf mich zu. Offenbar hatte er sich entschieden, mit meinem Namen etwas anfangen zu können.

«Signore Gerber», sagte er. «Ich erinnere mich.» Er fuhr mit der Hand durch sein Haar, das an den Schläfen sonderbar licht war.

«Ich gehöre zum Team von Professor Reger. Unser Experiment ... am Arno.»

«Ich weiß.» Melfiore lächelte dünn. «Gehen wir in mein Büro.»

Er führte mich durch den Garten, vorbei an Blumenrabatten und einem Springbrunnen ohne Wasser, über Bretter, die sich über einen frisch aufgeworfenen Graben spannten. Wir passierten Holzbaracken, an denen der Efeu hochklomm. Melfiore stieß eine der Türen auf und bat mich, Platz zu nehmen. Der Raum war kaum möbliert. Ein Schreibtisch, zwei Stühle, ein schmales Regal voll wissenschaftlicher Zeitschriften, ein Kühlschrank.

«Reger wagt viel», bemerkte er. «Viele werden sein Experiment, wenn man es denn so nennen darf, ablehnen. Es zeugt von einer gewissen Exaltiertheit, es in Florenz auf einem Seil über dem Arno durchzuführen, finden Sie nicht? Es gibt Schlaflabors.»

Ich nickte. Ich vermied es, mit Melfiore in eine Diskussion über Regers Methoden einzusteigen. Ich wollte zur Sache kommen.

«Sie erwähnten am Telefon neue Ergebnisse zum totalen Schlafentzug bei Ratten.»

Melfiore reichte mir ein Glas Wasser.

«In gewisser Hinsicht plant Ihr Chef eine vergleichbare Studie am Menschen.»

«Mag sein, schon möglich.»

«Dann brauchen Sie meine Ergebnisse nicht, ich meine, wenn Sie direkt, ohne jeden Skrupel …»

Jetzt begriff ich Melfiores Zögern.

«Ich komme nicht in Regers Auftrag.»

«Reger ist nicht sauber, das wissen Sie. Es gibt zuhauf zuverlässige Längsschnittstudien bei lang andauernder Schlaflosigkeit.»

«Studien, die im Schlaflabor durchgeführt wurden. Aber keine, die einen Probanden gleichzeitig mit einer erhöhten realen Stresssituation konfrontierten. Aber stellen wir das zurück. Ich komme in eigener Sache.»

«Hören Sie, Reger bewegt sich auf dünnem Eis. Er bewegt sich außerhalb jeder seriösen Forschung. Es lassen sich im Schlaflabor Dinge arrangieren, die einen Probanden in ganz erheblichen Stress versetzen.»

Immer noch ging Melfiore nicht auf mich ein. War es Neid, Furcht, dass Regers Forschungen seine eigenen Arbeiten überflüssig machten?

«Kommen Sie.»

Wir passierten einen lichtlosen Korridor, gelangten an eine schrundige Metalltür. Sie war mit mehreren Schlössern gesichert. Umständlich schloss Melfiore sie auf. Er steuerte auf einen abgedunkelten Käfig zu. Melfiore öffnete die Klappe. Wir äugten auf schlafende Ratten. Melfiore streifte einen Handschuh über und nahm eines der Tiere heraus, dann setzte er es in einen verschachtelten Holzkasten, der von oben einsehbar war. Es handelte sich um ein Labyrinth. Die Ratte schnupperte, nahm Witterung auf und durchlief ohne größere Umwege den Parcours, worauf Melfiore ihr einige Maiskörner hinunterwarf.

«Lasse ich nun ein schlaflos gehaltenes Tier die gleiche Strecke laufen, so scheitern die Tiere. Zumindest brauchen sie elendig lange, ehe sie den Weg rekonstruieren, den sie am Vorabend noch problemlos zurückgelegt haben. Der Schlaf beeinflusst anscheinend das Gedächtnis.»

Melfiore ging zu einem abseits stehenden Käfig und fischte eine weitere Ratte heraus.

«Womöglich, so glauben wir, ist das Cortisol der entscheidende Faktor. Dessen Pegel ist zu Beginn des Schlafs minimal und nimmt dann kontinuierlich während der Schlafphasen zu. Dies mag der Grund sein, warum schlaflose Ratten sich weniger gut an den Weg durchs Labyrinth erinnern.»

Ich nickte gelangweilt. Der Zusammenhang von Schlaf und Hormonausschüttung war ein alter Hut.

«Passen Sie auf. Ich injiziere dem Tier jetzt Cortisol. Sie denken, die Ratte müsste den Weg finden. Sie ist ausgeruht. Hat geschlafen, wenn auch im Gegensatz zur ersten Ratte nur für kurze Zeit.»

Melfiore spritzte die Ratte und setzte sie im Labyrinth aus. Das Tier drehte sich auf den Hinterläufen, putzte sich, machte einen Satz in einen der abzweigenden Laufwege und verharrte. Es schnupperte, putzte sich erneut und kehrte um, kroch in einen weiteren Gang, eine Sackgasse, die vor einem Brettchen endete.

«Sehen Sie. Das Cortisol. Spritzt man es nach kurzer Schlafdauer, greift es also zu früh, blockiert es paradoxerweise die Gedächtnisbildung. Unglaublich, nicht wahr?»

«Sie meinen, das Tier vergisst?»

«Ganz genau. Gibt man Cortisol vor den Phasen des tiefen Schlafs, kehrt sich der Gedächtniseffekt um, und die Ratte findet im Gegensatz zu ihrer Vorgängerin den schon einmal durchlaufenen Weg nicht wieder, obwohl sie zuvor geschlafen hat, wenn auch, wie gesagt, nur kurz.»

«Welche Schlussfolgerungen ziehen Sie daraus?»

«Solche, die ich Ihnen nicht auf die Nase binden will. Nur so viel: Man muss auch vergessen können. Erinnern ist das eine. Vergessen das andere.»

«Sie meinen …?»

«Ich meine.»

«Ein künstliches Vergessen?»

«Es mag Menschen geben, die alles daran setzen, endlich vergessen zu können.»

Melfiores Augen glänzten.

«Sie erwähnten am Telefon Auffälligkeiten, Anomalien, die lang andauernder Schlafentzug bei Ratten auslöse. Meinten Sie Phänomene vergleichbar den gerade gesehenen?»

Melfiore strich sich über die Augen, geäderte Kugeln, die für die Aughöhlen zu groß zu sein schienen.

«Nein, es handelt sich um Irritationen der Körpertemperatur und der Zellstrukturen. Kommen Sie heute Abend wieder, und ich zeige Ihnen mehr. Jetzt entschuldigen Sie mich. Schauen Sie sich ein wenig in der Stadt um, vielleicht machen Sie einen Abstecher ins zoologische Museum zur Sammlung ‹*La Specola*› hier bei uns im Haus. Vergleichbares zur Anatomie und Zoologie bekommt man anderswo schwerlich zu sehen. Beeindruckend realistisch, wenn auch nichts für empfindliche Gemüter.»

Das zoologische Museum interessierte mich nicht sonderlich. Ich wollte zum Piazzale Michelangelo. Sophia hatte den Platz häufiger erwähnt. Auch hatte sie von einem Campingplatz in der Nähe gesprochen. Dort hätte sie gewohnt. Billig und abseits der Stadt und doch sei alles fußläufig zu erreichen gewesen: die Museen, vor allem das *Deutsche Kunsthistorische Institut Florenz* – ihr Arbeitsplatz, zwei vom deutschen Staat unterhaltene Palazzi, wo sie eine ausgezeichnet bestückte Bibliothek vorgefunden habe, um Material für ihre Doktorarbeit zu finden. Eine erste Adresse, hatte Sophia betont. Die Forschungsstelle verdanke ihre Existenz der Renaissancebegeisterung der Deutschen am Ende des 19. Jahrhunderts. Bei dem unbestrittenen Stellenwert, den Florenz insgesamt für die Kulturgeschichte der Renaissance innehabe, sei es naheliegend gewesen, das Institut in Florenz zu gründen. Bedeutende Kunsthistoriker hätten dort geforscht, und immer noch sei es eine Ehre, nach Florenz, ans *Istituto Germanico di Storia dell'Arte* empfohlen zu werden.

Der Weg von Melfiores Institut hoch zum Piazzale Michelangelo brachte mich ins Keuchen. Ich setzte mich auf eine Bank. Die Sonne brannte. Ich hob ein paar Piniennadeln auf, zerrieb sie, bis die Finger nach Harz rochen. Ich mochte diesen Geruch. Sophia musste den gleichen Weg gegangen sein. Es gab keinen anderen Fußweg, der aus der Innenstadt durch die Porta San Niccoló direkt hinauf zu dem Platz führte. Der Weg wurde nun steiler. Er führte an Gärten, kleinen Villen vorbei. Auf halber Höhe hatte man Katzenhäuschen errichtet. Ein Dutzend Katzen, mager und zerzaust, bevölkerte die kleinen Holzbauten längs des Wegs. Manchmal warfen Passanten den Tieren einen Brocken zu, dann stürzten sie aus ihren Behausungen, balgten sich um eine Scheibe Wurst, ein Stück Käse, das jemand von seinem Brot geklaubt hatte. Jeder Schritt, den ich tat, konnte eine Stelle berühren, auf die Sophia ihren Fuß gesetzt hatte – der Fuß schmal und seine Anmut wohl noch durch die Sandalen verstärkt: »Ein Second-Hand-Kauf«, hatte sie damals bei ihrer Heimkehr aus Florenz betont, irgendwo hier im Oltrarno-Viertel erstanden, ein exklusives Stück, ein fast samtiges Leder, das je nach Lichtintensität ins Grünliche schattierte und im Dunkeln ein schwaches Leuchten, ähnlich phosphoreszierenden Algen im Meer, freisetzte. Die Ferse war aus Antilopenfell gemacht, die Riemen aus den Häuten von Wasserschlangen gezwirbelt. «Second Hand» – aber ja, ich hatte den Laden längst ausfindig gemacht. Er lag in der Beletage des Palazzo Spini-Feroni und gehörte den Ferragamos – jenem weltberühmten Schusterclan, der ausschließlich Luxusschuhe herstellte. In den Sesseln unter der Renaissance-Balkendecke hatten schon die Garbo und Audrey Hepburn gesessen. Im Archiv des Hauses, einem flurähnlichen Saal, hingen noch ihre Leisten. Jederzeit war man im Haus Ferragamo in der Lage, die Vergänglichkeit zu leugnen – zumindest was die Füße, das Schuhwerk vieler Stars anging, die seinerzeit, privat und im Film, handgefertigte Ferragamo-Schuhe trugen. Posthum könnte man ihnen noch passgerechte Ballschuhe zaubern. Jemand, der verrückt nach ihr gewesen sein musste, daran bestand kein Zweifel, hatte Sophia in den Empfangssalon begleitet, er hatte sich von langbeinigen, kühlen Geschöpfen, die eher an Models als an Verkäuferinnen erinnerten, beraten lassen, hatte die Damen über die platinfarbenen Teppiche geschickt und Paar um Paar beibringen lassen, um sich Mal um Mal vor Sophia hinzuhocken und ihr Pumps und Sandalen, überteuerte Badelatschen und exklusive Straßenschuhe an die Füße zu dienen.

Ich nahm Stufe für Stufe hinauf zu dem Platz. Kinder, ein paar Nonnen zogen fast leichtfüßig an mir vorüber. Ich versuchte, mich möglichst im Schatten zu bewegen. Mir war schwindlig. Meine Augen brannten. In Normalform wäre der Weg hier hinauf eine Kleinigkeit gewesen. Aber ich hatte keine Normalform. Dieser lausige, kleine Mittagsspaziergang trieb mir den Schweiß aus allen Poren. Ich hätte nicht nach Florenz kommen dürfen. Die Stadt laugte mich aus. Sie ließ mich vor allem nicht schlafen. Keine Nacht. Ein schlafloser Schlafforscher sei so kurios wie ein Zahnarzt mit Zahnschmerzen, hatte Reger gesagt.

Ich ahnte damals nicht, dass ich mich Schritt für Schritt auf dieses ruhige, abgeschattete Zimmer hier zubewegte, dass ich direkt in die Arme der Pfleger und Schwestern trieb, dass ich irgendwann das Surren des Deckenventilators hören würde, die fast lautlosen Schritte der Ärzte auf dem Flur. Die Maldini ist mir die Liebste. Sie ist alt genug, dass ich mich nicht in sie verlieben kann. Sie ist erfahren genug, dass sie weiß, was zu tun ist. Ich akzeptiere ihre Anweisungen und Vorschläge: Ich lese. Leichte Kost: Stanleys Reisebeschreibungen über seine Expeditionen am Kongo, seine Suche nach Livingstone, der im Busch verloren ging; eine Biografie Heinrich Barths, des großen Saharakenners aus dem 19. Jahrhundert. Die Dottoressa weiß um die Abgründe jeglicher Kunst. Sie sortiert meine Lektüre nach dem jeweiligen Erregungspotenzial, sagt sie. Von Zeit zu Zeit reiche ich ihr meine Liste ein: Proust und Hemingway hat sie gestrichen.

«Sie können doch nicht ernsthaft nach *Die Entflohene* oder *Schnee auf dem Kilimandscharo* verlangen – nicht bei Ihrer Krankengeschichte. Allerhöchstens könnten wir uns hier im Haus bemühen, Ihnen die Gedichte der Herren zukommen zu lassen. Ein wunderbar karges Werk haben die beiden auf dem Gebiet hinterlassen», sagt sie mit einem spöttischen Lächeln.

«Ansonsten empfehle ich die Poeme von Ugo Foscolo. Eines seiner besten schrieb er hier bei uns in der Stadt. Hier nehmen Sie.»

Sie reicht mir einen abgewetzten Band.

«Warum gerade Foscolo?»

«Er beruhige das Gemüt, heißt es.»

Sie grinst. Das Buch hat einen geschmacklosen braunen Einband. Es ist unübersetzt. Ich werde mir die Mühe nicht machen und es lesen.

«Übrigens …», die Ärztin an der Tür, die Klinke schon in der Hand, «Sophias Tagebuch, das Manuskript, auch sie sollten tabu sein.»

Ich nicke. Die Maldini weiß, dass diese Auflagen nicht zu erfüllen sind.

Der Himmel dunkelte ein an jenem Nachmittag auf meinem Weg zum Piazzale Michelangelo. Haufen schwarzer Wolken standen über der Stadt. Bisweilen streifte mich ein Luftstrom, als passierte ich einen Backofen. Ich wischte mir den Schweiß von der Stirn. Ich brauchte erneut eine Pause. Zwei schieferfarbene Katzen räkelten sich vor mir auf dem Weg. Die Tiere streckten sich, dann entschwanden sie durch das Tor des Giardino delle Rose. Ich folgte ihnen. Der Garten war menschenleer. Die Beete in einem erbärmlichen Zustand. Die Rosen welk, der Boden schorfig und ausgedörrt. Ich setzte mich auf eine Bank. Die Katzen lugten unter einem Busch hervor. Dann näherten sie sich vorsichtig, ließen sich zu meinen Füßen nieder wie Hunde es tun. Ich nahm das Tagebuch aus meiner Tasche. Die Buchdeckel waren gekrümmt, von winzigen Bruchfalten überzogen. Auf manchen Seiten war die Tinte verwischt. Vielleicht hatte Sophia das Buch eilig zuklappen müssen, hatte nicht warten können, bis die Tinte getrocknet war, weil jemand, weil ich plötzlich ins Zimmer gekommen war. Es hatte damals nur eines Griffs unter ihr Bett bedurft. Sophia war leichtsinnig gewesen. Sie hätte mit meinem Diebstahl rechnen müssen.

Wann immer ich die Aufzeichnungen über ihre Zeit in Florenz lese, hier in meinem Krankenzimmer in Santa Maria Nuova oder in den zurückliegenden Wochen auf meiner Pirsch durch Florenz, beispielsweise an jenem Tag im Giardino delle Rose, glaubte und glaube ich noch immer, ihr ganz nahe zu sein. Ich weiß, dass dies pathologisch ist.

Ich weiß, dass meine Liebe zu Sophia, wie die Maldini sagt, längst eine Krankheit ist, eine Wunde, die sich nicht schließen kann, die, je länger ich in der Stadt bin, immer mehr meine Gedanken und Gefühle beherrscht. Ich weiß, dass die Chemie in meinem Hirn längst der eines Süchtigen gleicht, dass mein Serotoninspiegel sinkt und sinkt, dass ich unter schweren Entzugserscheinungen leide und schlimmer noch durch meinen Aufenthalt in der Stadt, durch die Lektüre ihrer Texte immer die Konzentration eines weiteren Stoffes in meinem Hirn hochjage, der das Serotonin buchstäblich frisst, es aus den Synapsen spült, sodass kein Moment der Erholung, kein Ausruhen mehr bleibt: Dopamin. Jede Suchterkrankung ist mit erhöhter Dopaminausschüttung verbunden. Wenn eine Belohnung sich verzögert, wenn wir nicht das bekommen, wonach wir uns sehnen, spielen die Dopamin produzierenden Zellen im Hirn verrückt. Dopamin ist eine Stimulanzie, treibt uns an, spannt uns auf die Folter. Unsere Sehnsucht wird unermesslich. Ich liefe bis ans Ende der Welt, um Sophia zu finden. Allein die Zeit, allein die völlige Abstinenz von allem, was mit Sophia in Verbindung steht, könnte die Sucht und damit die Schäden in meinem Gehirn abbauen. Die Maldini hat sich entschlossen, mir dauerhaft ein Antidepressivum zu geben, das den Serotoninspiegel im Gehirn erhöht, damit die geschädigten Nervenzellen im Hippocampus sich erholen können. Liebeskummer, sagt sie, ein allzu harmloses Wort, das nach Jugendliebe und Schwärmerei, nach Backfischzauber klinge, verwandele sich mitunter in eine klinische Depression, halte er nur lange genug an.

*Ich trank Campari mit Eis, und vor dem Gewitter war der Himmel über der Stadt lindgrün, und die Busse auf dem Piazzale Michelangelo husteten schwarzen Rauch, der in der Luft stehen blieb. In den Cafés drehten die Ventilatoren auf Hochtouren. Von den Magnolienbäumen wehten Blätter herab, gestrandete Schiffchen, die auf dem Asphalt lagen.*

*Der Platz war atemlos. Die Blicke der Männer an den Tischen um mich herum ... Ein Schwarm Tauben flog von der Balustrade vor mir auf und fand nicht mehr zurück.*

*Mein Kleid klebte auf der Haut. Es war Zeit zu gehen. Er folgte mir bis zum Tor des camping comunale. Seine Schuhe klackten auf dem Asphalt. Ich nahm die Einladung an.*

Immer wenn ich diese Stelle im Tagebuch lese – das war damals im Giardino delle Rose nicht anders – sehe ich Sophia vor mir: Ich sehe sie die Zigarette ganz vorne zwischen die Lippen schieben, sie eigentlich nur an die Lippen ansetzen und einen Zug nehmen. Sie bezahlt, steht auf. Tritt die Zigarette aus. Sie verlässt das Café und überquert den Piazzale Michelangelo. Ihr Gang federt. Sie wirft den Kopf in den Nacken und lacht über die Bemerkung des Mannes, der sich ihr von der Seite nähert, *sie sei schön*, beinahe in ihr Ohr gesprochen, sie spürt den Luftzug seines Atems, sie sei *schön* – dieses Wort, niemand in Florenz sagt es leichtfertig. Es wiegt viel in einer Stadt, in der Schönheit eine Tugend ist oder vielleicht ein Laster, eine Sucht, der ein Botticelli, ein Correggio ihr Leben widmeten, zumindest den Teil, der ihrer Malerei galt, und die Malerei war ihr Leben. Würde sie sich je porträtieren lassen, hatte Sophia mir aus Florenz geschrieben, müsste es ein Maler mit den Fähigkeiten eines Correggio sein. Niemand könne den erotischen Flair, diesen besonderen Schmelz des Fleisches so auf die Leinwand bringen. Vor allem das Haar – darauf sei es ihm angekommen. Es habe lebendig, sinnlich wirken müssen, er sei ein Fetischist gewesen. Er habe es fühlen müssen, bevor er es malen konnte. Stunde um Stunde habe er damit verbracht, es durch seine Finger gleiten zu lassen, den Nuancen seines Gewichts und Geruchs nachzuspüren. So sei das Haar, reiche es bis zu den Schultern, hier eine Spur leichter als am Hinterkopf, als wirke dort die Schwerkraft nachhaltiger als wenige Zentimeter tiefer. So sei der Geruch des Haars im Nacken am intensivsten und Correggio habe, bevor er zum Pinsel griff, auf einen bestimmten Lichteinfall gewartet – auf jenen Moment, da die Sonnenstrahlen nicht mehr direkt ins Zimmer fielen, aber ihr Glanz, ein Glimmen, noch auf dem Haar lag wie ein Elmsfeuer.

Ich packte das Tagebuch im Giardino delle Rose bereits nach kurzer Zeit weg. Die Dosis war schon zu stark gewesen. Außerdem war mein Blick schwammig. Die Buchstaben sprangen in den Zeilen. Ich stand auf. Die Katzen folgten mir noch ein Stück durch den Park, dann waren sie verschwunden. Der hintere Teil des Parks war verwildert. Äste überspannten den Weg, ließen ihn zu einem Tunnel werden, wo nur an wenigen Stellen noch die Sonne durchdrang. Nischen taten sich auf, Lauben aus lorbeergrünem Licht, Räume ohne Himmel. Hierher würde kaum ein Besucher kommen. Hier würde ich Ruhe finden, vielleicht wäre ich imstande zu schlafen. Ich musste schlafen. Aber mein Puls war aus irgendeinem Grund viel zu hoch, auch wenn ich mich nicht bewegte. Damit konnte ich unmöglich einschlafen. Ich streifte das Gebüsch zur Seite, eine Lichtung tat sich auf, Sonnenflecken tanzten auf dem Boden – ein Waldboden, weich, voller Piniennadeln. Sofort stieg mir der Geruch in die Nase, ein Aroma aus Hitze und Baumharz. Dann sah ich den Körper: Er lag rücklings ausgestreckt, ein Strauß Mohnblumen in der einen, ein Buch aufgeschlagen in der anderen Hand. Die Steinplatte war verwittert. Ich trat näher. Der dunkle Marmor glänzte matt. Die Frau war jung. Sie trug ein Kleid, das den Körper mehr zeigte als verbarg. Grazile, fast dürre Finger, eine leicht gebogene Nase, der Kopf zur Schulter geneigt, die Ohren kleine Muscheln, die flach am Kopf anlagen, schmale, beinahe kindhafte Arme, blauschwarz die Lippen, dunkel auch die Höfe der Brüste, diese von der Größe einer Bocciakugel. Langsam senkte sich meine Hand auf den Körper. Ich musste ihn berühren. Dieser Drang, er war plötzlich da. Der Stein war kühl und glatt. Der Körper schien zu strahlen, änderte plötzlich die Kolorierung. Ein stechendes Gelb. Meine Augen begannen zu tränen. Dann ein Aubergine, jene Schattierung, die der Himmel für kurze Zeit annimmt, wenn die Sonne untergegangen ist. Zweige knackten. Vögel flogen auf. Ich fuhr herum. Ein Rascheln hinter mir im Gebüsch. Schritte, die sich schnell entfernten. War mir jemand gefolgt, hatte mich beobachtet? Wer sollte mir folgen? Aus irgendeinem Grund kam mir der Junge in den Sinn. Wurde ich bereits paranoid?

Ich setzte mich ins Gras. Von Müdigkeit keine Spur mehr. Ich trank einen Schluck Wasser und holte das Manuskript aus dem Rucksack hervor – die Zwillingsschrift, die immer beruhigend auf mich wirkte –, vielleicht, weil ich mich in den Theoremen der Wissenschaft zurechtfinde, vielleicht weil die Wissenschaft anders als die Gefühle ohne Abgrund und doppelten Boden ist.

*Wurde in der theozentrischen Ausrichtung des Mittelalters,* las ich, *dem einzelnen Menschen keine besondere Geltung zugebilligt – das Humane galt als sündhaft und hilflos erlösungsbedürftig –, so brach die Renaissance radikal mit diesem Paradigma. Zielpunkt des Aufbegehrens war die Konstituierung des Eigenwerts der menschlichen Persönlichkeit und seiner eigenständigen Bezüge in der Welt in Abgrenzung von aller Jenseitsorientierung. Die Nobilitierung des Menschen und mit ihm der Natur wurden zum fundamentalen Thema. Am eingängigsten drückt sich diese Sicht der Welt wie des Himmels in der Kunst aus: Beinahe ein Jahrhundert nach Giotto, der sich von einer stilisierenden Förmlichkeit und einem Verhaften im Dekorativen noch nicht vollends gelöst hatte, führt Masaccio die Malerei zu einem frühen «Realismus», der von einer außergewöhnlichen erzählerischen Dichte und Beherrschung der perspektivischen Darstellung geprägt war. Er verzichtete auf billige, weil schönliche Anmut seiner Figuren. Die Gesichter etwa seines Adams, seiner Eva in der «Vertreibung aus dem Paradies» sind rau und schmerzverzerrt. Masaccios Figuren sind charaktervolle Akteure, man ist geneigt zu sagen: Individuen. Damit skizziert seine Kunst eine Prämisse menschlichen Seins, die zum Essenzialen der Moderne gehört.*

Beim Lesen kehrte die Müdigkeit zurück. Eine Müdigkeit, die nicht nur in den Muskeln, die auch in den Knochen saß. Eine Müdigkeit, die auch jetzt noch in Santa Maria Nuova in Obhut der Maldini unvermindert anhält. Eine Massage hätte mich an jenem Nachmittag schlafen lassen. Sophia – keine drei Minuten hatten ihre Fingerspitzen jedes Mal gebraucht, bis ich wegdöste. Es war eine Stelle in der Umgebung der Halsschlagader, die sie gewöhnlich massierte. Sophia kannte sich aus in solchen Dingen. Sie fehlte mir, fehlte mir so, wie ich es nie für möglich gehalten hatte. Man unterschätzt den Verlust, jeglichen Verlust, aber erst recht eines Menschen, den man liebt. Von heute auf morgen ändert sich die Chemie in unserem Gehirn. Die Botenstoffe spielen verrückt. Vor allem das Dopamin. Dopamin hat einen Speedfaktor. Es treibt uns zur Manie. Ich hatte nur e i n Ziel. Ein einziges. Ich musste Sophia finden. Sie war hier, in Florenz, es gab keine andere Möglichkeit.

Wann hatte es begonnen, dass Sophia sich veränderte? War es jene Szene im Badezimmer? Hatte es da angefangen? Jede Veränderung hat eine Geschichte. An jenem Nachmittag wurden nur die Bruchlinien sichtbar, traten sie an die Oberfläche, so, wie das Eis auf einem See plötzlich ächzt und mit einem Mal tiefe Risslinien sichtbar werden – Risse, die zuvor schon, wenn auch unbemerkt und durchscheinend in der Tiefe existiert hatten und nun zutage treten und offenlegen, dass das Eis nicht mehr trägt. Ich hatte ihr Lächeln im Spiegel gesehen, als ich ins Badezimmer kam. Das Schnarren des Rasierapparats füllte den Raum. Sie hatte mich geküsst und mir den Apparat in die Hand gedrückt. Da war mein Dopaminhaushalt noch längst nicht aus dem Ruder gelaufen. Aber der freie Wille ist auch aus anderen Gründen weniger robust, als wir glauben möchten. Die Entscheidungsfreiheit, lokalisiert im frontalen Kortex, der Denkzentrale direkt hinter unserer Stirn, ist – nach allem, was wir wissen – eingeschränkt. Der frontale Kortex sammelt Fakten und erzeugt Einsichten, er lässt uns schlussfolgern und Handlungsoptionen entwerfen und am Ende auch Entscheidungen treffen – heißt es. Aber unser Hirn befähigt uns auch zu immensen Gefühlen. Wesentlich werden diese in der Amygdala erzeugt, einer mandelförmigen Region im Schläfenlappen. Die Amygdala des Menschen ist doppelt so groß wie die eines Menschenaffen. Und das ist das Problem: Wir fühlen zu viel. Zu viel Furcht, Wut, Abscheu, Lust. Die Amygdala ist die Hexenküche. Sie steigert die Liebe ins Absurde. Sie lässt die Anstrengungen des frontalen Kortex ins Leere laufen. Ist die Amygdala heftig genug angeworfen, gibt es kein Halten mehr. Sophia hatte meine Hand zu ihrer Achsel geführt, mir die Höhlung entgegengestreckt, ich ließ den Scherkopf eintauchen, sie schmiegte sich an das Metall, das sich erhitzte. Kleine dunkle Haarflocken, die zu Boden taumelten, später Staub, der auf meine Hosenbeine rieselte, aber da hatte sich auch schon der Ton des Rasierers geändert: schriller und schräger, ein Motor, der schon keuchte und bald heiß laufen musste, so dass ich den Rasierer beiseite legte. Ihre Achselhöhle war gerötet und warm. Sophia griff zu einer Tube und drückte einen Klecks auf ihre Hand und begann die rasierte Fläche einzucremen. Ich drückte mich an Sophia, umfasste sie mit beiden Händen, sie presste ihren Hintern gegen mein Glied, alles hätte seinen gewohnten Gang genommen, aber sie grinste, ein Grinsen, das anhielt und das Bild schärfte – ähnlich einem Polaroidfoto, wo erst allmählich das ganze Motiv aufscheint. Jedenfalls nahm sie aus dem Spiegelschrank den Rasierschaum und hielt mir die Dose hin. Ich drückte auf den Spraykopf. Seidiger Schaum in meiner Hand, die zwischen ihre Beine tauchte und Sophia einseifte. Ein schmatzendes Geräusch entstand. Sophia sank auf einen Hocker. Sie spreizte die Beine, schob ihre Hand unter meine und verteilte den Schaum gleichmäßig. Plötzlich hielt sie inne. Sie strich mit dem Finger über ihre Schamlippen. Dann wies sie mit dem Kopf auf die Papageienfeder, eine kobaltblaue, gelb gescheckte Feder, die hinter dem Spiegel steckte.

«Mach du es», sagte sie und ihre Stimme war heiser. Ich nickte – ein kleines verstohlenes Nicken, das nicht verriet, dass ein dubioses Glück sich in mir breitmachte, eine Kontraktion, die vom Zwerchfell ausging und über die Bauch- und Beinmuskeln meine Knie erreichte, als ich mich vor Sophia hinhockte und mit dem Finger über die Fahne der Feder fuhr, eine Handlung, die Fleischer ausführen, wenn sie die Schärfe des Messers prüfen. Mit weichem Strich ließ ich ihre Klitoris anschwellen, die aus dem Rasierschaum auftauchte wie die Nase eines Menschen, der aus dem Schnee geborgen wird. Der Federkiel begann, die Schamlippen abzufahren. Sie blinzelte und streckte den Kopf. Am Hals schwollen die Muskeln. Ich nahm mit der Feder eine Portion Schaum auf und tupfte sie auf ihre Brustwarzen. Sophia legte ihren Arm um mich.

«Nimm den Rasierer», hauchte sie in mein Ohr. «Den Nassrasierer.»

Etwas löste sich in mir. Ich spürte eine erste, wenn auch noch winzige Bewegung. Ein Gleiten, ein Schneebrett, das sich am Hang lösen und gleich zu Tal sausen würde. Es folgte eine schwierige Abfahrt im Tiefschnee. Meine Hand war längst zittrig vor Lust. Ich rasierte die Leisten und den

Venushügel. Eine weiche, anschmiegsame Haut deckte sich auf. Sophia hatte die Augen geschlossen. Ihre Zungenspitze tauchte im Mundwinkel auf, und je tiefer ich kam, desto weiter streckte die Zunge sich vor, ein blindes, rotes Reptil, das sich über Sophias Finger hermachte, sie umkreiste und anfeuchtete, bis die Finger trieften, die nun die schaumweißen Brustwarzen streichelten, die unter der Politur glänzten und ihren Schoß unruhig machten, der allein im Zentrum noch einzelne Haarbüschel trug, auf die der Schaum wie Raureif lag.

«Mach schon. Bitte!»

Der Tonfall ihrer Stimme, und es war weit mehr als ein lustvolles Wimmern, ließ mich aufhorchen: ein merkwürdiger Geigenstrich, mitten im Konzert. Ein Ausliefern schwang dort mit, ein Flehen, das mich irritierte. Die Klinge glitt ab, ein Stolpern auf dem Weg ins Tal, sie schnitt oberhalb des Venushügels in die Haut, ritzte ein fingernagelgroßes Mal, das aufsprang und sich mit Blut füllte – Blut, das über den Hügel zwischen die Schamlippen lief und sie einfärbte. Sophia hielt die Augen geschlossen, stöhnte auf, senkte ihre Hand auf ihre Scham und rieb sich an ihrem Handballen heiß. Sie atmete flach und schnell. Ich zögerte. Trotz aller Erregung war da noch etwas anderes in mir – etwas, das nichts mit Begehren zu tun hatte. Ich richtete mich auf und schaute in den Spiegel, der längst blind und klamm war. Ich zögerte – so wie ein Tier zögert, das eine Gefahr spürt. Ich konnte sie nicht benennen, sie war da, sie war einfach nur da. Dennoch beugte ich mich über sie, roch Sophias Atem, der heiß und feucht war, der ein Anisaroma hatte. Sie schob meinen Kopf zwischen ihre Schenkel. Ich roch das Blut. Es tropfte auf meine Zunge, es war warm, es hatte den Geschmack von Eisen und Salz. Dann drückte sie mich weg, und ihre Finger deckten die Knospe wieder auf. Ich sah ihr zu. In meinen Knien, in den

Muskeln ein Vibrieren, als ob man eine Fracht den Berg hinaufträgt und nicht absetzen darf. Sie strich über ihre Klitoris. Sie hatte die Augen geschlossen, schnalzte mit der Zunge, als triebe sie ein Pferd an, das im Streckgalopp über eine Ebene rast, bis das Schnalzen sich schließlich zu einem einzigen lang gezogenen Geräusch verdichtete, ähnlich einer Woge, die bei Sturm an die Kaimauer klatscht.

Es wurde Abend. Längst waren wir hinüber in Sophias Schlafzimmer gewechselt. Ihr Kopf ruhte auf meiner Schulter. Ich hörte den Regen auf das Dachfenster trommeln, und manchmal drang von der Straße das zischende Geräusch von Autoreifen, die durch eine Pfütze preschen, herauf. Sie schlief. Ihr Atmen war gleichmäßig und ruhig. Etwas zwischen uns war anders geworden. Das Licht der Scheinwerfer wischte über die Wände. Weit entfernt bellte ein Hund. Im Gebälk das Sirren der Holzwürmer.

Alles kommt wieder. Nichts geht verloren. Es sind die Erinnerungen, die Sophia und auch jene verwirrenden Tage hier in Florenz zurückbringen, die alles ans Licht holen, wie die Maldini sich ausdrückt. Am Ende mag es der Schmerz sein, der mich Sophia und mich selbst verstehen lässt, glaubt die Maldini. Der Schmerz brauche die Worte. Sie würden ihn stellen – auf dem Papier oder auf meinem Laptop. Von dort könne er nicht fliehen, so wie ein Tier auf einer Landstraße geblendet vom Scheinwerferlicht nicht fliehen könne.

# 3

Der Himmel über der Stadt war lindgrün. Die Hitze schien immer noch zuzunehmen. Ich konnte sie fühlen, ihre Schwere, ihre Spannung, ihre Feuchtigkeit. Ich hatte Stunden im Giardino delle Rose verbracht. Stunden, die zerronnen waren wie Stunden am Meer, wo die Zeit sich selbst frisst. Irgendwann packte ich an jenem Nachmittag Sophias Papiere zusammen und steckte sie in den Rucksack. Erneut flog hinter mir im Gebüsch zeternd ein Vogel auf. Dann ein zweiter. Ich horchte. Aber diesmal war nichts weiter zu hören, kein Rascheln, keine Schritte.

Auf dem Piazzale Michelangelo schlug mir das Rauschen von Stimmen, ein gefächerter, anschwellender Ton wie von einem Bienenschwarm entgegen. Bus um Bus entließ Touristen. Sie strömten vor allem zum nordöstlichen Rand des Platzes. Dort öffnete sich der Blick. Man sah den Fluss mit seinen Brücken, man sah das Ziegelmeer der Dächer und oberhalb der Stadt die Festung Belvedere. Und mittendrin und über allem die Kuppel des Doms, ein praller, rostbrauner Ballon. Davor, ins Bild geschoben, der Turm des Palazzo Vecchio, ein steinerner Zeigefinger, der in den Himmel ragte. In der Ferne die pflaumenblauen Kämme des Apennins. Darüber ein blasser Tagmond.

Cafés säumten den Platz. In welchem hatte Sophia gesessen, wenn sie am Abend aus der Stadt, aus dem kunsthistorischen Institut hierher heraufgekommen war, bevor sie ihr Quartier auf dem Campingplatz aufsuchte? Um mich herum das Geklapper von Geschirr und Besteck, Stühlerücken, Kellner, die von Tisch zu Tisch sprangen und denen man die gute Laune nicht abnahm. Ich schaute den Tauben zu – faustgroße Federbälle mit starren, rotblinkenden Augen, die auf einem Tisch landeten, sobald ein Gast das Feld geräumt hatte. Sie liefen zwischen den Gläsern und Tassen umher, pickten Krümel auf, fraßen aus den Glasschalen Chipsreste und Erdnüsse, kackten auf die Kuchenteller.

*Die Stadt war atemlos. Die Blicke der Männer an den Tischen um mich herum … Ein Schwarm Tauben flog von der Balustrade auf und fand nicht mehr zurück.*

Das Tagebuch. Auf manchen Seiten waren die Buchstaben zerlaufen, an den Rändern zerfasert, und das Königsblau schon in ein lichtes, wässriges Himmelblau verwandelt. Vielleicht hatte Sophia im Freien geschrieben, hier auf dem Platz, oder das Buch bei offenem Fenster an einem Sommerabend auf einem Tisch liegen lassen, und Regen war auf die Buchseiten gefallen und hatte das Papier gewellt.

*Mein Kleid klebte auf der Haut. Es war Zeit zu gehen. Er folgte mir bis zum Tor des camping comunale. Seine Schuhe klackten auf dem Asphalt. Ich nahm die Einladung an.*

Wort um Wort, Station für Station würde ich Sophia auf ihren Wegen durch Florenz folgen.

«Machen Sie es sich bequem», sagt die Maldini.

Ich strecke mich auf der Chaiselongue aus. Die Dottoressa rückt ihren Sessel zurecht. In den Händen hält sie wie immer Bleistift und Spiralblock bereit.

«Wie fühlen Sie sich?»

«Wie man sich halt fühlt in einer psychiatrischen Klinik.»

«Und das heißt?»

«Ich hätte mir nie träumen lassen, einmal auf die andere Seite, auf die Seite der Patienten wechseln zu müssen.»

«Es beunruhigt Sie?»

«Es erstaunt mich eher.»

«Was genau bringt Sie ins Staunen?»

«Dass es auf der Leiter immer noch tiefer abwärts geht, just zu dem Zeitpunkt, wenn man glaubt, es könne nicht mehr schlimmer kommen. Der Schrecken scheint eine eigene bösartige Dynamik zu haben.»

Die Maldini schmunzelt. Sie kreuzt die Arme vor der Brust, schlägt die Beine übereinander und schaut zum Fenster hinaus wie jemand, der am Schreibtisch sitzt, den Faden verliert und sich von seinen Gedankenspielen davontragen lässt oder den Kondensstreifen eines Flugzeugs zuschaut, die am Himmel immer mehr ausfransen, bis sie nur mehr helle Flocken sind. Manchmal höre ich Schritte über den Flur hasten und Türen schlagen. Meist jedoch ist es still bis auf die stetige Grundierung, die das Brausen des Verkehrs bewirkt – ein Geräusch, dem man in Florenz nur schwer entkommt. Schließe ich die Augen, lässt sich die Illusion herstellen, ich befände mich am Meer, säße in einem jener Lokale am Strand an der niederländischen Küste, die Seeblick und schlechtes Essen garantieren.

«Ich sollte Sie über Ihren Zustand aufklären», sagt die Maldini schließlich und schaut mich an – ernst und mild zugleich.

«Haben Sie je darüber nachgedacht, dass Ihre Erkrankung auch durch den Aufenthalt in unserer Stadt bedingt sein könnte?»

«Sollte ich das?»

«In den Zeiten des Massentourismus ist uns der eigentliche Sinn des Reisens abhanden gekommen. Goethe etwa oder der Engländer Sterne begriffen das Reisen noch als eine Art Selbstbegegnung. Ihnen war klar, dass der Reisende auch verwirrenden Reizen ausgesetzt ist. Man bleibt dabei nicht immer sattelfest. Sie können mir folgen?»

Ihre Stimme ist sanft, und noch scheint sie jeden Eifer unterdrücken zu können.

«Man fällt, einmal entledigt der Alltagsroutinen, aus seinen Schablonen, und deshalb besteht auf einer Reise immer auch die Möglichkeit, ein inneres Abenteuer zu erleben - manchmal in Gestalt einer Krise, einer Erschütterung des seelischen Gleichgewichts. Bisweilen dramatisiert eine Reise geradezu die Biografie eines Menschen. Die Aufzeichnungen eines Romanciers, besonders seine Erlebnisse hier in Florenz - er kollabierte nach einem Besuch Santa Croces - brachten mich auf die Idee, die immer wieder bei Touristen in unserer Stadt auftretenden Fälle von nervöser Erschöpfung und vegetativen Kollapszuständen bis hin zu kurzzeitigen psychotischen Schüben zu untersuchen. Sind Sie je auf den Namen Stendhal gestoßen, den Schriftsteller, haben Sie ihn gelesen?»

«Hören Sie, in Sophias Manuskript, in ihrer Dissertation, gibt es Hinweise auf ihn, auch im Tagebuch ... es ist verwirrend.»

«Sie haben Recht. Stendhal ist verwirrend - wie auch die Kunst in unserer Stadt den einen oder anderen überfordern mag. Wir stoßen mitunter auf Besucher, die von Angstattacken oder einer kurzfristigen Geistesverwirrung heimgesucht werden. Wir haben die Fälle protokolliert und ausgewertet. Ich darf Sie trösten, Sie sind nicht der Einzige, der eine solch massive Präsenz an Kunstschätzen, wie sie Florenz bietet, nicht verarbeiten kann.»

Ich habe keine Ahnung, worauf sie hinauswill.

«Die Kunst ist vergleichbar mit einem Medikament. Ob sie heilt oder schädigt, entscheidet die Dosierung.»

Die Stimme der Ärztin ist klar und gemessen.

«Ich darf zitieren, was Stendhal zustieß: ‹*Meine Erregung war an dem Punkt angelangt, wo sich die himmlischen Gefühle, die uns die Kunst einflößt, mit den menschlichen*

*Leidenschaften vereinen. Als ich Santa Croce verließ, hatte ich starkes Herzklopfen; in Berlin nennt man das einen Nervenanfall; ich war bis zum Äußersten erschöpft und fürchtete umzufallen.›* Sie verstehen, worauf ich hinaus will?»

«Nein, ja … Sie glauben, es gäbe eine Art psycho-ästhetisches Paniksystem, eine Stelle im …»

«Hirn, ganz genau, die durch Kunst ansprechbar und aus dem Gleichgewicht zu bringen ist.»

«Das glauben Sie selbst nicht.»

Die Maldini lächelt.

«Nicht so voreilig. Sie sind Neurologe, Schlafforscher. Da werden Sie die Zusammenhänge zwischen neuronaler Überreizung und Panikattacken bis hin zu Nervenzusammenbrüchen einzuschätzen wissen.»

Die Maldini streckt sich und beugt ihren Kopf nach hinten. Ihre Kehle scheint im Licht auf.

«Freud sprach in einem ähnlichen Zusammenhang von Entfremdungsgefühlen. Wir treffen auf Menschen, die in der Stadt herumirren und unfähig sind, ihren Namen zu nennen. Haben Sie Ähnliches an sich erlebt?»

Die Stimme der Maldini hat eine wunderbare Altlage. Ihrer Stimme fehlt jede Aufgeregtheit. Sie will mir diese Stendhal'sche Verwirrung anhängen. Sie ist auf der falschen Fährte, und ich belasse sie dabei.

«Halluzinierten Sie? Spielte Ihr Herz verrückt?», fragt sie und schmunzelt. Offenbar ist ihr die Verfänglichkeit der Formulierung angesichts meiner Beziehung zu Sophia bewusst.

«Ich meine, verspürten Sie seit Ihrem Aufenthalt in der Stadt kardiale Rhythmusstörungen?»

«Erlauben Sie *mir* eine Frage: Was macht die Kunst so gefährlich?»

Sie grinst.

«Was glauben *Sie*?», antwortet die Maldini. Sie ist klug. Sie lässt mir keine Chance, mich aus der Schusslinie zu bringen.

Ich machte mich an jenem Nachmittag vom Piazzale Michelangelo auf und steuerte auf den Campingplatz zu. Ich wollte sehen, wo Sophia sich in Florenz aufgehalten hatte. Alles. Jeden Ort. Ich erreichte den Platz nach wenigen Hundert Metern. Neben der Schranke saß ein Wachmann auf einem Stuhl und las Zeitung. Die Sonnenbrille war ins Haar geschoben. Die klobigen Stiefel glänzten frisch gewachst. Er musterte mich aus seinen Schweinsaugen. Die Wangen fleischig, der Hals geschwollen, als litte er unter Mumps. Er trug eine dunkelblaue Uniform. Ich passierte das Tor. Der Mann machte keine Anstalten, mich aufzuhalten. Sophia – Tag für Tag war sie hier entlanggegangen. Der Asphalt war mürbe und von der Sonne aufgeweicht. Irgendwo in dem schrundigen Belag vielleicht der Abdruck ihres Schuhs, im Gras noch Graphitstaub von ihrem Bleistift. Die Existenz des Mikroskopischen zwar in diesem Fall lächerlich und absurd, aber nichts geht wirklich verloren, was nicht bedeutet, dass es auch auffindbar wäre.

Die Blätter der Olivenbäume flirrten im Wind. In der Luft das Geschwirre von Hummeln und Bienen. Ein Summen, das den Lärm der Radios milderte. Jedes schepperte auf einer anderen Frequenz. Tarek erzählt, dass in der Medina von Marrakesch ein Geräusch ein anderes schluckt. Obwohl dort auf engem Raum Hunderte von Händlern lautstark feilschten und schacherten und beinahe so viele Schreiner und Kesselflicker hämmerten, sei es dort auf eine Art still wie für einen Schwimmer inmitten der Brandung.

Vor den Zelten und Wohnwagen trank man den Nachmittagskaffee: im Liegestuhl und auf Campinggestühl, das aus irgendeinem Grund zu klein wirkte, etwas

Puppenstubenhaftes hatte und die Benutzer missraten aussehen ließ, ganz so als litten sie unter einem unzulänglichen Wuchs, der sie riesig und meist auch zu fettleibig in dem Gestühl klemmen ließ. Auf den Rasenflächen flatterten Zeitungen, lagen Bälle und Federballschläger herum. Man richtete Satellitenantennen aus und bürstete den Hund. Man faltete und entfaltete Decken und Schlafsäcke. Männer strichen einzeln oder im Duett mit hinter dem Rücken gefalteten Händen von Wagenburg zu Wagenburg. In ihren Bewegungen ein Gelangweiltsein, das sich gerade noch daran hindern ließ, in Hast umzuschlagen.

Sophia – hatte sie das ertragen können? Morgen für Morgen die Blicke, die ihr gegolten haben mussten. Männer, die im Laufe des Tages in eine immer unerschütterlicher werdende Gemütlichkeit verfielen, die spätestens gegen Abend bunte Lichterketten und den Grill glühen ließen. Immer stehen Männer am Grill. Wie hatte sie dort arbeiten können? In dem Trubel. Einen ganzen Sommer lang. Wie sich mit Masaccio und Botticelli befassen, wenn sich die Nachbarschaft lautstark beim Monopoly erschöpfte? Mit dem Laptop, unter einem Baum, hatte Sophia berichtet. Und im gemieteten Caravan. Die Zimmer in der Stadt ja unerschwinglich, hatte sie gemeint. Bei ihrer Rückkehr aus Florenz war das Manuskript nahezu abgeschlossen gewesen. Ich kehrte um.

Der Wachmann, er hätte ein jüngerer Bruder Pavarottis, des Tenors aus Modena, sein können, fett, kurzbeinig und vollbärtig, wie er war, lehnte jetzt an der Mauer der Pförtnerloge, die gefaltete Zeitung in den Händen. Ich nickte ihm zu. Er erwiderte meinen Gruß. Ich war schon fast an ihm vorüber, spürte seinen Blick im Rücken, da hob seine Stimme an, eine mächtige, rauchige Basslage:

«Sie suchen?»

Ich wandte mich um, schaute ihn an und zögerte. Ich hätte ihn stehen lassen und weitergehen sollen.

«Nichts, niemanden», sagte ich und war mir sogleich über die Schlichtheit meiner Antwort im Klaren.

«Nichts, niemanden, aha.»

Der Mann bleckte wie ein Gaul die Zähne.

«Jedenfalls niemanden, den Sie kennen.»

«Ich kenne jeden hier auf dem Platz.»

Der Kerl war von einem bärbeißigen Ernst. Meine Augen brannten vor Müdigkeit und mein Kopf schmerzte. Ich wollte weg.

«In Florenz, sagt man, ließen sich drei Dinge nicht verbergen: Armut, ein Husten und eine Liebe. Ich habe Sie vorhin beobachtet. Sie streiften zwischen den Wagen umher …»

Er lächelte vieldeutig und faltete die Zeitung auf Postkartengröße zusammen, um sie dann in die Brusttasche seines Hemdes zu stecken. Ich schaute ihm zu, wie man auf der Straße einem Artisten, der ein Rad schlägt, oder einem Feuerspucker zusieht.

«Mit der Zeit schärft sich der Blick.»

«Für harmlose Besucher, meinen Sie.»

«Es gibt keine harmlosen Besucher, zumindest keine absichtslosen. Warum streift ein Mann ohne Gepäck über einen Campingplatz? Warum diese Verlangsamung in der Bewegung? Diese Müdigkeit, auch im Blick … Sie gestatten meine Offenheit.»

Für einen Wachmann sprach er reichlich geschwollen.

«Warum diese Besorgnis?», äffte ich seinen Ton nach. «Was könnte ich hier anrichten?»

«Die Zeitungen sind voll von Harmlosigkeiten. Die kleinen Meldungen an den Randleisten meine ich. Fälle, auf die, wenn überhaupt, zweitklassige Polizisten angesetzt werden. In letzter Zeit aber ist man nervös, es passieren Dinge, die das normale Maß überschreiten, weit überschreiten. Informieren Sie sich. Lesen Sie Zeitung!»

Meinte er den Bootsunfall auf dem Arno? Meinte er den Körper, den man aus dem Fluss gefischt hatte? Er wandte sich ab, um dann in einer pirouettenhaften Bewegung, die ich ihm nicht zugetraut hätte, wieder an seinen Platz zurückzuschnellen.

«Man unterschätzt die Stadt. Immer schon täuschen uns Namen. Florenz oder Florentina, so hieß die Stadt noch bei den Römern, da denkt man an *Flora*, die Göttin der Blumen und Gärten, die Mutter des Frühlings. Der Name beschwört die Vorstellung von Damen, die in Hotelgärten zarte Aquarelle aufs Papier bringen, finden Sie nicht?»

Unsere wahren Absichten verraten sich in Nuancen, winzigen Kommentierungen des Körpers, die offenkundig machen, was die Worte, die Stimme vortäuschen.

«Unweigerlich stellen sich Bilder ein. Spätsommerlicht. Heckengesäumte Wege. Die Weingärten um Fiesole oder am Bellosguardo.»

Zeigt sich die Ironie in einem Aufblitzen der Augen und einem leichten Stirnrunzeln, so bleibt beim Spott der Blick kalt und ein kaum sichtbares Kopfschütteln entsteht. Sein Blick war kalt, und es kam zu jenen winzigen, verneinenden Bewegungen des Kopfes.

«Florenz … Man glaubt die Damen vor den Fresken Masaccios seufzen zu hören, nicht wahr?»

Warum erwähnte auch er Masaccio? Sein Blick lauerte.

«Sind Sie Kunstgeschichtler oder Wachmann?»

«Man kann das eine und das andere sein.» Er grinste. «Sie erfahren hier Details, die Ihnen kein Reiseführer nennt. Die Stadt ist schwierig. Ihr fehlt jene Wärme, die etwa in Neapel spürbar ist. Ihr fehlt die Melancholie Venedigs. In Wahrheit ist die Stadt hart. Sie hatte von jeher eine dunkle Seite, welche die Besucher sich hartnäckig anstrengen zu leugnen.»

Er hielt inne und strich sich durch den Bart.

«Haben Sie je von Veronica Cybo gehört?»

«Nein.»

«Sie offenbart den Charakter der Stadt anschaulich. Florenz ist nicht allein die Stadt der Renaissance. Florenz ist auch die Stadt der Rache. Und die kennt viele Methoden. Die Cybo wählte die ihrige.»

In seine dunkle, aufschallende Stimme mischte sich ein Unterton, eine winzige Modulation. Er trat einen Schritt auf mich zu. Sein Atem an meiner Wange.

«Sie servierte an einem Neujahrsmorgen ihrem Mann in einem Wäschekorb - man beachte die Symbolik, die feine Analogie zum alten Testament, zum Weidenkörbchen, das den Moses barg - den abgesägten Kopf seiner Geliebten. Ich sage abgesägt – nicht abgehackt. Sie bemerken bitte den feinen Unterschied der Prozeduren.»

In seinem Blick lag unverändert ein Lauern. Ich ließ seinen Köder unbeantwortet und ging. Wieder spürte ich seinen Blick im Rücken.

Ich kehrte zum Piazzale Michelangelo zurück. Noch immer war der Platz voller Menschen. Menschen, die vor Buden mit Eis und Coca Cola, vor Fußballtrikots und Lampenschirmen standen, sich über Bettwäsche und Badetücher beugten, Schlüsselanhänger und Tassen mit Florentiner Motiven begutachteten. Der Lärm schloss mir die Ohren. An den Ständen ein Quaken und Rufen, ein Schieben und Drängeln. «Lesen Sie Zeitung», hatte er gesagt. Ich ergatterte einen frei werdenden Tisch in einem Café und griff zu einer der Zeitungen. Ein Bericht auf der Lokalseite. Zwei Spalten lang. Ein tödlicher Unfall sei es gewesen. Wenn auch der Hergang noch nicht gänzlich geklärt sei. Eine Touristin. Fragen blieben. Warum durchschwamm sie den Arno? Warum hatte der Bootsführer sie so spät entdeckt? Ich blätterte weiter. Von dem anderen Vorfall, von dem Körper, den die Carabinieri aus dem Fluss geborgen hatten, war nirgendwo die Rede.

Immer schon sei die Stadt skurril gewesen, hatte Sophia gesagt. Sie hatte Botticelli erwähnt. Von Lorenzo de' Medici sei er verpflichtet worden, die Leichen derjenigen zu malen, die den Mordanschlag auf ihn und seinen Bruder Giuliano ausgeführt hatten: Mitglieder der sogenannten Pazzi-Verschwörung, die gefasst worden waren und schließlich stranguliert an der Außenwand des Palazzo Vecchio gebaumelt hatten. Unter ihnen zwei Priester. Aus irgendeinem Grund seien sie die einzigen noch Lebenden unter all den im Wind schaukelnden Leichnamen gewesen. Botticelli hatte zu ihren Füßen gesessen, ihre Sterbegebete gehört, die wie Flüche geklungen hatten. Er hatte die spitznasigen, schon hohlwangigen Gesichter gemalt, die ausgemergelten, durchgehangenen Körper, die an Vogelscheuchen erinnerten – die Köpfe von der Schwerkraft geneigt, dass man meinen konnte, sie wären nun demütig. Die Luft war erfüllt gewesen vom Kreischen der Turmfalken und Krähen, die sich über Augen und Weichteile der Hingerichteten hergemacht hatten. Nach und nach hatten sich die verfaulenden Körper von den Seilen gelöst. Man hatte ein Surren vernommen, wie von einer überreifen Frucht, die zu Boden rauscht.

Ich bezahlte meinen Kaffee, legte die Zeitung zurück und machte mich wieder auf den Weg. Es war windstill. Die Luft war eigenartig ausgedünnt, ohne jeden Geruch. Ich roch nicht einmal die Dieselschwaden der Busse, die Benzinfahnen der Motorroller, als ich den Platz überquerte. Ich stellte mir eine Apparatur vor, einen Filter, der alle Gerüche aus der Luft entfernt hatte. Ich suchte den Giardino delle Rose wieder auf, den Platz bei der schönen Toten. Aber auch hier roch ich nichts. Konnte man nicht nur das Gehör verlieren, sondern auch die Fähigkeit zu riechen? Der Sockel war überwuchert von Efeu: ein dunkelgrünes Bett, auf dem sie ruhte. Am Kopfende war eine Inschrift in den Stein gemeißelt. Sie war von Moos und Flechten bewachsen. Mit einem Stock kratzte ich die Buchstaben frei.

«Gott will nicht, dass die Sonne / dir scheint, wenn nicht an meiner Seite. / Er will nicht, dass du schläfst, / außer geborgen in meinem Haar.»

Wer war die Tote? Wer der Verfasser dieser verzweifelten und anmaßenden Zeilen?

Heute glaube ich, man kann an der Liebe sterben. *Das gebrochene Herz.* Die Medizin spricht von einem Vorhofflimmern oder der Ermüdung des Herzmuskels. Manchmal mache ich mich auf in die Kardiologie. Ich mag diese Station. Ich mag das Pumpgeräusch der Beatmungsmaschinen, ein saugender, schmatzender Ton, der auf den Flur hinausdringt, untermalt vom Piepen der Monitore, die emsig den Herzrhythmus dokumentieren. Ich streife an den Zimmern vorbei. Bisweilen steht eine Tür offen. Mein Blick fällt auf einen Kranken, der, stelle ich mir vor, die Hoffnung hat, dass irgendwo zwischen den Kathetern und Schläuchen das Vergessen einsetzt – die Amnesie, diese barmherzige Geste des Gehirns, die den Speicher löscht. Melfiore hat schon Recht. Manche Menschen mögen alles daran setzen, endlich vergessen zu können. Es gibt Augenblicke, wenn die Maldini mich hier im Zimmer zurücklässt, ein wenig ratlos, ein wenig erschrocken über die Wucht meines Schmerzes, es gibt Augenblicke, wenn die Tauben auf der Piazza Nuova aufsteigen und über den Fluss und den Piazzale Michelangelo hinwegfliegen und schließlich jenseits der Hügel unsichtbar werden, als stürzten sie im Flug über den Horizont und aus der Welt, dass ich es ihnen gleichtun, dass ich ans Fenster treten und auf den Sims steigen möchte, weil ich fürchte, dass meine Misere und dieser idiotische Schmerz endgültig sein werden. Ich kann nicht nicht an Sophia denken. Ich kann nicht einmal nicht an jene hinter mir liegenden, zermürbenden Tage in Florenz denken.

Die Statue, die schöne Tote. Jemand musste ihr diese Grabstätte errichtet haben. Jemand, der den Verlust nicht ertragen hatte, der zerschlagen von ihrer Abwesenheit war, der diese Leere füllen musste, und sei es mit einer Skulptur. Ich beugte mich über sie, legte meine Hand auf ihre Schulter. Ich glitt über die Rippenbögen, verharrte auf ihrer Taille, bevor meine Hand dann über den Rock fuhr, der ihren Hintern umspannte – blauschwarzer Marmor, der sich in der Sonne erhitzt hatte. Ein seltsames Gefühl beschlich mich, eine Scham, als berührte ich eine Schlafende oder Narkotisierte, die sich gegen meine Annäherungen nicht wehren konnte. Ich ließ von der Statue ab und setzte mich ins Gras, trank einen Schluck Wasser und holte das Manuskript hervor. Ich begann zu lesen. Jene Passage, in der Sophia Masaccios Werk «Der Zinsgroschen» analysierte.

*Von jenen Fresken, die in der Brancacci-Kapelle erhalten sind, zieht «Der Zinsgroschen» bis heute die größte Aufmerksamkeit auf sich, gilt er doch als Gründungswerk der italienischen Renaissancemalerei. Masaccio bezieht sich darin auf eine Begebenheit, die im Matthäus-Evangelium beschrieben ist: die Ankunft Jesu und seiner Jünger in Kafarnaum. Masaccio veranschaulicht den Vorgang in einem einzigen Tableau. Die Hauptszene zeigt die Steuerforderung eines Zöllners an die reisenden Jünger und den daraufhin erfolgenden Befehl Jesu an Petrus, das fehlende Geld zu beschaffen. In der linken Hintergrundszene finden wir dann Petrus am Ufer des Sees Genezareth knien und dem Maul eines Fisches wundersam ein Geldstück entnehmen. In der rechten Vordergrundszene ist schließlich die Aushändigung desselben an den Zöllner dargestellt.*

*Masaccio beeindruckt in diesem Fresko durch die Virtuosität der Darstellung: Man erkennt das aufgerissene, rosige Fischmaul, die hellen Schatten der Zahnreihen, ja noch den Wellenschlag, den der zappelnde Fisch im See verursacht. Hinter der Gruppe der erwartungsvoll verharrenden Jünger (im Bildmittelpunkt) erstreckt sich ein Bergpanorama. Die Farben variieren vom Dunkelgrün der vorgelagerten Hügel über ein blasses Umbra der fernen Berge bis hin zu einem Gipfelweiß, über dem der Himmel aufreißt.*

Ich legte das Manuskript wieder zur Seite. Es fiel mir schwer zu lesen. Die Statue lenkte mich ab. Da war dieses Gefühl in mir, diese seltsame Empfindung, die mir jetzt hier auf der Station kaum mehr verständlich ist: eine abstruse sexuelle Erregung, welche die Maldini mir deuten soll. Ich lehnte mich jedenfalls erneut über den Körper, strich über ihren Hintern, über ihre Schenkel, und meine Zungenspitze berührte die Brüste, schmeckte auf den Knospen etwas Salziges … Sophia, Sophia schiebt sich ins Bild. Ich denke wieder an Sophia. Sie hatte sich damals nach jenem bizarren Sex im Bad verändert. Etwas war in Gang gekommen, hatte Fahrt aufgenommen. Etwas, das ich nicht verstand. Ein paar Tage später kam es zu einer Fortsetzung. Sophia arbeitete am Küchentisch. Still, konzentriert, ohne Pausen. In den Straßen und Höfen schwamm das Licht. Es war über Nacht Frühling geworden. Der Winter hatte bis in den April gereicht. Plötzlich stand sie auf. Beugte sich über den Tisch, begann ihre Brüste an den Rücken der aufgestapelten Bücher zu reiben. Das Summen des Kühlschranks füllte die Küche. Ich erinnere mich genau. Auf dem Trottoir vor dem Fenster schraubte jemand an einem Fahrrad, ein Schraubenschlüssel klirrte zu Boden, eine Eisensäge zog mit einem hohen, schrägen Ton durch das

Metall. Sophia streifte ihre Schuhe ab. Die obersten Knöpfe ihres Kleids waren aufgeknöpft. Brüste von der Farbe blassen Milchkaffees drückten sich heraus. Ich sagte kein Wort, blickte auf die faustgroßen Tropfen, die Knospen hart und rostbraun. Sophia kletterte auf den Tisch und kniete nun dort auf allen Vieren. Ihr Hintern, eine blassgrüne Frucht, schaukelte über dem Stapel der Manuskriptseiten. Sie wartete. Ich sollte sie studieren, sollte dieses kapriziöse Bild aufbewahren. Ich habe unzählige solcher Bilder in meinem Kopf, ein qualvolles Glück. «Sophia ...», sagte ich. Meine Stimme rau und mir fremd. Sie schwieg, knöpfte ihr Kleid weiter auf, das über Rücken und Taille zu ihren Füßen hinabglitt, ein blassgrüner Schweif. Sie beachtete mich nicht weiter. Ich drückte mich gegen die Spüle, meine Fingerknöchel weiß vor Anstrengung, nicht in die Knie zu gehen. Sie setzte sich auf die Tischplatte, spreizte die Beine, steckte einen Finger in den Spalt, der rosa aufschien: Schließlich hob sie den Kopf und blinzelte mir zu. Sie kniete sich wieder, ich blickte auf die zimtfarbene Blüte zwischen den Schenkeln, zu der sich jetzt ihre Hand schob, bis sie über Masaccio und Botticelli zu röcheln begann und mich aufforderte endlich zu beginnen, was ich auch tat. Ich ahnte, es war eine Illusion zu glauben, dass der Sex heilt, was das Herz SCHON trennt.

Später lag Sophia bäuchlings auf dem Küchentisch, erschöpft, die Augen geschlossen, mit ausgestreckten Armen, eine Schiffbrüchige, die ans Ufer gespült war. Schon unerreichbar für mich. Für manche Paare mag es nach dem Taumel noch die Wärme der erhitzten Haut geben, man spürt den allmählich abebbenden Herzschlag des anderen, döst Hand in Hand weg. Bei Sophia erfolgte der Bruch zunehmend hart und unsentimental. Ja, heute glaube ich, dass sie sofort von mir wegrückte und am Fenster eine Zigarette rauchte oder sogleich in Schlaf fiel oder aber aufstand, ein Hemd, meist mein Hemd, zwischen die tropfenden Schenkel klemmte, ins Bad ging und sich wusch, den Abschied andeutete, mich jedoch hätte warnen müssen. Nur noch das Fieber auf der Haut interessierte sie damals. War es vorüber, ließ sie mich zurück – ein lästiger Besucher, der weit nach Mitternacht, am Ende des Festes partout nicht gehen will, im Raum steht, den Mantel nicht zuknöpft, den Schirm nicht nimmt, unschlüssig sein Glas in der Hand dreht und den Heimweg aufschiebt. Ich war naiv – jemand, der die Bruchstellen nicht bemerkt. Jemand, der in einen Fesselballon steigt und die zerfaserten Seile nicht sieht. Der plötzlich im freien Fall durch den Himmel stürzt und nicht weiß, wie ihm geschieht.

Wolken zogen auf, nur noch ein wachsfarbenes Licht kam dann an jenem Morgen im April in die Küche, ließ die Haut an Sophias Beinen und Armen stumpf erscheinen, nahm ihrem Haar den Glanz. Ich ging um den Tisch herum und betrachtete ihr Gesicht, das immer noch erhitzt und gerötet war. Ich sah den Schorf verheilter Pickel, blassrot aufscheinende Male, die Härchen auf ihrer Oberlippe, ein winziger Damenbart. Manchmal brauchte ich diesen Trost. Er ließ mich ausruhen von den Partys, von den Blicken, die ins Stolpern gerieten, wenn Sophia einen Raum betrat. Sophia, las ich in den Augen anderer Männer, war eine Trophäe. Jene wenigen makelhaften Stellen schenkten mir eine Atempause, ließen den Verlust für einen Augenblick erträglicher erscheinen. Ich habe ihn immer erwartet.

## 4

Der Abend kam. Er warf Schatten in die Gassen. Die Luft war feucht und bereits ein wenig kühler. Die Luft trug den Fluss mit sich. Den Geruch des fahlen, schon leicht brackigen Wassers. Ich hatte mich verlaufen. Ich wollte, nachdem ich den Giardino delle Rose verlassen hatte, noch einmal zu Melfiore ins zoologische Institut. Aber ich fand nicht heraus aus dem Viertel. In Oltrano war eine Gasse wie die andere. Blumen-, Lederwaren-, Gemüseläden, Geschäfte für Tischdecken, Geschäfte für Bettdecken, Cafés, Radiolärm. Manchmal das Schnarren einer Jalousie, die hochgezogen wurde, um jetzt noch einen Rest Tageslicht in die Wohnung zu lassen, die man tagsüber wegen der Hitze abgedunkelt hatte. Ich dachte an Vernet. Morgen würde Reger ihn den Journalisten vorführen. Im Hotel Porta Rossa, in Nachbarschaft zu Ferragamos Schuhtempel. Morgen würde Reger das große Wort führen. Touristen waren unterwegs, Fahrradboten, Priester, Menschen mit Aktentaschen, Menschen mit Einkaufskörben. Die Hausfassaden waren rußig, trüb vom Dreck. Das Sirren von Stimmen, die nun plötzlich lauter wurden. Vor mir geriet ein Briefträger ins Schwanken, torkelte, aber da war kein Raum, in den hinein er auf seinem Fahrrad hätte stürzen können, und so kippte er nur sachte gegen zwei Burschen, die sich mit einem Handkarren voller Kisten plagten. Um mich herum bald ein Pfropf aus Leibern. Schulter an Schulter. Ausharren, Besonnenheit empfahl sich. Aber es gibt in solchen Situationen auch die Ellenbogen, den Tritt auf den Fuß, den Stoß in den Rücken, es gibt die Rechte des Stärkeren, die Courage des

Unverschämten, die mich zum Kopf des Pfropfes brachten, wo ... ein Esel den Weg versperrte. Dem Tier hatte man einen Hausstand auf den Rücken gehext. Stühle, Koffer, ein Arsenal aus Metalleimern voller Nippes, Kochlöffel, Besteck und Kinderspielzeug. Ich zwängte mich an eine Hauswand. Der Esel stand quer in der Gasse. Fraß Äpfel, die verstreut auf dem Pflaster lagen. Es war ein störrisches Vieh, das mit seinem monströsen Überbau an der Fassade scheuerte und sich immer mehr verkantete. Weit und breit niemand, der sich als Besitzer zu erkennen gab und das Tier hätte zur Seite ziehen können. Denjenigen, die es versuchten, die den Esel an der Mähne fassten, die nach den Zügeln schnappten, warf das Tier ein Wiehern entgegen, ein böses, heiseres Husten, das immer mehr Neugierige an die Fenster lockte, bis plötzlich jemand aus der Menge trat, den Esel musterte und ihm blitzartig mit seinen Stiefeln, jenen spitznasigen Westernstiefeln, einen Tritt zwischen die Hinterläufe verpasste, worauf der Esel einen Satz machte, Eimer und Gestühl schrappten an der Wand entlang, er warf den Kopf herum, ging in die Knie, schnappte nach Luft und galoppierte davon mit seiner schwankenden, absurden Last. Auch ich machte mich auf, folgte ihm, verlor ihn aber schon bald aus den Augen. Ich kam schließlich zum Fluss. Ein fahles Licht lag über dem Arno. Hier und da schienen Kiesbänke auf wie die Rückenpanzer von Krokodilen. Zwei, drei Straßen noch, und ich gelangte zur Via Romana und zum zoologischen Institut.

Melfiore ging voraus. Das Linoleum unter unseren Füßen war frisch gebohnert. Jeder Schritt quietschte. Je näher wir kamen, desto stärker wurde der Formalingeruch. Melfiore stieß eine Tür auf, die sich mit schnellem, dann abebbendem Pendelschlag hinter uns schloss. Über unseren Köpfen summten die Leuchtstoffröhren. Melfiore trat an einen Käfig heran, klappte den Plexiglasdeckel auf. Die Schnauzen der Tiere reckten sich in die Höhe. Seine Hand tauchte hinunter. Die Tiere umkreisten sie. Füße und Schnauzen waren verdreckt mit Sägespänen. Die Barthaare der Ratten strichen über seine Finger. Melfiore bewegte seine Hand nicht. Allmählich kamen die Tiere zur Ruhe. Immer schleppender wurden ihre Bewegungen, immer mehr von ihnen zogen sich an den Rand des Käfigs zurück, taumelten, japsten nach Luft. Die Tiere waren dünn und ihr Fell stumpf. Melfiore griff eines der Tiere heraus und setzte es auf einem der Arbeitstische ab. Der Kopf der Ratte senkte sich, die Augen flackerten, dann sackten die Beine weg, und sie lag flach atmend auf dem Resopal.

«Sie fragten nach Irritationen. Schauen Sie.»

Melfiore schob der Ratte ein Thermometer in den Mund. Dann legte er sie auf eine Waage, ging hinüber zu einem Computer und gab die Daten ein.

«Der Anstieg der Körpertemperatur während der letzten Tage ist fast linear, die Gewichtsabnahme ebenso. Wir können jetzt von Fieber und einer deutlich fortschreitenden Gewichtsreduktion sprechen. Sie wird sich fortsetzen bis zur Abmagerung. Hier haben Sie Ihre Anomalien, Ihre Irritationen. Übrigens bei ausreichendem Nahrungsangebot. Die Tiere hungern nicht. Sie fressen nur schlecht.»

Melfiore nahm die Ratte vom Tisch und setzte sie zurück in den Käfig.

«Keines der Tiere schläft, nehme ich an.»

Melfiore nickte und drückte auf einen Knopf, der sich auf einer Leiste entlang des Käfigs befand. Ein starkes Beben erfasste den Käfigboden. Fast alle Tiere erhoben sich und krochen in eine Röhre. Sie führte zu einem Becken. Dort verharrten die Ratten. Melfiore versperrte nun mit einer Klappe den Rückweg in die Röhre. Dann öffnete er einen Wasserhahn. Bald bedeckte das Wasser den Käfigboden. Melfiore machte keinerlei Anstalten, den Hahn zuzudrehen. Schließlich reichte das Wasser den Tieren bis zum Rücken. Sie mussten schwimmen.

«Sie sehen, noch bricht keine Panik aus. Warten wir noch ein wenig.» Seine Stimme klang ruhig, nicht boshaft. Die Tiere schwammen im Kreis, eine Prozession aus Schnauzen, bis irgendwann die ersten Köpfe unter Wasser gerieten und schließlich immer mehr von ihnen strampelten, rührten, mit ihren nackten Schwänzen durch die Flut peitschten, die aufschäumte: Da war sie, die Panik, und endlich senkte Melfiore ein Gestell ins Wasser, ein Holzrahmen mit eingelassenen Sprossen, den die Tiere nun erklommen, japsend, die Schnauzen schaumweiß vor Erschöpfung, eine Vorrichtung, die eine perfide Rast bot - ein kurzes Verschnaufen nur, da schwankte der Rahmen und schwankten die Tiere. Der verlorene, nasse Haufen krallte sich an den Sprossen fest. Einen Moment konnten die Ratten dort verharren, dann ließ Melfiore das Wasser ab, schüttelte die Vorrichtung so kräftig, dass die Tiere abfielen, worauf sie nun wieder die Röhre aufsuchten, die Melfiore zuvor geöffnet hatte, und in den Käfig zurückflohen, wo Melfiore den Boden abermals ins Rattern brachte, und die höllische Prozedur von Neuem begann.

«Das eine ist so schlimm wie das andere», sagte ich.

«Was immer die Tiere tun, sie können ihre Lage nicht verbessern.»

«Es muss sie verrückt machen.»

«Ja, und es hält sie in jedem Fall schlaflos bis auf einige wenige Mikroschlafphasen von vielleicht zehn Sekunden oder weniger. Besonders jüngeren Tieren gelingt dieses Kunststück. Ältere Tiere schaffen es nicht, auf dem schwankenden Holzstamm zu schlafen.»

«Grausam.»

«Natürlich ist es grausam. Fragen Sie mal einen Schlafkranken. Auch für den ist sein Zustand qualvoll. Man muss sich entscheiden. Medizinischer Fortschritt ist anders nicht zu haben. Schon die Medizin des achtzehnten und neunzehnten Jahrhunderts erhob das Tierexperiment zum Prüfstein medizinischer Erkenntnis. Und damals ging es bei Weitem unbarmherziger zu.»

Ich kannte die Medizingeschichte. Claude Bernards frühe Tierversuche waren an Grausamkeit nicht zu überbieten. Ohne Betäubung nagelte er Hunde und Katzen auf OP-Tische.

Melfiore zog mich mit sich fort. Diesmal trat er an eine schmale, nur von einer einzelnen Ratte bevölkerten Behausung. Er zog sich einen Lederhandschuh über.

«Warum blockieren Sie nicht medikamentös die körpereigenen Schlafsubstanzen der Tiere und halten sie auf diese Weise schlaflos? Warum diese Prozedur?»

«Sie denken an Serotonin und Melatonin, nicht wahr? Die Verfahren sind zu aufwendig. Außerdem ist eine nur mechanische Einwirkung auf die Tiere sozusagen die wissenschaftlich sauberere, da validere Methode. Wir wissen noch nichts wirklich Endgültiges über Schlaf einleitende und stabilisierende Neurotransmitter und Hormone, oder sind Sie in der Humanmedizin da weiter?»

Ich schüttelte den Kopf. Immer noch war der Schlaf und seine immunologische Wirkung, vor allem aber seine neurochemische Störanfälligkeit nicht umfassend erforscht. Kein Mediziner konnte letztlich sagen, warum immer wieder Menschen vollkommen schlaflos blieben. Wochen. Monate. Trotz Schlaftabletten. Trotz Psychotherapie. Und noch weniger ließ sich erklären, warum manche dann eines Tages doch wieder schliefen und andere nicht. Melfiore nahm das Tier in die Hand. Das Fell hatte eine markstückgroße, unbehaarte Stelle, die eingedunkelt war.

«Ein Karzinom. Dem Tier wird seit einem Jahr immer

wieder mal für eine Periode von sechs Wochen der Schlaf vorenthalten.»

«Sie glauben doch wohl nicht?»

«Wir wissen es.»

«Es ist nicht publiziert.»

«Warten Sie es ab.»

«Und der Transfer? Ich meine, ist Ähnliches für Menschen zu befürchten, die schlaflos bleiben?»

«Bisher keine Zahlen, keine Studien, nichts.»

Sollte Melfiore hier eine Sensation im Ärmel haben? Etwas, das zu schön beziehungsweise simpel war, um wahr zu sein.

«Und andere Anomalien? Neurologische Auffälligkeiten? Gibt es da Neuigkeiten? Sie wissen, woran ich arbeite, wenn ich nicht gerade Reger zu Diensten sein muss. Sind Sie mittlerweile auf narkoleptische Störungen nach Schlafentzug gestoßen?»

«Nein, sicher nicht. Ich kann Ihnen da keine Schützenhilfe geben.»

«Kein Tier, das anfallartig in Schlaf fiel oder plötzlich die Kontrolle über die Muskulatur verlor und bewegungsunfähig wurde?»

Melfiore gähnte. Ein Mund voll goldener Backenzähne deckte sich auf.

«Nein. Wir haben aber unsere Beobachtungen auch nicht auf betreffende Symptome ausgerichtet. Mag sein, dass uns etwas entgangen ist. Sie wissen so gut wie ich, man sieht vorzugsweise das, was man sehen will oder erwartet zu sehen, nicht wahr?»

Wieder gähnte er und offenbarte mir einen Blick auf die Künste seines Zahnarztes.

«Es ist spät. Gehen wir. Setzen wir unser Gespräch zu einem anderen Zeitpunkt fort.»

Melfiore begleitete mich hinaus. Seine Mitteilungsbereitschaft war fürs Erste an ihre Grenze gekommen. Vielleicht fürchtete er, schon allzu viel ausgeplaudert zu haben.

Ich verließ das Institut. Der Aufgang zum *Museo Zoologico* war mit einem roten Seil abgesperrt. Für den von Melfiore empfohlenen Besuch dort war es nun zu spät. Ich setzte mich auf die Treppenstufen. Dort war es angenehm kühl. Der Wind trieb Staubfahnen durch die Toreinfahrt zur Via Romana hinaus. Hinter mir auf den Fluren schlug eine Tür. Ich kramte eine Flasche Wasser und das Tagebuch hervor.

*Die Scheiben waren getönt. Mein Haar spiegelte sich darin - eine flatterige Wolke, die mir im Fahrtwind vom Kopf abstand. Er fuhr zur Stadt hinaus. Stille Straßen. Auf dem Asphalt lagen Froschleichen. In den Ledersitzen hing ein schweres Parfum.*

*Wir aßen außerhalb der Stadt in Castello, auf einem Landgut, einer Villa, die einst einem Medici - Lorenzo di Pierfrancesco - gehörte. Eine private Einladung. Das Gewitter war heftig und kurz. Später roch die Luft nach Zitronen und Mandeln, vielleicht wegen der Plantagen. Giuliano, seine Zähne waren von einem unglaublichen Weiß.*

Manchmal musste dann das Manuskript helfen, manchmal traf es einen Ton, der den Kummer milderte. Ein Gegengift zur Poesie des Tagebuchs. Wer war Guiliano? Fand sich darauf hier in Florenz eine Antwort? Ich war mir sicher.

*Vor allem aber fasziniert am «Zinsgroschen» die frühe Vollendung Masaccios in der Gestaltung der Figuren: Man erfasst, so Vasari, «den Zorn des hl. Petrus über die Forderung des Zöllners [nach einem Zins] und die gespannte Aufmerksamkeit der Apostel, die sich um Christus gruppieren und mit so sprechenden Gesten seinen Bescheid [bezüglich der Forderung] erwarten, dass sie ganz lebendig wirken».*

*Ihrem Ausdruck fehlt jene Stereotypie, die in der mittelalterlichen Kunst nur schablonenhafte, gleichsam allegorische Gemütszustände und (bibeltreue) Handlungen erlaubte.*

*Bei Masaccio weist das Verhalten der Personen im «Zinsgroschen» erstmals dramatischen, aus dem situativen Bildzusammenhang erschließbaren Sinn auf. Die Figuren werden ihrem tradierten heilsgeschichtlichen Handlungskodex entfremdet. Sie treten als Charaktere auf, erhalten ein Eigenleben. Masaccio interpretiert denn auch den Text des Matthäus-Evangeliums nicht im Sinne einer moralischen Vorschrift, sondern aktualisiert ihn auf seine aktuellen soziologischen Bezüge im Florenz des fünfzehnten Jahrhunderts.*

*Weniger das Fischwunder - die wundersame Auffindung des Zinsgroschens im Maul des Fisches gerät bei Masaccio zum schrulligen Zaubertrick am Rande - als vielmehr der Befehl Jesu an Petrus, den Zinsgroschen zu entrichten, ist der zentrale Handlungsakt. Masaccio mag hier seinem Auftraggeber, dem Seidenhändler Felice Brancacci, entgegengekommen sein. Brancacci und andere Kaufleute praktizierten modernen Kapitalismus und profitorientiertes Bankgewerbe, bei dem das kirchliche Verbot der Zinswirtschaft empfindlich störte. Sie strebten eine Rechtfertigung ihrer Finanzmethoden an und führten den bestmöglichen Fürsprecher ins Rennen: Jesus selbst. Masaccio erdreistet sich, die biblische Vorlage zu profanisieren. Jesus wird in dem Bild sozusagen zur Idealfigur eines selbstbewussten Kaufmanns, der die Skrupel eines Kirchengetreuen, den Petrus symbolisieren soll, gelassen zerstreut. Irdische Tätigkeit wird nicht länger als eine Verirrung disqualifiziert. Arbeit, die Vita activa, steigt auf zur anerkannten Möglichkeit der Selbstrealisierung, wobei die Renaissance in der Wertigkeit der Betätigungen keine Abstufungen kannte: Der Mensch vermochte sich gleichwohl in der Kunst, in Dichtung und Architektur, aber auch im Handel und in der Politik verwirklichen.*

Ein Herbstabend. Vor beinahe einem Jahr. Menschen, die von der Arbeit heimkehrten. In den Häusern das Licht anmachten, am Spülbecken, am Herd standen, beieinandersaßen. In den Fenstern das Flimmern von Fernsehbildern. Haufen bleicher Wolken trieben über den Himmel. Der Wind rüttelte an den Fensterläden. Es war diese Stunde. Sophia lag auf dem Küchentisch. Die Bücher verstreut auf dem Boden. Ich stand vor ihr. Sie streckte den Fuß in die Höhe und kippte mit den Zehspitzen den Lichtschalter, woraufhin wir im Lichtkegel der Deckenleuchte unter dem bauchigen weißen Lampenschirm ruderten. Ruckartig wanderte der Küchentisch unter uns durch den Raum, stieß gegen die Spüle, wo die Bewegung stockte. Sie fasste hinter sich, drehte den Wasserhahn auf, wartete, bis das Wasser heiß war, bis es richtig heiß war und füllte ein Glas. Sie träufelte das Wasser auf mein Glied, genau auf den Schaft, nicht auf die Eichel, die wie elektrisiert zu klopfen begann. Sophia, mich fragend, heiser - es gibt sie, die Stimme, die von der Lust beinahe erstickt wird: «Magst du es? Sag, magst du es?»

Ich trug sie zur Fensterbank, setzte sie dort ab und sah ihr spöttisches, ein wenig posenhaftes Lächeln, das mich aufforderte, fortzufahren. Sie schloss die Augen, verschränkte die Arme hinter dem Kopf, lehnte sich gegen die Fensterscheibe und ließ mich machen.

«Vögel mich», röhrte ihre Stimme. Es war ein Vögeln. Nicht mehr. Sophias Lust hatte nichts mit mir zu tun. Jeder andere hätte sie ihr verschaffen können. Heute weiß ich, es war der Moment, da sie es sagte, und es war nicht das Wort *vögeln*, es war ihre Stimme, die dunkel und rau, die ohne Bezug zu mir im Raum schwebte, es war jener Moment, da ich den Oberkörper beugte, um meine Stirn in ihre Halsgrube zu legen, eine Geste der Ohnmacht, vielleicht, und des Wunsches nach Verbundenheit, nach - es mag seltsam altbacken klingen - Kameradschaft mit einer Frau, das auch, *vögel mich*, dass plötzlich der Klang ihrer Stimme Bohm in meine Gedanken schob: Mit Bohm hatte alles angefangen. Wir hatten an der Theke gestanden, Bohm war hinzugekommen. Eine Party des kunsthistorischen Instituts. Sie kannte Bohm aus Florenz, eine Bekanntschaft, damals interessierten mich Sophias Bekanntschaften nicht. Jemand, der sie durch die Uffizien geführt, der sie auf Masaccio und die Brancacci-Kapelle aufmerksam gemacht hatte: Da war sie - ihre Stimme, die mich hätte misstrauisch machen müssen, nur diese Stimme, ein kehliger, dunkler Ton, dann plötzlich schrill werdend, als risse bei einer Glocke tief innen die Bronze unter dem Klöppel. «Jerry Bohm. Jerry ist extra aus Florenz zu meinem Geburtstag angereist.»

Ich registrierte die Veränderung in ihrer Stimme, was ich nicht bemerkte, war, dass man mich längst im Visier hatte, dass ich im Fadenkreuz stand, während sie Bohm ein Glas Wein einschenken ließ. Es ist eine Illusion zu glauben, wir wüssten Bescheid. Unsinn, zu meinen, das Leben sei windgeschützt und der Sturm die Ausnahme, das unerhörte Ereignis. Tarek sagt, dass es im Zentrum eines jeden Sturms windstill ist. Dennoch hätte ich spüren müssen, was da in Gang kam, als Bohm sie bei Springsteens *Point Blank* um einen Tanz bat, sie aufs Parkett führte und in ihr Ohr sprach. Die Vertrautheit der Bewegungen, das Vorschieben der Becken, die leichte Neigung des Kopfes - die *Zuneigung*, Hände, die einen Augenblick lang über die Schultern, den Rücken strichen. Ich wandte mich ab, wollte nicht indiskret sein, sollte sie Bohm, die Erinnerungen an Florenz, sollte sie die Wiederbegegnung genießen. Sophia schloss während des Tanzens die Augen. Ich sah Bohms Gesicht im Spiegelglas des Flaschenbüfetts - Bohm glühte, ein Glanz lag auf seinen Wangen, ein Glanz, den überreifer Käse annimmt. Natürlich war Bohm scharf auf sie. Wer würde es nicht sein? Aber ich war ohne Eifersucht damals. Ich stand über den Dingen, war souverän wie alle, die glauben, das Leben im Griff zu haben, und aus Selbstüberschätzung dumm genug werden, eine Frau wie Sophia und einen Mann wie Bohm zu unterschätzen. Ich hätte den Stich spüren sollen, als sie den Arm um mich legte und sagte: «Jerry wird mich morgen noch besuchen. Er hat Neuigkeiten. Man glaubt, Masaccios Grab gefunden zu haben.»

Es gibt ein Frühwarnsystem, ein Organ, das ich abgeschaltet hatte. *Vögel mich* - es war die Tonlage, mit der sie mir Bohm vorgestellt hatte.

Ich konnte die Erinnerungen, all diese Bilder in meinem Hirn nicht abstellen. Sie kamen, wann immer sie wollten. Vielleicht war auch die Stadt daran schuld, all die Orte, die im Manuskript, im Tagebuch beschrieben wurden. Orte, die zu mächtig für mich waren. Benommen verließ ich den Innenhof des *Museo Zoologico* und trat hinaus auf die Via Romana. Ich ging hinunter zum Ponte Vecchio. Ein Licht senkte sich über die Stadt und den Fluss, ein Licht, das die Konturen der Bauten auf der Brücke und entlang der Uferstraßen für einen kurzen Moment verwischte, ein Augenblick, in dem die Stadt sich aufzulösen schien und eine Ahnung in mir aufstieg, dass es ein Leben ohne Sophia, ohne den Schmerz gab, ein Leben, das autark war wie der Hunger oder das Bedürfnis nach Schlaf - ein vegetatives Leben, das Schmerzkranke nach der Gabe von Morphium erlangen.

Ich ließ mich auf einer Bank nieder, neben der Büste von Cellini. Cellini, den man trotz all seiner wunderbaren Arbeiten in Florenz das *Großmaul* nannte. Cellini hatte es als seine Lebensaufgabe angesehen, Michelangelo zu übertreffen … Noch immer war es unerträglich heiß. Meine Beine schmerzten. Eine Art Muskelkater. Aber wovon sollte ich Muskelkater haben? Der Besucherstrom dünnte nicht aus. Vor den erleuchteten Schaufenstern der Juweliere standen die Paare. Jedes in seinem eigenen Glück, seiner eigenen Tristesse unterwegs: die frisch Verliebten, die wieder Verliebten und die, die schon eine Aura des Abschieds umgibt, ein Gemisch aus Bitterkeit und verstecktem Schmerz, ein Gas, das sich unmerklich ansammelt und schließlich entzündet und den Treibstoff liefert für einen Seitensprung, der zu weit hinausträgt in eine Welt, aus der kein Weg mehr zurückführt. Wer zurückbleibt, unterwirft sich den Recherchen eines zerronnen Lebens, gierig nach Waffenbrüdern und -schwestern, die von hastigen Fluchten an Vormittagen berichten können, von leer aufgefundenen Kleiderschränken, von hingekritzelten Zetteln, die auf dem Küchentisch vom Ende sprechen. Derjenige, den man nun bis ins Unerträgliche liebt, bezieht dann mitunter drei Straßen weiter Quartier und logiert doch fortan unerreichbar auf dem Mars.

Paare. Vor den Juwelierläden die üblichen Bestechungsversuche. Ein wenig zierte man sich noch, setzte eine staunende, zweifelnde Miene auf, das Geschenk anzunehmen, um schließlich zuzustimmen, mit einem Tonfall in der Stimme, der rechtzeitig einen brüchigen Ton traf: «Aber der Preis!» Wahrscheinlich war er hoch und unverschämt. Die Juweliere schlugen die Gier der Touristen nach Leidenschaft und Schönheit auf die Summe. Eine Gier, die sich nur fern von zu Hause befriedigen konnte. Eine Gier nach dem wirklichen Leben, kein Surrogat, dem man in Filmen und Büchern aufsaß. Greifbar lag es jetzt vor ihnen, etwas, das man nur erahnt haben mochte, ein Hauch von dem, das den Atem nahm und das Blut erhitzte, ein Glücksgefühl, das man so schnell nicht vergaß. Jetzt musste man in dieses Gefühl eintauchen, den

Laden betreten und wenigstens hier auf dem Ponte Vecchio die Leinen kappen.

Meist ist es ruhig auf meiner Station. Manchmal bei einer Neueinlieferung sind Schreie und Flüche zu hören. Ich kümmere mich nicht darum. Ich muss diese Menschen nicht sehen. Die in der Panik klaffenden Münder, die von einem Anfall verzerrten Gliedmaßen. Pfleger, die sie die Flure entlangschubsen, ihnen manchmal zum Trost mit der Hand über den Kopf fahren, wenn die Patienten sediert genug sind. Ich habe Freigang. Niemand zwingt mich außerhalb der Therapien und Mahlzeiten in Santa Maria Nuova zu bleiben. Aber ich meide die Stadt. Auch mein Zimmer verlasse ich selten. Manchmal gehe ich ziellos durch die Flure, sehe Besucher, besonders in den Abendstunden, mit Blumen in den Händen einer Zimmertür zueilen. Am Morgen sind es die Visitenschwärme der Ärzte, die mir den Weg versperren. Ich spaziere von der Kardiologie zur Orthopädie, von der Pädiatrie zur Gynäkologie und schließlich zum Hinterausgang hinaus auf die Via della Pergola. Die Straße bringt mich zurück auf die Piazza Santa Maria Nuova und jedes Mal überfällt mich ein Gefühl der Erleichterung. Die Spannung in der Muskulatur reguliert sich, wenn ich die Pforte der Notfallaufnahme passiere. In Santa Maria Nuova soll ich mein Leben ordnen, es von Neuem beginnen - wie manche Regenwurmarten, die, trifft sie ein Spatenstich, bei Verlust der einen Körperhälfte mit der anderen weiterleben. Besuche von daheim sind nicht zu erwarten. Niemand weiß dort von meiner Auszeit, deren Dauer sich nur schwer kalkulieren lässt. Einige Wochen sicherlich. Die Maldini, Tarek, sie tun ihr Bestes. Ich weiß das Leben hier zu schätzen. Zum ersten Mal bin ich ohne Verpflichtungen - außer denjenigen mir selbst gegenüber. Keine Termine, keine Planungen, kein

Zeitdruck, nur die Bemerkungen der Maldini gilt es, wie Orakelsprüche in meinem Kopf hin und her zu wenden und ihre Wirkungen zu studieren.

«Wir heilen die Seele nie allein über ein Medikament, eher schon durch die Worte», sagt die Maldini. «Sie allein, mein Lieber, waren es, der die Welt, ihre Welt, angehalten hat und nun das Lauschen auf das feine Ticken Ihrer Seele neu erlernen muss.»

Die Maldini ist eine Frau, und sie spricht wie eine Frau.

Mein Blick streift über die Stadt. Bisweilen fliegt von der Piazza ein Taubenschwarm mit einem zischenden Geräusch auf, als ob jemand Hunderte von Zündhölzern gleichzeitig abrisse. Die Tiere kreisen nur wenige Runden. Landen sie, erinnert ihr Flügelklatschen an das Rauschen von Blättern bei heftigem Regen. Ich spüre meinen Herzschlag. Er stolpert.

«Nehmen Sie Abschied. Es wird Zeit, das wissen Sie», sagt sie unvermittelt.

«Sie meinen Sophia?»

«Am Ende bleibt doch nur diese e i n e Frage. Halte ich den Verlust aus? Sie sollten nicht umkehren, nicht auf halbem Weg kehrtmachen und eine andere Lösung als den Verlust suchen. Man muss bereit sein, den Schnitt zu machen - und es ist ein Schnitt bis auf den Knochen und manchmal, fürchte ich, reicht auch das nicht.»

Wieder schaue ich zum Fenster hinaus. Der Krankenhauspriester, alt und dünn, bis auf seinen Kugelbauch, von dem ich mir vorstelle, dass er mit einem riesigen, schnell wachsenden Tumor gefüllt ist, überquert die Piazza. Manchmal besuche ich seine Abendmesse in Sant' Egidio. Dann bin ich neben dem Ministranten in Straßenkleidung, einem Enddreißiger, der schlecht rasiert und hohlwangig dem Priester zur Hand geht, der Jüngste. Es sind die Alten, die schon dürren Männer und Frauen, die hier mit Gott und dem Tod ihre Zwiesprache halten, in einer Kirche, die, obwohl inmitten der Hospitalanlage gelegen, sozusagen neutrales Gebiet ist, mit Gesetzmäßigkeiten, die der Tod und die Bittsteller respektieren. Es ist kein lauter, erhitzter Handel. Niemand schreit und klagt, und der Tod wagt nicht, hier die Schlinge zuzuziehen und jemandem das Glück oder Pech eines Sekundentods ans Herz zu werfen. Es ist eine Art Camp David, wo ernste, im Ton gemäßigte Verhandlungen geführt werden.

«Sie haben naive Vorstellungen von der Liebe», sagt die Maldini. «Viele glauben, sie auf ein Operettenseelchen zurechtstutzen zu können. Aber sie ist elementar. Sie kann ein Glück oder ein Unglück sein - je nachdem, ob wir ihr gewachsen sind. Man muss sie zügeln. In jedem Fall sollte man seinen Instinkt behalten, wenn sie uns umarmt. Es kommt vor, dass sie uns erwürgt - in aller Zärtlichkeit natürlich.»

«Sehen Sie, Dottoresa, das hasse ich an der Psychotherapie. Es gibt keine klaren Antworten, geschweige denn eine Anleitung, das Leben auf eine vernünftige Weise zu führen, erst recht, wenn der Boden so schwankt wie er unter mir schwankt.»

«Ich zweifle am Wert verbaler Rezepturen. Jeder Ratschlag ist auch ein *Schlag*, nicht wahr? Auch wenn er professionell durchdacht ist. Die Etymologie ist da eindeutig.»

«Und als Privatperson, hinter vorgehaltener Hand sozusagen, was würden Sie mir da *raten*?»

«Mäßigung. Eine Übung im Paradoxen. Wen oder was man begehrt, dem sollte man sich nur mit Maß hingeben.»

«Klingt spröde und ziemlich unromantisch.»

«Nein, es ist nur klug. Die Leidenschaften sind keine Papiertiger. Die Romantik hat das immer verkannt. Die

Nebenwirkungen sind es, die ich an den Leidenschaften fürchte.»

Die Maldini steht schon in der Tür. Ihr Gesicht ist leicht gerötet, als hätte sie ein, zwei Grappa getrunken.

## 5

Von dem Ponte Vecchio hinüber zur Piazza della Signoria waren es nur ein paar Schritte. Die Piazza, Sophia nannte sie das Herz der Stadt, war ohne jeden Baum. Eine Kulisse aus Steinen und Zinnen. Mauersegler schwirrten über die Reihen der Cafétische und über die weite, ausgeleuchtete Fläche in der Mitte des Platzes, bevor sie hochschossen in die Dunkelheit, die den Turm des Palazzo Vecchio umgab. Steil und kantig ragte er in den Himmel. Mein Blick fiel auf Michelangelos *David*, auf Ammannatis *Neptun* - der war von einem hellen, fast weißen Marmor. Kaum jemand in der Stadt mochte die Skulptur, hatte Sophia gesagt. Sie sei hässlich, sie sei misslungen und Ammannati ein Pfuscher. Er habe ein weißes Ungetüm auf einem zu üppig geratenen Sockel geschaffen, umringt von Pferdebüsten, die Mähnen der Tiere zu heftig onduliert, die Blicke blasiert. Sophia hatte erzählt, es war Michelangelo gewesen, der Ammanatis Ruf endgültig zerstört hatte, der ihn einen Stümper genannt hatte. Ein Urteil, das man nun über die Jahrhunderte nachbetete.

Die Stimmen auf dem Platz klangen gedämpft. Ein Droschkengaul streckte den Hals und bleckte die Zähne. Aus seinem Maul rannen Speichelfäden. Er atmete schwer, das Geräusch eines Blasebalgs. Meine Beine waren merkwürdig leicht. Kein Muskelkater, keine Schwere mehr. Aber es war kein angenehmes Gefühl, eher die Empfindung, ich liefe über Schaumstoff, sackte bei jedem Schritt ein. Ich kam kaum voran. Dazu in der Brust ein Flattern – Angst, vielleicht Aufregung. Ich konnte das nicht unterscheiden.

Heute, hier in Santa Maria Nuova, weiß ich, dass dies eine der letzten, wahrscheinlich die letzte Möglichkeit gewesen war, dem, was nun folgte, auszuweichen. Ich aber lief weiter, hielt auf den *David* zu, nicht spürend, dass das Netz sich zuzog. Nichts warnte mich. Die Menge vor mir teilte sich und gab den Blick frei, den Blick auf Michelangelos berühmte Statue und … auf Reger, der dort plötzlich neben der Statue auftauchte. Er war nicht allein, der Schein einer Straßenleuchte flirrte über sein Gesicht, streifte die Frau an seiner Seite, die den Kopf abwandte, streifte den Wachmann vom Campingplatz, der zu seinen Füßen auf einem Randstein hockte und irgendein Zeug – Erdnüsse oder Pistazien – in sich hineinstopfte. Ich steuerte auf sie zu. Unbeirrbar. Kurz bevor sie mich bemerkt hätten, einige wenige Meter noch, schob sich eine Pferdedroschke zwischen uns. Diese Stille in solchen Augenblicken. Der Wachmann stand auf, positionierte sich vor Reger, sprach auf ihn ein. Schließlich nickte Reger, und jetzt trat die Frau aus seinem Schatten. Ihr Profil vor der Fassade des Palazzo Vecchio im Licht der Laternen. Ihre Wangen blass. Sie schien lange nicht mehr in der Sonne gewesen zu sein. Die Droschke zuckelte los. In meinen Blick schob sich der Rücken des Kutschers, sein dunkler, fadenscheiniger Anzug, die Speichen der gummibeschlagenen Räder, die in die Polster zurückfedernden Fahrgäste. Dann wandte die Frau ihren Kopf zu der Droschke hin …: Sophia …, es war Sophia …, schon eskortiert vom Wachmann, in Richtung der Loggia dei Lanzi und der Uffizien bereits abgehend wie von einer Bühne, ihr Haar tanzte auf dem Kragen des Kostüms, schon verschwand sie hinter Bandinellis Statuen *Cacus und Herkules*. Ich war unfähig, mich zu rühren. Das ist keine Redensart. Ich konnte wirklich keinen Schritt tun. Die Beine waren starr, das Herz schlug mir bis zum Hals, der Oberkörper begann zu schwingen, mein Kopf vibrierte, wurde schwerer und schwerer, ich hatte Mühe auf den Beinen zu bleiben, sah Sophia in einem heranrückenden Festzug, inmitten von Fahnenträgern und Männern in Roben, zwischen Herolden und Jungfrauen in historischen Gewändern verloren gehen, immer noch diese Stille um mich herum, obwohl man längst in die Posaunen und Trompeten stieß, Reger im weinblauen Anzug schon in Reichweite vor mir. Ich schwankte, torkelte auf ihn zu.

«Endlich, wo stecken Sie den ganzen Tag?»

Sein Gesicht war ernst. Die Falten um Mund und Nase traten überdeutlich hervor.

«War unterwegs», murmelte ich, und da fiel die Stille von mir ab, und ich hörte das Wiehern der Droschkenpferde, das Gerassel der Kutschen, das Prusten der Trompeten, das tausendfache Gesirre der Stimmen um mich herum, und die Starre wich aus den Beinen.

«Kommen Sie. Vernet - es gibt Schwierigkeiten.»

Reger hatte es eilig und lief voraus. Er wandte sich nicht um, ob ich Schritt hielt. Ich war in einem sonderbaren Zustand. Ein Gefühl absoluter Aufmerksamkeit, ich war hellwach, wie es ein Jäger sein muss. Kein Grünrock, nein, ein archaischer Jäger, der Tage durch die Savanne pirscht und endlich die Spur findet. Wenn das vorhin Sophia gewesen war – und es war Sophia –, so wusste ich mich bei Reger und dem Wachmann in ihrer Nähe, und ab jetzt war die Stadt, was sie schon immer gewesen war, ein Ort voller Versteckspiel und doppelter Böden. Ich zwang mich, nicht auf der Stelle kehrtzumachen, sie in der Menge zu suchen. Etwas hielt mich ab, ließ mich an Regers Seite bleiben, warum auch immer. Die Minuten verrannen, längst musste der Wachmann sie weggebracht haben. Aber ich würde sie finden, nicht jetzt, der Augenblick würde kommen … Ich hatte mich im Griff. Es würde eine zweite Chance geben. Es gab sie immer. Ich würde sie zu nutzen versuchen. Vielleicht stand er mir bei – jener *Gott des günstigen Augenblicks*, Instanz für all die Dinge, die auf der Kippe stehen. Kairos nannten die Griechen den Gott für solche Angelegenheiten, den Gott für die Händel, die uns den Schlaf und das Herz rauben und die des rechten Moments, der Gunst der Stunde, bedürfen.

Reger lotste mich am Palazzo Vecchio vorbei zur Piazza San Firenze. Der Turm des Bargello drüben war hell erleuchtet. Ein Taubenschwarm flog in die Lichtkegel und schwärzte für einen Moment die gleißende Helligkeit des Flutlichts.

«Vernet - er zeigt Symptome von Überreizung, von neuromuskulärer Verspannung», hob Reger an.

«Sein altes Leiden?»

«Die Rückenmuskulatur. Wir müssen ihn spritzen.»

Die Silhouette des Bargellos flackerte, wenn die Tauben im Flutlicht kreuzten. Heute Skulpturenmuseum, diente der Bargello in früheren Zeiten als Gefängnis und Hinrichtungsstätte. Damit jedermann wusste, wer gerade einsaß, wer bald dank des Stricks ein wenig an Körperlänge gewinnen würde, ließ man die Bildnisse der Insassen auf die Außenmauern des Bargello malen - nicht von irgendwelchen Handlangern, nein, Botticelli und andere Größen wurden als Schandmaler verdingt. Sie schufen das Genre des Steckbriefs. In Florenz sei man noch nie zimperlich im Gebrauch der Kunst gewesen, hatte Sophia gesagt. Warum traf sie sich mit Reger? Was hatte sie mit dem Wachmann vom Campingplatz zu schaffen? Sie war blass gewesen, trug das Haar jetzt länger, das Kleid musste neu sein, ich hatte es nie an ihr gesehen. Plötzlich konnte ich ihn riechen, ihren spezifischen Duft, als stünde sie neben mir. Es war verrückt. Ich roch ihre Haut, ihr Haar und jetzt schmerzte das Verlangen, kein Filter, nichts milderte die Wucht, Magen und Zwerchfell sackten weg. Ich musste sie finden.

Ich hatte Mühe, auf den Beinen zu bleiben und Reger zu folgen, der die Touristenpulks umschiffte und sich zwischen kurzhosigen Menschen in Sandalen, die den Blick auf wadenhohe Socken erlaubten, eine Furt erzwang. Er zog an Herren mit Spazierstöcken vorbei, kreuzte zwischen alten, schwarz gekleideten Frauen – dunkle Bojen, die in der Menge schaukelten und die Fließgeschwindigkeit verringerten. Er geriet auch nur mäßig außer Tritt, als der Strom der Leiber auf zwei ineinander verkeilte Kinderwagen auflief. Nicht mal ein Bus, der keuchend und Ruß spuckend auf Tuchfühlung ging, brachte ihn aus der Fassung. Das warme, vibrierende Blech hielt nahe an seiner Wange wie der Körper eines großen, atmenden Tieres. Reger machte dies alles nichts. Er war in Form. Nirgendwo eine schweißverklebte Strähne. Reger, es gibt solche Menschen, war immer gut frisiert, und *immer* bedeutet *immer*. Kein Spiegel, so gut kannte ich Reger, in den er nicht einen Blick warf und seine ohnehin tadellose Frisur prüfte. Reger war ein gut aussehender, ergrauter Mittfünfziger. Ein Hauch von Melancholie und Mattigkeit lag in seinen Zügen, etwas, das ihn wahrscheinlich nur noch anziehender machte. Er war schlank und drahtig von der Art passionierter Jogger, ohne ausgemergelt oder dünn zu sein. Reger war unverheiratet, stets gut gekleidet und hatte ein Faible für teure Schuhe; eine Manie, die er vorzugsweise in London oder in Italien zu befriedigen suchte. Reger stoppte vor einem Haus mit grünen Fensterläden. Er stemmte sich gegen die Eingangstür, die sich mit einem Ächzen auftat.

«Die Burschen hier sollten die Tür endlich in Ordnung bringen.»

An der Rezeption saß ein Mann im Unterhemd und füllte einen Totoschein aus. Sacht rann der Schweiß von seiner Stirn auf das Papier. Der Ventilator regte sich nicht. Rauchgeschwängertes, gelbes Licht waberte im Raum. Der Aschenbecher war randvoll. Reger trat an den Tisch und schlug mit der flachen Hand auf einen aufrecht stehenden Teddybären. Ein Klingelton, ein Akkord, setzte ein. Der Mann hob den Kopf. Ein Vollmondgesicht mit Bartstoppeln schaute uns an.

«Vernet ist oben», sagte der Mann.

Auf der Treppe ein süßlicher Fäulnisgeruch wie von Fürzen. Der Handlauf war perforiert von den Stollen der Holzwürmer. Zwei Katzen stoben davon. Staub wirbelte auf, der in den Lichtstreifen, die aus den schmalgeschnittenen Fenstern fielen, tanzte. Zielstrebig lief Reger den niedrigen Korridor ab, ein wenig geduckt in den Schultern, als fürchtete er, sich den Kopf zu stoßen. Er hielt vor einer ungestrichenen, scheinbar frisch eingesetzten Tür ohne Zimmernummer. Er klopfte und drückte die Klinke, ohne eine Antwort abzuwarten. Ein Zimmer mit Linoleumboden und altertümlichen Möbeln tat sich auf. Eine Kommode mit Messingbeschlägen, ein wuchtiger, bis zur Decke reichender Kirschbaumschrank mit Spiegelbesatz, ein paar bastbespannte Stühle mit schmaler Sitzfläche und hoch aufschießender Rückenlehne, ein Sessel mit löchrigem Polster, ein kurzbeiniger Tisch, auf dem Ampullen, Tablettenschachteln und noch eingeschweißte Spritzbestecke lagen. Den Rest des Raumes füllte ein Doppelbett von den Ausmaßen zweier Ruderboote. Die Bettdecke war aufgeschlagen. Auf dem Nachttisch ein Glas Wasser, in dem eine Brausetablette sprudelte.

«Und Vernet? Wo steckt er?», fragte ich.

Reger zuckte mit den Schultern.

«Schauen Sie auf der Toilette nach.»

Ich ging hinaus auf den Korridor. Die Toilettentür war verschlossen. Ich klopfte, legte mein Ohr an die Tür: Ein schwaches Gurgeln war zu hören. Die Wasserspülung. Ich klopfte erneut. Räuspern, Schnaufen, schließlich das Schnarren eines Reißverschlusses und zwei, drei schlurfende Schritte. Ein Mann mit zerfurchtem, schlaflos aussehendem Gesicht öffnete die Tür. Glanzloses, schwarzes Haar fiel in die Stirn. Ich hatte Mühe, Vernet wiederzuerkennen. Ohne sein Zirkustrikot, ohne die glänzenden Schuhe, ohne seine Posen auf dem Seil, entsprach sein Habitus dem der Pension, logierte der passende Mann im Zimmer. Ich folgte Vernet. Er drückte Reger wortlos die Hand und ließ sich aufs Bett fallen.

«Wie steht's?», fragte Reger. Sein Kopf stieß ruckartig nach vorne.

Vernet schüttelte den Kopf.

«Menschenskind, reißen Sie sich zusammen.»

Reger trat an den Tisch, riss die Verpackung von einer Spritze, öffnete eine der Ampullen und zog die Spritze auf.

«Es wird Sie auf die Beine bringen.»

«Es ist nicht nur der Rücken», sagte Vernet und richtete sich auf.

«Natürlich ist es nicht nur der Rücken. Wir spritzen Ihnen ein hochdosiertes Aufbaupräparat und vielleicht zusätzlich ...,» Reger blickte mich an, «sollten wir noch an andere Mittel denken. Mein Kollege Gerber wird bei Ihnen bleiben und dies später entscheiden.»

Vernet winkte ab. «Es wird einen Check geben», sagte er.

«Selbstverständlich wird man Sie überprüfen. Bluttests und so weiter. Ich bin kein Hasardeur. Sie werden keinerlei problematische Medikamente erhalten. Schauen Sie her.»

Reger hielt die Ampulle einschließlich eines Beipackzettels vor Vernets Nase.

«*Anabol-Loges*», las Vernet vor. «Ich werde keine Anabolika nehmen - das können Sie vergessen.»

«Vernet, lesen Sie weiter und Sie werden entdecken, dass es sich nicht um Hormone handelt, sondern um ein Kombinationspräparat aus Eiweiß aufbauenden pflanzlichen Wirkstoffen. Man setzt das Präparat auch zur Stimmungsaufhellung nach psychischen Erschöpfungszuständen wie bei körperlichen Abbauerscheinungen ein. Es verringert die Muskelermüdung. Es erhöht messbar die Durchblutung des Muskelgewebes, einschließlich des Herzmuskels. Genau das, was wir brauchen. Zusätzlich wird die Belastbarkeit von Sehnen, Bändern und Gelenken verstärkt. Seien Sie kein Kindskopf.»

Vernet nickte und vertiefte sich mürrisch in den Beipackzettel.

«Wir alle wissen, dass die Anspannung bei Ihnen jetzt am größten ist. Denken Sie an Ihre Frau, denken Sie an Ihre Kinder. Man wird stolz auf Sie sein. Bestellen Sie sie hier zu sich in die Stadt. Auch Rochatain, ihr Vorgänger, war damals auf die Unterstützung seiner Familie angewiesen.»

Vernet lachte bitter. Irgendetwas war jetzt in seinem Blick. Reger ging zum Fenster und öffnete es. Von draußen drang das übliche Getöse herein. Motorroller, Busse, eine Sirene gellte auf und hallte von den Häuserwänden wider, verstärkte sich, sprang in der Gasse wie ein Pingpongball hin und her und fand nicht hinaus. Man konnte dem Lärm in der Stadt nicht entgehen. Er war überall.

«Lesen Sie in Ruhe weiter, Vernet», sagte ich. «Wir warten draußen.»

Ich gab Reger ein Zeichen. Verdutzt folgte er mir auf den Flur und schloss die Tür hinter sich.

«Hören Sie, Vernet wird das alles nicht durchstehen. Das ist weit mehr als eine Art heftiges Lampenfieber. Eine gesteigerte Erregbarkeit gepaart mit Mutlosigkeit, vielleicht kommt da auch Endogenes hinzu.»

«Spucken Sie es aus, Gerber. An was denken Sie?»

Reger fasste sich an die Revers seines Anzugs und wippte auf den Fußballen.

«Erinnern Sie sich an die Schlafanalysen? Vor ein paar Wochen haben wir Vernets REM-Phasen durchgecheckt.»

«Was ist damit?»

«Die erste REM-Phase trat verfrüht auf.»

«Das besagt nicht allzu viel.»

«Es gilt in Längsschnittuntersuchungen als valider Indikator für eine Depression.»

«Gerber, welcher Indikator ist bei Depressionen schon verlässlich?»

Reger begann, im Flur auf und ab zu gehen.

«Gerber, Sie werden doch jetzt nicht auch noch kopfscheu. Vernet ist keine erste Sahne. Das war uns von Anfang an klar, aber finden Sie mal jemanden, der Rochatains wahnwitziges Experiment wiederholt. Vernet war weit und breit der Einzige. Dass er bei dem Erwartungsdruck jetzt vegetativ aus dem Ruder läuft, konnte niemand ahnen.»

«So ohne Weiteres werden wir ihn nicht fit bekommen.»

«Nichts an unseren Untersuchungsergebnissen demnächst wäre verwertbar, hätte Vernet eine Depression. Das weiß ich so gut wie Sie», knurrte Reger und strich sich übers Kinn. «Eine Depression hat immer Auswirkungen auf den Schlaf. Jedes Resultat wäre unbrauchbar, würde als nicht aussagekräftig erklärt, weil man es in Zusammenhang mit Vernets depressiver Erkrankung brächte. Wir können jetzt nicht alles abblasen. Denken Sie an die Kosten. Vollkommen unmöglich. Hören Sie, seit Monaten denkt Vernet an nichts anderes als an seinen Auftritt unter den Augen von Tausenden Zuschauern. Er trainiert pausenlos und antwortet mit einem Erschöpfungssyndrom. Ist er erst mal auf dem Seil, werden die Symptome sich verringern. Bleiben Sie jetzt bei ihm.

Wenn die verabreichten Mittel nichts nutzen, braucht er was anderes.»

«Und was?»

«Betarezeptorenblocker könnten helfen, Vernets Ängste in den Griff zu bekommen. Auch gegen pflanzliche Stimulanzien wäre nichts einzuwenden.»

«Und die wären?»

«Guarana, vollkommen harmlos. Selbst Fliegenpilz ließe sich verwenden.»

«Was?»

«Fliegenpilz ist besser als sein Ruf. Man verteufelt ihn zu Unrecht als hochtoxisch. Schon die Griechen nahmen das Zeug, freilich äußerst gering dosiert. Ist potenzfördernd, hat aber vor allem euphorisierende und stärkende Wirkung, auch muskulär.» Reger grinste.

«Das meinen Sie nicht im Ernst. Es ist ein Halluzinogen, ein Stoff für Pilzjunkies, soviel ich weiß. Es wird Vernet von den Beinen holen.»

«Schon gut. Sie haben ja Recht. Manchmal sind Psychosen in der Tat nicht auszuschließen, obwohl in der Medizin, wie Sie wissen, alles eine Frage der Dosierung ist. Geben wir ihm also Guarana. Es löst keinerlei Wahrnehmungsveränderungen aus und wirkt mildernd bei chronischen Erschöpfungszuständen.»

«Ich habe nie von dem Zeug gehört.»

«Eine Pflanze aus der Amazonas-Region, schon Humboldt kannte sie, wird heute vor allem extrem hoch dosiert bei den Marathon-Partys der Technoszene gebraucht. Man hält beim Tanzen einfach länger durch.»

«Das können Sie nicht wirklich vorhaben. Wir betreuen Vernet nicht alleine. Die Kollegen aus Florenz oder Bologna werden ihn untersuchen … Vernets Blutbild wird immer wieder kontrolliert werden, alleine schon, um die

Veränderung der Neurotransmitter bei Schlafentzug zu verfolgen.»

«Guarana ist harmlos. In den USA und Südamerika können Sie Produkte, denen Guarana zugesetzt ist, in jedem Drugstore kaufen. Und wegen der Nachweisbarkeit machen sie sich mal keine Sorgen. Niemand wird Vernet auf psychoaktive Stoffe testen. Und wenn doch, werden wir für die Journaille und die Kollegen eine Erklärung basteln und deklarieren Guarana zu einem pflanzlichen Tonikum, was es im Wesentlichen ja auch ist. Außerdem ist die Halbwertzeit äußerst günstig. Innerhalb von 22 Stunden ist das Zeug aus dem Körper.»

Reger steckte mir ein Röhrchen zu.

«Was, wenn wir das Zeug aus irgendeinem Grund abrupt absetzen müssen? Wie wird Vernet reagieren?»

Reger hob beschwichtigend die Hände und verschwand in Vernets Zimmer. Ich folgte ihm. Vernet saß auf der Bettkante, hatte den Ärmel hochgekrempelt.

«Wir brauchen Ihren Hintern, wenn Sie gestatten», sagte Reger.

Vernet ließ die Hosen runter und streckte sich auf dem Bett aus. Reger zog die Spritze mit dem pflanzlichen Wirkstoff auf und jagte sie ihm ins Gesäß. Dann verabschiedete er sich hastig und ließ mich bei Vernet zurück. Der Mief aufgewärmten Kohls strich durch die offene Tür ins Zimmer. Jemand auf der Etage war offenbar dabei, sein Abendessen zuzubereiten. Vernet zog die Hosen wieder an, blieb auf dem Bett liegen und fingerte hinter dem Kopfkissen eine Flasche Whisky hervor. Sie war halbleer. Sein Blick sagte mir, dass er jeden Einspruch ignorieren würde. Er trank, stöpselte die Flasche zu und stellte sie auf den Nachttisch.

«Was ist los mit Ihnen?»

Seine Hand strich über die Flasche.

«Angst?»

«Mag sein.»

Er fuhr sich mit der Hand übers Gesicht.

«Ich weiß schon lange nicht mehr, was es ist. Aber vielleicht haben Sie Recht, und es ist Angst.»

«Wovor haben Sie Angst? Vor dem Publikum, vor einem Sturz?»

«Ich hab keine Ahnung.»

Er nahm die Flasche, zog den Stöpsel und nahm einen weiteren Schluck.

«Darf ich?»

Ich zeigte auf die Flasche. Vernet schaute mich misstrauisch an, dann reichte er sie mir. Seine Armreifen stießen aneinander - ein kurzes, helles Klimpern war zu hören. Das Aroma des Whiskys zog eine Duftschleife durch das Zimmer. Ich nahm einen Schluck und ließ mich in einen Sessel fallen. Schweiß bedeckte Vernets Stirn. Er war blass, lag mit gekreuzten Beinen auf dem Bett und starrte an die Decke. Aus dem Nachbarzimmer drang das Geklappere einer Computertastatur herüber. Vernet streifte die Schuhe ab. Sie polterten zu Boden. Seine Socken waren löchrig. Ich erinnere mich genau. Es waren die klassischen Löcher am dicken Zeh und an der Ferse.

«Weiß Reger von dem Whisky? Ich meine …»

«Reger ist der letzte, der sich darüber aufregen sollte.»

Vernet wies in Richtung des Tisches, der überhäuft war mit Ampullen und Tablettenschachteln. Ich nickte und nahm noch einen Schluck aus der Flasche. Vernet zog nach und stellte die Flasche dann ruckartig auf den Nachttisch ab, als hätte sie plötzlich das Gewicht einer Hantel.

«Ich bin müde. Am Ende ist es doch immer der Whisky, der den Schlaf bringt, nicht Regers Zeug.»

Vernets Fuß zappelte hin und her. Sein Gesicht hatte die

Farbe von vergilbtem Schmant. Ich stand aus dem Sessel auf, schon von einem leichten Schwindel geschaukelt und schloss das Fenster. Die Tastatur war verstummt. Ich hörte Vernet atmen – ein leises Fächeln, als führe Wind durch Getreide oder hohes Gras. Er schaute mich mit starrem Blick an.

«Sehen Sie sich das an», sagte er und zeigte auf seine Handgelenke. Ich ging zu ihm. Sein Körper dünstete einen beinahe metallisch riechenden Mief aus. Seine Hände, vor allem die Gelenke, waren gerötet. Ein Nesselbrand bedeckte seinen Hals. Ich nahm seine Hand, sie war fischkalt. Ich fühlte seinen Puls. Die Schlagzahl war zu hoch.

«Seit wann fühlen Sie sich angeschlagen?»

«Seit ein paar Wochen.»

«Und jetzt macht sich die Angst vor dem Seil breit, nicht wahr?»

Vernet nickte.

«Am schlimmsten ist der Druck auf der Brust. Als läge dort eine Bleiweste. Sie kennen die Dinger. Man trainiert damit.»

Vernet blickte mich lauernd an. Seine Augen waren wässrig wie bei einer schweren Erkältung. Er hatte die Tagesdecke bis zu den Schultern hochgezogen. Er schien unter dem fadenscheinigen Bleu verschwinden zu wollen. Ich ging zurück zu meinem Sessel, rückte ihn ans Fenster und stellte den Whisky auf die Fensterbank. Ich ließ mich in das Polster fallen und streckte die Füße aus. Vernets Zimmer beruhigte mich. Aus irgendeinem Grund fühlte ich mich hier wohler als in der Stadt oder gar allein in meinem Zimmer. Vernet war ein Waffenbruder. In seiner Gegenwart entspannte ich - ein paradoxes Kunststück, das mir eine Nacht, wenn auch nicht des Schlafs, so doch des Atemholens gönnte, bevor ich mich dem freien Fall überließ. Ich trank einen Schluck und holte das Manuskript hervor. Vernet lag reglos unter der Decke.

*Es war die Renaissance, die ideengeschichtlich zum ersten Mal die Vorstellung einer Weltordnung durchbrach, in welcher der Mensch in Ergebenheit vor Gott zu verharren und die Malerei sich in pietätvollen Darstellungen der christlichen Heilsgeschichte zu erschöpfen hatte. Masaccios Fresken in der Brancacci-Kapelle wurden zur Offenbarung einer neuen Weltsicht: Der Mensch rückt ins Zentrum der Betrachtung. Er wird zum Maß aller Dinge, mit Sehnsüchten und Gelüsten, die nicht in Andachtsbildchen zu veranschaulichen waren.*

*Als Pars pro Toto für das erhöhte Selbstgefühl diente der menschliche Körper. Er war bis dahin im Wesentlichen eine Terra incognita und dementsprechend profundes anatomisches Wissen die Ausnahme. Nun aber wird der Körper für die bedeutendsten Maler zum naturwissenschaftlichen Studienobjekt. Leonardo und Michelangelo waren die ersten professionellen Leichenfledderer. Sie umgingen das Sezierverbot der Kirche. Ihre anatomischen Zeichnungen, darunter etwa der Herzklappen oder des Muskelapparats sind kostbare Synthesen aus Kunst und Wissenschaft. Zuvor war es Masaccio gewesen, der zum ersten Mal in der Malerei einen nackten Körper zeigte. Botticelli schließlich schuf dann ein frühes Meisterwerk erotischer Phantasie:* Die Geburt der Venus. *Die grundsätzlich negative Wertung des menschlichen Körpers, der Sexualekel, die Reduzierung des Erotischen zur erhaben-reinen, will heißen asexuellen Form - davon hob sich die Renaissance ab. Die Intention auf umfassende Glückserfahrungen des Einzelnen im alltäglichen Leben meinte vor allem ein sinnliches Moment. Selbst-Besinnung äußerte sich als Versinnlichung. Auch in der Kunst schloss daher das Schöne immer auch das Erotische mit ein.*

*In Botticellis berühmtem Gemälde entsteigt Venus nackt einer Muschel, die gerade das Meeresufer erreicht hat. Botticelli greift hier auf den Mythos zurück, der besagt, dass* die Liebesgöttin über die Ägäis kommend, gleichsam wellengetragen und «aphros-», schaumgeboren, ans Ufer gelangt. Aphrodite eben. Als Königin der Schönheit genoss sie in Griechenland hohe Verehrung, bevor sie auch in Rom und Florenz unter dem Namen «Venus» zu kultischen Ehren fand.

Den Körper frontal dem Betrachter präsentierend, fällt ihr goldblondes Haar über Schultern und Rücken herab. Mit der linken Hand greift sie das Ende einer Haarsträhne und bedeckt damit ihre Scham. Ihre Rechte verhüllt die Brust. Botticelli verarbeitet in dieser Geste die antike Bildformel der Venus pudica, welche Brüste und Schoß mit den Händen zu beschirmen hat. Das prominenteste antike Beispiel der Venus-Darstellung freilich, Praxiteles' Knidische Aphrodite bzw. ihre (römische) Kopie, bekannt unter dem Namen Venus vom Belvedere, kann für Botticellis Venus Adaption ausgeschlossen werden: Als Statue war der sinnlichen Heidengöttin ein Auftritt vorerst noch im offiziellen Florenz verwehrt. Man darf aber annehmen, dass Botticelli den Typus einer nackten Venus in einem Florentiner Privathaus (s. u.) studieren konnte. Gemäß des Dante Kommentators Rambaldi da Imola befand sich eine solche Skulptur schon Ende des 14. Jahrhunderts in Florenz.

Botticellis Venus schreiben wir noch heute eine Fülle von Attributen zu: Weiblichkeit, Schönheit, Verführung - Eigenschaften, die sich auch herleiten lassen von der Liebes- und Fruchtbarkeitsgöttin Ischtar, der babylonischen Vorläuferin der griechischen Aphrodite bzw. der römischen Venus. Bei Botticellis Venus, Namensgeberin für die «Venus-Muschel», eine der wenigen Fälle, wo die Zoologie sich bei der Kunst bediente, zieht uns bei aller Erotik noch ein weiteres Moment an: die melancholische Neigung des Kopfes, der nach innen gerichtete, schwermütige Blick. Sie sind als Mahnung *zu verstehen, noch im Taumel der Sinne die Vergänglichkeit von Schönheit und Liebe zu bedenken. Carpe diem! Denn auf das Blühen folgt das Verwelken. In diesem Sinne ist das Nahen der Frühlingsgöttin im rechten Bilddrittel zu deuten, welche die von Zephyren ans Ufer gewehte Venus mit einem prachtvollen Blumenmantel verhüllen wird und somit das Momenthafte dieser wunderbar sinnlichen Erscheinung, das baldige Verblassen des Perlmuttschimmers der Haut, bekräftigt.*

*Künstlerische Kleinmut oder auch Entsagungen im Geiste der Keuschheit hätten ein solch epochales, heute zum kulturellen Erbe der Menschheit zählendes Werk nicht entstehen lassen. Die Kunst benötigt (erotische) Leidenschaft, den Furor der Lust, also die «göttliche Begeisterung», der Platon auch den* Liebestaumel, *als eine der vier Arten heiligen Wahns (griech.: mania) zurechnet.*

Diese Passage verwirrte mich an jenem Abend in Vernets Zimmer, aber sie hatte es auch schon daheim in Köln getan. Die Sprache, der Ton des Textes änderte sich. Woher dieser Enthusiasmus in einer wissenschaftlichen Arbeit, dieses Fasziniertsein vom Venus-Mythos, das immer ungebrochener daherkam?

*Noch ein Wort zu der herannahenden Frühlingsgöttin. Sie kann in Botticellis Bild auch als Hore oder Hora gedeutet werden. Die Hora aber war in der Antike eine Tempelhure, in ihrer Rolle keinesfalls sozial geächtet, sondern im Rang einer Gottesdienerin geehrt, welche die Götter dadurch günstig zu stimmen hatte, dass sie den Beischlaf mit wichtigen irdischen Herrschern vollzog. Die historische Salome beispielsweise war eine solche Hora.*

*Das Salome-Motiv wird in der erotischen Malerei immer wieder aufgegriffen - etwa von Gustav Klimt im Sinne einer Femme fatale. Gustave Moreau versieht die «Tanzende Salome» (entstanden 1875-1876) mit einer Lotosblüte, die zwischen ihren Brüsten emporwächst. Nicht nur in asiatischen Kulturen, etwa im Tantrismus, ist das weiße Sumpfgewächs Symbol für das weibliche Geschlecht. Den Mystikern des Orients galt der Lotos als Pforte der Erkenntnis. Bestimmte sexuelle Praktiken schätzten sie als eine Möglichkeit, die Geheimnisse der Schöpfung zu erfahren. Moreau deutet damit die Richtung an, aus der das Salome-Motiv seine Dynamik gewinnt, und man darf die Frage stellen, ob Botticellis Venus nicht auch aus dem Fundus dieser Mythen schöpft – umso mehr, wenn man weiß, dass sowohl* Primavera *wie die* Geburt der Venus *für ein Lusthaus in Castello, das Lorenzo di Pierfrancesco de' Medici gehörte, geschaffen wurden.* Ich stutzte, stand auf, machte ein paar Schritte im Zimmer. Ein Lusthaus in …: Castello, Lorenzo di Pierfrancesco de' Medici? Ich kannte diese Namen … Ich blickte hinüber zu Vernet. Er lag unter der Decke und rührte sich nicht. Ich öffnete das Fenster. Jemand beglückte die Straße mit einer Italo-Schnulze. Eros Ramazotti oder was auch immer. Irgendwo hatte ich … Es konnte im Tagebuch gewesen sein. Ich kramte es hervor, fand die Stelle schon nach einigem Blättern: «Wir aßen außerhalb der Stadt in Castello, auf einem Landgut, einer … Villa, die einst einem Medici, Lorenzo di Pierfrancesco, gehört hatte …» Übereinstimmung im Ort, im Namen. Wieso hatte ich das bisher überlesen?

Es gibt viele Möglichkeiten der Liebe. Welche hatte Sophia für mich gewählt? Wahrscheinlich hat niemand ihren Körper genauer studiert, niemand sie mehr begehrt, ohne Sophia zu erkennen. Im Hebräischen bedeutet das Wort *jadoa* das Erkennen und zugleich das Eindringen eines Mannes in eine Frau. Immer mehr war Sex unsere Brücke geworden, unser

Versuch in das Vergeben, in die Ungenauigkeiten zu stürzen, um die gegenseitigen Beschädigungen vergessen zu machen. Ich habe Sophia geliebt, aber ich kann sie nicht erkannt haben. Andernfalls hätte ich ihre Flucht – oder wie immer ich das nennen soll, was damals auf mich zukam – kommen sehen. Ich hätte die Akribie, mit der sie ihren Abschied vorbereitete, durchblickt.

Eine Verabredung. «Das Doktorandentreffen, du weißt schon», hatte sie mir durch die geschlossene Badezimmertür zugerufen. «Mit anschließendem Essen bei ...» Ich hörte nicht weiter zu. Eines der billigen studentischen Lokale. Ich rasierte mich. Der Tonfall ihrer Stimme ließ auf eine eher lästige Veranstaltung schließen. Ich vernahm das Klimpern des Schlüsselbundes, hörte den Wind an den Läden reißen und das Tropfen des Wasserhahns. Die Klänge ordneten sich zu einer Tonfolge, die – es mag unsinnig klingen – mein Herz flattern ließ, die Töne griffen in den Rhythmus, der plötzlich schneller und schroffer wurde, ich wandte mich zum Fenster, mein Blick fiel auf das Flachdach des Nachbarn, über das der Wind eine leere, grüne Plastikgießkanne trieb.

Ein kaltes Licht schwamm im Flur. Sophia trug ein neues kupferrotes Kostüm, darüber einen leichten Sommermantel. Sie war fertig zum Ausgehen, sie war schon auf der Treppe, rief mir ein «Bis nachher!» zu, ich sah nur ihren Rücken und ihre Beine, das auf dem Kragen wippende Haar, sie wandte sich nicht um, hatte es eilig, bemühte sich, genau diesen Eindruck bei mir zu erwecken, und doch lag in dem Gemisch aus Parfum und Aufregung, das ich plötzlich riechen konnte, als sei ich von einem Augenblick zum nächsten mit einer Spürnase versehen worden, lag in diesem Duft eine Sinnlichkeit, die nicht zu einem geschäftigen Akademikerkreis passte.

Die Tür flog ins Schloss, und ich wartete. Goss Blumen, die kein Wasser brauchten. Ich entstaubte das Bücherregal.

Ich rauchte, ich strich mir das Haar aus der Stirn, ich schaute aus dem Fenster oder blickte dem Zigarettenrauch nach, der sich im Zimmer verlor. Ich wartete vor dem Fernseher, später am Radio. Ich hörte dem Trommeln des Regens auf dem Fensterbrett zu und dem Zischen der Autoreifen, die über die regennasse Straße preschten. Hatte ich sie aufmerksam genug beobachtet? Etwas Wesentliches musste mir entgangen sein, Bohm - vielleicht war sie zu Bohm … Vor ein paar Wochen war da dieser Glanz in ihren Augen gewesen. Beiläufig hatte sie Bohms Namen erwähnt. Ich hatte aufgeschaut. Dieses Erröten, als ich sie fragte, weshalb er sie zu Masaccios Fresken begleitet habe, ob er sich auskenne – eigentlich nur eine sanfte Färbung der Haut, eine Trübung des blassen Teints, den sie seit einiger Zeit …, sie hatte den Blick auf ihren Teller gesenkt … Überscharf sehe ich den Teller noch vor mir, eine fotografisch genaue Erinnerung, welche die Position des Lammkoteletts exakt festhält, dessen Abstand zu den Kartoffeln. Immer ist es der Körper, der zuerst Bescheid weiß. Ich hatte ein Stechen im Bauch verspürt. Ein winziger Leberhaken, der den Knock-out dosiert vorwegnahm, ihn ankündigte. Bohm - das erscheint mir heute noch hier in meinem Zimmer in Santa Maria Nuova unmöglich. Was hatte Bohm mit meinem Leben zu tun? Was wollte er dort? Es war abstrus und befremdend wie eine Krankheit, die man sich von einem auf den anderen Tag zuzieht. Plötzlich war er da gewesen, ein gepflegtes Arschloch mit teuren, zerknitterten Anzügen, der eine Redaktionstätigkeit bei einem Privatsender innehatte. Er machte eine der Alibisendungen im kulturellen Spartenprogramm am späten Sonntagabend. Womit hat er sie rumgekriegt? Er war beinahe zu alt für sie, zu viele Falten, etwas speckig um die Hüften. Ein Zyniker, Ex-Feuilletonist einer Tageszeitung aus dem Westfälischen, der am Wochenende handverlesene Nudeln zu exquisiten

Fischen fraß und wahrscheinlich davon träumte, einmal beim Konkurrenzsender mit Biolek zu kochen und zu simpeln. Ein Kunstkenner und Sammler, der regelmäßig zur *Biennale* nach Venedig reiste und die *Art Cologne* abschritt, um gestelzte, kryptische Artikel über die Avantgarde zu schreiben. Womit hat er sie rumgekriegt? Mit ein paar Aufgüssen aus dem Jargon der Edelfresser in Edellokalen, mit Dienstreisen zu den Medici-Villen in der Umgebung von Florenz, steuerlich absetzbar, inklusive Rolfing und Heilmassagen und Teekränzchen beim Szeneguru? Sie war damals nicht die Frau dazu. Heute ist alles anders.

Ein warmer Wind strich durch die Verandatür. Mücken streiften meine Wange. Mein Nacken schmerzte. Ich hörte den Regen, einen Sommerregen, sachte ins Gras fallen. Das Mondlicht zeichnete einen Kranz auf die Küchendielen. Es war weit nach Mitternacht. Ich saß am Küchentisch. Die Blicke zur Uhr, das Horchen auf das Gartentor, das in den Angeln quietschen würde, wenn Sophia heimkäme ... Der Wind fuhr in die Bäume. Ich lauschte auf das Knacken ihres Schlüssels im Türschloss. Immer noch fiel Regen aus der Dunkelheit und trieb ans Fenster …

Später trieben Haufen malvenfarbener Wolken über den Himmel, es dämmerte bereits. Das Licht hob die Tasse, die Zigaretten, die Zeitung vor dem dunklen Untergrund des Tisches ab. Es war dies die Uhrzeit, wo die Körpertemperatur des Menschen am tiefsten ist und wo sich häufig die Schlaflosigkeit einen winzigen Gnadenakt erlaubt und doch noch etwas Schlaf schenkt – ein Wachschlaf, der auch mir am Ende zugefallen sein musste, denn plötzlich spürte ich einen Luftzug an meiner Wange. Ich schaute auf, rieb mir die Augen. Sophia stand in der Küche, noch im Mantel.

«Wo warst du?»

Sie schwieg. Schaute mich an, aber ihr Blick sagte nichts. Mir war schwindlig. Durch ihr Auftauchen war ein Karussell in Gang gesetzt worden. Ich stand auf, umarmte sie, weil dies die einzige Möglichkeit war, den Schwindel zu mildern. Ein Aroma von kühler Luft und Nässe stieg aus ihrem Haar und vom Mantelkragen auf. Sie schmiegte sich an mich, und ich umarmte sie noch heftiger in einem Anflug von Erleichterung – einem Gefühl, das durch nichts gerechtfertigt war. Dann spürte ich, dass ich vornüber stürzte, ihr Körper schien sich in Watte zu verwandeln, durch die ich hindurchgriff und nach vorne sackte, ich umarmte einen Haufen Luft. Ich fand an der Spüle Halt, stand mit gebeugtem Rücken und durchgedrückten Armen da und sah sie mit einem Hopser auf dem Küchentisch Platz nehmen, einen Fuß hin und her schwingend, in der Luft rührend, der andere noch mit dem Fußballen auf den Dielen.

«Wo warst du?»

Ihr Rock rutschte in die Höhe, sie half nach, streifte ihn höher bis zu ihren Hüften, sie zog den Slip aus. Ich schnappte nach Luft. Ich löste meine Hände von der Spüle und machte einen Schritt auf sie zu.

«Bleib», stieß sie hervor. Ihr Blick verschleierte sich und kleine Schweißperlen traten auf ihre Oberlippe. Sie streifte ihren Mantel ab. Ich ließ mich zurück gegen die Spüle fallen, meine Knie weich und in den Beinen ein Flattern, wie es einsetzt nach einem langen, quälenden Lauf bergauf. Sie öffnete Knopf für Knopf ihrer Kostümjacke, zog den BH ein Stück herunter. Sie öffnete ihre Handtasche und hielt mir das Lederband entgegen.

«Fessel mich.»

Ich schaute sie ungläubig an. Diese Aufforderung hatte etwas Absurdes, sie war jenseits aller Phantasien und Mutmaßungen, die ich bisher über Sophia angestellt hatte. Ihre

Anweisung war so abwegig, als hätte sie von mir verlangt, sie mit einer Peitsche zu malträtieren, als hätte mir jemand zugetragen, Sophia sei seit langem Mitglied einer Sekte und feiere schwarze Messen oder ähnlichen Schwachsinn. Und doch nahm ich das Lederband, ging um den Tisch herum und fesselte ihre Hände – bedächtig und mir Zeit lassend, diese Stimmigkeit plötzlich in meinen Handgriffen. Der Uhrzeiger der Küchenuhr ruckte leise vorwärts. Sie streifte ihre Schuhe ab und fuhr mit den Zehen über meinen Hosenschlitz. Sie stützte sich mit den Händen auf der Tischplatte ab, bog den Kopf nach hinten, ihr Haar fiel ins Leere, ein baumelndes, schwarzes Feuer, im Lichtgrau des Morgens. Als meine Zunge ihren Hals berührte, lief ein Schauer über ihren Körper. Dann tupfte ich ihre Brustwarzen an. Sie begannen ganz fein zu zittern, wann immer mein Mund sich ihnen näherte, und ich dann einen Augenblick wartete, verzögerte und ihr Verlangen noch mehr antrieb, bis sie ihre pochenden Früchte mir in den Mund zu legen versuchte, ich aber die Zahnreihen nur so weit öffnete, dass ihre Brustwarzen an den Schneidezähnen vorbeischürften, eine winzige, nicht enden wollende Strecke der Lust. Es gab nur die Beschränkung auf diese eine Lust, diese eine Konzentration, deren Ende ich nicht absehen konnte, für die es kein unweigerliches Finale zu geben schien.

Irgendwann – die Zeit war aufgelöst, sie hielt sich nur noch auf den leise tickenden Zeigern der Uhr, sie war gegenstandslos geworden, eine alte, längst vergessene Drohung, die nicht mehr schreckte – hörte ich Sophias Stimme.

«Nimm das hier!» Sie streckte sich, griff rücklings in die Besteckschublade und reichte mir ein Messer. Ich legte die Klinge – sie war kalt – auf ihre Brust, genau auf die Warzen. Sophia schaute mich staunend an auf die Art wie man einen besonders geschickten und eifrigen Schüler honoriert. Ich griff erneut in die Schublade, legte eine weitere, noch kühle Klinge an ihre Haut. Sie stöhnte auf.

«Ritz mich, ein bisschen nur.»

Sie hielt den Blick gesenkt. Ich schwieg. Es waren diese Maßlosigkeiten, die mir Sophia bewahren konnten. Darin bestand meine Chance. Ich trat hinter sie, wollte vermeiden, sie anzusehen. Ich hätte ihren Blick nicht ertragen – diesen flehenden, schwimmenden Blick, seine Schutzlosigkeit und Unverstelltheit, die Sophia aller Geheimnisse berauben würde, eine Intimität, die entsteht, schaut man jemandem auf der Toilette zu oder beim Schlaf, der offene Mund, das etwas dämliche Gesicht in der Entspannung. Die Liebe verträgt sowas nicht. Ich hielt das Messer immer noch in der Hand, sie bog den Oberkörper zurück, streckte den Kopf nach hinten, ihre Kehle schien auf – an jenem Morgen, der noch fast ohne Licht war. Ihre Halsschlagader pochte. Ich legte meine Lippen auf den pulsierenden Strang, als seien sie im Stande, den Rhythmus zu lesen, ein Metrum, das mir meine Fragen beantworten würde. Was war los mit Sophia? Sie wurde mir immer fremder, so wie auch ich mir allmählich fremd wurde.

Es hatte andere Zeiten gegeben, ja. Ein See, nicht weit von Stockholm. Das Licht döste auf ihrem Gesicht. Bewegte sie die Augen, stelzte das Licht über ihre Lider. Warf ich einen Stein ins Wasser, entstand ein Wellenring auf der Oberfläche und machte sich auf, das Ufer zu erreichen. Das Licht auf dem Wasser in Nähe des Ufers brach, flirrte wie Elmsfeuer über die Baumstämme, bis das Wasser zur Ruhe kam und auch das Licht still wurde. Ich betrachtete die dunkle Tönung der Kehle, ihre Augen, in dem manchmal das Blau des Himmels aufschien, eine flüchtige Spiegelung, so, wie der See mitunter Baumkronen, Wolkenfetzen und den Vogelflug einfing.

Es hatte andere Zeiten gegeben. Der dunkle Haarflaum tanzte auf dem Kragen ihrer Bluse. Ein Pfad. Manchmal wirbelten unsere Füße den Duft von wilder Minze im Gras auf. Ein Nachmittag fern ab in den Fängen der Zeit. Ein Nachmittag, an dem das Auge satt wurde vom Licht und von Sophia, die später unter einem Baum im Schatten ausruhte. Der Wind strich über ihre Stirn, der Wind, der am Tag noch den Sommer mit sich führte und nachts schon das Zimmer kühl machte. Ihre Hand in meinem Haar. Kein Vogel sang. Der Wald schwieg. Wir schliefen ein. Seite an Seite. Das Herz klopfte sacht in den Ohren. Manchmal hörte ich ihre Stimme im Schlaf.

Komm, sagte Sophia. Ich folgte ihr, blinzelnd in der untergehenden Sonne. Später erfassten die Strahlen nur noch die Baumwipfel. Die Bäume trugen Kappen aus Licht. Sie nahm meine Hand. Das Gras auf dem Weg stach in unsere Kniekehlen, und ein Reiher zog schnurgerade seine Bahn durch die flimmernde rote Kugel – ein Pfeil auf dem Weg zu einem Ziel, das wir damals nicht kannten, Sophia und ich, auf einer Insel in der Nähe Stockholms.

Am Abend die kehligen Schreie der Wildgänse, der Sommer ging vorüber. Ich trat an die Hängematte, die wir über die Veranda gespannt hatten und schaukelte sie – wie ein Kind, das man wiegt und das einschlafen soll. Und es kam vor, dass Sophias Lippen sich ein wenig öffneten, und der Atem über das Tuch strich, das Sophia bedeckte, ein rhythmischer Luftstrom, den ich an meinem Handrücken vorbeifließen ließ. Auch am Handteller, woraufhin meine Hand sich schloss, als könne sie ihn festhalten wie ein Fesselballon das Gas, das ihn schweben lässt.

Hatte ich mich so in Sophia täuschen können? Wer war sie? Und wer war ich? Ich schaute hinüber zu Vernet. Er schlief immer noch. Er lag regungslos unter dem Laken. Ich stand auf und ging hinüber zum Tisch mit den Ampullen und Tablettenschachteln. Ich fand Vitamine, pflanzliche Stärkungsmittel, einige leichte Schmerzmittel und Salben auf Diclofenac-Basis, aber kein Valium oder andere Beruhigungsmittel. Durch das geschlossene Fenster drang das Knattern der Motorroller ins Zimmer. Ich blickte hinunter auf die Straße. Vor dem anthropologischem Museum setzten Studenten ihre Motorroller in Gang. Offenbar waren die Vorlesungen zu Ende. Die Motorroller waren unerbittlich. Bis spät in die Nacht peitschten sie die Ohren der Bewohner. Ein einziger Motorroller genügte, und ein ganzer Straßenzug verabschiedete sich weit vor dem Morgengrauen aus dem Schlaf. Ich ließ die Tür leise ins Schloss fallen und ging hinunter auf die Straße. Die Lichter im Museum waren erloschen. In den Fensterhöhlungen lag nun Dunkelheit. Vor dem Restaurant standen die Leute Schlange. Ich stellte mich zu ihnen. Ich hatte Zeit, Vernet schlief. Irgendwann fand ich Einlass, stand ich inmitten von klappernden Tellern und klimperndem Besteck, trieb ich ratlos zwischen den Tischen, umgeben von emsigen Kellnern, welche die zahllosen Bestellungen lauthals über die Tische hinweg den Köchen zuriefen. Diese arbeiteten in einem offenen Verschlag in einer Ecke des Lokals: zwei dicke, weißgeschürzte und Schiffchen tragende Männer vor dem Grill, den riesigen Suppentöpfen, den Pfannen, in denen das Fleisch kurz aufzischte – Pfannen, die sie rüttelten und wie bei einer Stafette von einer Flamme auf die nächste setzten, die sie keine fünfzehn Sekunden aus den Augen ließen, allenfalls schöpften sie eine Kelle Suppe, nahmen einen Hähnchenschenkel vom Rost, filetierten blitzschnell einen Fisch, tranken einen Schluck Wasser, zündeten sich eine Zigarette an. Die Kellner wiederum wanden sich zwischen den Tischen hindurch, beugten sich über die Köpfe ihrer Gemeinde, berieten, empfahlen, verwarfen, flatterten von hier nach da, stießen in die entlegenen Winkel des Restaurants vor, jagten zur Theke zurück, schnitten Kuchenstücke, brachten Öl und Essig an die Tische, entkorkten Flaschen und wiesen mir, der ich wie ein Schmetterling von einem Tisch zum anderen flatterte auf der Suche nach einem Platz, an einem Sechsertisch endlich eine Ecke zu. Mir gegenüber saß ein gepflegter Mensch mit silbrigem Haar und schwarzer Augenklappe.

«Nehmen auch Sie Ribollita», flötete der Kellner, «eine Spezialität, dazu einen Pudding vielleicht!»

Ich nickte brav. Keine Minute später tauchte er mit zwei dampfenden Tellern Eintopf auf. Der Herr im Silberhaar rührte einen Löffel Olivenöl unter die Suppe - ich tat es ihm nach. Hier wurde nicht gespeist, hier wurde gegessen. Kein überflüssiges Intro, keine Warterei in dezentem Licht, keine Kerzen oder Blumen auf dem Tisch - Arrangements, für die kein Platz war. Schulter an Schulter, Teller an Teller mit meinem Nebenmann löffelte ich meine Suppe, im Ohr den Kanon der Stimmen, durch keine Musik gemildert.

«Die Stadt macht hungrig», setzte mein Gegenüber an.

Ich schaute in sein einziges Auge.

«Sie sind schon lange in der Stadt?»

Ich verneinte.

«Florenz ist vor allem die Stadt der Sehhungrigen. Der Magen kommt zu kurz. Schauen Sie sich um, Restaurants sind knapp in der Stadt. Um diese Uhrzeit ist es zwecklos, noch einen freien Tisch ergattern zu wollen.»

«Man sollte also reservieren.»

«Nur Stammkunden ist das vergönnt. Nur das Sichtbare ist wahr - so lautet die Devise hier in der Stadt: Wer sitzt, der zahlt auch. Da will man sich nicht auf Reservierungswünsche von Unbekannten, gar von Touristen verlassen. Deren

Entscheidungen sind wankelmütig, sie verspäten sich, blockieren einen Tisch, den sie am Ende nicht brauchen, weil sie schon anderswo untergekommen sind.»

Ich aß hastig meine Suppe und den Pudding und verschwand.

Vernet war immer noch nicht aufgewacht, als ich zurückkehrte. Ich horchte auf das Fächeln seines Atems und setzte mich zurück in den Sessel am Fenster. Ich musste Vernet vor Regers Pulvern bewahren. Es gab harmlosere Mittel, um Vernet aufzubauen. Was sollte dieser Rückfall in die Medizin des Altertums? Fliegenpilz mochte irgendwelchen Schamanen auf die Beine helfen. Nicht Vernet. Und Guarana? Ich hatte nicht vor, Anleihen bei der Techno-Szene zu machen. Reger war auf dem besten Weg, Vernet vollends zu erledigen. Ein Lusthaus ... Ich nahm einen Schluck aus der Whiskyflasche. Ich war froh, dass Vernet meine Hilfe brauchte und mich daran hinderte, loszurennen und Sophia zu suchen. Jede Suche braucht den günstigen Augenblick. Noch war er nicht gekommen. Ich knipste die Stehlampe an und schob den Sessel unter den Lichtkegel. Sophia war in der Stadt. Ich hatte sie gesehen. Das musste genügen fürs Erste. Ich besaß das Manuskript. Ich hatte das Tagebuch. Vielleicht fanden sich dort Antworten auf meine Fragen – Antworten, die ich bisher übersehen hatte, und so las ich denn weiter in jener Nacht und eskortierte Vernet durch den Schlaf.

*Schmetterlinge öffneten die Flügel und rauschten zu Boden. Wir mussten aufpassen, sie nicht zu zertreten. Der Rotwein hatte die Farbe reifer Waldbeeren. Giuliano feuchtete mit der Zungenspitze seine Lippen an, bevor er trank. Die Luft strich über meine Haut wie ein Schminkpinsel.*

*Ein heller Sichelmond. In den Fenstern saßen die Frauen und trockneten mit Löschpapier die Farben auf ihrer Haut. In der Luft der Geruch von Marzipan. Die Frauen schauten kurz zu uns auf. Bohm senkte den Blick, noch in der Tür machte er kehrt.*

Frauen, die in Fenstern saßen? Was bedeutete der Eintrag? Waren es Huren? In Amsterdam platzierten sich die Huren in den Fenstern zur Straße und lockten so ihre Freier. Noch verstand ich die Passage nicht, und doch kam mir plötzlich, warum auch immer, der Gedanke, dass Tagebuch und Manuskript in Wirklichkeit mir gelten konnten. Waren die Texte, so absurd das auch sein mochte, ihr Vermächtnis an mich? War ich der Adressat ihrer Worte?

*Der Weg lief hinaus ins Feld, an Koppeln und Teichen vorbei. Reiher schwebten über den Baumkronen. Giuliano legte seine Hand in meinen Nacken, drückte meinen Kopf nach unten, über uns blinkte ein Flugzeug. Er trug einen maulbeerfarbenen Gürtel. In meinem Mund blieb nichts zurück als der Geschmack seines …*

Das Wort war unkenntlich gemacht. Ich sprang auf, lief im Zimmer umher. Ich kannte die Wirkung dieser Passage, aber hier in Florenz schmerzte es anders, hier zogen die Worte mir Stück um Stück die Haut vom Leib, hier erst wurde alles wirklich. Ich warf das Buch auf den Tisch, zu all den Ampullen und Tabletten, den Salben. Ich sank in den Sessel zurück, nahm noch einen Schluck aus der Flasche. Wartete. Nahm einen weiteren Schluck. Aber der Schlaf kam nicht. Ich lauschte. Das Haus war still. Das ist das Schlimme an den Nächten, in denen man nicht schläft: Nichts geschieht. Man kann vor sich selbst nicht fliehen. Wer war Guiliano? War er der Schlüssel zu allem? Was hatte sich hier in Florenz abgespielt?

*Wie die «Geburt der Venus» ist auch sein zweites berühmtes Werk «Primavera» eine Verklärung der Venus zu einer Idealvorstellung von Schönheit und Erotik. Venus ist in der Bildmitte positioniert. Mit leicht geneigtem Kopf, die Hand zu einer einladenden Geste erhoben, blickt sie den Betrachter an. Oberhalb der Venus schwebt Amor und zielt mit seinem Pfeil auf drei Grazien, alle in hauchdünne Kleider gewandet, die uns den Blick auf schön geformte Brüste erlauben. Kastanienbraunes Haar reicht bis zu den anmutig proportionierten Schultern. Die Frauen scheinen zu tanzen. Über ihren Köpfen verschlingen sich ihre Finger ineinander - eine diskrete Geste der Begierde. Die mittlere der drei Schönen zeigt uns ihre köstliche Kehrseite, eine überaus schöne Rundung unter einem beinahe durchsichtigen Kleid. Eine sanfte, sinnliche Spannung kennzeichnet das Bild.*

Übertrieb Sophia hier nicht? Ich erinnerte mich an Botticellis Bild nicht im Detail. Verfügte es wirklich über eine derartig sublime Erotik?

*Botticelli ebnete den Weg bis hin zu Correggio, den Vasari mit den Worten rühmt, niemand habe «mit größerem Reiz und vollkommener Rundung gemalt als er [...]. Groß war die Weichheit, die er dem Fleische gab.» In Correggios Meisterwerk «Venus, Satyr und Amor» ruht eine Nymphe auf einer Waldlichtung. Einen Arm hat sie scheinbar «unschuldig» hinter dem Kopf als Ruhekissen ausgestreckt. Sie will uns glauben machen, sie wähne sich alleine. Ihr nackter, ungeschützter Körper bietet einem herbeikommenden Satyr jedoch jeden Blick. Ihr Mund ist dabei vor Lust leicht geöffnet.*

*Immer schon lebte die erotische Malerei von dem energetischen Kitzel, der aus der unterschiedlichen Pointierung der Körper erwächst. Hier der kraftstrotzende, bocksbeinige Satyr von dunklerer Hautfarbe, dort der perlmuttweiß schimmernde Körper der Venus. Der dunkle Teint diente in der Malerei zur Kennzeichnung sexueller Gier und Potenz. Erwartungsfroh beugt sich der muskulöse Kerl der scheinbar Schlafenden entgegen.*

*Ist in diesem Bild der Gegensatz zwischen sanfter Erotik (verkörpert durch Venus) und aggressiv lüsterner Sexualität (personifiziert im Satyr) erst angedeutet, so demonstriert Poussin in dem 1626 entstandenen Werk «Schlafende Venus, von Satyrn überrascht» schon größere Spannung. Doch auch Poussin spielt ein doppeltes Spiel. Begehrlich gaffen die Satyrn auf die nackte Venus.* Sie *trifft scheinbar kein Tadel. Die ganze Bildkomposition ist so arrangiert, dass die Venus den Status eines Opfers beibehalten kann: Sie ruht auf einem unschuldweißen Laken. Poussin verarbeitet hier die antiken Bildformeln des* Schlafgestus *und zugleich der* Venus pudica, *die, so scheint es, schützend im Schlummer ihre Hand auf den Venushügel legt. Genau diese schamvolle Geste ist aber vorgetäuscht. Dass ihr Kopf lustvoll nach hinten gestreckt ist, wodurch sich die Brüste heben und die rechte Achsel beinahe offen liegt, darüber hinaus die aufscheinende Kehle, die gespannte Halsmuskulatur, vor allem aber die geöffneten Lippen erregen unser Misstrauen, sprechen eine andere Sprache und offenbaren das, worum es in Wahrheit geht: Der Opferstatus ist nur eine Maskerade. Es ist das Liebesspiel der Venus mit sich selbst, das zarte, hinfließende Streicheln, das die grinsenden Gesellen anlockt und reizen soll. Die beiden Satyrn in ihrer Wollust neben sich zu wissen, wird darüber hinaus die sexuelle Gestimmtheit des vermeintlichen Opfers verstärkt haben.*

*Eine liegende oder ruhende Venus gehört seit der Renaissance zu jenem Bildtypus, der zwar vordergründig die proportionale Idealgestalt eines weiblichen Körpers zeigen sollte, dem Kenner aber die erotische Verlockung, die sexuelle Bereitschaft signalisierte.*

*Poussin versagt jedoch den Blick auf die delikaten und intimen Details der Venus. Als Pars pro Toto bietet er die scheinbar ahnungslos im Schlaf geöffneten Lippen des*

Mundes. *Aber jeder Kenner erotischer Semiotik versteht die Andeutung.*

*Es sei erwähnt, dass die Erregung der Bocksfüßigen wahrscheinlich durch die in der Mythologie immer wieder erwähnte Einnahme von* Fliegenpilz *ins Immense gesteigert wurde. Und sie, die Satyrn - nicht der Betrachter -, dürfen den Blick in das aufgedeckte Zentrum der Lust tun. Stellvertretend möchte man sagen. Doch Poussin rechnet mit unserem verschämten Genuss, dem Genuss des Voyeurs, der die Schöne von den Kerlen umspielt sieht. Darin mag die erotische Finesse liegen wie in der Vorstellung, dass die Situation sich weiter entwickeln wird - getreu der Regel: Nicht das steigert unsere Lust, was man sieht, sondern das, was man ahnt.*

Ich hatte Sophia nach jener bizarren Fesselnummer nicht mehr gesehen. Ich war zu einem Neurologenkongress nach Lüneburg gefahren und hatte von ihr nichts mehr gehört. Kein Telefonat, keine SMS. Offenbar hatten wir beide eine Auszeit gebraucht. Jetzt wollte ich zu ihr, hielt ihre Abwesenheit nicht mehr aus. Ein frostiges Licht lag auf den Feldern entlang der Autobahn. Die Bäume waren blank vor Kälte. Ich fuhr schnell. Im Radio Fußball. Ein Samstagnachmittag. Ein Tor fiel und dann lange keins mehr. Auf den Lärmschutzwänden hockten Krähen, starr, als seien sie erfroren. Ich fuhr direkt zu ihrer Wohnung. Ich zog den Schlüssel aus dem Zündschloss, und die Stimme des Reporters im Radio verebbte. Ich schloss die Haustür, dann die Wohnungstür auf. Stand in der Diele. Kein Laut. Eine Stille wie auf dem Meeresgrund. Ich öffnete die Küchentür. Der Abwasch stand noch auf dem Tisch. Das Ticken der Uhr. Ihr Arbeitszimmer. Der Füller lag offen auf dem Schreibtisch. Ein Tintenfleck war auf der Miene eingetrocknet. Der Computer surrte. Auf dem Bildschirm ihr Text: *Vasari berichtet, dass Masaccios Fresken in der*

*Brancacci-Kapelle ein vielbesuchtes Studienobjekt aller bedeutenden Künstler der Früh- und Hochrenaissance waren. Sie gingen dorthin, um* ... hier endeten die Worte. Ich erinnere mich genau. Es blieb das Schlafzimmer. Ich ging auf die Tür zu. Ich spürte die Angst. Ich spürte, dass sich alles um mich herum veränderte. Der Flur. Das Licht. Der Geruch. Noch konnte ich umkehren. Etwas Grässliches, etwas Irreparables würde geschehen. Ich fühlte es wie ein Tier das Messer des Schächters. Ich zwang mir die erbärmlichste aller Haltungen auf – den Blick durchs Schlüsselloch, und eine Sekunde bevor ich begreifen konnte, was in dem gleißenden Licht zu sehen war, sah ich, und etwas in mir riss, ein Spleißen, das entsteht, wenn die Axt in den Stamm fährt. Ich verharrte vor der Tür, vernahm einen schnurrenden Ton, sonorer und tiefer als vorhin das Rauschen des Computers, ein Schnarren wie von einer Spule. Sophia saß auf dem Bett, an ihr ein dunkler glänzender Stoff, ein Dessous, ein Stoff, den ich nie an ihr gesehen hatte, eine zweite Haut, die ihre Brust umschloss. Sie trug Handschuhe – schwarze, glänzende Handschuhe, die sie jetzt Finger für Finger abstreifte. Sie hockte sich nun auf allen Vieren hin, ihr Mund war geöffnet, sie hob den Kopf, ihr Blick war kühl, und gleichzeitig inszenierte sie irgendetwas Schmachtendes darin. Für wen war dieser Blick? Sie sah zur Tür herüber. Ich spürte, dass sie mich anschaute. Vielleicht hatte sie mich kommen hören. Vielleicht ahnte sie, dass ich sie beobachtete, mit einem dumpfen Schmerz, der sich unaufhörlich wie eine tiefe Organblutung, ein Leber- oder Milzriss, in mir ausbreitete. Kein Laut bis auf das Schnurren der Spule. Ein Rücken tauchte auf. Eine Kette klirrte, jemand, dessen Gesicht ich nicht sah, nahm die Kette vom Boden auf, befestigte sie an Sophias Handgelenk und führte Sophia zu einem Stuhl, der mitten im Zimmer stand. Sie setzte sich. Senkte den Kopf zur Rückenlehne hinunter. Ich sah ihr Rückgrat, eine gekrümmte Linie, auf der die Rückenwirbel unter der Haut aufschienen. Sie spreizte die Beine, rieb sich an dem braunen, spröden Leder des Schreibtischstuhls. Jemand, dessen Gesicht verborgen blieb, kniete zu Boden und zog ihre Backen ein Stück auseinander. Er küsste ihren Spalt, sein Kopf klemmte zwischen ihren Beinen, ging auf und nieder, als ob er nickte. Kein Laut, kein Stöhnen, sie war schweigsam, als unterzöge sie sich einer medizinischen Untersuchung. Sophia, den Kopf abgewandt, strich mit der Hand über sein Haar. Holz splitterte, das Geräusch von berstendem Furnier, dann ein schräger, hoher Ton; ein Ton, der entsteht, wenn ein Nagel aus dem Holz fährt, erst mühsam, dann schnell und schrill, wenn er dem Hebeldruck nicht mehr widerstehen kann. Ich flog ins Zimmer, roch ein Amalgam aus Kerzen, Gummi und Scheinwerferlicht. Die Handschuhe, der Slip: schwarzes Gummi, Bohm noch immer vor ihr kniend, er sprang auf, schnappte nach dem Slip, bedeckte sein Glied, das das Gummi beulte – ein schwarzer Turm zwischen seinen Beinen, der unendlich langsam schrumpfte, als ob der Schreck, als ob die Panik die Erregung konservierte. Erst die Faust, sie flog in Bohms Gesicht. Anschließend ein Knie, das sich zwischen seine Beine rammte, so dass der Turm wegknickte, das andere Knie stemmte sich auf den Brustkorb. Bohm roch sofort nach Blut, das aus den Brauen, dem Mund rann. Etwas traf meine Schulter. Ein Brennen, als finge ich Feuer.

«Franz, bist du verrückt geworden?», schrie sie.

Ein Schatten über mir, Sophias Atem in meinem Nacken, heiß, viel zu heiß, mein Arm sauste zurück, und der Schatten, ihr Schatten, flog mit dem Stativ und dem Lichtstrahler, den sie in den Händen hielt, ins Zimmer zurück. Ich hörte ein Knacken wie beim Aufbrechen einer Kokosnuss. Ich packte den Gummislip und stopfte ihn Bohm in den Mund. Er keuchte. Sein Kopf verwandelte sich in einen blaurot gefleckten Ballon, aus dem die Augen hervortraten – blanke, entsetzte Spiegel, in denen die Iris immer winziger wurde und die Augäpfel zu wachsen schienen. Bohm strampelte mit den Beinen, trat nach mir, erst wild und heftig, bald schon kraftlos und irgendwann blieben die Tritte aus. Ein langer, klarer Augenblick der Entscheidung lag vor mir. Aus Bohms Mundwinkeln lief schon kein Speichel mehr. Zwischen den mattgrauen Stoppeln, winzigen Fahnenstangen, die in der Kopfhaut steckten, rann der Schweiß. Kleine Sturzbäche, die sich über die Stirn ergossen und in die blutenden Brauen, um den verschmierten Mund herum Schlieren absetzten. Ich wandte den Kopf, erblickte einen zerborstenen Spiegel. Dann erst entdeckte ich Sophia hinter der Kamera. Es war eine Super-8, ein Relikt aus der privaten Schmuddelfilmerei der Siebziger. Sophias Blick leer, als überließ sie mir die Entscheidung, was mit Bohm zu geschehen hatte. Ich ließ von ihm ab. Immer noch brannte an dem Stativ der Strahler. Er schien blind in den Raum hinein, leuchtete den Hohlraum unter ihrem Bett aus, warf Licht auf ihr Tagebuch und einen alten, vergessenen Socken, der wahrscheinlich mir gehörte.

Ich zog Bohm aus dem Zimmer, schleifte ihn hinüber ins Bad. Er röchelte, seine Augen waren blutunterlaufen. Ich hievte ihn über den Rand der Wanne und drehte den Kaltwasserhahn auf. Der Strahl traf in sein Gesicht und wusch das Blut ab. Er stöhnte und schüttelte sich. Ich ließ ihn unter dem Wasserstrahl liegen. Als ich ins Schlafzimmer zurückkehrte, war die Spule voll und die Kamera ausgestellt. Sophia zog ihre gewohnte Wäsche an. Nicht dieses Gummizeug, das im Bett verstreut lag. Sie blutete am Hinterkopf. Sie rauchte.

«Du musst die Wunde behandeln», sagte ich matt.

Sie sammelte Bohms Kleidung auf und legte sie über den Stuhl. Sie setzte sich aufs Bett. Die Stille verriet unser Stürzen.

Jeder in seine eigene Geschichte, jeder in *seine* Version des Abgrunds.

«Brauchst du diesen Mist?» Ich zeigte auf die Kamera.

«Es ist anders, als du denkst. Es ist keine billige Pornonummer.»

Bohm stand mit verbeultem Gesicht in der Tür. Er hatte sich ein Handtuch umgebunden, als befänden wir uns in einer Sauna, als wechsele er vom Schwitzraum zur Bar, nähme gleich an der Theke Platz. Er trat auf Sophia zu. Sie stand auf, gab ihm Feuer. Ihre Hand fuhr durch sein Haar. Er schien nicht ernsthaft verletzt zu sein. Er war hartnäckig. Ich hatte ihn unterschätzt. Hatte erwartet, er würde sich hastig aus dem Staub machen. Bohm setzte sich auf den Stuhl und zog seine Hosen an.

«Es ist …», ihre Stimme klang müde, «… eine Art Experiment, ziemlich bizarr, das gebe ich zu. Jerry braucht die Aufnahmen. Es sind Vorstudien. Nenn es Kunst, in Florenz …, jemand will dort …, ich erkläre es dir später.»

«Sophia, bitte. *Das* nicht. Mach dich nicht lächerlich.»

Bohm zuckte mit den Achseln und lehnte sich zurück.

«Sie unterschätzen Sophia, leugnen ihre rapide Individuation, privat wie beruflich. Unklug von Ihnen.» Er lächelte zweideutig. «Sie führen sich hier auf, aber offenbar sind Sie nicht länger der Maître de Plaisir.»

Bohm hatte Mut. Er musste damit rechnen, für diesen Satz windelweich geprügelt zu werden. So sprach niemand, der sich seiner Sache, der sich Sophias nicht sicher war. Was in aller Welt war da im Gange? Das war mehr als eine gesteigerte Dosis abwegiger Sex. Bohm stand auf. Umständlich band er seinen Schal, setzte seinen Hut auf und verschwand mit einem Lächeln.

Sophia ging ins Bad. Das Badewasser rauschte. Auf der Teekiste, die sie als Nachttisch benutzte, lag ihre Handtasche.

Ich fand, was ich suchte, schlug das Kalendarium des letzten Jahres auf, blätterte einige Monate zurück. Im Spätsommer die erste Eintragung: *B. – Piazzale Michelangelo.* Es folgte in der gleichen Woche ein weiterer Vermerk mit der gleichen Initiale. Ende der Woche hieß die Initiale *G.* Ich fasste unter das Bett, am linken Bettpfosten das Tagebuch, in Pergament eingeschlagen, es raschelte in meinen Händen, ich steckte das Buch unter meinen Mantel. Sie kam ins Zimmer. Sie trug einen schwarzen, engen Pullover. Die Armreifen klimperten am Handgelenk. Sie setzte sich neben mich aufs Bett. Niemand sprach.

Straßenlicht fiel ins Zimmer. Ihr Kopf warf einen Schatten an die Wand. Sie streckte sich aus, rauchte. Wenn sie sich ein Stück im Bett aufrichtete und die Asche der Zigarette abstreifte, wuchs der Schatten und glitt die Wand empor. Ich saß regungslos da und horchte auf das Klappern der Dachziegel, auf denen der Wind wie auf einem Xylophon spielte.

«Was ist *es*, Sophia? Warum diese Nummer?

Ihre Hand zitterte. Auf ihren Bauch fielen helle Ascheflöckchen.

«Schockiert?», fragte sie.

Ich schwieg. Es gibt nichts Lächerlicheres als die Fürbitten der Eifersucht. Sie drehte sich zur Seite. Bald darauf hörte ich ihren gleichmäßigen Atem, das Ticken des Weckers, und erst jetzt fürchtete ich mich vor dem, was vor mir lag. Ich stierte hinaus in die Nacht. Ich stierte auf Sophia. Ich stierte auf mein Leben, das eine Wendung nahm.

Eine Kirchenglocke läutete. In immer kürzeren Abständen schlugen Wagentüren zu und Autos wurden gestartet. Ich schloss das Fenster. Ein feiner Regen ging nieder. An der Bushaltestelle standen die Leute mit hochgeschlagenen Kragen und Regenschirmen. Ich fror. Eine Kälte in allen Gliedern. Ich weckte Sophia. Sie blinzelte, sprach irgendwas ins Kissen. Ich ging hinüber ins Bad und wusch mich. Als ich ins Zimmer zurückkehrte, war sie wieder eingeschlafen. Ihr dunkles Haar auf dem weißen Kissen. Eine Stille um sie herum, die undurchdringlich war. Es gab hier nichts mehr zu tun für mich. Es würde das letzte Mal sein, dass ich in diesem Zimmer war. Ab jetzt blieben mir nur die Worte – Sophias Worte im Tagebuch, der Pfad zu Bohm, zu abwegigen Arrangements in einem gleißend hellen Zimmer, dem Rauch einer Kerze, die mit einem Zischen zwischen meinen Fingern erlosch, das Flackern von Winterblitzen an den Wänden. Ich ging hinüber in ihr Arbeitszimmer. Ich fand die Disketten sofort. Ich löschte die Festplatte und ging.

# 6

Ich stellte die Whiskyflasche auf den Boden, hob mich aus dem Sessel und trat zu Vernet ans Bett. Sein Atem strich über die Bettdecke. Er hatte im Schlaf die Fäuste geballt. Es sah nicht danach aus, dass er so bald aufwachte. Ich konnte ihn allein lassen. Morgen sähe ich ihn auf der Pressekonferenz. Sachte zog ich die Tür ins Schloss und verließ das Hotel. Die Straße war menschenleer. Das Trottoir geschwärzt von der Nacht. Ich kam zur Piazza della Signoria. Ammanatis Neptun-Brunnen. Bleiche Pferde starrten in die Dunkelheit hinaus. Meine Schritte hallten auf dem Pflaster. Und manchmal, weit entfernt, hörte ich ein Echo. Ich lauschte in die Stille hinein, die sich sofort wieder schloss. In den Juwelierläden auf der Ponte Vecchio brannten in den Vitrinen die Nachtleuchten – magere Lichtkreise, die die Auslagen nicht ausleuchteten. Durch die rückwärtigen Fenster sah man auf den Fluss. Im Wasser spiegelten sich die Lichter der Hotels und der Straßenlaternen. Ein Ruderer zog lautlos unter dem Brückenbogen hindurch. Ein Schweif aufblitzenden Wassers folgte ihm. Von der Ponte San Trinita ebbte der Hufschlag einer Pferdedroschke herüber. Ein warmer Regen ging nieder. Der Asphalt glänzte. Auf den Straßen kein Mensch. Ich hatte Durst. Eine Bar, eines jener neonhellen Lokale mit Resopaltischen und Spiegelwänden und einem großen Büfett, in dem Cinzano- und Martini-Flaschen mit vergilbten Etiketten verstaubten, war noch offen. Der Barkeeper schaute von seiner *Gazetto dello Sport* auf. Ich bestellte ein Bier. Der Mann las den Klatsch über die Fußballstars von *Inter* und der *Fiorentina*. Er schob mir mein Bier über die Theke zu. Ich bat ihn um Feuer. Er deutete auf einen Schuber mit Feuerzeugen. Ich nahm eines raus und legte Geld auf die Kasse. Wortlos strich er es ein und las weiter. Ich ging hinüber zur Tür und lehnte mich gegen den Türpfosten. Kleine Dampfwolken stiegen vom Asphalt auf. Das Bier war warm. Ich trank es in kleinen Schlucken, so wie man einen Kaffee trinkt. In meinem Rücken das Rascheln der Zeitung und hin und wieder ein Murmeln, ein Schimpfen, ein Disput vielleicht mit seinen Helden, die ihn in Stich gelassen hatten, die morgen gegen *Inter* anzutreten hatten und bereits einen Spieltag vor Saisonende so gut wie abgestiegen waren, und er, er hatte sich jetzt mit der Seria B vertraut zu machen, und die Kicker, viele von ihnen, ließen sich zu neuen Fleischtöpfen transferieren, nach Turin oder Rom oder gar Udine oder Verona, Provinzvereine, aber jetzt bedeutender als Florenz. Im Leben eines Fans ist das der Albtraum.

Ich trank mein Bier aus und ging. Es waren nur ein paar Schritte bis zu meinem Hotel. Ich suchte mein Zimmer nur auf, wenn es anders nicht ging, wenn die Erschöpfung mich dazu zwang. Ich ließ mich aufs Bett fallen. Es schwankte, als befände ich mich auf See. Ich legte Zimmerschlüssel und Portemonnaie in die Schublade des Nachttisches. Sie war mit Zeitungsausschnitten aus dem Jahre 1986 beklebt. Das Schicksal der *coppa italia* – der italienischen Fußballnationalmannschaft – wurde erörtert. An die Zimmerwände hatte man eine rosageblümte Tapete geschustert. Ein anderes Zimmer war nicht zu mieten gewesen. Vielleicht hatte Regers Sekretariat es auch gar nicht versucht. Ich streckte mich auf dem Laken aus, ohne das Bett aufzudecken. Ich verschränkte die Arme hinter dem Kopf. Meine Augen brannten, ich war todmüde. Ich konnte nicht einschlafen.

*Pfennigeulen stiegen aus den Hortensien auf – winzige Nachtsegel, die an die Lampions klopften und mit dem Feuer spielten. Der Fluss strich lautlos gegen das Ufer.*

*Später dann trafen die Wagen ein. Die Musiker in Livree, ohne Strümpfe und in teuren Schuhen. «Aus New Orleans», sagte Guiliano. Auf ihren Händen flimmerte das Bühnenlicht; die Lippen, wenn sie bliesen, waren von einem schwarzen Rot.*

*Korkenknallen und durch die Terrassentür strich immer noch Musik herein. Die kehligen Schreie der Pfauen hallten über die Dächer. Im Nacken Giulianos Atem. Der Wind kräuselte das Laken. Im Fenster Sternbilder.*

*Später, zum Frühstück, Bohm in der Küche - mit wundem Blick und einem Verlangen nach mir, das sich bodenlos gab. «Macht ist vor allem eine Frage der Attraktivität der Körper», sagt Giuliano. «Bohm», sagt Giuliano, «zahlt den Frauen jeden Preis.»*

Ich stand auf, ging hinüber zum Waschbecken. Schaute in einen Spiegel mit blinden Flecken. Ein Gesicht, als hätte ich die Blattern. Das Becken war von Rissen durchzogen. Als ich den Wasserhahn aufdrehte, um einen Schluck zu trinken, gerieten die Risse in Bewegung. Im Abflusssieb sammelten sich Haare. Es waren nicht meine eigenen. Ich öffnete das Fenster. Immer noch war es warm. Von der Via Mazzetta und der Piazza brandeten Stimmen hinauf. Irgendeine Aufregung machte sie schrill. Ich schaute hinunter. Von der Piazza fiel Blaulicht in die Straße. Ein Mann und eine Frau traten aus dem Schatten. Sie umarmten sich kurz. Ihre Silhouetten lagen auf dem Pflaster. Die Frau drückte sich von dem Mann ab. Ihr Zigarettenstummel verglühte neben seinem Fuß. Er ging davon in Richtung Santo Spirito. Kurz bevor der Mann das Portal der Kirche erreichte, drehte er sich um und schaute der Frau nach, die in der Via delle Caldaie verschwand. Ohne sich zu rühren, verharrte er dort. Ich schloss das Fenster und verließ mein Zimmer. Auf der Piazza drehte das Blaulicht des Streifenwagens stumm vor sich hin. Der Wagen war verwaist.

Die Fahrertür stand offen. Ein Taubenschwarm löste sich in der Dunkelheit von der Brüstung des Palazzos, schwebte im Zwielicht über meinem Kopf. Wieder war das Geheul, waren die Stimmen zu hören. Ein zweiter Polizeiwagen, ein Fiatbus, rollte langsam aus einer Querstraße ein. Hinter den vergitterten Fenstern erkannte ich Gesichter, das Weiß der Augäpfel. Der Bus kam in der Via Romana zum Stehen. Und plötzlich war dieses Schweigen in der Straße. An eine Hauswand gelehnt, sich auf einen Stock oder mit durchgedrückten Armen auf eines der geparkten Autos stützend, eine Haltung, als wären sie im Begriff zu erbrechen, schauten die Leute stumm auf den Bus, dessen Türen sich nicht öffneten. Die Polizisten im Bus hielten inne wie vor einem Gang, der über vermintes Gelände führt oder über einen Felsgrat, der, je länger man zaudert, immer unbezwingbarer wird.

Niemand hielt mich auf, kein Polizist versperrte mir den Weg, nirgendwo ein Absperrband. Ein Bann schien über der Straße zu liegen. Niemand rührte sich. Langsam bewegte ich mich auf die Toreinfahrt des *Museo Zoologico* zu, vor der die Menschen sich aufstellten wie vor Beginn einer Prozession. Etwas in den Gesichtern der Leute schien zu schwimmen, ein Ausdruck, den ein Gesicht kurz nach dem Erwachen oder einige Zeit nach einem Weinkrampf noch einnimmt, die Züge weich und vage. Die Laterne warf ein milchiges Licht in die Via Romana hinaus. In der Einfahrt Sessel und Sofas, aus deren Polstern Seegras hervorquoll. Mein Fuß stieß an Rohre, Wasserleitungen, die man herausgerissen hatte. Der Boden war mit Glasscherben bedeckt, solche, die entstehen, wenn Glühbirnen zerschellen. Es knackte bei jedem Schritt, als träte ich auf unbehauste Schneckenhäuser. Niemand hielt mich davon ab, immer tiefer in diesen Korridor hineinzugehen. Ich zwängte mich zwischen parkenden Autos hindurch. Fahrräder lehnten an den Säulen. Ich musste eine Schwelle übertreten haben, eine unsichtbare Demarkationslinie, denn ich war nun allein. In einem Albtraum spüren wir die Bedrohung, ein Brausen erfasste als Kind meine Ohren, ließ mich aufwachen. Ich aber trat auf den Zinkbottich zu. Dunkles, leichtgewelltes Haar hing über den Rand des Zubers, der die Größe einer Badewanne hatte, Haar, das sich im Wind sachte bewegte. Der Geruch von aufgeweichten Zeitungen und salzigem Fleisch, und vielleicht war auch eine Spur von Formalin in der Luft. Die Scham, direkt unter der Wasseroberfläche, dunkel, ein Algenknäuel, Beine und Arme im grünlichen Wasser aufgequollen, die Frau rührte sich nicht, wandte sich nicht um, sie hätte meine Schritte hören, hätte spüren müssen, dass ich keine zwei Meter hinter ihr stand und auf sie blickte. Jemand kam durch den Korridor auf mich zu, ein Carabiniere, er zwängte sich zwischen den parkenden Autos hindurch, gestikulierte mit beiden Armen über dem Kopf wie ein Ertrinkender. Ich beugte mich über sie. Ein Schnitt von der Stirn zu den Schläfen und von dort hinab zum Kinn. Die Hände des Polizisten auf meinen Schultern. Die Augen trüb und verblasst in den Höhlen liegend, angelaufene, über der Flamme erhitzte Murmeln – ein cremefarbenes Gelee. Der Mann riss an mir, und er wusste warum. Ausgespart waren Nase und Lippen. Bläulich pappten sie in dem geschälten Gesicht, in diesem gehäuteten, dunkel schimmernden Muskelfeld. Der Polizist legte einen Arm um mich, führte mich ab, wie man einen Schiffbrüchigen vom Strand wegführt. Ich taumelte in die Via Romana zurück. Eine Ahnung streifte mich, irgendwo, in einem Film, einem Buch, einer Zeitungsnotiz war ich auf diese Art von Verstümmelung schon einmal gestoßen. Ich sank gegen einen Laternenpfahl, von dort gegen einen Wagen, sah den Notarzt und einen Tross von Polizisten in der Einfahrt verschwinden und wartete in der Menge, ohne zu wissen worauf. Tabakrauch streifte meine Nase. Dem Mann neben mir klebte ein winziger Zigarettenstummel auf der Unterlippe – ein Insekt, das dort ruhte, ohne dass der Mann einen Zug nahm. Wahrscheinlich hatte er den Stummel vergessen. Möglicherweise war auch er in dem Hinterhof gewesen, hatte die Frau gesehen und wusste nicht weiter, war ratlos, was er mit dieser Nacht anfangen sollte. Ich bat ihn um eine Zigarette. Wortlos reichte er mir die Packung. Der Mann war kräftig, hatte enorm große Hände. Das Blaulicht eines Streifenwagens wischte ihm den kahlen Schädel und badete seine Augen in ein funkelndes Blau.

«Die Stadt, wissen Sie, ist grausam. Immer wieder kommt es zu solchen Szenen», sagte er mit einer dünnen Kinderstimme. Er schaute mich nicht an, er schien mehr zu sich selbst zu sprechen. Seine Augenlider waren gerötet, als sei er erkältet oder leide an einer Allergie.

«Ein Massenmörder?»

«Ich meine die Stadtgeschichte. Sie erzählt unzählige Bluttaten.»

Sein Gesicht war ohne Regung. Eine Katze mit gesträubtem Fell und einem blutig zerbissenen Ohr kam aus der Toreinfahrt. In ihrem Maul baumelte ein Streifen Fleisch, rund und kräftig wie ein Rattenschwanz. Sie zögerte, als sie die Menge gewahrte. Schließlich verschwand sie unter dem geparkten Fiatbus.

«Die Florentiner liebten von jeher das Blutbad, glauben Sie mir. Fast jeder, der hier herumsteht, weiß, wovon ich spreche.»

Immer noch verzog er keine Miene. Ich meine, es ist anstrengend, ein Gesicht während des Sprechens starr zu halten, und die Anstrengung lässt sich dann ablesen, hier aber wirkte die Starre ungekünstelt. Sie schien der dem Gesicht natürlich innewohnende Ausdruck zu sein. Eine zweite Katze, ein rot geschecktes Tier mit mächtigem Kopf, beinahe von der Größe eines Luchses, tauchte auf. Ihr Maul schimmerte dunkel und glänzend. Der Kadaver zwischen ihren Zähnen wippte bei jedem Schritt.

«Während des Aufstands gegen den Herzog von Athen, der in Florenz eine tyrannische Herrschaft installiert hatte, hängte man einen seiner Büttel auf der Piazza dei Priori an den Füßen auf, um dann mit Seilen die Arme zu spannen, woraufhin man ihn aufschlitzte und wie ein Schwein zerwirkte.»

Die Haare, die aus seiner wuchtigen, keilförmigen Nase wuchsen, zitterten leicht, während er sprach. Er erhob sich von der Kühlerhaube und blickte mir ins Gesicht. Dann wandte er sich um und ging.

«Die Zeitungen werden in den nächsten Tagen voll von solchen Geschichten sein», rief er mir über die Schulter zu.

Seine Schuhsohlen hallten auf dem Pflaster. Aus irgendeinem Grunde blieb mir der Takt der Schritte und der Klang der Sohlen im Gedächtnis.

Ich strich die nächsten Stunden ziellos in der Stadt umher – von einer vagen Unruhe getrieben. Eine Angst, die noch nicht greifbar war, die noch keinen Namen hatte. Die Stadt schlief. Ich begegnete niemandem. Manchmal kam ich an zusammengekauerten Gestalten vorbei, die in Hauseingängen schliefen. Verdreckt. Mit wirren Haarschöpfen. Die Stille war überall. In den Straßen, auf den Plätzen und am Fluss, wo das Seil schlaff über dem dunklen Wasser hing. Ich war hellwach und fühlte mich nicht allzu benommen. Aber der subjektive Zustand täuscht. Einige Zeit kompensiert der Körper fehlenden Schlaf. Am Ende führt absolute Schlaflosigkeit zu neurologischen Störungen, oft einhergehend mit schweren Delirien. Die Forschung kennt dazu zahlreiche rekordverdächtige Feldversuche: Peter Tripp, Moderator einer Rundfunksendung in den USA, schloss zugunsten einer wohltätigen Stiftung die Wette ab, zweihundert Stunden ohne Schlaf zu bleiben. Nach der Hälfte des Marathons glaubte er, eine Hundemeute verfolge ihn durch die Flure der Radiostation. Um ihr zu entkommen, flüchtete er in sein Büro, aus dem er schreiend wieder hinausstürzte. Er beteuerte, der Fußboden sei von Spinnen übersät. Kurz darauf schleuderte er sein Jackett zu Boden und stampfte mit den Füßen darauf herum. Es kröchen Raupen auf den Revers. Schließlich löste er Feueralarm aus: Ein Aktenschrank stünde in Flammen. Der Student Hall Halloway stand 169 Stunden schlaflos unter einer Dusche, bevor er zusammenbrach. Michael Georges spielte 200 Stunden und 35 Minuten ununterbrochen Klavier, dann erst ließ er sich unter hysterischen Lachanfällen von seinem Stuhl zerren. Alle Probanden litten nach der provozierten Schlaflosigkeit unter schweren Depressionen. Niemand, so scheint es, kann ungestraft die neurologisch und vegetativ notwendigen Erholungsfunktionen des Schlafs für längere Zeit ignorieren.

Die Sonne ging auf. Sie war bleich wie an einem Wintermorgen. Der brackige Geruch des Flusses wurde nun stärker. Ich ging hinüber zur Piazza Demidoff. Die Bank war besetzt. Eine junge Frau lag dort ausgestreckt und schlief. Ihr Hund, ein gescheckter Köter, hob kurz den Kopf, als er mich gewahrte und döste weiter. Das Tier kauerte zu ihren Füßen. Das Mädchen war zerlumpt, trug Lappen an den Füßen. Ich trat näher. Wieder hob der Hund den Kopf. Diesmal fletschte er die Zähne. Aber sein Maul war leer, die Kiefer blank. Ich wusste, was ich tat. Mir war klar, dass der Schlaf eine intime, ungeschützte Handlung ist. Ich beugte mich über sie. Ihr Teint war dunkel, die Wimpern lange, dichte Konkaven, die Ähnlichkeit mit Sophia, auf eine dezente Art diese Ähnlichkeit. Der Drang, sie zu berühren, war unwiderstehlich. Ich strich über ihre Wange, roch den Alkoholdunst, der von ihr aufstieg, dann für einen Augenblick fasste ich in ihr Haar, fuhr mit der Hand vorsichtig durch den Schlitz ihres Hemdes, legte meine Hand auf ihren Bauch. Ich fühlte die warme, glatte Haut, fühlte ihren Bauch sich heben und senken. Aufs Neue fletschte der Hund die Zähne, die er nicht mehr hatte, sein struppiges Fell richtete sich auf, ich trat nach ihm, zielte auf seine Schnauze, traf sie an der Seite, sein Schädel fuhr herum, machte eine abknickende Bewegung, der Hund jaulte auf, das Mädchen öffnete die Augen, richtete sich auf, blinzelte und fiel zurück in den Schlaf. Irgendwo am diesseitigen Ufer des Arnos bellte ein Hund. Ein zweiter Hund stimmte ein. Dann nur noch das Zirpen der Grillen und das Rascheln der Ratten in den Bauschuttcontainern vor dem Palazzo Serristori, dessen Gerüststangen jetzt in der Sonne aufblitzten.

Ich wanderte hinüber auf die andere Seite der Stadt. Der Himmel war dunstig und leer. Die Stadt schlief noch. Zwei Ratten flohen vor meinen Schritten von der Brücke. Sie huschten über die Uferstraße und verschwanden in einem Fensterschacht. Auf der Piazza Mentana öffnete eine Bar. In den Augen des Wirts hockte noch der Schlaf und machte ihm die Zunge schwer. Er bugsierte eine Kaffeetasse aus dem Regal. Mit steifen Fingern bediente er die Maschine und schäumte die Milch auf. Ich nahm draußen Platz, in Tuchfühlung mit dem Kühlergrill eines Alfa Romeo. Ich legte meine Füße auf die Stoßstange. Ich spürte, der Schlaf kam.

## 7

Als ich aufwachte, stand die Tasse auf dem Tisch. Der Kaffee war kalt. Ich trank ihn dennoch. Er hatte ein merkwürdig bitteres Aroma. Um mich herum waren nun einige der Tische besetzt. Auf den Uferstraßen hatte der Verkehr eingesetzt. Die Zeitungen würden den Mord noch nicht bringen. Ich musste warten, bis die Abendzeitung erschien. Das Mädchen auf der Bank …, sie wäre chancenlos gewesen, wenn ich …

Tauben trieben über den Morgenhimmel. Eine Wolke aus Flügeln. Ihr Schatten wischte über meinen Tisch. Die Augen brannten, als hätte ich lange in die Sonne geschaut. Mein Kopf schmerzte. Sophia. Sie war in der Stadt! Eine Allianz von Verlangen und Schmerz hieb auf mich ein. Das eine verstärkte das andere. Ich stand auf, zahlte den Kaffee. Spürte, jenes mühsame Arrangement mit mir selbst, das sich in den Monaten eingestellt hatte, in denen ich Sophia nicht begegnet war, löste sich auf. Ich schlug den Weg zur Piazza della Signoria ein, stakste am Palazzo Vecchio und an Michelangelos David vorbei. Mir war schwindlig. Ein Schwindel, der einen erfasst, schaut man aus großer Höhe ins Bodenlose. Um mich herum die Monologe der Reiseleiter – Klangfarben und Stimmlagen, die in einem Rauschen untergingen. Ein Brausen füllte jetzt meine Ohren. Ich torkelte hinüber zur Loggia dei Lanzi. Fand auf einer Steinbank zwischen zwei Nonnen Platz. Zwei ins Butterbrot beißende Damen im schwarzen Habit. Wieder das Gefühl, jemanden berühren zu müssen. Nein, ich würde ihnen nicht über die Wangen streichen. Ich war noch nicht vollends verrückt. Aber da war dieser Wunsch, meinen

Kopf langsam zur Seite fallen und einen Augenblick an einer Schulter ruhen zu lassen. Ich war auf dem Weg, mich wie eines dieser hospitalisierten Heimkinder zu verhalten. Kinder, die sich Rücken und Kopf blutig an einer Wand scheuern in ihrem Verlangen nach Berührung. Mitunter sterben sie, wenn der Entzug sensorischen Kontakts, wodurch auch immer bedingt, zu lange anhält. Es ist simpel. Man kann an fehlender Liebe zugrunde gehen, ihre völlige Abwesenheit nicht ertragen. Man verreckt an einem elementaren Mangel. Ich schloss die Augen. Ich spürte die fleischigen Arme, wenn die Nonnen das Butterbrot zum Mund führten. Ich fühlte ihren Hüftspeck, der mich umschloss. Zwischen ihnen konnte ich nicht mehr aus der Welt fallen. Ich wünschte, sie würden eine Ewigkeit hier neben mir bleiben und ins Butterbrot beißen.

Irgendwann, ich hatte jegliches Zeitmaß verloren, Reger und die Pressekonferenz im Hotel Porta Rossa warteten auf mich, lockerte sich diese Kölnisch Wasser ausdünstende Klammer. Die Damen rückten nach vorne. Das Butterbrotpapier raschelte und verschwand in den Ärmeln ihres Habits. Sie standen auf und nickten mir zum Abschied zu. Auch ich machte mich nun auf den Weg, passierte den Palazzo Vecchio und gelangte zum Bargello. Ein paar Tierfreunde fütterten dort die Tauben. Die Schnäbel der Tauben, ausgehungert, wie sie waren, sausten in atemberaubendem Takt nieder auf die Maiskörner. Die Kröpfe schwollen an, die Tiere würgten an der Menge des Futters. Manche hatten die Federn verloren, stakten nackt und stopplig umher. Die neuen Federn brachen als Pusteln aus der sonnenversengten Haut. Eine Qual, die erst beendet sein würde, wenn sie so weit fortgeschritten war, dass die nachgewachsenen Federn die Haut wieder vor der Sonne schützten. Ich war spät dran. Wahrscheinlich hatte Reger schon nach mir Ausschau halten lassen. Reger wusste, wohin er die Zeitungen, das Fernsehen einladen musste. Er stieg nicht in einem namenlosen Hotel ab. Er wählte eines der traditionsreichsten Häuser in der Stadt, ein dezent ausstaffiertes Kleinod, in dem schon D'Annunzio und Stendhal logiert hatten, einen jener kleinen, exquisiten Tempel, die sich mit großen Namen schmückten.

Reger kam mit ausladenden Schritten im Foyer des Hotel Porta Rossa auf mich zu.

«Wo bleiben Sie? Wir beginnen jeden Augenblick», zischte er.

Er führte mich in einen vollbesetzten Saal. Durch die bleiverglasten Fenster fiel ein gelbliches, weiches Licht, das man auf alten Fotos, auf Daguerreotypien findet. Vernet saß bereits auf dem Podium. Vor sich eine Anzahl von Getränkeflaschen, die gesteckartig arrangiert waren. Die Politur eines dünnen Schweißfilms netzte seine Stirn. Ein ziegelrotes Tuch bedeckte die Wand hinter ihm. Reger wies mir einen Platz in der ersten Reihe zu – neben einem Menschen im weißen Anzug. Der Mann hatte öliges, schwarzes Haar. Er hatte es zurückgekämmt. An den Schläfen war es extrem kurz geschoren. Ein schmales, fast dürres Gesicht mit einer scharf gebogenen Nase und einem verschatteten Blick. Die Haut auf eine Art gebräunt, die ein Toast annimmt, wenn er keine Sekunde zu lange im Toaster gesteckt hat. Seine Hände ruhten auf einem Stock, den er sich quer über den Schoß gelegt hatte.

«Wir holen Sie dann bei Bedarf aufs Podium, Gerber. Warten wir die Fragen der Journaille erst mal ab», raunte Reger und hüpfte auf das Podest. Er setzte sich, stand sogleich wieder auf und winkte einem beleibten Herren mit grauem Haarkranz zu, der sich jetzt an den Stuhlreihen und den Stativen für die Kameras und die Beleuchtung vorbeizwängte und neben Reger Platz nahm: Marinelli war Ordinarius für Neurologie in Bologna. Er partizipierte an Regers Experiment. Eigentlich waren sie Konkurrenten. Seit Jahren. Mir ist bis heute unklar, womit Reger Marinelli geworben hatte. Noch waren neben Reger drei Stühle frei. Man erwartete die leitende Psychiaterin von Santa Maria Nuova, den Pressereferenten der Stadt und schließlich ein Vorstandsmitglied des Hauptsponsors – des Haute-Couture-Hauses Tucci. Auf das Modeimperium Tucci, jahrhundertealter Florentiner Adel, ist man immer noch stolz in der Stadt. Marchese Emilio kam in den sechziger Jahren mit extravaganten Kreationen zu Ansehen und Geld. Die Zeit seines Aufstiegs fiel in die goldenen Jahre der florentinischen Mode. Heute gibt Mailand den Ton an, und Florenz setzt alles daran, diese Tatsache möglichst zu ignorieren. Castelli, Regers Mann in der Stadtverwaltung, hatte die Tuccis nicht lange bitten müssen. Verena Tucci, die heute die Geschäfte des Hauses führt, hatte den Werbeeffekt sofort erkannt: Zehntausende würden Vernet auf dem Seil sehen, Hunderttausende, vielleicht Millionen ihm per Fernseher zuschauen, und das Firmenlogo auf Vernets Brust wäre immer im Bild. Ich ging zu Vernet.

«Wie geht es Ihnen?»

Vernet zuckte mit den Schultern.

«Sie haben geschlafen?»

«Ja.»

Ich gab Vernet einen Klaps auf die Schulter und stieg hinunter vom Podium. *Er* saß in der letzten Reihe. Breitschultrig, kerzengerade, in einem zu engen grünen Jackett. Eine Gestalt, die man nicht übersieht. Er strich sich durchs Gesicht, als müsse er Müdigkeit fortwischen oder seine Anspannung. Wieder fielen mir seine Hände auf. Hände, groß wie die Flossen eines Tigerhais. Was suchte er hier? War er Journalist? War er deshalb gestern Nacht in der Via Romana gewesen? Hatte er über die Leiche im Hinterhof des zoologischen Museums zu berichten gehabt? Er wandte sich an eine Frau neben ihm in einem brombeerroten, ärmellosen Kleid, südländisch, dunkel, mit kräftigen Augenbrauen. Auf seinem kahlen Schädel brach sich das Licht. Er sprach auf sie ein, und plötzlich war da dieser Gedanke: Sie, die jetzt nickte, sich mit den Händen durch das Haar fuhr, sei, die Idee war abstrus, jene Frau letzte Nacht auf der Piazza San Spirito gewesen, die in der Via delle Caldaie verschwand, kurz bevor auch ich dann das Haus verließ und auf jenen grausigen Fund im Hof des zoologischen Museums in der Via Romana stieß.

Als die Fotoapparate klickten und die Stativleuchten ihr Licht in den Saal warfen, Reger von seinem Stuhl aufstand, ein kleiner Messias plötzlich, bekränzt mit einem Glorienschein – man hatte ihn falsch ausgeleuchtet –, er die Arme ausbreitete und die Kameras losschnurrten, da betrat die Maldini das Podium. Ich kannte die Maldini freilich damals nur von einigen Vorgesprächen, die Reger und ich zusammen mit Marinelli in Bologna und ein einziges Mal auch in Köln geführt hatten. Ich hatte an jenem Tag im Porta Rossa nicht im Traum daran gedacht, dass sie mich einmal wegen einer obskuren Geistesstörung werde behandeln müssen. Ihr folgte Castelli und in wirkungsvollem Abstand durch das Spalier der Blicke, einige Meter leeren Raum vor sich lassend – Raum, den sie allein gleich füllen würde – Verena Tucci mit aller Langsamkeit und wohlgesetzten Gedehntheit des Ganges, das man ein Schreiten nennt. Ja, wo andere stolpern oder hasten, bestenfalls sich unauffällig auf den Beinen halten, da war sie in der Lage, ihre Schritte auf ihre Wirkung hin zu bemessen. Die Signale des Körpers sind so viel beredter als alle Worte. Die Tucci trug ein am Rücken geschlitztes Kleid, das bei jedem ihrer Schritte auf der Treppe hinauf zu Reger aufsprang und eine schmale Öffnung freigab. Ihr dunkles Haar tippte auf ihrer Schulter auf, es sah schlicht frisiert aus, aber es sah eben nur so aus. Eine Eleganz, die sich nicht ausreizt, ist immer effektvoller. Sie bot Reger die Hand, der mit einem Handkuss parierte und sie an ihren Platz führte. Sie schaute in die Kameras, wartete routiniert einige Augenblicke, bis das Blitzlichtgewitter allmählich abnahm und nickte dann Castelli zu, der sich erhob, und als müsse er die Kameras doch noch beschwichtigen, die Arme ausstreckte, sie auf und nieder wippen ließ – eine Bewegung, die man ausführt, um eine Schulklasse zur Ruhe zu bringen.

Castelli hatte das erste Wort. Er hob die Ungewöhnlichkeit, ja Extravaganz des Experiments hervor, dem sich die Stadt nicht verschließen wolle. Man habe in Italien, in Bologna, und an dieser Stelle wies er auf Marinelli, der mit einer selbstgefälligen Gütlichkeit in die Runde nickte, ausgezeichnete Arbeit auf dem Gebiet der Schlafforschung geleistet, diesem dunklen Kontinent hinter unseren Augen, man gestatte ihm den Ausflug ins Poetische. Nicht zuletzt sei auch in der eigenen Stadt geforscht worden, wo die Dottoressa Maldini und ihr Team den Zusammenhang von Schlaflosigkeit und depressiven Erkrankungen erhellt hätten. Schließlich wurde Reger vorgestellt, sein rastloser, aufklärerischer Geist gerühmt, der die Schlafforschung aus ihrem marginalen Wirkungskreis befreit habe, der die These von der Schlaflosigkeit als Volkskrankheit untermauert und zudem die Folgen auf die Volkswirtschaften untersucht habe. Ich wusste, was in Reger vorging. Er wähnte sich nun endlich am Ziel. Bekam die Anerkennung, die er für sich schon lange reklamierte. Keine Spur von Sorge, seine Aktion könnte ein Flop werden. Er schien nicht einmal ernsthaft wegen Vernet beunruhigt zu sein.

«Last but not least» – die Worte entlarvten Castelli als Dilettanten – «die Marchesa Tucci, die ich *recht* herzlich auch im Namen der Bürgerschaft unserer Stadt, der Signoria begrüße.» Auch diese Formulierung entstammte dem Schwarzbuch der Rhetorik, wurde dem Jargon des Vorsitzenden einer Schrebergartenkolonie gerecht. Schließlich nahm Castelli Platz, faltete wie zum Gebet die Hände und bat den «Professore Reger, sein Feld zu bestellen». Reger strahlte selbstgewiss, rückte seine Lesebrille zurecht, die er bislang dekorativ tief unten auf dem Nasenbein hatte ruhen lassen – die Position, die den Intellektualität mimenden Blick über den Brillenrand erzeugt.

«Meine Damen und Herren, liebe Kollegen und verehrte Marchesa Tucci, lassen Sie mich, bevor wir in die logistischen und wissenschaftlichen Details gehen, unser offizielles Logo vorstellen. Wir konnten Giuliano Savio für die Realisierung …», und hier verstummte Reger, schaute in die Runde, ließ das Wörtchen «gewinnen» folgen und das ziegelrote Tuch sich lüften und eine Leinwand sich zeigen, auf denen einige lehmfarbene, kryptische Zeichen sich tummelten, die auf den ersten Blick alles und nichts bedeuteten. Savio – ich ahnte es – war der Mensch neben mir. Er legte seinen Stock aus der Hand, ruckte seinen Adlerkopf in die Höhe, trat vor das Podium, deutete eine Verneigung an, die anschließend zum Auditorium gerichtet noch spärlicher ausfiel und nahm schließlich unter Applaus wieder Platz.

Reger, Marinelli und die Maldini boten nun einen Abriss über die Geschichte der Schlafforschung und begründeten den Stellenwert unseres Experiments, bevor man sich dann den Fragen der Journalisten stellte. Reger tänzelte auf dem Podium hin und her und wählte die Fragenden aus.

«Welche Bedeutung schreibt die Forschung heute dem Schlaf genau zu? Oder anders gefragt: Weiß man, welche Auswirkungen Schlaflosigkeit auf den Organismus, auf das Nervensystem hat?» Der Journalist drückte auf sein Aufnahmegerät. Reger zögerte mit der Antwort, schaute zu Marinelli, dann zur Maldini.

«Nun, vielleicht beantworte ich die Frage gleich selbst oder möchte einer meiner Kollegen, Professore Marinelli oder Frau Dr. Maldini …?»

Marinelli winkte gönnerhaft ab und auch die Maldini schüttelte lächelnd den Kopf.

«Man muss davon ausgehen, dass bei länger andauernder Schlaflosigkeit die Tätigkeit wichtiger Transmitter zunehmend leidet. Ich selbst habe vor vielen Jahren in Experimenten nachweisen können, dass der Schlaf zur Erholung der kleinen Assoziationszellen beiträgt, die das gesamte kommunikative Gefüge des Hirns beeinflussen. Wir haben Patienten erlebt, die bei absoluter Schlaflosigkeit und damit gestörter Erholung des Gehirns unter schweren Delirien litten.»

Savio beugte sich nach vorne. Sein Fuß begann zu wippen.

«Können Sie uns Beispiele nennen?», fasste der Journalist nach.

«Es kommt zu Störungen des gesamten vegetativen und wahrnehmungsbezogenen Apparats. Man kann durchaus von halluzinatorischen Wahnvorstellungen sprechen, wie man sie bei starkem Alkoholmissbrauch findet.»

Savio lehnte sich zurück und strich sich über den Bauch.

«Sie meinen die berühmten weißen Mäuse?»

«Diese und auch andere Tierchen.»

Reger erntete beifälliges Lächeln.

«Wie wollen Sie das bei Ihrem Seiltänzer verhindern? Werden Sie ihm Psychopharmaka geben müssen?»

Der Mann hatte ins Schwarze getroffen, hoffentlich, ohne es zu wissen. Reger blickte zu Vernet, der an seinem Hemd nestelte, dann aufsah und entrüstet die Hände von sich streckte – eine Geste, die etwas zu zackig geriet.

«Lassen Sie mich ein wenig ausholen. Bei extremem Schlafentzug treten sogenannte Mikroschlafperioden während des Wachseins auf. Professore Melfiore vom hiesigen zoologischen Institut konnte dies kürzlich zumindest in Rattenexperimenten nachweisen.»

Ich stutzte. Woher wusste Reger von den Mikroschlafphasen? Bislang waren Melfiores Forschungen, soviel mir bekannt, nicht publiziert. Hatte also auch Reger Melfiore aufgesucht?

«Vor allem jüngere Tiere vermögen extrem lange ohne Schlaf auszukommen, da sie wiederholt in Einheiten von zirka zehn Sekunden schlafen. Wir nehmen an, und auch dies ist Teil unseres Versuchs, dass unser Proband ebenso Mikroschlafphasen einlegen wird, die die Negativa des Schlafentzugs mildern und Psychopharmaka erübrigen. Schon Rochatain, Vernets Vorgänger, legte auf dem Seil diese extrem kurzen Schlafperioden ein. Videoaufnahmen lassen vermuten, dass Rochatain sporadisch für kurze Zeit einschlief, gerade nur so lange und nur so oberflächlich, dass er sein Gleichgewicht nicht verlor.»

Reger rieb sich die Hände, als wären sie blutleer geworden, und bat um eine weitere Frage. Ein junger Mann mit Spitzbart und Glatze erhob sich, räusperte sich kurz und lancierte mit dünner Stimme seine Frage.

«Da Sie Rochatain erwähnen - böse Zungen könnten behaupten, es ginge Ihnen bloß um einen weiteren Rekordversuch?»

Reger schaute ernst über den Rand seiner Brille.

«Nun, Monsieur Vernet wird und soll an Rochatains Zeiten nicht heranreichen. Unser Ziel ist es nicht, den Rekordjagden eine weitere hinzuzufügen. Für die wissenschaftliche Auswertung reicht unter Umständen ein Zeitraum von einigen Wochen. Vernet wird nicht über das Stadium des sogenannten leichten Schlafs hinauskommen. Seine Schlafstruktur wird sich also nicht wesentlich von den Mikroschlafphasen

Rochatains unterscheiden. Schläft Vernet wirklich ein, findet er sich im Arno wieder.»

Hier versuchte Reger ein Lachen, in das niemand, bis auf Marinelli, einstimmte, der sein Gesicht zu einer Grimasse verzog und um Gehör bat. Seine speckigen Wangen glänzten wie polierte Äpfel.

«Ich darf die Ausführungen meines Kollegen ergänzen. Die Phase des tiefen Schlafs, welche die eigentliche Regeneration des Organismus ausmacht, wird unser Proband nicht erreichen. Dies ist ihm erst nach Beendigung des Experiments vergönnt – und dann weit über das übliche Maß hinaus. Der Organismus nimmt hier gewissermaßen eine Regeneration vor. Es besteht somit kein Anlass zur Sorge.»

An dieser Stelle nickte Vernet Marinelli beifällig zu. Vernet hatte ein schlichtes Gemüt. Schlafentzug über eine so lange Dauer brachte immer schwerwiegende vegetative Erschöpfungen mit sich. Wir alle nahmen Vernets Abschuss in Kauf. Wir unterschlugen, dass die Mikroschlafphasen nur bei jüngeren Ratten einsetzten. Die älteren Tiere blieben schlaflos, bis sie zusammenbrachen, ohnmächtig ins Wasser stürzten und ersoffen. So hatte ich Melfiore verstanden. Offenbar war ab einem gewissen Alter das Nervensystem nicht mehr in der Lage, umfassende Kompensationsleistungen zu erbringen. Vernet war keine zwanzig. Vernet war satte vierzig.

«Keine weiteren Fragen mehr?» Gut, dann ...»

«Dottoressa Maldini, wenn Sie erlauben, noch eine Frage an Sie, unsere heimische Expertin.» Ein Mensch aus der letzten Reihe, klein, verhuscht, in einem aufgebügelten, schwarzen Anzug, der etwas zu staatstragend wirkte. Immer ist es jemand aus der letzten Reihe, der kurz vor Toresschluss noch einen Fuß in die Tür stellt.

«Dottoressa Maldini, Sie haben bislang Ihren Kollegen den Vortritt gelassen. Hand aufs Herz und noch mal die Frage:

Wozu dient Ihr Experiment? Geht es nicht nur um ein bloßes Spektakel, einen weiteren Event? Jeder weiß, dass die Stadt nach positiven Schlagzeilen giert. Gerade jetzt, wo eine neue, unappetitliche Mordserie uns wieder in Verruf bringt.»

Wovon sprach der Mann? Meinte er die Tote in der Via Romana? Meinte er den angeschwemmten Körper am Arno-Ufer oder die Schwimmerin, die von dem Boot erfasst worden war?

«Bleiben wir auf dem Teppich», schmunzelte die Maldini. «Halten wir uns an die Fakten: Wir wollen die Auswirkungen schwerer, langandauernder Schlaflosigkeit erforschen. Das Experiment ist so angelegt, dass sich der Schlaf und das Balancehalten auf dem Seil als sichtbare und von uns und jedermann leicht kontrollierbare, psychomotorische Leistung ausschließen: Wo das eine ist, kann das andere nicht sein. Schläft Vernet tatsächlich ein, das heißt, erreicht er das Stadium des tiefen Schlafs, ja, gerät er auch nur kurz über die Mikroschlafphasen hinaus, so stürzt er ab, fällt vom Seil. So einfach ist das. Seien Sie versichert, unsere Arbeit ist kein blinder Aktionismus. Unsere Forschungsergebnisse werden für eine Vielzahl von Untersuchungsfeldern von Bedeutung sein. Denken Sie an Flugzeugpiloten. Erinnern Sie sich an das Unglück in Südtirol, in Cavalese im Winter 1998, als ein übermüdeter Pilot die Führungsseile einer Seilbahn mit seinem Tornado durchschnitt. Sie kennen die Folgen. Denken Sie an die Marathons mancher Lkw-Fahrer quer durch Europa oder an die Besatzungen von U-Booten. Es gibt auf U-Booten schon eine gewisse Tradition in der Beschreibung und systematischen Erfassung von schwerer Schlaflosigkeit. Es kommt regelmäßig zu Versetzungen des Personals, auch von Kommandanten und anderen Führungskräften an Bord, die dem Stress der Unterwasserschlaflosigkeit nicht standhalten. Darüber hinaus: Alle von mir gerade genannten

Anwendungsfelder charakterisieren sich durch motorische Leistungen. Wir werden bei Herrn Vernet vor allem die Auswirkungen der Mikroschlafphasen auf die Muskulatur untersuchen. Man nimmt an, dass zahlreiche Autounfälle durch eben diese plötzlich auftretenden Mikroschlafphasen und die dadurch ausgelösten motorischen Fehlleistungen verursacht werden. Stellen Sie sich darunter einen Sekundenschlaf bei Tempo 160 und ein leichtes Verreißen des Steuers vor. Vernets Position auf dem Seil ist vergleichbar derjenigen eines Piloten oder eines übermüdeten Lkw-Fahrers. Sie alle sind angewiesen auf die Kontrolle ihrer motorischen Potenziale.»

Die Maldini hatte die Frage pariert. Dennoch: Man war hellhörig geworden im Auditorium, so, wie Jagdhunde im Gebirge plötzlich auf ihrem Weg talabwärts innehalten, die Köpfe heben und das verräterische Poltern eines Steins hören, der hoch über ihnen auf dem Passweg losgetreten wird.

«Man spricht davon, dass die Associazioni Generali Ihr Experiment sponsert. Welches Interesse besteht seitens der Versicherungsgesellschaft an Ihrer Arbeit?», legte er nach, reckte sich in die Höhe, sicher, einen Treffer gelandet zu haben.

«Nur so viel dazu: Berufsunfähigkeit auf Grund depressiver Folgeerscheinungen von Schlafstörungen interessiert nicht nur den Arbeitgeber, sondern auch die Versicherungen, das dürfte nachvollziehbar sein.»

«Warum führen Sie Ihre Experimente nicht in Schlaflabors durch? Warum für die Associazioni Generali diese publikumswirksame Show? Ich vermisse immer noch eine eindeutige Antwort.»

Er strich über sein Haar und blickte Beifall heischend in die Runde.

«Sie haben die Antwort in Ihrer Frage schon vorweggenommen», sprang Reger in die Bresche. «Schlaflosigkeit, und zwar alle drei dominanten Arten, also die absolute, die gelegentliche und die scheinbare oder subjektive Schlaflosigkeit, bei der man objektiv doch immer wieder in der Nacht einige Mützen Schlaf bekommt, sind in einem Umfang in industrialisierten Ländern zu finden, dass man von einer Volkskrankheit sprechen muss. Sie finden die genauen Zahlen in Ihren Skripten. Unser Experiment soll ein breites Publikum und die Medien für unsere Forschungsarbeit und die volkswirtschaftlichen Folgen der Schlaflosigkeit und der Schlafkrankheiten sensibilisieren. Auf weltweit 200 Milliarden Dollar pro Jahr kann man die durch Schlaflosigkeit beziehungsweise Übermüdung bedingten Folgekosten schätzen: So sind eine Reihe von Katastrophen vermutlich bedingt durch den gefürchteten Sekundenschlaf zur falschen Zeit am falschen Ort. Ereignisse wie die Giftgaskatastrophe im indischen Bhopal oder die Havarie der Exxon Valdez vor der Küste Alaskas stehen in engem Zusammenhang mit Wahrnehmungsstörungen, Konzentrationsschwächen oder eben jenen unfreiwilligen, kurzen Einschlafphasen nach Zeiten von keinem oder zu geringem Schlaf des diensthabenden Personals. Man muss davon ausgehen, dass 40 % aller Unfälle in der Energieindustrie durch Übermüdung verursacht sind. Ähnliche Zahlen gelten für die Luftfahrt. Erst kürzlich schliefen Pilot und Copilot während eines Mittelamerikafluges ein, ein Chirurg gar während einer Operation. Das ist kein Scherz. Sie wissen, der Fall des Mediziners ging durch die Medien. Mein Kollege Gerber …»

Es war so weit. Reger warf ihnen einen weiteren Brocken hin und holte mich in den Ring.

«… kann Ihnen dazu weitere Auskünfte geben.»

Ich erhob mich, stellte mich seitlich zum Podium und spulte mein Sätzchen ab.

«Der besagte Kollege aus der Chirurgie litt unerkannt unter einer besonderen Form der Schlafanomalie – der Narkolepsie. Sie äußert sich in einem plötzlichen und anfallartigen Schlafdrang. Der Schlafanfall dauert fünf bis fünfzehn Minuten. Beim Erwachen ist der Betroffene wieder vollkommen klar bei Bewusstsein. Ein weiteres Erscheinungsbild der Narkolepsie ist die Schreckstarre, die Kataplexie, bei der es zu einer jähen Erschlaffung der Muskeln kommt, bis hin zu Stürzen bei voll erhaltenen kognitiven Funktionen und …»

Savio hob den Arm.

«Signore Savio, Giuliano Savio, bitte, Ihre Frage», unterbrach mich Reger.

«Was weiß man über die Ursachen, Dottore?»

Savio …, für einen Augenblick wälzte sich sein Vorname – *Giuliano* – über meine Zunge. Ich schluckte. G i u l i a n o. Ich schaute Savio an. Mir schnürte sich der Hals zu. Ich brachte kein Wort heraus. Zu lange, als dass es noch als eine Sprechpause gelten konnte. Savio stellte seinen Stock auf den Boden und drehte ihn wie einen Kreisel zwischen den Fingern. Sein dunkles Haar, das an der Stirn eine graue, keilförmige Strähne zierte, oszillierte leicht im Blitzlicht, als er den Kopf hob und mich musterte. Natürlich war es Unsinn, zu glauben, *Giuliano* Savio wäre jener *Giuliano*, den Sophia in ihrem Tagebuch erwähnte. Aber die Fährte tat sich damals vor mir auf. Ich hörte dieses dünne Zischeln, das plötzlich in der Luft lag, als flüsterte man mir etwas zu: Sophia …, als fiele plötzlich hier ihr Name …

«Herr Kollege …, wollen Sie antworten oder …»

Ich blickte in Regers erstauntes Gesicht.

«Natürlich. Verzeihen Sie. Der Anfall ist tückisch und unerwartet und in der Ursache letztlich ungeklärt. Wir wissen aber, dass er durch starke Affekte – freudige wie unangenehme – ausgelöst wird.»

Ich hatte mich wieder im Griff. Savio nickte knapp.

«Sie sehen, der Schlaf ist bei weitem noch nicht in Gänze erforscht. Vielleicht so viel für heute», kam Reger jeder weiteren Frage zuvor. Der Moment war gekommen, uns aus der Schusslinie zu bringen.

Es folgte Stühlerücken. Reger schritt voraus in den Salon. Kellner versorgten den Haufen mit Kaffee, Prosecco und Fingerfood. Reger schwirrte von Grüppchen zu Grüppchen und erging sich in Bonmots. In einer Fensternische hatte sich Savio mit der Maldini zurückgezogen. Die Dame im brombeerroten Kleid flog heran, küsste Savio auf die Wange und verschwand an mir vorbei in der Menge, einen Hauch ihres Zitrusparfums hinterlassend. Ihr Begleiter, jener Mensch, den ich in der letzten Nacht am Fundort der Leiche kennengelernt hatte, war nirgends zu sehen. Reger steuerte auf mich zu und nahm mich zur Seite.

«Was war los mit Ihnen vorhin?»

«Weiter nichts, ich war ein wenig irritiert.»

Reger warf mir einen fragenden Blick zu.

«Irgendwas, von dem ich wissen müsste?»

«Nein. Oder vielleicht doch.»

Unruhe flackerte in Regers Blick auf.

«Vernet – ich war die ganze Nacht bei ihm.»

«Und?»

«Vernet ist erschöpft. Aber es ist die Angst, die ihm besonders zusetzt. Und Angst wiederum mag auch nur ein Symptom sein. Vernet scheint in der Tat depressiv zu sein.»

«Wir hätten Hinweise darauf in Vernets Biografie finden müssen», entgegnete Reger.

«Wahrscheinlich war er immer schon latent depressiv gewesen und hielt sich ausgerechnet durch einen Sport wie das Seiltanzen im Lot. Er entängstigt sich gewissermaßen, indem er einen Extremsport betreibt. Er fürchtet den Sturz in die Depression und steigt aufs Seil. Sucht dort die Balance in seinem Leben. Paradox, nicht wahr?»

«Gerber, Ihre Psychologie ...»

«Aber die kontraphobische Wirkung seines Sports scheint sich zu verringern. Wovon in Gottes Namen spricht Vernet? In seinen Schilderungen dominieren vegetative Funktionsstörungen. Vernet schläft nicht beziehungsweise kaum. Er hat Druckgefühle im Arm und auf der Brust. Er ist ausgepumpt, dann diese sonderbare Angststimmung.»

«Schon gut, ich kenne Vernets Katalog.»

«Außerdem ist er extrem auf seine Gesundheit bedacht. Haben Sie Vernets Reiseapotheke studiert?»

«Ja, nein, nicht bewusst.»

«Vitamine, Enzyme, Spurenelemente, das ganze Zeug aus den Drogerien, dazu allerhand Salben, Pulver und Beruhigungsmittel.»

«Das besagt noch nichts. Vernet ist Sportler.» Immer noch wollte Reger den Kopf aus der Schlinge ziehen.

«Die Menge ..., schauen Sie sich die Menge an!»

«Was schlagen Sie vor? Wir können nichts mehr abblasen, das ist vollkommen unmöglich. Die Uhr tickt.»

«Vernet muss stabilisiert werden», antwortete ich. «Noch bleiben uns einige Tage, bevor er aufs Seil steigt. Geben wir ihm Prozac, und wir haben ihn auf der sicheren Seite», setzte ich nach.

Reger zögerte.

«Wir gehen kein Risiko ein. Prozac hat von allen neueren Antidepressiva die geringsten Nebenwirkungen.»

Reger trat von einem Bein auf das andere.

«Erinnern Sie sich an unsere Patienten auf der psychiatrischen Station, die die Depression hat schlaflos werden lassen. Fast alle haben von Prozac profitiert. Vor allem Stimmungslage und Antrieb verbesserten sich. Was meinen Sie, Professore Marinelli?»

Marinelli hatte sich uns genähert und nahm mich jovial in den Arm. Reger trat mir mit Wucht auf den Fuß.

«Prozac, sagten Sie, Prozac? Wer von Ihnen nimmt Prozac?»

Marinelli schob mir sein kahles Haupt unter die Nase. Schweißperlen glänzten wie Tautropfen auf seiner Kopfhaut.

«Niemand, Herr Kollege. Wir fachsimpeln ein wenig. Der Kollege Gerber fragte, wie ich die Langzeitwirkungen von Prozac bei einer Depression einschätze.»

Reger spielte Harakiri. Nicht mal Marinelli schien über Vernet im Bild zu sein.

«Gut, sehr gut, ein absolut taugliches Mittel.»

Marinelli fuhr sich mit seiner rosa gescheckten Hand über den Kopf und tupfte den Schweiß ab. Dann wischte er sich den Nacken, die fetten Wülste, die sich oberhalb des Hemdkragens aufwarfen. Er schnaufte. Aus den Augenwinkeln sah ich, dass Savio den Salon verließ – im Schlepptau die Frau im brombeerroten Kleid und ihr Begleiter, jener merkwürdige Kerl aus der Via Romana von letzter Nacht. Es war unsinnig, aber ich bekam die Analogie der Vornamen nicht aus dem Kopf. *Giuliano … seine Hand in meinen Nacken … über uns ein Flugzeug…* Ich folgte Savio hinaus auf die Via Porta Rossa. Er verschwand hinter einem Müllwagen. Ich holte ihn ein, verfolgte ihn und sein Grüppchen bis zur Via della Scala, wo er eine Apotheke betrat. Die anderen warteten draußen. Ich blieb auf der gegenüberliegenden Straßenseite vor der Auslage eines Buchladens stehen. In der Fensterscheibe spiegelte sich die Apotheke. Eine aus dunklem Holz geschnitzte Theke. Davor Savio. Er ließ sich von dem Apotheker in ein Hinterzimmer führen. Der herannahende Müllwagen hielt auf meiner Höhe, verhinderte damit jeden weiteren Blick auf Savio, auf die Frau und ihren Begleiter. Der Fahrer des Müllwagens hupte, ließ den Motor aufdrehen – vor ihm blockierte ein Wagen die Straße. Der Lancia reagierte nicht. Der Müllwagen schob sich nach vorne und touchierte die Stoßstange des Wagens. Der Mann am Steuer des Lancias blickte sich um, ich glaubte, den Wachmann vom Campingplatz zu erkennen, die Uniform, das bärtige Gesicht, dann preschte der Wagen davon, die Müllabfuhr schoss ächzend hinterher, eine dunkle Dieselwolke hustend, in der Apotheke niemand mehr, von Savio und seinen Begleitern keine Spur.

Ohne Ziel lief ich nun durch die Stadt, auf Regers und Vernets Gesellschaft im Porta Rossa wollte ich verzichten. Ich wusste nicht, wie ich den Tag füllen sollte. Für Vernets Aufstieg aufs Seil war alles vorbereitet. Es blieb nichts mehr zu tun. Ich ging zum Fluss, dann hinüber auf die andere Seite nach Oltrano, schließlich zur Piazza del Carmine. Die Fassade der Kirche Santa Maria del Carmine war narbig und unverputzt, der Charme einer Ruine. Glaubte man Sophias Manuskript, barg sie einen der magischen Orte der Kunstgeschichte – die Brancacci-Kapelle. Papierfetzen trieben über den Platz. Der Himmel war blank, ohne jede Wolke. Auf den Kühlerhauben der abgestellten Autos dösten Katzen. Wäsche tanzte an den Leinen vor den Fenstern. Ich setzte mich in ein Café. Der Kellner brachte mir einen Kaffee und die Zeitung. Ein Radio spielte leise. Ich war der einzige Gast. Das Sonnensegel über der Terrasse flatterte im Wind.

Für alles gäbe es die richtige Zeit, hat die Maldini heute Morgen bei der Visite gesagt. Eine ihrer Weisheiten, denen man nicht widersprechen will. Das Leben, das gute Leben, hänge ganz entscheidend davon ab, dass man sich in den Dingen und ihren Bindungen an die Zeit auskenne. Eine Forelle beiße am besten kurz vor einem Gewitter, wenn die ersten Regentropfen fallen, und stänke schon nach ein paar

Tagen im Kühlschrank. Jede Liebe habe ihre Zeit und verliere sich meistens in der Zeit. Selbst eine profane Handlung, selbst das Lesen einer Zeitung kannte offenbar den richtigen Augenblick. Ich hangelte mich an jenem Tag von Seite zu Seite, auf der Suche nach einer Notiz, einer Meldung über die Leiche im Waschzuber. Ich streifte die Politik und verfing mich im Lokalteil in kleinen, schäbigen Tragödien, die auch allesamt dem Diktat der Zeit unterworfen und durch sie ausgelöst worden waren: Der Tod eines Touristen. Ein Hotelzimmer. Ich stelle mir diese Enge in der Brust vor, die Flucht auf den Balkon, das Hemd aufgerissen, die Knöpfe kullern über die Fliesen, stoßen gegen die Brüstung, rotieren um ihre Achse, der Mann schwankt, umkrallt mit beiden Händen das Geländer, greift nach dem Spray in seiner Tasche, dem Nitro, weil keine Luft und in der Brust jetzt, bevor er die Schutzkappe von dem Spraykopf ziehen und sich womöglich retten kann, plötzlich ein Schmerz, als habe ihn ein Schlag von der Härte eines Pferdehufs getroffen … Ich fand die Meldung. Versteckt im Gesellschaftsklatsch unter der Rubrik *bizzarie.* Und bizarr war es wirklich, was ich las, und eine *attitudine molto strane* war es ebenso, eine *Leiche im Wassertrog* aufzubewahren. Zehn schmale Zeilen. Und niemand sprach von Mord oder gar einer Mordserie. Die Gerichtsmedizin war der Meinung, die Frau sei n a c h ihrem Tod gehäutet worden, und der sei offensichtlich einige Tage zuvor schon eingetreten. Verwundert legte ich die Zeitung zur Seite. Ich verließ das Café. Es war später Nachmittag. Ich brauchte eine Auszeit. Von Vernet. Von Reger. Von den seltsamen Vorgängen in der Stadt. Ich machte mich auf zum Fußballstadion. Vielleicht würde das Spiel, von dem der Junge gesprochen hatte, mir guttun. Ich sehnte mich nach einem profanen Leben. Einem Leben mit den Freuden des Alltags. Ein gutes Essen, ein Abend im Kino. Seit Sophia mich verlassen hatte, waren solche Dinge mir fremd geworden. Die Gassen waren still. Tauben dösten auf Simsen und Fensterbänken. Reglose Federhüllen, in die der Wind griff. Ich lief an Wohnungen vorbei. Manchmal tauchten Gesichter verschwommen hinter einer Fensterscheibe auf. Gesichter, die dann wieder in der Dunkelheit der Zimmer verschwanden. Ich erreichte die Via Romana. Auf der Schattenseite war es angenehm kühl. Ich blieb vor einem Antiquitätenladen stehen, sah mich in der Frontscheibe. Ich gewahrte, was die Schlaflosigkeit in meinem Gesicht angerichtet hatte. Ein Gesicht, das ich nicht kannte, ein Gesicht, das so viel älter war als ich. Ich betrat den Laden. Der Geruch von Leim und Holz. In den Regalen Seide, Filz und Brokat. Kisten voll Schildpatt, ausgelegt mit rotem Samt. Ein Mann tupfte Blattgold auf den Rahmen eines Spiegels. Das Gold schwamm in einem Weinglas. An den Rändern hatte das Glas eine grünliche Patina. Der Mann bemerkte meinen Blick.

«Knittergold», sagte er. «Die Illusion schon zum halben Preis.»

Der Mann schaute mich an. Er hatte das spitze Gesicht eines Vogels. Ich winkte ab. Der Schmerz traf mich. Ich konnte ihm nicht ausweichen. Ich dachte an Sophia, an den Spiegel, den ich ihr in Stockholm gekauft hatte. Ich musste schlucken. Meine Hände waren eiskalt. Mein Gesicht brannte. Ich sehnte mich danach, nichts mehr zu fühlen. Ich lief hinaus. Ich lief durch die Stadt. Irgendwann erreichte ich das Stadion. Ich war spät dran. Das Spiel hatte bereits begonnen. Ich kaufte ein Bier und nahm meinen Platz im Oberrang unter dem Dach ein. Unter mir, unzählige Stufen abwärts, lag das Spielfeld. Fußball, sagt man, sei eine Krankheit, von der man, einmal infiziert, nie wieder geheilt würde. Und um mich herum war man krank, schwer krank, so krank, dass die Fahnen eingerollt auf den Schößen lagen. Keine bengalischen Feuer tauchten die Arena in grelle Farbnebel, keine Fangesänge waren zu hören, zumindest keine der Florentiner. Man schwieg. Ein ganzes Stadion, zumindest jene Tribünengerade und jene Kurven, in denen die Einheimischen kleinlaut auf ihren Sitzschalen hockten und auf die Uhr schauten. Aber auch die Zeit konnte nichts mehr retten. Man lag zurück. Ein Spielstand, der nicht mehr aufzuholen war und den Abstieg aus der *Seria A* bedeutete. Minute um Minute rückte der Zeiger der Stadionuhr vor, und jede Minute wischte er die Aussicht auf ein Wunder, ein Fußballwunder, weiter fort. Manchmal gibt es sie, die Wunder – im Fußball. Und deshalb waren die Leute gekommen und deshalb waren sie jetzt mutlos: Auch ein Wunder muss Anlauf nehmen, muss sich entwickeln, muss Kopfballduelle gewinnen und Flankenläufe initiieren, muss den Kalk an der Außenlinie aufspritzen lassen, muss um die Gegenspieler Slalom laufen, muss Ballet tanzen und Räume schaffen, jene vielbeschworenen wenigen Zentimeter, die manchmal nach einer gelungenen Spielkombination Wirklichkeit werden und den Schuss aufs Tor ermöglichen und den Sieg bringen. Florenz hätte ihn gebraucht, und alle Nachbarn und Konkurrenten auf den unteren Tabellenplätzen hätten verlieren müssen, dann, ja dann … In der ersten Halbzeit schon hätte das Tor fallen können, aber es fiel nicht. Der Gegner schoss die Tore. Der Gegner, der den Ball geschickt in den eigenen Reihen hielt, und der Ball gehorchte, tat, was die Füße ihm sagten. Der Ball gehorcht allen, die ohne Angst sind. Und da das Wunder nicht kam, begann der Abschied, und die Beine der Spieler wurden schwer, und die Münder der Fans füllten sich mit Schweigen. Was sonst sollten sie tun, da sie nicht heulen wollten, auf einer Sitzschale aus Plastik, eingehüllt in ein Trikot und einen Schal an einem Sommerabend inmitten einer Trauergemeinde, der ich beim Abschiednehmen zusah.

## 8

Ich kehrte erst spät ins Hotel zurück. Ich betrat mein Zimmer. Ich machte kein Licht. Auf den Wänden lag die Nacht. Ich streifte die Schuhe ab und streckte mich auf dem Bett aus. Ich hörte dem Ticken des Weckers zu. Stunde um Stunde. Schritte unten auf der Piazza. Glockenschläge, die die Zeit bis zum Morgen nannten. Das Sirren der Holzwürmer im Gebälk. Der Wind hob die Vorhänge an. Die Piazza menschenleer bis auf einen Jungen, der stumm auf einem Fahrrad seine Runden drehte. Ich nahm das Tagebuch vom Nachtschrank.

*Die Nacht, das Lachen in den Zimmern. Hier nährt sich jeder von Verboten. Verboten der Lust und ihren wohldosierten Grenzüberschreitungen. Bohm ist fort. Ich sah ihn davonfahren. Die Musiker blieben, und die Damen bezahlten sie Cash.*

Gegen Morgen kam der Schlaf. Dünn wie Pergament. Die Wasserzeichen der Träume: Sophia, die durch mein Haar strich. Ein Fluss, weit und nachtbleich, keine Welle, kein Wind kräuselte das Wasser. Die Lichter in den Gärten und drüben im Dorf erloschen. Eine Katze strich neben uns durchs Gras. Ihre Augen grün und leuchtend wie Phosphor.

«Man hat keine Schuld in der Liebe», sagte Sophia. Ich schwieg, schaute hinaus auf das Wasser, durch das ein Segelboot stumm seine Bahn zog. In der Ferne der Schrei eines Nachtvogels. Ich fühlte das Gewicht der Nacht, dieses sternenlosen Himmels. Sophia schloss die Augen. Ihre Hand rutschte in meinen Nacken. Sie atmete tief und gleichmäßig, auf die Art, wenn der Schlaf einen erreicht. Der Schein meines

Feuerzeugs tanzte in ihrem Haar, wenn ich eine Zigarette anzündete …

Ich fuhr aus einem mickrigen Schlaf auf. Mein Bett war zerwühlt. Ich horchte in den Morgen, hörte ein Schnarchen unter mir, unter dem Kopfkissen, unter dem Bett, unter den Dielen. Ich stand auf, frühstückte und machte mich auf den Weg nach Santa Maria Nuova. Vernet brauchte das Prozac.

Ich traf die Maldini in ihrem Arbeitszimmer. Ich betrat das Zimmer damals zum ersten Mal. Sofort fielen mir die rußschwarzen Bilder an den Wänden auf. Sie wirkten angestrengt ambitioniert, und ich fragte mich, wie die Maldini an dem Zeug Gefallen finden konnte. Eine Kunst, die nicht sprach.

«Ich komme wegen Vernet.»

«Ich weiß Bescheid. Reger rief mich gestern nach der Pressekonferenz noch an.»

Sie trat hinter ihrem Schreibtisch hervor und gab mir die Hand.

«Gedulden Sie sich einen Augenblick. Ich gehe schnell hinüber und hole das Medikament auf der Station. Es dauert nicht lange. Machen Sie es sich bequem.»

Waren die Tage zuvor schon merkwürdig genug gewesen, so sollten sie nun vollends aus dem Ruder laufen. Ich war allein. Ich schaute mich um. Fand die Zeitung aufgeschlagen auf ihrem Schreibtisch. Diesmal hatte man die Sache schon größer aufgemacht. Aber kein Foto. Wahrscheinlich hatte man davor zurückgeschreckt. Die Frau im Waschzuber im Hinterhof des zoologischen Museums, las ich, war ausgegraben worden aus einem noch frischen Grab unterhalb des Klosters in Galluzzo. Dann erst hätte die Häutung des Gesichts stattgefunden. Eine Leiche also, eine Leiche, an der man herumgeschnitzt hatte …

«Was halten Sie davon?»

Ich fuhr hoch. Marinelli stand im Zimmer. Ich hatte ihn nicht kommen gehört. Er deutete auf die Zeitung. Ich errötete. Es war mir peinlich, dass er mich hinter dem Schreibtisch der Maldini vorfand.

«Offenbar das Werk eines Irren.»

«Schreiben die Zeitungen. Ich glaube nicht, dass die Journaille damit richtig liegt. Es war kein Irrer, zumindest kein Idiot oder Debiler.»

«Was macht Sie da so sicher ?»

«Das Drum und Dran dieser unappetitlichen Inszenierung. Das Ganze erinnert doch arg an den Manierismus des Cinquecento. Die Kunstgeschichte, mein Lieber, ist in Florenz immer präsent und nie passé. Sie werden sehen, es wird Leserbriefe nur so hageln mit Hinweisen auf die Manieristen.»

Marinelli lächelte.

«Pontormo und Il Rosso, von den Herrn nie gehört?»

«Ich glaube nicht.»

«Pontormo ging ähnlich vor wie jetzt unser Leichenfledderer in Galluzzo: Er machte sich an Leichen zu schaffen. Bisweilen bewahrte er sie in Wassertrögen auf, um sie aufschwellen zu lassen. Aus Studiengründen.»

Marinelli lehnte sich gegen das Fensterbrett. Sein fettes Kinn zitterte leicht, wie ich es von Patienten mit Schüttellähmung kannte.

«Ein Psychopath?»

«Eher ein komischer Kauz. Und was seine Kunst anging, ein Pedant. Er malte damals in San Lorenzo die ‹Sintflut› und betrieb ausführliche Studien an Wasserleichen. Er studierte die Veränderungen der Haut, der Augäpfel, die Stellungen der Gliedmaßen, das Aufblähen der Körper durch die Fäulnisgase. Ja, man sagt, er habe sie manchmal ausgeweidet, um auch die Stadien der Verwesung im Körperinneren zu studieren. Der Gestank verpestete nicht nur die Kirche, sondern die ganze Umgebung. Il Rosso tat es ihm übrigens nach. Er grub in Arezzo auf dem Friedhof heimlich Leichen aus und hielt den Verfall auf seinem Zeichenpapier fest. Wunderliche Chronisten des Todes die beiden.»

«Und Sie meinen, jemand …»

«… zitiert die beiden, kopiert ihre extravagante Manier des Objektstudiums. Nur eine Idee von mir. Aber Sie werden sehen, die Polizei wird sich ähnliche Gedanken machen.»

«Also ein Verrückter, der zwei Verrückte nachahmt?»

«Unterschätzen Sie Pontormo nicht. Sein Rang in der Kunstgeschichte ist gesichert. Pontormo war Auftragsmaler von Papst Leo X. Die ‹Kreuzigung› etwa, die er für eine Kapelle bei Castello malte, kommt, so sagt man, durch ihren Naturalismus einem Masaccio nahe.»

Masaccio …, wieder Masaccio. Und Castello … War es das gleiche Castello, das Sophia im Tagebuch erwähnte? Mein Kopf schwirrte. Diese Überschneidung der Namen und Orte? *Wir aßen außerhalb der Stadt in Castello, auf einem Landgut, einer Villa, die einst Pierfrancesco de' Medici* … Ich konnte die Passage aufsagen wie ein Ministrant sein Gebet.

«Sie hören mir nicht zu, Gerber. Ich sagte, dass Il Rossos Ruf dagegen eher zweifelhaft ist.»

«Wie bitte?»

«Il Rossos Ruf ist zweifelhaft. Seine Bilder sind grell und schreiend. Er litt an Platzangst, Sie kennen das Phänomen. Es fehlt den Bildern die räumliche Tiefe, die dritte Dimension, wodurch die Figuren entwurzelt und schwebend wirken. Il Rosso hält sich an keine Raumgesetze, die Anatomie seiner Figuren ist verzerrt: Die Arme sind zu lang, Hände und Füße wie Klauen, riesengroß, während die faltigen Köpfe an Schrumpfköpfe erinnern. Die Augen malt er als schwarzgeränderte Löcher, denen die Iris fehlt. Die erste

Reaktion der Betrachter vor seinen Bildern war ohne Zweifel Widerwillen und Ablehnung.»

Warum in aller Welt erzählte er mir das?

«Kaum einer ließ sich diese beängstigenden und gebrochenen Gestalten gefallen. Für das Hospital hier in Santa Maria Nuova beispielweise sollte er eine Arbeit anfertigen. Man jagte ihn davon, als er das Gemälde präsentierte. Il Rossos Heilige waren keine Heiligen, sondern Teufel – dachten die Leute. Il Rosso malte aus heutiger Sicht fast schon modern. Damals verstand man ihn nicht, suchte vergeblich nach einer Erklärung für die scheinbar willkürliche Verletzung ästhetischer Maßstäbe. Wer weiß, wie oft die Kunst dem Irresein und ähnlichen Zuständen, denen sich unsere Berufsgruppe annimmt, ihr Dasein verdankt.»

«Kunst und Wahn, ich verstehe. Ein altbackenes Bündnis, finden Sie nicht?»

«Eine Idee aus der Romantik. Die Medizin, im besonderen unsere liebe Dottoressa, hängt ihr nach. Aber die Psychiatrie maßte sich schon immer an, zu wissen, was dem Maler den Pinsel führt», schmunzelt Marinelli.

«Übrigens hier das Prozac. Dr. Maldini bat mich, es Ihnen zu geben. Sie ist verhindert. Ein Notfall. Eine Neueinlieferung. Wahrscheinlich wieder jemand, der die Stadt nicht verkraftet. Der Maldini soll es recht sein. Ein Fall mehr für ihre eigenartige Kartei.»

«Wovon sprechen Sie?»

«Ich dachte, Sie wüssten Bescheid. Nun, immer wieder kollabieren Touristen in der Stadt. Es ist nicht die Hitze – jedenfalls nicht allein. Die Maldini erforscht das Phänomen. Nennt es das *Stendhal-Syndrom* – eine temporäre und harmlose Psychose, wenn es denn überhaupt harmlose Psychosen gibt.»

Marinelli grinste.

«Unsere Kollegin arbeitet hart daran, in die Lehrbücher einzugehen, indem sie eine Krankheit aus dem Hut zaubert und obendrein noch einen Poeten dabei als Paten bemüht. Ist Ihnen der Name Stendhal schon einmal begegnet, der Romancier?»

Seine Augen funkelten listig hinter der Brille. Ich schluckte. Mit Stendhals Reisebeschreibungen aus dem 19. Jahrhundert, seinen poetischen Exkursen über Rom, Neapel und vor allem Florenz hatte das ganze Malheur angefangen. Von Beginn an lagen die Werke des Franzosen auf Sophias Arbeitstisch – seine *Mémoires d'un touriste* ein Menetekel, das damals noch nicht zu deuten war.

«Jedenfalls glaubt die Maldini, dass die Stadt, genauer gesagt die Kunst in Florenz, bei empfindsamen Gemütern destabilisierend wirkt. Sie kollabieren, spielen verrückt, hören Stimmen und so weiter. Übrigens in zehn Jahren ließ sich trotz aller Beharrlichkeit der Dottoressa die Anzahl der Betroffenen auf nicht mehr als knapp über hundert Personen summieren. Stendhal war der erste, der dieses akute Schwächegefühl beschrieb. Nach seinen eigenen Aussagen muss er in Santa Croce unter einem Bild Volterranos weinend und mit Herzrasen zusammengebrochen sein. Eigenartig, nicht wahr?»

Ich nickte und steckte das Medikament ein. Stendhal, Sophia, die Maldini, auch jetzt Marinelli, dann jener seltsame Künstler Savio, die Leichenfunde, Pontormo, Il Rosso, die Kunstgeschichte ... Erneut kam mir der Gedanke, dass in der Stadt alles mit allem zu tun hatte. Ich verabschiedete mich von Marinelli und verließ das Krankenhaus. Ich machte mich auf zu Vernet. Der Himmel war blau bis auf eine einzige Wolke, die über den Himmel zog. Ich war hungrig. Ich war ohne Frühstück aufgebrochen. Noch in der Nähe des Krankenhauses fand ich ein Café. Das Scheppern von Tassen, das Schnattern von Stimmen füllte den Raum. An der Theke standen Männer und Frauen jeden Alters. Auf ein zweites Frühstück, einen Espresso mussten sie aus den Büros und Geschäften hierher gekommen sein. Man hielt ein Obstteilchen oder ein Mandelgebäck in den Händen. Die Damen bissen mit geschürzten Lippen, vorgestrecktem Kopf und steifem Nacken wohldosierte Stückchen ab. Kein Puderzucker rieselte aufs Kostüm, kein Lippenstift verschmierte. Ein Tupfen mit der Papierserviette spürte in den Mundwinkeln versteckte Krümel auf. Eine Zucht der Manieren, die sich so sehr vom tüchtigen Biss ins Pausenbrot unterschied. Silberne Zigarettenetuis blitzten auf, Feuerzeuge schnarrten und die spitzen Münder der *Signoras* liebkosten die Filter. Ich bestellte *panzanella*, aufgequollenes Weißbrot, das man unter Tomaten, Gurken und Zwiebeln gemengt und mit reichlich Olivenöl getränkt hatte. Ich blätterte in den Zeitungen. Immer noch war von dem Vorfall in der Einfahrt des Museo Zoologico die Rede. Man hatte auf der Haut der Leiche Farbreste gefunden und Lösungsmittel, die unter anderem in Ölfarben enthalten sind, sowie *Dimethylsulfoxid*, einen Trägerstoff und Resorptionsverstärker, der dazu dient, auf die Haut aufgetragene Substanzen besser eindringen zu lassen, wodurch im Falle von Farben die Intensität des Farbtons gesteigert würde. Letztlich sei aber noch unklar, warum diese Substanz verwendet worden war. Ich bestellte einen Kaffee. Mein Augenlid flatterte. Später las ich im Tagebuch.

*Eine Eule flog auf. Im Mandelbaum blieb ein Rascheln zurück. Giuliano legte mir seinen Finger auf die Lippen. Er roch nach Pulver. Ein Marder sprang von Ast zu Ast. Es regnete Flocken von Moos. Der Mond fasste an die geweißten Stämme der Zitronenbäume.*

Das Café leerte sich schnell. Die Leute gingen zurück zu ihrer Arbeit. Die Straße schwamm im Licht. Immer noch flatterte mein Augenlid. Ich hatte keine Macht darüber. Mein

Körper hatte längst seine eigene Regie – eine Regie, die ich nicht verstand. Verlieren wir die Kontrolle über unser Leben, verlieren wir auch die Kontrolle über den Körper und erst recht über unsere Gedanken. Seit Sophia fort war, trieb ich durch die Zeit. Meine Gedanken taumelten immer nur in die eine Richtung. Nichts war vergangen. Kein Tag mit Sophia. Kennen solche Gefühle keine Zeit? Vergehen sie nie? Ich schlug das Manuskript auf.

*Botticelli gibt einer aus den Schatten des Mittelalters brechenden neuen Lebenslust Raum – die einer Gesellschaft, die ihre Gefühle und Gelüste, die nach Reichtum, man denke an Masaccios «Zinsgroschen», wie die erotischen genoss. Die* Geburt der Venus *nun verkörpert diese Idee der in Freiheit von überholten Moralvorstellungen zu sich selbst gelangenden menschlichen Existenz – eine grundlegende Idee der Renaissance, die bis heute wirkt, wenn man beachtet, dass dieser Mythos sich in unserem Willen zu irdischem Glück und (körperlichen) Lusterfahrungen erneuert.*

Dann endlich kam sie auf die Manieristen zu sprechen. Beim ersten Lesen noch daheim in Köln war mir die Passage nicht weiter aufgefallen. Offenbar brauchten auch die Worte ihren Ort. Jetzt in Florenz, besonders nach Marinellis Ausführungen vorhin, erhielten sie ihren zwielichtigen Schimmer, erst recht, wenn man sich die Analogie zu dem Vorfall in der Via Romana besah. Zufall? Wie konnte ich noch an einen Zufall glauben? Nicht hier, nicht in Florenz. Was wollte Sophia mir sagen? Längst waren ihre Worte zu Wegweisern durch die Stadt geworden.

*Die Manieristen schließlich, diese nervösen Intellektuellen, scheinen das Gesetz zu bestätigen, dass auf eine vollendete Kunst (eines Michelangelo, eines da Vinci, auch eines Botticelli) die Krise und die Erschöpfung folgen müssen. Sie entwickeln ein bizarres, manchmal krudes Spiel mit der*

*Form. Die Figuren werden in wunderlichen Stellungen, in Gewändern mit schreienden Farben gezeigt, die den Augen wehtun. Die Manieristen bestätigen aber zugleich die These, dass in der Kunst alles gewagt werden muss, selbst Leichenfledderei, wenn sie dem Werk dient. Sie erheben die Ästhetik zu einer eigenen Moral, die sich nicht an den Normen einer herrschenden Sittlichkeit und vermeintlichen Natürlichkeit orientieren muss – eine damals in der Kunst ungeheure «Entgleisung», die bis heute fortwirkt.*

Über Nacht war es warm geworden. Einer der ersten Frühlingstage. Auf den Gesichtern der Menschen ein Glanz, wie er mitunter nach einigen Gläsern Sekt auftritt. Es war noch früh am Abend gewesen. Ich war damals in der Stadt unterwegs und hatte mich in eines jener Kaufhäuser verirrt, wo die Verkäufer unter dreißig waren und mit Walkie-Talkies ausgerüstet auf Inlineskates durch die Flure schwangen. Hier huldigte man dem *Erlebniskauf*, las ich auf einem Transparent, das sich in grellem Orange durch den *First Floor* spannte. Ich fuhr die Rolltreppen hinauf und hinab, stromerte im hauseigenen Buchladen, in der Parfümerie, der Sportabteilung, besuchte kurz im Rahmen der *Wellness-Wochen* die *Schlafkultur* und ihre *First-Class-Betten-Upgradings*, bis ich mich in die Gefilde für Herrenoberbekleidung verirrte, so hatte man früher treudeutsch getitelt - heute *Men's Innovation*. Über Hemden, Hosen, Sakkos flirrte grelles Neonlicht. Ich blieb vor einem der verchromten Ständer stehen und betrachtete mein Gesicht. Es spiegelte sich in dem Metall – pfannkuchenartig verlaufene Konturen, eine mächtig aufragende Nase, hervortretende, geleeartige Augen, als sei ich von einem Virus befallen, der das Antlitz zerstört. Ich musterte einige Pullover, Hosen zu *Economy*-Preisen, wählte schließlich ein mohnrotes Hemd zum *Promotion-Preis*. Ich ging nicht oft einkaufen. Ich taugte nicht zum *Shopping*, ich bekam schlechte Laune, es langweilte mich, mochte das Personal auch noch so *hip* sein. Ein Hemd blieb ein Hemd. Der Verkäufer auf seinen Skates drehte vor mir eine Pirouette, schnalzte mit der Zunge und faselte von einem edlen *Piqué-Rand*, der den Charakter dieses unnachahmlichen *Wölkchenfinishs* auf dem Hemd noch unterstreiche. Was in aller Welt war ein *Wölkchenfinish*? Dann sah ich sie. Sophia. Wochen waren nach Bohms Auftritt in ihrem Schlafzimmer vergangen. Wortlos drückte ich dem Verkäufer das Hemd in die Hand und folgte ihr die Rolltreppe hinunter. Sie ging scheinbar ziellos durch die Stadt. Ich sprach sie nicht an, hielt mich immer einige Meter hinter ihr. Manchmal blieb sie vor der Auslage eines Geschäftes stehen. Sie trug einen leichten Sommermantel. Die Luft war lau. Winzige Mücken schwebten in der Luft. Mein Mund war trocken. Eine Katze strich durch den Rinnstein. Autos holperten durch die Schlaglöcher. Mit einem Hüpfer, einem schwerelosen, kleinen Sprung auf die Rolltreppe, ging es hinab zur U-Bahn. Müde waren die Gesichter. Menschen, die am Ende eines Arbeitstages den Heimweg antraten. Sophia zwängte sich durch einen Trupp junger Burschen, die tänzelnd im Gang standen, in den hinteren Teil des Wagens. Ich folgte ihr. Aus den Kopfhörern drang ein blecherner, schneller Beat. Plötzlich wandte sie sich um. Ich fand keine Deckung mehr. Sie lächelte, kam auf mich zu, hängte sich in meinen Arm ein. Kein Wort über Bohm, über die Disketten, das Tagebuch, die ich gestohlen hatte. Ein Glanz ging von ihrer Haut, ihrem Haar aus. Ihre Augen leuchteten. Sophias Präsenz war unglaublich. Jeder um mich herum musste sie spüren. Die Kerle musterten sie neugierig. Von Station zu Station füllte sich der Wagen immer mehr. Ich lehnte mit dem Rücken gegen ein Gestänge, in jenem Bereich am Ende eines U-Bahn-Wagens, der eine Abstellfläche für Kinderwagen und Fahrräder bietet.

Auch die Burschen und ihr nervtötender Beat waren nachgerückt. Sie stand vor mir, drückte sich gegen mich. Ich spürte ihren Hintern. Er begann ein wenig zu kreisen, rieb sich an meinem Glied. Aus ihrem Nacken, der mir seltsam verletzlich erschien – immer gibt es ja diese Regionen am Körper eines anderen, die uns sentimental und weich stimmen –, aus ihrem Nacken stieg ein Duft auf. Ich zögerte. Sie wandte den Kopf nach mir um und sah mich an.

«Schieb meinen Mantel ein wenig in die Höhe.»

Ich war unentschlossen, mein Schwanz wollte. Aber wann wollte er nicht? «Komm schon, mach», hauchte sie. Ihre Zungenspitze leckte an meinem Ohr, tauchte ein Stück in die Ohrmuschel, tastete die Faltungen und Täler ab.

«Es ist Wahnsinn», flüsterte ich, obwohl mich in dem Rumpeln des Wagens, dem Stimmengewirr, dem hämmernden Beat in der Menge niemand hätte hören können.

Sie fasste mein Glied und umschloss es eine Spur zu fest.

«Nein. Nicht hier. Ausgeschlossen.»

«Komm schon! Es ist nichts dabei. Oder magst du das alles nicht mehr?»

Ein Druck lag auf meiner Brust. Ein Griff, der mein Herz presste.

«Sophia, nicht hier.»

Sie drückte sich von mir ab und hielt sich nun an den Halteschlaufen über ihr fest. Der Wagen nahm eine Kurve – eine Kurve, die gerade so viel Standvermögen verlangte, dass man die Beinmuskulatur ein wenig bemühen musste. Sophia nutzte die Gelegenheit, löste ihre Hände aus den Schlaufen, geriet ins Schwanken und sank gegen einen der Burschen, der sie verdutzt in die Arme schloss. Gewöhnlich streckt man sofort das Becken weg, bevor man sich dann aus der unfreiwilligen Nähe mit einem Fremden ganz entfernt, nicht jedoch Sophia. Sie verharrte in seinen Armen, schien sich gar an ihn zu drücken. Er schaute mich an, fragend, und doch hatte er schon den Code zwischen Sophia und mir geknackt. Es hatte nur dieser drei, vier Sekunden bedurft, die sie in seinen Armen blieb, die ihm mitteilten, was er wissen musste, um in Sophias Spiel seine Rolle zu finden. Seine Hand strich über ihren Rücken, eine langsame, senkrecht abfallende Bewegung, die an ihrem Steißbein auslief und dann ihren Hintern einen winzigen, aber zu langen Augenblick streifte. Ich war machtlos. Nie war es mir in diesen Monaten deutlicher geworden. Sophia federte zu mir zurück. Auch ich schloss sie in die Arme. Sie streifte ihre Tasche von der Schulter und hielt sie nun vor ihrem Schoß. Langsam ließ sie ihre freie Hand an der Tasche entlang unter den Saum des Rocks gleiten. Wir fuhren in einen Tunnel ein, einen Moment verwischte das Licht, dies der Moment, da sie begann. Als der Wagen den Tunnel ratternd und holpernd verließ, ging ihr Atem schon schneller, traf der Blick dieses Burschen uns. Er grinste, löste seine Hände aus den Schlaufen und kam – zögernd zwar, ich spürte, dass Sophia ihn ansah – auf uns zu. Er presste sich gegen Sophia. Ich fühlte sein Gewicht mich hart gegen die Haltestange drücken, stärker und stärker dieser Schmerz in der Lendenwirbelsäule, dort, wo mein Rücken gegen das Metall stieß, sein Kopf auf ihrer Schulter, dann sein Gesicht in ihrem Haar, er grub darin wie ein Schwein im Stroh. Dann schaute er auf, schaute sie an, und ich spürte seine Beckenstöße heftiger werden und Sophia zwischen unseren Körpern. Einen Augenblick lang krallte sie sich an seinem Rücken fest – eine Geste, die alles entschied.

Sie stöhnte auf. Zwei, drei Fahrgäste schauten sich nach uns um, starrten uns fassungslos an, bevor meine Hand den Nothammer fasste, aus der Halterung riss und ihn mit der stumpfen Seite auf Sophias Kopf sausen ließ und Sophia dann blutend – nichts blutet so wie eine Kopfwunde – nach vorne fiel und den Burschen fällte, dass er eine Schneise in die Menge schlug, in die hinein sie taumelte. Niemand hielt sie auf, der Wagen kam zum Stehen, sie drückte den Türöffner und sprang auf den Bahnsteig, blutend, ein rotes Rinnsal, das in ihren Nacken floss, mit aufwehendem Mantel, der wie auf jenem berühmten Foto von Marilyn Monroe über dem Lüftungsschacht sie zwang, die Beine zusammenzupressen und den Mantel über ihre Blöße zu schlagen. Die Tür schloss. Sie verschwand in der Menge. Mein Hämmern gegen die Türscheibe war zwecklos, und der Gedanke an die Notbremse kam zu spät – die Bahn war schon in den Tunnel hineingerumpelt.

Später stand ich am Fenster in ihrer Wohnung, schaute hinunter auf die Straße. Noch immer war Sophia nicht zurückgekehrt. Ich hatte während der Nacht in den Notfallaufnahmen der Krankenhäuser angerufen. Dort war keine Frau mit einer Kopfverletzung behandelt worden. Ein fadendünner Regen fiel. Einer jener Tage im April, die den November wiederholen. Eine Katze, ein junges Tier, versuchte, den vor Nässe schwarzen Stamm einer Birke zu erklimmen. Das Tier rutschte ein ums andere Mal ab und jedes Mal lösten sich von der Rinde ein paar Fetzen, die zu Boden rieselten. Dort am Fenster vernahm ich das Rascheln des Schlüsselbundes, das Knacken des Schlosses. Sophia legte den Schlüsselbund auf die Kommode, streifte die Schuhe ab, ich hörte das knöcherne Geräusch aneinanderschlagender Kleiderbügel an der Garderobe. Ihre Schritte auf den Dielenbrettern, dann hielten die Schritte inne. Sie musste mich bemerkt haben. Ich drehte mich nicht zu ihr um. Ich erinnere mich genau. Ein Augenblick, in dem wir beide den Atem anhielten, ein Moment vollkommener Stille. Dann setzten ihre Schritte wieder ein. Kamen näher. Kamen auf mich zu. Ihr Atem ging schnell. Noch einmal hielt Sophia inne, kurz nur, ich wandte mich um, sie nahm meine Hand, sie sah erschöpft aus – ein Zugvogel nach einer zu langen Reise. Ich schlug ihr ins Gesicht, mit der flachen Hand, es musste jetzt sein, später hätte ich die Wut und die Kraft nicht mehr dazu. Sie schaute mich an, ein pirschender Blick, und dann fielen die Worte, die Worte «Schlag mich!», die Worte, die mir endgültig den Boden fortrissen. Ich schlug, und sie seufzte, und der Druck auf meiner Brust, der Griff, der sich seit der Fahrt in der U-Bahn um mein Herz gelegt hatte, wurde schwächer.

«Zieh dich aus!», sagte sie. Ich schaute sie ungläubig an. Doch sie nestelte schon an meinem Hemd, streifte es mir ab, auch die Hose, dann fuhr sie selbst aus den Kleidern. «Mach …, mach …», ihre Stimme ihr eigenes Echo. Ihr Hintern strahlte unter mir auf dem Sofa auf, ihre Beine schimmerten in den anthrazitfarbenen Strümpfen, und nun sah ich sie an den Hüften, auf den Backen die Male: grün, manche an den Rändern blau auslaufend. Ich riss ihr die Strümpfe herunter: violette Striemen, kein mattes Rot, jedenfalls nicht frisch.

«Wo warst du?»

«Reg dich nicht auf!»

Wir sprangen beide auf. Hingen wie von einer Feder katapultiert in der Luft. Dann taumelten wir zurück aufs Sofa. Saßen nackt, später mit einem Kissen im Schoß da, erschrocken. Wir horchten auf das Hämmern unseres Herzschlags, auf die Kratzgeräusche vor dem Fenster, wenn die Katze versuchte, den Stamm hinaufzuklettern.

«Es tut mir leid», hauchte sie in das Kissen. Ihr Atem wirbelte eine Fluse auf. Ihre Knie zitterten. Ich wagte nicht, sie anzusehen. Es war nicht nur Scham, es war dieser blinde, beißwütige Schmerz, der sich in mir Bahn brach und von dem ich in diesem Augenblick wusste, dass er mich nie ganz mehr verlassen würde. Ich nahm ihre Hände und fuhr mit den Fingerspitzen über die Striemen an den Handgelenken, die Striemen, welche die Fesseln hinterlassen hatten. Kerben, schmale, feurige Fischleiber, die einmal ganz um die Gelenke schwammen. Ich schmeckte auf der Zunge einen galligen Geschmack. Langsam schwand der letzte Rest Licht aus dem Zimmer. Ich hörte ein Kind im ausrinnenden Nachmittag auf der Straße hüpfen. Sophia rückte ein wenig von mir ab, und dabei rutschten ihre Hände aus meinem Griff.

Ich sah sie nicht wieder. Schließlich fuhr ich noch einmal zu ihrer Wohnung. Die Milch im Kühlschrank war seit langem überfällig, und die Blumen waren vertrocknet. Ich fragte im kunsthistorischen Institut nach. Sie hatte ihre Assistenz aufgekündigt, sei Hals über Kopf abgetaucht, hieß es. Nach ein paar Wochen kam ein Brief, aufgegeben in Florenz, adressiert an ihren Nachmieter. Ich fischte ihn aus ihrem Briefkasten. Sie teilte mit, dass ihr Nachmieter sämtliche Möbel behalten könne, er möge ihr eine Abschlagssumme auf ihr Konto überweisen.

# 9

Die Via dei Neri war schmal und kühl. Nur die oberen Stockwerke der Häuser brüteten in der Hitze. Ich war auf dem Weg zu Vernet. Ich wollte ihm das Prozac bringen. Vor mir ein Mann mit einem Papagei auf den Schultern. Sein Gang schleppend, zögernd. Niemand beachtete ihn weiter. Offenbar gehörte er zum Straßenbild. Manchmal grüßte er, rief den Verkäuferinnen ein paar Worte zu. Pastamaschinen klickten und warfen Teigplatten aus. Man füllte die Auslagen auf. Die Gasse duftete nach Teig und Schokolade. Jemand ließ ein Stahlgitter hochfahren und schob einen Verkaufsständer, behängt mit Lederwaren, auf die Straße. Ich dachte wieder an Sophia. Irgendwann würden die Erinnerungen an Sophia vielleicht vernarben. Narben, die einen entstellen würden, wären sie sichtbar. Narben, von denen man noch im Schlaf weiß, dass man sie hat, und die das Leben bestimmen, so wie ein Klumpfuß das Leben bestimmt. Von der Via dei Neri kam ich zum Fluss. Das Seil glitzerte in der Sonne. Vernet war nicht zu sehen. Ich fand ihn auf der Piazza Demidoff. Er döste ausgestreckt auf der Bank, wie noch gestern das Mädchen, wie noch vor drei Tagen ich. Als er meine Schritte hörte, richtete er sich auf. Aus seinem Haar trudelte ein Blatt zu Boden. Es war unmöglich, dass ein Mensch während eines Tages hagerer wurde. Aber Vernet schien noch ausgehöhlter und erschöpfter zu sein als am Vortag. Das Haar hing ihm wirr im Gesicht, seine Augen hatten den fiebrigen Glanz des Schlaflosen.

«Wie geht's? Was macht die Angst?»

«Frisst mich auf. Das sehen Sie doch.»

«Hat Reger mit Ihnen gesprochen?»

«Sie hätten ein Medikament für mich, sagt er.»

Ich reichte Vernet die Packung Prozac.

«Wann soll ich das Zeug nehmen?»

«Jetzt.»

Er wischte sich mit der Hand übers Gesicht. Sein Blick flackerte.

«Übrigens, was ist mit Ihrer Frau, Ihren Kindern? Kommen sie nach Florenz?»

Vernet lachte auf. Es klang wie ein trockener Husten. Er nahm vom Boden ein Stöckchen auf und begann in den Sand zu seinen Füßen Strichmännchen zu malen. Der Palazzo Serristori brütete in der Sonne. Kein Arbeiter war zu sehen. Kein Baulärm zu hören.

«Nehmen Sie das Prozac.»

Ein Boot zog an uns vorbei. Die Ruder tauchten alles andere als synchron ins Wasser. Der Steuermann saß schlaff im Bug. Kein Kommando war zu hören.

«Auf dem Fluss scheint es noch heißer zu sein», murmelte Vernet.

«Man wird Ihnen den Sonnenschutz rechtzeitig installieren. Die Bahnen sind aluminiumbeschichtet. Kein Sonnenstrahl wird Sie treffen.»

Vernet steckte die Tablette in den Mund und spülte mit einem Schluck aus seiner Wasserflasche nach. Die Luft über dem Fluss flimmerte. Die Konturen des Bootes waren schon nicht mehr genau auszumachen – eine über das falbe Wasserband dahingleitende Zunge.

«Sie haben das Spiel gesehen?»

Ich fuhr herum. Der Junge stand hinter mir. Die Baseballkappe hatte er tief in die Stirn gezogen. Seine Gesichtsfarbe war eine Spur rosiger als vor zwei Tagen.

«Ich habe Sie kommen sehen. Ich wohne dort drüben.»

Er zeigte auf den Palazzo Serristori.

«Der Palazzo steht während der Renovierung leer, wissen Sie. Seit Monaten ruhen die Arbeiten. Ich hatte Sie bereits auf der Ponte alle Grazie entdeckt.» Er zeigte auf sein Fernglas. «Ich habe Sie hier auch gestern am frühen Morgen gesehen.»

Er lächelte boshaft.

«Die Obdachlose, das Mädchen …, wenn Sie …, ich meine, ich könnte was arrangieren, wenn Sie auf so etwas stehen. Es kostet Sie keine 100 Euro plus einer kleinen Vermittlungsgebühr für mich, Sie verstehen?»

«Vergessen Sie es. Es war anders als Sie meinen.»

«Das sagen alle.»

Vernet schaute auf und warf mir einen fragenden Blick zu.

«Suchen Sie etwas anderes? Die Stadt ist skurril, das müsste Ihnen mittlerweile aufgegangen sein. Alles geht. Auch ausgefallene Wünsche.»

Sein Blick lauerte.

«Wie ausgefallen?»

«Alles geht.»

Dann kam mir diese Idee. Sie war irrwitzig, abwegig. Vielleicht wollte ich ihn auch nur ein wenig reizen, weil er vor Vernet versucht hatte, mich bloßzustellen. «Diese Leiche, von der zuletzt in der Zeitung die Rede war, geht auch das, geht auch so was hier bei Ihnen in der Stadt?», fragte ich bissig.

Ich sah, dass seine Pupillen sich verengten. Er schwankte, als hätte er einen Schlag vor die Brust bekommen. «Nein, es ist …»

Er zögerte, sein Blick huschte über mich weg, streifte Vernet. Sein Gesicht schien für einen Augenblick aufzuflammen, vielleicht war es auch nur die Sonne, die mich täuschte.

«Das ist nicht unser Geschäft, das nicht …, ich meine …»

Er verstummte, wandte sich um und ging. Ich durfte ihn nicht weggehen lassen.

«Warte, das ist für dich.»

Ich wedelte mit einem 50 Euroschein. Ein lächerlicher Versuch. Aber der Junge blieb stehen, zögerte, schien für einen Augenblick zu überlegen, dann kehrte er tatsächlich zurück.

«Mord, hören Sie. Es war jedes Mal Mord», sagte er tonlos.

«Du meinst die Leiche im Waschzuber? Es war Mord? Aber es heißt, man habe den Körper einem Grab in Galluzzo entnommen.»

Er zog die Brauen in die Höhe.

«Das ist … etwas anderes, hat nichts mit den Morden zu tun.»

«Ich verstehe kein Wort.»

Er senkte den Blick. Zögerte.

«Hören Sie, es gab zwei Morde. Beide sind bislang nicht aufgeklärt. Beide geschahen, noch bevor man die Leiche in Galluzzo ausgrub und im Hof des zoologischen Instituts an der Via Romana postierte. Das eine hat mit dem anderen nichts zu tun.»

Er musste mich missverstanden haben. Welche Morde meinte er? Ich drückte ihm den Schein in die Hand. Seine Faust schnappte zu wie ein Fangeisen.

«Man fand zwei Frauen, hier in der Nähe. Sie waren … amputiert.» Er hatte Mühe zu sprechen.

«Amputiert?»

Er nickte.

«Was hat man amputiert?»

Der Junge schwieg. Seine Kiefer mahlten. Ich sah, er würde mir nicht antworten. Ging es um jene Morde, von denen auf der Pressekonferenz im Porta Rossa so nebulös die Rede gewesen war? In den Zeitungen hatte ich nie darüber gelesen.

«Und der Täter? Was weiß man über den Täter?»

«Wenig. So gut wie nichts. Ich muss jetzt gehen.»

Der Junge verschwand Hals über Kopf in der Via dei Renai. Ich stutzte. Ich hatte ihn nicht nach den Morden, ich hatte ihn nach der Frau in dem Waschzuber gefragt. Warum dieses Missverständnis? Was war los mit dem Jungen?

Vernet gähnte und streckte sich wieder auf der Bank aus. Der Himmel wurde matt. Die Hitze noch größer.

«Hören Sie Vernet, versuchen Sie noch ein wenig zu schlafen, bevor es losgeht. Ich sehe Sie heute Abend.»

Vernet zuckte mit den Achseln. Er schloss die Augen. Ich ließ ihn zurück. Ich stapfte hoch zum Giardino delle Rose. Ich bildete mir ein, dort könnte ich bis zum Abend, bis zu Vernets Aufstieg auf das Seil noch etwas ausruhen. Der Park war auch diesmal menschenleer. Die herabgewehten Rosenblüten waren längst faulig und klebten an meinen Schuhsohlen. Ich setzte mich ins Gras neben der Statue, trank einen Schluck Wasser und las. Was sonst hätte ich tun sollen, um die Zeit totzuschlagen.

*Die erotische Kunst, etwa des Rokoko, kennt sinnlichere Szenen, als Botticelli sie malte. Im Werk von François Boucher, exemplarisch sei hier der* Triumph der Venus *beschrieben, gelangte die Fähigkeit, die sinnliche Präsenz der Figuren zu zeigen, sicherlich zu einem Höhepunkt. Venus ruht nackt auf einer von blauweißer Seide geschmückten großen Muschel. Diese wird von Delphinen ins offene Meer gezogen. In ihrer Begleitung sind Grazien, Nereiden und Tritonen sowie vier Frauen, die zum Teil in delikaten Stellungen auf den Delphinen* reiten. *Boucher lässt uns den Schauer imaginieren, den die nackten Körper auf den nassen Delphinen fühlen mussten. Delphine galten seit der Renaissance als Symbole der niederen Leidenschaften im Menschen, wie Fische überhaupt insbesondere mit den männlichen Geschlechtsteilen assoziiert wurden und somit den erotischen Aspekt des Bildes unterstreichen. Aber aus der Darstellung vormals idealer Schönheit ist nun die sinnliche Abbildung lebender Aktmodelle geworden. Damit profanisiert er die idealistische Aura zu einer rein erotischen. Das mythologische Sujet ist obsolet geworden:* die Geburt *der Venus wandelt sich zum* Triumph *der Venus. Die Malerei vollzieht damit die damals geltende kunsttheoretische Maxime (etwa eines Abbé Du Bos), dass Kunst in erster Linie zu bewegen, zu erregen und zu gefallen habe.*

Ich legte das Manuskript zur Seite. Vom vielen Lesen, vom dauernden Transport durch die Stadt war es fleckig geworden. Die Seiten bogen sich auf. Aber ich wagte es nicht, es in meinem Zimmer zurückzulassen, aus Furcht vor einem Diebstahl, einem Zimmerbrand. Am Ende sind es Worte, die von einem Menschen zurückbleiben. Das Testament, der Abschiedsbrief, das Totenkärtchen. Sie müssen um nichts aufrichtiger sein als eine Postkarte aus dem Urlaub. «Wetter und Essen sind gut», schrieb ich als Zehnjähriger aus dem Zeltlager. Ich verschwieg das Heimweh. Was verschwieg Sophia?

*Es war freilich Botticelli, der als einer der ersten Künstler erotische Metaphern verwendete und die Malerei damit vom christlichen Kanon löste und dadurch auch einem Boucher den Weg ebnete. Die Figuren der drei tanzenden Grazien in ‹Primavera› zeigen erotisches Selbstbewusstsein. Sie verkörpern geradezu die in der Renaissance aufkommende Idee eines in Freiheit zu sich selbst tretenden Individuums. Schönheit, die Erotik des schönen Körpers, wird zum Symbolträger dieser Vorstellung. Häufig werden jedoch die erotischen Konnotationen von Botticellis ‹Primavera› geleugnet. Merkur etwa am linken Bildrand wird allzu bieder in der Forschung (vgl. Adelmann et. al.* 1978*) als antikisch-ideale Gestalt gedeutet, die innere, gemeint sind erotische Begierden überwinde. Er weise mit seinem schlangenumschlungenen Stab ins Gewölk, interpretiert als die höheren,* *jenseitigen Sphären. Aber jene Handlung lässt sich auch als ein* Stechen *verstehen, und der Schlangenstab gilt von alters her u. a. als Phallussymbol, wodurch sich nun eine delikate Anspielung auftut, die man umso mehr versteht, wenn man in der Merkur nächststehenden Grazie* Simonetta Vespucci *erkennt, eine viel gepriesene Schönheit im damaligen Florenz, eine junge, in der florentinischen Gesellschaft umworbene Frau, der wir in vielen Frauengestalten Botticellis begegnen. So stand Simonetta Vespucci, die Botticelli tief beeindruckt haben muss, ihm auch bei der* Geburt der Venus *Modell. Dort verkörpert sie ein makelloses, vollkommenes Bild der Weiblichkeit. Noch die «Die Verleumdung des Apelles» – ein spätes Werk, das er nach seiner Konversion zum frommen Asketen und Laienbruder des sinnenfeindlichen Predigers Savonarola malte – lässt zahlreiche Interpreten bezeichnenderweise in den Figuren der «Wahrheit» wie des «Verrats» die bezaubernde Simonetta Vespucci entdecken. Sie war Botticellis Muse, seine große, unerreichte Liebe. Simonetta war zur Entstehungszeit des Bildes bereits die Geliebte jenes in Merkur figurierten steinreichen Feingeistes Giuliano, eines Mitgliedes der Medici-Dynastie.*

*In «Primavera»* sticht *Merkur – man lese die sexuelle Konnotation des Wortes mit – ins Gewölk. Zwar lässt sich die These aufrechterhalten, ihm ginge es um Transzendenz. Allerdings eine körperbezogene: Nur wer in Liebe zu Venus entbrennt, vermag Alltägliches und Profanes abzustreifen und in die «mania», die göttliche dionysische Leidenschaft einzutreten. Das Bild enthält die Botschaft eines erotischen, sinnesfreudigen Lebensideals, das sich wenig um gesellschaftliche Konventionen schert: Giuliano hatte sich Simonetta, obwohl sie verheiratet war, bei einem festlichen Turnier, der «Giostra», als Preis erkoren. Sie war die gefeierte Festkönigin.*

*Für Botticelli reichte es nur zum Chronisten. Er gab eine Art Florentiner Troubadour ab, der sich die Schöne nicht ins Bett, der sich Simonetta Vespucci auf die Leinwand holte, sie immer wieder malte. Und doch war Botticelli ihr um ein Vielfaches mehr zu Diensten als Giuliano. Auch wenn Botticelli wohl nie ihr kastanienbraunes Haar auf seinem Gesicht gespürt, nie ihre Haut nach dem Bad gerochen hat, kam er ihr mit seinem Pinsel nah genug, um sie für alle Zeiten der Vergänglichkeit zu entreißen.*

War Sophia klar, was sie dort schrieb? Dieses Pathos, diese Anspielungen in einer wissenschaftlichen Arbeit. Warum diese Begeisterung für die Vespucci? Ich stand auf, klopfte Gras von Hemd und Hose. Ein Vogel flog plötzlich zeternd im Gebüsch auf. Irgendwas hatte ihn aufgescheucht. Der Junge? War er mir hierher gefolgt? Regungslos blieb ich stehen und horchte. Nichts. Ich streckte mich wieder im Gras aus.

*Die Affäre mit Giuliano dauerte ein Jahr. Dann starb die schöne Simonetta. Der Kult um Simonettas Schönheit manifestierte sich in einem Trauerzug ohnegleichen. Zehntausende scharten sich um ihren offenen Sarg, der durch die Straßen der Stadt getragen wurde, um quasi von der Schönheit selbst Abschied zu nehmen.*

Darunter dann eine Fußnote, wiederum eine dieser ungewöhnlich anmutenden Bemerkungen in einer wissenschaftlichen Arbeit:

*Was bedeutet ein Jahr für Liebende? Wir alle kennen die Janusköpfigkeit der Zeit, die nie gleich verrinnt, die sich vorbehält, die jeweilige Fließgeschwindigkeit auszuwählen und nicht immer zu unserem Vorteil.*

Wieder flog ein Vogel auf. Ein Flügelklatschen, das sich schnell entfernte. Zurück blieb das Zirpen der Zikaden. Ich las weiter.

*Man achte auf die Art und Weise, wie die Vespucci zu Tode kam: ein allmähliches, kontinuierliches Auszehren des Körpers. Die* Schwindsucht *nahm all das fort, was die Natur Simonetta so überaus reich geschenkt hatte: Anmut und die Fähigkeit, Zauber zu verbreiten. Zurück blieb eine Hülle, ein Verbund von Knochen, wächserne, durchscheinende Haut. Die Todesart scheint nicht beliebig, sondern eine letzte Charakterisierung, ein endgültiger Stempel zu sein. Rächte sich die Natur, rächten sich gar die Götter an Simonetta? War Eifersucht der Beweggrund, ihre Schönheit zu zerstören, indem man sie zurückforderte und Tag um Tag verblassen ließ? Darüber hinaus mag der Tod geglaubt haben, durch das allmähliche Hinwegraffen der Zeitgenossen und Bewunderer Simonettas auch die Erinnerung an die Vespucci mit den Jahren auslöschen zu können. (Wir wissen: Nichts hat existiert, das nicht erzählt ist.) Aber der Tod rechnete nicht mit dem pinselnden Chronisten Botticelli. Tausende drängen heute Tag um Tag in die Uffizien zu Botticellis* Venus, *zu Simonetta Vespucci.*

Warum nur diese Passion für die Vespucci und den Venus-Mythos? Ein Motiv, das sich doch längst in der Kunstgeschichte erschöpft haben musste. Das Nackte und das Erotische – sie können heute unverblümt gezeigt werden. Es gibt keine Tabu-Konvention mehr, die nach mythologisch verbrämten, schwülen Venus-Bildern verlangt. Erneut jagte ein Vogel aus dem Unterholz hoch. Ich horchte. Die Zikaden schwiegen. Ein langes Schweigen. Dann knackte es. Schritte. Ich schoss hoch. Traute meinen Augen nicht. Zwei Polizisten brachen unter den Ästen hervor, im Haar lange, dünne Piniennadeln. Sie stürmten auf mich zu. Gestikulierten. Schrien. Einer der beiden zückte seine Waffe, ein in der Sonne aufglänzender Colt mit kurzem Lauf. Instinktiv hob ich die Hände. Es war wie in einem Fernsehkrimi: Ich spreizte die

Beine, stemmte die erhobenen und abgestreckten Arme gegen einen Baumstamm und ließ mich nach Waffen durchsuchen. Er klopfte mich ein zweites Mal ab. Dann hieß er mich umdrehen, verlangte meine Papiere. Ich händigte ihm meinen Pass aus, den er musterte und mit einem unfrohen Stirnrunzeln einsteckte.

«Kommen Sie!», befahl er.

«Was soll das Ganze? Sind Sie verrückt?»

Das Stirnrunzeln verstärkte sich. Sein Blick wurde eng. Sie eskortierten mich unsanft, wenn auch ohne Handschellen, zum Ausgang des Parks am Viale Guiseppe Poggi. Dort in der Einfahrt zum Gärtnerhaus parkte ein blauer Mannschaftswagen. Ein Mann, etwa Anfang fünfzig, Schnauzbart, fliehendes Kinn, schlank, im Anzug, lehnte gegen das Fahrzeug und nahm wortlos meinen Pass entgegen. Er verschwand im Inneren des Autos, gab meine Daten in einen Laptop, wartete ohne Anzeichen von Ungeduld, telefonierte, schloss die Schiebetür, ich hörte schwach seine Stimme, die energisch klang, aber immer noch höflich. Er telefonierte ein zweites und drittes Mal. Schließlich öffnete sich die Tür, er reichte mir den Pass, schaute seine Kollegen an und schüttelte den Kopf, worauf sie nickten und mit den Schultern zuckten.

«Was machen Sie in Florenz?» Sein Mund krümmte sich schmerzvoll.

«Was soll die Frage?», konterte ich.

Der Schnauzbärtige musterte mich. Er fuhr mit der Hand an den obersten Knopf seines Hemdes, der trotz der Hitze geschlossen war.

«Ich bin Mediziner, Neurologe, begleite das Experiment zur Schlafforschung am Arno. Ich gehöre zum Team von Professor Reger.»

«Die Skulptur hier im Park, woher kommt Ihr Interesse? Sie suchten sie seit Ihrer Ankunft in Florenz dreimal auf.»

Ich schaute ihn verblüfft an. Der Anflug eines Grinsens schien auf seinem Gesicht auf. Die beiden Carabinieri scharrten gelangweilt mit den Füßen im Kies. Wahrscheinlich war ich für sie bedeutungslos geworden, ein Fehlgriff, der jetzt unnötig Zeit beanspruchte.

«Ich habe mich dort ausgeruht, gelesen.»

«Was haben Sie gelesen? Zeigen Sie es mir!»

«Ich werde Ihnen gar nichts zeigen, wenn Sie mir nicht auf der Stelle verraten, worum es hier geht. Jemand ist doch auf mich angesetzt worden. Was soll das?»

Die beiden Carabinieri hörten mit dem Scharren auf und nahmen Haltung an. Ihr Chef sah mich an, dann nickte er kurz. Der Mann vermied jede überflüssige Geste, geizte mit seinen Handlungen, als wären sie kostbare, kraftraubende Aktionen.

«Die erste Leiche fand man vor ein paar Tagen unmittelbar neben der Skulptur im Giardino delle Rose, genau an jener Stelle, wo Sie belieben, sich aufzuhalten. Die zweite fischten wir aus dem Arno, nicht weit vom Palazzo Serristori. Auch dort wurden Sie gesehen.»

«Welche Leichen? Wovon sprechen Sie?»

Ich ahnte, in dem einen Fall mochte es sich um das Bündel handeln, das man aus dem Arno gezogen hatte. Von dem anderen Mord im Giardino delle Rose hörte ich jetzt zum ersten Mal.

«Wahrscheinlich ein Serienmörder. Die beiden Morde geschahen unmittelbar nach Ihrer Ankunft in Florenz. Halten Sie sich zu unserer Verfügung, jetzt Ihre Lektüre bitte.»

Ich holte das Manuskript und das Tagebuch aus der Tasche und reichte sie ihm. Er blätterte sie durch und skandierte gleichmütig: «Jedes Mal ein Ritualmord, die Opfer ausschließlich Frauen, man hat sie amputiert. Die betreffenden Körperteile, die Amputate fehlen.»

«Was fehlt?», keuchte ich.

Jetzt schaute er auf und sah mir ins Gesicht.

«Die Hand, die linke Hand. Dem zweiten Opfer hat man …»

Er zeigte auf seine Brust.

«Das Herz? Hat man ihr das Herz …?»

«Nein, die Brust, auch Teile des Zwerchfells», sagte er tonlos.

Deshalb also hatten sich die Carabinieri vor ein paar Tagen unten am Arno abgewendet, als sie die Plane aufgeschlagen hatten. Dieser Anblick … Eine Ahnung stieg in mir auf: Der Junge, sein Erschrecken, als ich ihn vorhin nach den Leichen gefragt hatte. Er musste mich missverstanden, musste gedacht haben, ich hätte die Ritualmorde, jene beiden geschändeten Frauen gemeint. Auch der Commissario …

«Und Sie glauben doch wohl nicht, dass ich …»

«Es ist eine fachfremde Lektüre.»

Er reichte mir die Kladde.

«Darf man nur berufsbezogen lesen, um nicht verdächtig zu sein?»

«Wenn wir Fragen haben, melden wir uns. Sie können gehen.»

Die Carabinieri regten sich. Dies war das Stichwort, auf das sie gewartet hatten. Sie beeilten sich, im Wagen Platz zu nehmen.

«Hören Sie, die Leiche im Hinterhof des zoologischen Museums …»

Der Schnauzbärtige war bereits im Fond eingestiegen, hatte den Türgriff in der Hand, kramte mit der anderen in der Innentasche seines Jacketts und reichte mir seine Visitenkarte.

«Die Frau in der Via Romana, Commissario … Ferri, die Frau in dem Waschzuber …»

«Das ist eine andere Handschrift. Da kopiert irgendein kranker Idiot die Kunstgeschichte. Lesen Sie bei den Manieristen nach. Es war kein Mord. Man nahm für die Sauerei eine Leiche vom Friedhof in Galluzo.»

«Weiß man etwas über den Täter?»

Er zögerte und nahm die Hand vom Griff.

«Die Sitte ist nicht mein Ressort, fragen Sie dort nach. Aber die Frage wird Sie bei den Kollegen verdächtig machen. Was die Morde angeht, lesen Sie Zeitung: das Monster, das neue Monster von Florenz. Es wird die Journalisten auf Trab halten, das können Sie mir glauben.»

Er ließ die Schiebetür durch die Führungsschiene sausen und ins Schloss fallen. Der Wagen schoss davon.

## 10

Ich schreibe im Bett. Durch die Lamellen der Fensterläden fällt Licht. Es parzelliert meine Bettdecke in Streifen gelben Lichts. Ich mag das Licht nicht – weder am Mittag noch am Nachmittag. Es schmerzt meine Augen. Erst gegen Abend stehe ich auf, lege den Laptop zur Seite und klappe die Fensterläden auf. Mein Blick fällt auf die Domkuppel. Immer ist die Kuppel bevölkert. Es gibt keine spektakulärere Sicht auf die Stadt als von dort oben. Von meinem Fenster aus wirken die Leute auf der Balustrade klein wie Zündhölzer. Es klopft. Ich wende mich um. Tarek steht im Zimmer.

«Sie scheinen Ihren Termin vergessen zu haben.»

«Welchen Termin?»

«Die Maldini erwartet Sie.»

Tarek geht voraus. Auf der Höhe des Bereitschaftszimmers hole ich ihn ein. Zigarettenrauch und Stimmen flirren aus der nicht ganz geschlossenen Tür. Tarek hält sich die Nase zu. Er ist Raucher. Er kann den Qualm nicht meinen. Sind es die Stimmen seiner Kollegen? Können Stimmen stinken? Vor der Tür der Maldini bleibt er stehen, öffnet sie und lässt mich eintreten. Die Dottoressa kommt auf mich zu. Sie hält ein Buch in den Händen. Es ist gespickt mit Lesezeichen.

«Nehmen Sie dort Platz.»

Erneut finde ich mich auf der Chaiselongue wieder. Sie setzt sich wie immer in den Sessel, schlägt die Beine übereinander, legt Schreibblock und Stift in den Schoß und fragt: «Wie geht es Ihnen?»

«Mein Zustand ist besorgniserregend stabil. Es scheint, dass die Halbwertzeit des Stendhal-Syndroms drastisch ist.»

Sie lacht, legt das Buch aus den Händen.

«Man weiß», sagt sie, «dass das Gehirn bei einer Reihe von psychischen Erkrankungen sich fixierende Schaltwege bildet, ein komplexes Reiz-Reaktions-Muster, das droht, immer dominanter zu werden. Zwangskranke etwa neigen dazu, einen zunächst harmlosen Tick, beispielsweise das Hüsteln, so weit auszubilden, dass sie am Ende keinen Satz, ja kein Wort ohne ein Hüsteln hervorbringen und ihre Stimmbänder ruinieren.»

Ich weiß keine Antwort auf solche Weisheiten. Ich strecke mich auf der Chaiselongue aus.

«Kommen wir nun zu Florenz. Die Stadt ist sehr speziell. Es gibt solche Orte auf der Welt, *magic spots*, die unser Unbewusstes in Aufruhr bringen. Dazu der Verkehr, der Lärm, die Enge der Gassen, kein Grün zwischen den Mauern, all die Kunst, die ungeheuere Zahl der Touristen. Und immer wieder findet man einige unter ihnen, die mit einem – sagen wir romantischen – Anliegen in die Stadt reisen, als hätten sich die Zeiten nicht geändert, da man hier seine Initiation in die Kunst und die Liebe erhielt. Vor allem Engländer wählten im 19. Jahrhundert die Stadt zum Exil. Im Frühling ließen sie ihre Nichten, ihre Cousinen, ihre Töchter nach Florenz verfrachten. Die jungen Damen waren hungrig nach Licht und Verabredungen, Sie verstehen.»

Die Dottoressa streicht sich eine Haarsträhne aus dem Gesicht.

«Es gab berühmte Liebespaare in der Stadt, meist schriftstellernd noch dazu. Nehmen Sie die Brownings. Sie betrieben einen Kult um die Stadt. Sie feierten sie in ihren Schriften. Und ihre Bücher zogen weitere Enthusiasten an. Etwa Dostojewski. Sie finden eine Erinnerungstafel auf der Piazza dei Pitti. Er hat im Viertel dort um den Palazzo Pitti seinen Roman *Der Idiot* geschrieben.»

«Sie empfehlen mir die Lektüre?», frage ich.

«Nicht unbedingt. Etwas Philosophie täte Ihnen gut.»

«Die Griechen?»

«So weit brauchen wir nicht zurückzugehen. Ich rate zu einem Franzosen. Er hat verschiedene philosophische Schulen, darunter auch die Epikurs, wunderbar vermischt. Sind Sie je auf *Montaigne* gestoßen?»

«Nein, ich glaube nicht.»

Um den Mund der Dottoressa spielt eine einfältige Freude. Sie nimmt das Buch und schlägt es auf. Es steckt voller Lesezeichen – eingeklebte gelbe Papierstreifen, die wie die Wimpel einer Gebetsfahne ausschauen.

«Hören Sie, was Montaigne im 16. Jahrhundert zu solchen Händeln sagt, wozu man sicherlich auch Ihre und Sophias Angelegenheit zählen muss: Er rät, sich aus allen Verstrickungen loszureißen, falls jenes, ich zitiere, *erstes Schaukeln der Gefühle* einsetzt. In einem frühen Stadium könne eine seelische Krise mit geringen Anstrengungen noch aufgehalten werden. Verzicht ist Montaignes Rat. Verzicht *auf den Gegenstand* oder den Menschen, der *auf mir zu lasten beginnt.*»

Sie schaut mich an. Sie wartet auf eine Antwort. Das Licht im Zimmer scheint plötzlich einzugilben, als würde sich ein Gelbfilter über die Netzhaut legen. Ich bin irritiert über die Banalität der Worte.

«Sie raten mir zur Abreise, nicht wahr?»

Sie lächelt milde. Es ist das Lächeln eines Lehrers, der sich über einen aufgeweckten Schüler freut.

«Montaigne ist gnadenlos einfach und präzise: *Wer vor den Leuten die Tür nicht schließen kann, der wird auch nicht in der Lage sein, sie hinauszujagen.* Sie sollten überlegen, vor wem oder was Sie die Tür nicht schließen können. *Wer mit dem Anfang nicht fertig wird, der kommt auch mit dem*

*Ende nicht zurecht.* Noch, mein Lieber, spüren Sie erst den Wind. Was machen Sie, wenn der Sturm kommt? Es ist die Kunst. Es ist die Stadt. Es ist ihre schöne Freundin.»

«Sie wollen also, dass ich abreise?»

«*Lange bevor die Seele besiegt wird, gerät sie in Bewegung.* Denken Sie darüber nach. Entschuldigen Sie mein direktives Vorgehen. Ich weiß, ich halte mich in ihrem Fall nicht an die reine Lehre, wonach der Patient seine Einsichten selbst gewinnen und der Therapeut nur der verlässliche Fackelträger in der Finsternis sein soll.»

Sie steht auf, wendet sich zum Fenster. Lange verharrt sie so und schaut hinaus auf die Piazza. Manchmal dringen vom Flur die Schreie tobsüchtiger Patienten zu uns herein. Spitze, kristallklare Schreie, ähnlich einer über das Vinyl irrenden Plattenspielernadel.

«Wie viel Zeit bleibt, mich zu entscheiden?»

Um die Maldini liegt eine Aureole aus Hitze, ein Flimmern, das von draußen durch das offene Fenster steigt. Sie antwortet nicht.

«Ist Abreise das einzige Mittel, das Sie mir anbieten?»

«Abzureisen wäre die wirkungsvollste Maßnahme. Sie wären außer Gefahr.»

«Es gibt keine Alternative?»

«Wir kennen nur zwei wirkungsvolle, nichtmedikamentöse Therapien. Eine nannte ich Ihnen.»

«Und die andere?»

Sie zögert.

«Werde ich Ihnen zu einem anderen Zeitpunkt erklären.»

Hätte ich meine Sinne nach dem Verhör vorhin durch Kommissar Ferri noch beisammen gehabt, ich wäre in den Park zurückgegangen oder hätte das Hotel aufgesucht und mich dort bis zu Vernets Auftritt am Abend ein paar

Stunden ausgeruht, wenigstens das. So aber stiefelte ich zur Porta San Niccoló und dann die Via di Belvedere hinauf, an der Stadtmauer entlang. Vielleicht ist nicht Erschöpfung die übelste Folge der Schlaflosigkeit. Schlimmer scheint der Verlust der Urteilskraft zu sein. Die Sonne brannte. Sie brannte unerbittlich auf die Gärten und auf den Asphalt, der bleich und pockig war. Nichts regte sich. Kein Laut war zu hören bis auf das stetige Röhren des Verkehrs, weit entfernt, hinauf zum Piazzale Michelangelo. Die Luft stand. Sie war physisch geworden, ich meinte, sie berühren zu können, so wie man Wasser mit den Händen greifen kann. Ich schnaufte, war außer Atem. Mein Herz schlug schnell, viel zu schnell. Über eine in die Stadtmauer eingelassene Treppe gelangte ich auf den Vorplatz des Forte di Belvedere. Früher habe die Festung den Medicis als Zwingburg gegen das eigene Volk gedient, hatte Sophia erwähnt. Jetzt wurde dort offenbar Kunst gezeigt. Meterhohe, stählerne Skulpturen mit armdicken Schweißnähten standen auf den Rasenflächen. Nur wenige Besucher kurvten durch das Spalier der rostigen, kantigen Figuren, die an riesige Schraubenzieher und Meißel erinnerten. Ich setzte mich auf die Brüstung, blickte über den Boboli-Park und die Stadt. Glockengeläut schwappte über die Dächer. Es schlug vier Uhr. Aber die Glocken schienen alle um einige Sekunden versetzt zu erklingen, sodass aus den Schlägen ein einziges unkoordiniertes Gedröhne wurde, bis schließlich Glocke um Glocke verstummte und das Summen des Verkehrs wieder zu hören war. Ich blickte über das Ziegelrot der Dächer, die Wellenkämme der Firste. Drüben hinter dem Palazzo Pitti, mitten im Oltrarno, lag Santa Maria del Carmine mit der Brancacci-Kapelle. Meine Handflächen waren plötzlich schweißnass. Ich machte mich auf den Weg. Ich musste es hinter mich bringen. Ich wollte die Brancacci-Kapelle jetzt sehen. Sophias Allerheiligstes. Ich durchquerte eilig den Boboli-Park, gelangte zum Palazzo Pitti und zur Via Romana. Kurz darauf erreichte ich die Piazza di Santo Spirito und warf einen Blick hoch zu meinem Zimmer. Die Vorhänge bewegten sich im Wind. Etwas daran irritierte mich, ohne dass ich hätte sagen können, was. Erst als ich in die Via Santa Monaca einbog und mir den Schweiß von der Stirn wischte, es war heiß, immer noch war es heiß, wusste ich, was fehlte: der Wind. Kein Lüftchen ging, wie aber konnte es dann sein, dass meine Vorhänge …? Jemand musste im Zimmer sein. Der Junge? Der Commissario? Das Herz schlug mir bis zum Hals. Oder aber Sophia? Hatte Reger ihr meine Adresse gegeben? Ich machte kehrt, rannte die Straße hinunter, über den Platz, ich riss die Hoteltür auf, jagte durchs Treppenhaus, horchte an meiner Zimmertür, außer Atem. Kein Laut drang heraus. Ich stieß die Tür auf, stürzte ins Zimmer, es war leer, nichts schien angerührt worden zu sein, eine kaum wahrnehmbare Ausdünstung von Schweiß, dann im Bad ein zweiter Geruch, ein Limonenduft.

Ich ließ mich aufs Bett fallen. Sophia, war sie hier gewesen? Nein, es war unmöglich. Welchen Grund sollte sie haben, hier herumzuschnüffeln? Aber wer immer hier gewesen war, etwas war in Gang gekommen, jemand war aus der Deckung gelockt worden. Ich sprang auf, strich meine Kleidung zurecht und verließ das Hotel. Ich war nicht mehr müde. Ich war hellwach. Ich lief die Via Monaca hinunter. Die Hausfassaden rußig von den Abgasen der Autos. Schichten von Plakaten pappten an den Wänden. Wäsche baumelte vor den Fenstern. Rinnstein und Trottoir waren verdreckt mit matschigem Papier und Essensresten. Es roch modrig. Nach feuchten Kellerräumen, nach einem Sud aus Armut und Dreck. Der Lärm der Motorroller fegte durch die Straße, stopfte mir die Ohren. Ich war froh, nach wenigen Minuten Santa Maria del Carmine zu erreichen. Ich trat durch das Portal, kam in einen Innenhof. Ein Kreuzgang. Sandstein, Rosettenbögen, eine mächtige Zeder, die ihren Schatten auf die Buchsbaumhecken warf. Ich kaufte eine Eintrittskarte, nahm ein paar Stufen aufwärts, kam zu einer Schranke, zeigte die Karte einem Ordner in seiner Loge. Ein Blick, wie er nur Bademeistern und Museumswärtern eigen ist. Ein Leben unter dem Kreuz der Langeweile. Ich betrat die Kirche. Einige wenige Meter waren es bis zum Ende des Querschiffs, dann eine Wendung nach links: die Brancacci-Kapelle, einer der Dreh- und Angelpunkte der Kunstgeschichte. Ich war der einzige Besucher. Ein Gefühl der Irrealität umfing mich. Ich war allein an einem Ort, den Hunderttausende im Jahr aufsuchen. Ich ging von Fresko zu Fresko. Auf den Gemälden lag ein warmes Licht. Tageslicht drang durch die Fenster in die Kapelle hinein. Es war nicht der *Zinsgroschen*, der mich anzog. Ein anderes Fresko faszinierte mich weit mehr: *Die Vertreibung aus dem Paradies*, der Sündenfall Adams und Evas. Das Entsetzen über die Tat schien ihre Gesichter zerreißen zu wollen. Masaccio. Wie Recht Sophia hatte: Er war ein Meister. Scham und das Bewusstwerden der Schuld krümmte die Körper, riss die Münder auf. Ein Kreischen. Ein Gellen und Brüllen. Adam schlug die Hände vors Gesicht. Nicht sehen wollen, nicht sehen dürfen, was geschehen ist. Kaum mehr als ein Augenblick blinder Lust, der sie aus dem Paradies vertrieb. Wie nur gelingt das Vergessen? Glaubt man Marinellis Arbeiten, muss der Stress nur lang anhaltend und hoch genug sein und manche Menschen verlieren ihr gesamtes autobiographisches Gedächtnis. Laut seinen Forschungen zerstören Stresshormone jene beiden Hirnregionen, die an der Schaltstelle des Langzeitgedächtnisses sitzen: Amygdala und Hippocampus.

Natürlich musste Sophia das Bild in ihrer Arbeit unterschlagen – stellte es doch den Kontrapunkt zu dem erotischen Taumel dar, der sich mit Botticellis Bildern so feiern ließ. Keine Schönheit, keine Versinnlichung der Welt und der Körper mehr, nur die Ödnis und Schutzlosigkeit der Nacktheit, der Exodus aus dem Paradies hinaus in eine Welt, die noch nicht ist, in eine noch öde Leere. Eine Erkenntnis, die sie bis ins Mark trifft. Ortlosigkeit, zwei kahle, bräunliche Berge im Bildhintergrund, sonst nichts. Mein Gesicht glühte, ich begann an Armen und Beinen zu schwitzen, in Wellen schwappte der Schweiß aus der Haut heraus, mein Körper war schwer, entsetzlich schwer, als trüge ich mein eigenes Gewicht auf den Schultern. Langsam sank ich zu Boden, die Muskeln schlaff wie bei einem Fieberanfall. Die Farben, das rote Gewand des auf einer Feuerwolke reitenden Engels blendeten mich. Etwas in mir intensivierte die Lichtstrahlung der Farben ins Unerträgliche, meine Augen tränten, das Rot war eine einzige sengende Lupe, die meine Netzhaut verbrennen würde, als schaute ich mit bloßem Auge in eine Sonne, ein Rot ohne jede Begrenzung, ein Flackern, das keine Sättigung fand und einen klirrenden, dann zischenden Ton anstimmte, schließlich ein Mahlen ähnlich einem Lavastrom, der sich über einen Hang ergießt. Ich zwang meinen Blick hinunter auf den taubenblauen Himmel und die Schatten, die die Körper des Paares warfen, und erneut setzte das Farbenhören ein. Eine fahrige, schlurfende Musik wie auf einem Waschbrett gespielt. Plötzlich der Geschmack von Haar in meinem Mund, ein Minzeduft in der Nase, der Rachen rau und geschwollen, das Gefühl zu ersticken, ich stürzte hinaus, vorbei an dem Bediensteten, dessen Uniform nun azurblau war, hinaus in das Foyer und den Kreuzgang, japsend nach Luft. Mein Herz jagte. Ich sank im Kreuzgang auf eine Bank. Nur mühsam kam ich zu Atem. Was war los mit mir? Dies alles konnten ein paar schlaflose Nächte nicht in Gang setzen. Ich verstand mich selbst nicht mehr.

«Der Anfall sollte Sie nicht über Gebühr beunruhigen», sagt die Dottoressa.

«Vielleicht ticke ich schon nicht mehr richtig.»

«Ich glaube, wir sollten das Ganze von folgender Seite angehen», sagt die Dottoressa. «Nehmen wir Marcel Proust ... Er hat, während er Debussy hörte, aus dem Nichts heraus blühende Rosen gerochen und prompt eine Asthmaattacke bekommen. Oder bedenken Sie den Fall eines Landsmanns von Ihnen, ein Unternehmensberater, der unsere Stadt besuchte und in den Uffizien zu erblinden glaubte. Er meinte, die Bilder bewegten sich auf ihn zu, sprächen zu ihm, wobei er keineswegs beunruhigt gewesen oder gar in Panik geraten sei, nein, ein Gefühl tiefer Freude oder heftiger Liebe wie an der Seite einer Frau habe ihn erfasst. Er nannte es einen Anfall, sprach von einem Riss, der sich in ihm aufgetan und den er nicht mehr zu schließen vermocht habe. Stundenlang sei er geblendet durch die Straßen geirrt, unfähig zu sprechen.»

Die Dottoressa sitzt in ihrem Sessel. Ihr Gesicht hebt sich aus der Dämmerung ab. In den Händen hält sie ein Buch. *Stendhal. Mémoires d'un touriste* lese ich auf dem Einband.

«Man könnte meinen, dass die Schönheit der Kunstwerke die Leute über das normale Maß hinaus euphorisiert,» sagt die Maldini leise. «Oder auch deprimiert. Beide Varianten existieren. Vieles am Stendhal-Syndrom erinnert an eine manisch-depressive Erkrankung. Darüber hinaus scheint die emotionale Textur der Werke Reaktionen freizusetzen, die das Selbstkonzept bestimmter Personen erschüttern. Etwas in einem Werk spricht uns an, nimmt Verbindung zu verdrängten, unbewussten Inhalten in uns auf und stößt nun gewaltsam an die Oberfläche, wobei …»

«… der Körper das Spielfeld darstellt, den Resonanzboden bildet.»

«Wie bei so vielen psychosomatischen Reaktionen, ganz recht.»

Ein Minzearoma liegt plötzlich in der Luft. Bei geschlossenen Fenstern. Es ist unmöglich … Ein Schleier aus sprühenden Tröpfchen bedeckt das Fenster, winzige Kristalle, als kondensiere an der Scheibe Nebel. Die Maldini reicht mir das Buch. Sie nennt die Seitenzahl. Ich schlage die Seite auf. Die Stelle ist gelb markiert. *«Meine Erregung war an dem Punkt angelangt, wo sich die himmlischen Gefühle, die uns die Kunst einflößt, mit den menschlichen Leidenschaften vereinen.»* Ich lese stockend und viel zu laut. Meine Stimme hallt in den Raum hinein. *«Als ich Santa Croce verließ, hatte ich starkes Herzklopfen; in Berlin nennt man das einen Nervenanfall; ich war bis zum Äußersten erschöpft und fürchtete umzufallen. Ich setzte mich auf eine der Bänke vor Santa Croce und las noch einmal mit Freude die Verse von Foscolo, die ich mit mir trug. Ich brauchte die Stimme eines Freundes, der meine Gefühle teilte.»*

Wieder Foscolo … Die Maldini schaut mich an. Ihre Augen glänzen.

«Ich habe Ihnen vor einiger Zeit zur Abreise geraten, nicht wahr. Sie erinnern sich an unser Gespräch.»

Sie spricht leise und bedächtig – so wie man mit einem kranken Kind spricht.

«Ich sagte Ihnen, es gäbe ein weiteres Mittel gegen das Stendhal-Syndrom, wenn auch nicht heilend, so doch immerhin symptomlindernd.»

Die Maldini nimmt meine Hand. Es irritiert mich.

«Stendhal kurierte sich mit den Versen Foscolos nach seinem Zusammenbruch in Santa Croce.»

Die Dottoressa hat die Augen geschlossen. Im Lippenbogen liegen winzige Schweißtröpfchen.

«Verstehen Sie die Beschäftigung mit Foscolo als ein Pars pro Toto.»

«Für was?»

«Sie praktizieren es längst – auf dem Papier und an Ihrem Laptop.»

Sie lässt meine Hand los.

«Sie sind nicht aus Florenz abgereist und haben sich warum auch immer für die poetische Option entschieden. Der Romancier Stendhal hätte Sie geschätzt.»

«Wann hat eine poetische Option, eigentlich nur ein simples Protokoll, das ich hier in Santa Maria Nuova versuche anzufertigen, je eine Psychose kuriert?», antworte ich.

Ich fühlte eine große Leere und Erschöpfung nach dem Anfall in der Brancacci-Kapelle. Ich wollte schlafen. Nur noch schlafen. Ich schaute auf die Uhr. Noch immer blieb Zeit, bis Vernet aufs Seil musste. Ich verließ den Kreuzgang und trat hinaus auf die Via Monaca. Ich ging zurück zur Piazza Santo Spirito. In den Trattorien dort richtete man die Tische neu ein, legte Besteck und die Abendkarte aus. Ich lief an den Zigeunern und ihren Ständen vorbei. Ich setzte mich auf die Treppenstufen vor Santo Spirito. Ich musste den Schlaf hier vor der Kirche überlisten. Wann immer ich mein Zimmer betreten, mich meinem Bett nähern würde und schlafen wollte, würde er sich verflüchtigen. Hier aber auf der Piazza, in Sichtweite die Kolonie der Obdachlosen, die sich um ein Radio versammelt hatten, hier in Nähe der Strichjungen, die ihre Runden drehten, hier in Reichweite der Halbstarken, die sich neben mir einen Joint drehten – vor uns dösten Streifenpolizisten bei herabgekurbelten Fenstern in ihrem Auto –, hier würde der Schlaf keine Attacke meines

Willens erwarten, hier konnte er sich mir ohne Deckung nähern. Und vielleicht half das Lesen.

*Entsprach das «Programm» der Renaissance über einen langen Zeitraum Jakob Burckhardts Diktum von der «Entdeckung der Welt und des Menschen» und ließ sich die ihr innewohnende Psychologie noch umschreiben als ein befreiender Ausbruch von im Mittelalter kulturell blockierten Wünschen nach schönen Bildern, was immer auch die Macht erotischer Bilder mit einschloss – man denke an die in der Renaissance wieder rezipierten antiken Venus-Statuen, etwa die Varianten der* Knidischen Aphrodite, *die ja auch Botticellis Venus/Vespucci-Bildern Pate gestanden haben mochten –, so zeugte die Leidenschaft nach schönen Bildern oder Statuen allmählich auch ein «Überblühen, eine raffinierte Sinnlichkeit, die bis zur Verworfenheit und Perversität» fortschritt (wie Egon Fridell es ausdrückte). So sehr die Darstellung des Vollkommenen, das exakte Metrum der Proportionen das Maß und Ziel aller Kunst war, so offenbarte die Renaissance doch gleichwohl eine dunkle Seite. Sie gebar am Ende, nachdem sie den menschlichen Körper von negativen Wertungen und (christlicher) Sexualverfemung rehabilitiert und den erotischen Kern in der Ästhetik des Schönen offengelegt hatte, das Dogma eines Menschen, der sich selbst genießt und schließlich vergöttert. Der Dichter Agnolo Firenzuola fasste zu Beginn des 16. Jahrhunderts diese Konfession in den Worten zusammen: «Der letzte Sinn des Lebens ist Genuss.»*

*Laster und Leidenschaften realisierten sich nicht nur im vital Unmittelbaren, man denke an die aufkommenden Badehäuser. In den «festi d'amore» bzw. den Festen der Venus wurden sie sublimiert zu einer exquisiten Erotik und damit selbst wieder zu kunstfördernden Energien.*

*Albrecht Dürer war einer derjenigen Künstler, der seiner*

*Leidenschaft für das «nackett pild» misstraute. Die moralischen Bedenken und Zweifel, mit der er die Darstellung nackter Körper gleichwohl lebenslang besessen betrieb, löste er in dem Kompromiss, ebenso lebenslang an einer quasi «wissenschaftlich» motivierten und somit sittlich unbedenklichen Zeichenlehre zu arbeiten. (Dürer besaß damit – vor allem vor sich selbst – ein Alibi. Die Psychoanalyse würde von einer Rationalisierung sprechen.) Das «nackte Bild» galt ihm nicht als Sujet einer erotischen Phantasie, sondern das Ringen um die ideale Form in der Darstellung menschlicher Körperproportionen war ihm (vordergründig) Agens. Er befreite die Nacktheit quasi von ihrer sexuellen «Hypothek» und gab ein formales Regelwerk heraus, das bald zum Dogma für jeden Künstler wurde, der sich mit der Darstellung nackter Körper befasste.*

Der Schlaf stellte sich nicht ein. Er mied mich, war unbarmherzig wie ein verstocktes Kind. Also las ich weiter. Ich musste die Stunden bis zu Vernets Aufstieg füllen. Der Rauch des Marihuanas trieb in meine Nase. Die Polizisten rührten sich nicht. Das Radio dudelte vor sich hin.

*Tragen Botticellis Bilder noch den Zauber von Beherrschung und Kontenance gegenüber dem Erotischen in sich, so verkommt die Erotik bei den manieristischen Malern zu einer lasziven Aura. Nicht nur Pontormo und Il Rosso, auch Bronzino, der Hofmaler der Medicis, bringt uns die Liebe in seiner berühmten Allegorie* «Venus und Cupido» *von ihrer dunklen Seite vor Augen. Bronzino macht dies zum einen am Beispiel des inzestuösen Paars Venus und ihres halbwüchsigen Sohns und Liebhabers Cupido (Amor) deutlich, der ihr voll Wonne an die Brust greift.*

*Blicken wir dann zum oberen Bildrand: Dort reißt Saturn ein blaues Tuch an sich, um scheinbar das frivole Pärchen, Mutter und Sohn, uneigennützig vor neugierigen Blicken zu schützen. In Wahrheit aber ist er kein vertrauenswürdiger Helfer, denn Saturn gilt als Herrscher über die Zeit. Wenn er mit seinem Tuch die Venus bedeckt, so umhüllt er sie mit der Zeit, überantwortet sie an die Zeit und diese zerstört bekanntlich alle Schönheit. Vermeintlich schützt er die Venus. Aber er nimmt ihr die Aura, er stiehlt ihr den Schmelz, den schönen Schein, den schönen Körper.*

*Unmittelbar bedrohlicher für Venus und Amor, zerstörerischer für die Liebe ist noch ein anderes Wesen, eines mit* gelblich *faltiger Haut, eine Färbung wie sie mitunter durch eine Entzündung der Leber verursacht wird. (Die Leber, sagt die Medizin, ist dasjenige Organ, das Wut und Gram, Schmerz und ein nicht ans Ziel kommendes Verlangen am wenigsten vertragen kann.) Diese falbe Person am linken Bildrand rauft sich schreiend das verfilzte Haar. Man sieht Zahnstümpfe im Mund aufscheinen. Ihr Blick bohrt sich an Amors weißem, wohlgerundeten Hintern vorbei ins Bodenlose. Der von* Eifersucht *Verzehrte, scheint Bronzino zu sagen, leidet am heftigsten; immer verliert* die Eifersucht *jedes Maß und zerreißt alle Banden. Sie und die Liebe können nicht in einem Haus leben.*

*«Passioni d'amore» nennt* Vasari *denn auch sinnreich diese Nebenfiguren in Bronzinos Bild, wodurch der Doppelsinn von Bronzinos Allegorie auf die Liebe deutlich wird: «Passioni» meint im Italienischen die Leidenschaften* und *die Leiden.*

An Schlaf war nun nicht mehr zu denken. Diese Worte schienen auf mich gemünzt zu sein. War ich der eigentliche Adressat? Hatte Sophia mich das Tagebuch und das Manuskript stehlen lassen? War das alles nur ein böses Spiel? War ich bloß ein Idiot, der die Botschaft nicht verstand? Ich blätterte weiter, stieß am Ende auf jenen in winziger Handschrift ausgeführten Eintrag, der sich von allen anderen durch seinen poetischen und privaten Duktus abhob und den

Rahmen einer wissenschaftlichen Arbeit vollends sprengte und wohl eher dem Tagebuch angehörte. Aber wahrscheinlich hatte der Vermerk schnell zu geschehen, womöglich hatte sie das Tagebuch damals vor dem Palazzo Vecchio nicht mit sich geführt und kein anderes Papier als das Manuskript zur Hand gehabt.

*Er ist von bläulichem Nachtlicht übergossen. Ich betrachte den spöttischen Mund, die schmalen Hüften. Sein Blick geht in die Ferne, streicht über die Piazza della Signoria. Ein merkwürdiges Kribbeln ist auf meiner Haut. Ein Juckreiz in den Kniekehlen und auf dem Handrücken. Vom Palazzo Vecchio ertönt ein Glockenschlag, ohrenbetäubend, meine Hände zittern, ich lege sie auf die Ohren, die pulsieren, als schlüge das Herz in ihnen. Ich erreiche den Sockel, ziehe mich ein Stück hinauf, meine Hände fahren über die Waden, diese wohlgeformten, kräftigen Männerbeine, die ich nie wundervoller gestaltet fand. Im Florenz des Quattrocento waren Männerbeine eine Manie. Auch Botticelli zeigt in «Primavera» Merkur in eng anliegenden Stiefeln und lässt damit die Schönheit der Schenkel besonders zur Geltung kommen. Ich schwanke. Davids Glied über meinem Kopf, dass mein Mund trocken und mein Schoß feucht wird. Jemand zieht mich vom Sockel herunter. Ich taumele, schlage zu Boden, spüre keinen Schmerz, obwohl ich mir die Knie blutig aufgestoßen habe, nur dieses kindische Glücksgefühl, als ich den Koloss aus Carrara-Marmor, vielleicht das schönste Stück Kunstgeschichte überhaupt – das männliche Pendant zur* Knidischen Aphrodite *und ihrer köstlichen Kehrseite, dem in der Kunstgeschichte berühmtesten Hintern, der einen Jüngling dazu verleitete, die Statue a tergo zu besteigen, was auf dem Marmor jenen berühmten, oft kolportierten Fleck hinterließ – noch einmal aufblitzen sehe, bevor ich weggedrängt werde, mich unter den Rundbögen der Loggia dei*

*Lanzi wiederfinde, wo noch einmal ein Blick gelingt und ein Schauer über meinen Rücken läuft. Es ist lächerlich, ich weiß, sich in Michelangelos* David *zu verlieben, aber Giuliano sagt, Liebe würde erst durch Schönheit geweckt. Die Sinnlichkeit eines vollkommenen Körpers sei eine Wahrheit für sich, sei der sichtbare und kurzlebige Beweis für die dem Menschen innewohnende Größe. Schönheit, sagt Giuliano, sei für Michelangelo etwas Göttliches – eine der Möglichkeiten, durch die Gott sich offenbare. Giuliano ..., immer ist es dieses böse und schöne Lächeln, das sein Gesicht überzieht, ein Schleier, den man abreißen möchte, und es doch nicht wagt, weil darunter ...*

Die folgenden Eintragungen hatte Sophia unkenntlich gemacht. Hatten ihre eigenen Worte sie erschreckt? Dann am Ende jener Satz mit Bleistift und in zittriger Handschrift, in großer Eile oder Aufregung geschrieben:

Stendhal, wie Recht er hat: «Meine Erregung war an dem Punkt angelangt, wo sich die himmlischen Gefühle, die uns die Kunst einflößt, mit den menschlichen Leidenschaften vereinen.»

## 11

Ich erhob mich von den Treppenstufen, packte das Manuskript weg, klopfte meine Hose ab. Der Geruch des Joints strich immer noch um meine Nase. Die Burschen neben mir zogen andächtig an dem Stummel. Der Streifenwagen war verschwunden. Schwalben jagten über den Platz, stürzten, stiegen, verloren sich im schwindenden Blau. Giuliano … War das möglich? War Giuliano Giuliano Savio? Der Name ließ mich nicht mehr los. Wieder dieses Gefühl der Irrealität. Stille senkte sich über den Platz. Ich fühlte mich ausgehöhlt, leer. Meine Augen brannten. Die Rosen in ihrem Beet waren zu prall und zu rot. Blick auf die Uhr. Zeit, dass ich zu Vernet kam. Reger würde schon aus der Haut fahren. Die Straßen waren voller Menschen. Ältliche, schwarz gekleidete Frauen, junge Frauen, Kinder, vor allem Kinder, Männer kaum. Schienen nur ein Ziel zu kennen. Drängten, japsten. Schon bald stockte der Strom, verdichtete sich, kam weiter unten am Fluss vollends zum Erliegen. Ein Pfropf aus Leibern. Alle schienen Vernet sehen zu wollen. Hände fuchtelten in der Luft, Stimmen wurden laut und schrill. Man zog, drückte, stieß, suchte nach einem Schlupfloch. Handtaschen und Zeitungen kreisten und manchmal sausten sie nieder, auf einen Kopf, eine Schulter. Man riss, stemmte, und manchmal gab der Pfropf nach. Dann flutete ein Teil der Leute zur Uferbrüstung oder in eine Seitenstraße, woraufhin der Pfropf sich hinter ihnen wieder verschloss. Ich hatte Glück. Ich geriet in eine der Ausbruchswellen hinein und erwischte die Treppe, die hinunter zum Flussufer führte.

Das Seil war über den Arno gespannt. Sein Schatten schaukelte auf dem Wasser. In der Mitte des Flusses hing es ein wenig durch. Aber wahrscheinlich musste das sein. Der Kiesstrand war in Flutlicht getaucht. Vernet hockte auf einem Schemel unter einem Zeltdach, das sie wohl heute Nachmittag noch errichtet hatten. Er band sich die Schuhe, seine zinnoberroten, hirschledernen Latschen. Er strich über sein Artistenleibchen, das mit Werbelogos gespickt war. Vernet hatte sich in eine zweibeinige Litfaßsäule verwandelt. Er lief nicht nur für das Haus Tucci Reklame, sondern auch für eine Nudelfirma, einen städtischen Juwelier und für die Associazioni Generali. Um ihn herum Reger, Marinelli, die Maldini. Ich war spät dran, ging auf das Quartett zu, grüßte in die Runde. Reger stürzte auf mich zu, nahm mich zur Seite. Sein Parfum dünstete aufdringlich aus dem offenen Hemdkragen.

«Er ist in Ordnung.»

Ich wusste, er meinte Vernet.

«Er wird aufsteigen. Er ist gefasster als in den Tagen zuvor.»

Dann fuhr Reger herum. Wies auf den Fluss. Ein gelbes Motorboot kam den Fluss hinauf aus Richtung des Ponte Vecchio. Es pflügte durch den Schatten des Seils und hielt am Ufer. Es glich verblüffend jenem Boot, das den Unfall auf dem Arno vor ein paar Tagen verursacht hatte. Der Fahrer sprang auf den Kiesstreifen, zog das Boot zu sich heran, so dass es sich neigte und Savio seinen Stock in den Kies rammen konnte, bevor er sich aus dem Boot schwang. Savio grüßte knapp in unsere Richtung, und jene Dame aus dem Hotel Porta Rossa, damals im brombeerroten Kleid, grüßte ebenfalls. Reger neigte kurz den Kopf und murmelte: «Kommen Sie. Es geht los. Nehmen wir unsere Plätze auf der Tribüne ein.»

Sie war jung und auf eine unaufdringliche Art apart, und manchmal wandte sie sich um – es war einer jener scheinbar zufälligen Blicke, die direkt ins Herz zielen. Neben ihr saß der Fahrer des Motorbootes, niemand anderes als dieser wunderliche Kerl vor dem zoologischen Museum in der Via Romana, niemand anderes als ihr Begleiter auf der Pressekonferenz. Er trug jetzt eine schwarze, lederne Schirmmütze und ein rotes T-Shirt. Er war noch muskulöser, als ich gedacht hatte. Er rauchte pausenlos. Wahrscheinlich langweilte er sich. Vielleicht machte es ihn auch nervös, mich hier anzutreffen – jemanden, der ihm in der Via Romana bei dem so albtraumartigen Leichenfund begegnet war. Er und der Junge, Savio und der Wachmann, mit niemand sonst in der Stadt, sah man von der Polizei ab, nahm man Reger und seinen Stab aus – hatte ich mehr als fünf Worte gewechselt. Sie alle gingen mit mir eine bizarre, undurchsichtige Allianz ein.

Neben mir wischte sich Marinelli ständig den Schweiß von Stirn und Nacken. Er legte das Taschentuch nicht mehr aus der Hand. In Marinelli musste immer mehr die Vorstellung hochkochen auszulaufen. Der Mond tauchte zwischen den Wolken auf. Die Lichter der Ponte alle Grazie tanzten auf dem Fluss. Vernet hatte zwischen Reger und Savio in der ersten Reihe Platz genommen, flankiert von Castelli, dem Vizebürgermeister Antoni und der in rubinroter Seide gewandeten Tucci. Er harrte der Ouvertüre, die mit einem Fanfarenstoß eingeleitet wurde. Dann Sphärenklänge. Harfenspiel. Ein Geschwafel auf dem Synthesizer.

«Vernet scheint sich stabilisiert zu haben», raunte ich Marinelli zu.

«Sagen wir, das Prozac wird ihn aufs Seil bringen», antwortete er.

«Reger wird zufrieden sein. Er wird den Erfolg neben der Prominenz und neben Savio zu feiern wissen.»

Ich hatte soeben einen Versuchsballon in die Weiten von Marinellis möglicher Eifersucht gestartet. Er saß mit mir in der *fünften* Reihe. Marinelli war nicht blöd. Er begriff, dass er offensichtlich nur Beiwerk war. Reger hatte ihn nur aus Höflichkeit vor den italienischen Gastgebern an seinem Vorhaben beteiligt, sozusagen aus Gründen nationalen Proporzes. Spätestens jetzt, neben mir, einem wissenschaftlichen Mitarbeiter in der fünften Reihe, musste Marinelli seine Rolle so lesen. Er schnaufte schwer. Wieder brach sich der Schweiß auf seiner Stirn Bahn.

«Warten wir's ab. Reger ist der Typ des Draufgängers. Ich habe manche Karrieren abstürzen sehen.»

Ich hatte Marinelli in sein eitles und gekränktes Herz getroffen. Er wischte sich ruckartig den Schweiß von den Wangen. Marinelli erinnerte an einen emsigen und immer verzweifelter werdenden Menschen, der pausenlos das nachrinnende Wasser eines abtauenden, altersschwachen Kühlschranks vom Boden wischte.

«Und was Savio angeht – die sogenannte Prominenz, er hat nicht überall den besten Ruf.»

«Inwiefern?»

Marinelli grinste vieldeutig.

«Ein Dandy und Libertin, spielt den Künstler. Man munkelt, er unterhält vor der Stadt ein dubioses Etablissement. Soll ziemlich pikant sein. Fragen Sie Ihren Chef, er scheint Savio näher zu kennen. Ich jedenfalls …»

Marinelli wurde von einem Donnern unterbrochen, das blechern über den Fluss polterte. Er fiel in den Schultern zusammen, als habe ihn ein Schlag in den Rücken getroffen. Aus der Mitte des Flusses stiegen blaue Lichtkegel auf. Sie wuchsen zu Säulen heran. Ein ums andere Mal brachen sie von der Spitze her in sich zusammen, bevor sie sich aufs Neue aufrichteten. Marinelli war blass geworden.

«Professore, ist Ihnen nicht gut?», fragte die Maldini. Sie saß in der Reihe vor uns und hatte sich zu uns umgewandt.

«Die Hitze, es ist die Hitze und dieses unsägliche Programm, das …»

Erneut wurden Marinellis Worte jäh verstümmelt: Ein langgezogener elektronischer Geigenstrich ertönte. Ein Geräusch, als trennte man mit einem Winkelschleifer ein Blech auf. Dazu Laserlicht, das die Brüstung des Ponte Vecchio erfasste, sich auf die Fassaden der Uferbebauung warf und dort nun Comicfiguren zeichnete: Cosimo I., der auf einem Geldbeutel mit dem Logo der Associazioni Generali ritt und in einem Schriftzug riet, es ihm in Sachen einer Berufsunfähigkeitsversicherung nachzutun und eine Police bei der Generali zu erwerben. Schließlich Michelangelo und Cellini mit Zeichenbrettern, auf denen das Werbelogo der Nudelfirma alternierend mit dem Schriftzug eines Juweliers aufdämmerte, um sich dann, warum auch immer, kopfüber in den Fluss zu stürzen. Vom Ufer hatten sich indessen drei Barken gelöst und trieben nun auf die Flussmitte zu. Auf jeder stand ein Wesen mit einer silbernen Krone, die das Emblem des Hauses Tucci nachbildete. Die Frauen waren in eine Toga gehüllt – eine Verkleidung, die scheinbar einen Bezug zur Antike andeuten sollte. In den Händen hielten sie Schwerter, die sie wie Fackeln trugen. Ich schaute Marinelli ratlos an. Er zuckte mit den Schultern.

«Savio …, vielleicht hat unser Künstler sich dies ausgedacht», fauchte Marinelli.

«Sie halten nichts von der Event-Kultur, Professore?», flötete die Maldini und setzte ein Grinsen auf.

«Schon das Wort *Event* lässt mich verzweifeln», antwortete Marinelli.

«Sie denken zu schlecht von Savio, Herr Kollege. Savio ist zu einer solchen Geschmacklosigkeit nicht fähig. Ich tippe auf Castelli und seinen Stab.»

Die Dottoressa musste die letzten Worte schreien, damit

man sie verstand. Eine Art Zwölftonmusik schepperte nun über den Fluss. Dann heizte etwas aus der Feder eines Free Jazzers unseren Nerven ein. Wahrscheinlich wollte Castelli sich partout nicht klassisch geben – keinen Vivaldi oder Ähnliches –, sondern den Leuten lieber etwas Ambitioniertes um die Ohren hauen. Ich spürte, dass mein Magen sich immer mehr zusammenzog. Immer ist es mein Magen, der bestimmte Töne nicht verträgt.

Für einen Augenblick strich der Lichtkegel eines Scheinwerfers über die Tribüne. Er warf einen blauen Schimmer auf die Gesichter. Auch Vernet bekam noch einen Rest jenes schönen Lichts ab. Seine Miene, mir im Halbprofil zugewandt, die Nase gerümpft, als erwarte er einen Niesanfall, war von den Qualen der Musik gezeichnet. Vernet – wenn ihm wirklich eine vegetative Erschöpfung zusetzte, dies hier musste ihm den Rest geben. Wenn je jemand am Stendhal-Syndrom litt und an den *himmlischen Gefühlen*, die die Kunst uns mitunter schenkt, hier fände er Genesung, hier schwörte er dem Schönen ab und konvertierte zum Schlager.

Die Barken hatten längst die Flussmitte passiert. Erneut wandte sich Savios Begleiterin nach mir um. Sie trug ein ärmelloses Kleid, die Arme nicht eigentlich mager und auch nicht üppig, Arme, wie ich sie mochte. Wieder ließ sie ihren Blick auf mir ruhen. Die Schwerter der drei Grazien spieen nun Flammen aus. Sie streckten die Schwerter über ihre Köpfe und schrieben eine Feuerschrift in den Himmel. Die Barken erreichten das Ufer. Vernet zappelte. Auch Reger rutschte auf seinem Stuhl hin und her. Die Damen hüpften aus dem Bug und schritten auf die Tribüne zu – langsam, federnd und mit dem Gleichmut schöner, professioneller Feen. Sie verneigten sich vor Vernet, der bereits aufgestanden war und sich nun in ihre Mitte nehmen und zum Seil eskortieren ließ. Vernet stakte in seinem gelben Trikot zwischen ihnen wie ein Kanarienvogel. Am Stahlpfeiler verharrte die kleine Prozession. Das unsägliche Konzert verstummte. Die Schwerter erloschen. Ein paar Rauchkringel verdampften von den Schwertspitzen, dann Küsschen auf Vernets Wangen, wobei Vernet den Kopf ein wenig zurückbog. Wahrscheinlich fürchtete er, man könnte die Elektroden an seinem Kopf berühren und ihre Position verändern. Man hatte Vernets Schädeldecke für das EEG präpariert. Außerdem untersuchten wir seine Augenbewegungen. Die Elektroden waren oberhalb der Augenbrauen, auf dem Augenlid und direkt unterhalb des Auges angebracht worden. Die Dichte der Augenbewegungen beschrieb den Grad seiner Müdigkeit. Schließlich trug er noch Vorrichtungen, die seine Herztätigkeit und seine muskulär-motorischen Aktionen auswerteten. Kurzum: Vernet war gespickt mit Elektroden. Die Ableitungskabel führten zu einem Aufnahmegerät von der Größe eines Handys, das er unter seinem Trikot auf den Bauch geschnallt hatte. Es speiste mit seinen Daten die Computer, die in einem Bus untergebracht waren, der auf der nahen Piazza Demidoff stand. Die Angaben würden ein genaues Bild von Vernets Zustand liefern. An Hand der Aufzeichnungen ließen sich alle Parameter einer Schlafdiagnostik erfassen. Nichts würde der Apparatur entgehen. Man konnte ablesen, wann und wie stark Vernet ermüdete, ob er für Augenblicke einschlief, ob er sich auf der Plattform ausruhte, mit offenen oder geschlossenen Augen träumte, sich kratzte oder auf dem Seil jonglierte, wann er zur Toilette ging und seine Mahlzeiten nahm. Man konnte mitverfolgen, ob die Hirnstromwellen eine Epilepsie ankündigten oder eine Schlafattacke. Die Alpha- und Betawellen, die Theta- und Deltawellen seines Hirns würden die Stadien seiner Delirien protokollieren. Man würde Schritt für Schritt seiner Höllentour überwachen und festhalten.

Trommelwirbel setzte ein. Vernet nahm nun behände wie

ein Äffchen die Stahlsprossen aufwärts, trat auf die Plattform, verneigte sich. Dann hatte er schon das Seil unter den Füßen, balancierte hinaus in die Nacht, über den Fluss. Seine schwankende, kanariengelbe Gestalt im Blitzlichtgewitter. Auf der Brücke, auf den Uferstraßen, dort, wo die Menschen in dichten Trauben standen, hob ein Wispern und Murmeln an. Regers wahnwitziges Experiment hatte begonnen.

Wir gingen zum Büfett. Reger stand dort mit hochrotem Kopf, Savio umringt von einer Schar Journalisten, und sein Faktotum, der Fahrer des Bootes, jener Kauz aus der Via Romana, schnell schon mit vollen Backen. Vernet war indessen bereits am gegenüberliegenden Ufer angekommen, jeder seiner Schritte vom Flutlicht ausgeleuchtet.

«Ich darf Ihnen Olivia Paruzzi vorstellen. Frau Paruzzi arbeitet eng mit Savio zusammen.»

In Regers Stimme eine kindische Euphorie. Seine Hand auf ihrem Rücken, er schob sie uns zu – Marinelli, der Dottoressa Maldini und mir, zeigte sie wie eine Trophäe. Konnte sie es sein? War sie jene Frau in der Nacht auf der Piazza vor meinem Hotelzimmer, bevor ich auf Savios Faktotum und die Leiche im Waschzuber stieß? Es war nur ein Impuls, ein Gedanke, der, als ich ihren Schattenriss vor dem Hintergrund des Flusses betrachtete, aufstieg. Es war einfach die Ähnlichkeit der Silhouetten. Marinelli verbeugte sich, begrüßte sie mit einem Handkuss. Die Maldini reichte ihr die Hand. Ihr Blick flackerte eigenartig. Kannten sie sich? Dann war ich an der Reihe. Die hohen Wangenknochen, der ein klein wenig schiefe Biss, als sie lächelte, das dunkle Kleid, ein Nachtrot. Ich beugte mich zu ihr hin, unsere Hände berührten sich. An ihren Handgelenken turnten eine Unmenge Armreifen. Da war der Duft wieder, an ihrem Hals, in ihrem Haar, ein Limonenaroma. Der Geruch in meinem Badezimmer.

Eine Stunde später schaute Reger uns nach, sich verwundert über das Kinn streichend, von einem Bein aufs andere tretend, ich brächte die Signora noch zum Bus, ihr Kopfschmerz, Reger möge uns entschuldigen. Immer sind es die Kopfschmerzen bei einer Frau, die einen Mann ratlos zurücklassen. Die Interviews, der Empfang hinterher im Palazzo Vecchio, er müsse doch wohl bleiben, sagte die Paruzzi, und Reger nickte gequält. Ich wusste, wie er sich fühlte. Sie, auf die er den ganzen Abend spekuliert hatte, war nun auf einen anderen Zug gestiegen. Er schaute uns ratlos hinterher.

Schweigend gingen wir nebeneinander – unsere Schatten auf dem Trottoir unseren Körpern immer einen Schritt voraus. Alles war schnell gegangen. Ich hatte gefragt, was man in einem solchen Augenblick fragt. Am Büfett, in ihren Rücken, als sie ihren Teller füllte. Sie hatte sich nicht umgedreht, nur genickt und später wortlos meine Hand genommen und mich hinaus auf den Lungarno Serristori geführt. Natürlich war sie ein Spitzel, Savios Spitzel.

Aus den Bauschuttcontainern vor dem Palazzo drang das Fiepen der Ratten zu uns herüber. Die Via dei Renai roch feucht. Es hatte seit meiner Ankunft in der Stadt nicht geregnet. Es musste die Nacht, vielleicht auch der Fluss sein, die der Luft etwas Feuchtigkeit gaben. Wir sprachen nicht. Hörten unseren Schritten auf dem Trottoir zu. Manchmal vernahmen wir Stimmen – aus einem offenen Fenster, eine Tür schlug zu. Manchmal schaute ich sie an, von der Seite. Dieser langsame, wohlgesetzte Schritt hatte etwas Kindisches, Manieriertes. Niemand schreitet durch eine Straße bei Nacht, wenn dort keine Passanten, kein Publikum ist. Nur ich war ihr Zuschauer, ich sah ihren Gang, der die Anmut eines schönen Tieres hatte. Meine Stimme klang voll und warm, wenn ich mit ihr sprach, ohne zu wissen, woher ich die Worte nahm.

Dann andere Schritte. Plötzlich waren sie da. Für einen Moment meinte ich … Der Klang der Schuhsohlen auf dem Pflaster, hastig, manchmal zögerlich, uns folgend, wie einem das eigene Echo folgt. Wir schauten uns um. Es war niemand zu sehen und doch beschleunigten sich unsere Schritte, es war niemand zu sehen, und doch hastete nun auch das Echo hinter uns her, von Gasse zu Gasse, bis wir auf der Piazza Pitti innehielten, schon ein wenig außer Atem uns auf einen der großen Steinblöcke niederließen und warteten. Hinter uns ragte der Palast in einem schmutzigen Fahlton in den Himmel. In Olivias Gesicht das Leuchten der Aufregung. Wer folgte uns? Hatte Reger …? Hatte Savio ihr jemanden hinterhergeschickt? Sein Faktotum? Der Klang seiner Sohlen, der sich mir in der Via Romana nach dem Leichenfund im Waschzuber eingeprägt hatte … Ich vermied es, sie zu fragen. Ich wusste, sie würde mir nicht antworten.

Dann Keuchen, einige flüsternd ausgestoßene Worte, und die Paruzzi nahm meine Hand und zog mich fort, wir rannten, im Rücken Stimmen und wiederum Keuchen. Unsere Schatten jagten über den Platz, riesig und geduckt. Das Gebell eines Hundes, wir wagten nicht, uns umzuschauen, erreichten die Via Romana, Stimmen, aus der Gegenrichtung. Das Tor war offen. Die Laterne in der Einfahrt warf Licht hinaus in die Straße, ich wandte den Kopf, und jemand blieb in einiger Entfernung hinter mir abrupt stehen, ohne sich noch ducken zu können oder in einem Hauseingang zu verschwinden, das Faktotum, ich war mir sicher. Das Gewölbe roch nach Katzenpisse. Schwach schien das rotweiße Absperrband, dort, wo die ausgegrabene Leiche aus Galluzzo gelegen hatte, im Hinterhof auf. Wir stürzten den Treppenabsatz hoch, den Flur entlang, das Rascheln eines Schlüsselbundes, und erneut Schritte, in letzter Beschleunigung, wir schlugen die Tür zu und hinter dem Holz schon Prusten und Flüche.

Wir nahmen den Weg durch den Garten, Regen setzte ein, einzelne dicke Tropfen, die auf unsere Köpfe, auf die staubigen Blätter des Oleanders fielen. Die Paruzzi schloss eine weitere Tür auf, ein lichtloser Korridor empfing uns, dann die schrundige Metalltür mit all den Schlössern. Der Raum war beleuchtet – es war jener Raum mit den Rattenkäfigen, Melfiores Kabinett.

«Woher haben Sie die Schlüssel?», flüsterte ich.

«Von Melfiore. Manchmal arbeite ich für ihn.»

«Was für eine Arbeit?»

Sie stieß mich vorwärts.

«Schauen Sie. Hier liegen Melfiores Todeskandidaten.»

«Jene mit den Krebserkrankungen?»

Sie schüttelte den Kopf. Der Regen war nun stärker geworden. Er klatschte gegen die Scheiben. Sie streifte einen Lederhandschuh über und langte in einen der Käfige. Am Schwanz zog sie das Tier hervor. Sie ließ es vor ihrem Gesicht hin und her pendeln. Die Ratte rührte sich nicht.

«Zwölf Wochen. Ohne Schlaf. Die anderen starben nach maximal elf Wochen.»

«An Schlafmangel?»

«Ihr Immunsystem spielte verrückt.»

Sie legte das tote Tier in einen Mülleimer und machte einige Notizen auf einem Zettel, den sie an den Käfig heftete.

«Gehen wir.

«Und die da draußen?»

«Werden weg sein, hoffe ich.»

«Kennen Sie sie?»

«Begleiten Sie mich. Ich zeigen Ihnen, wofür man mich hier bezahlt.»

Am Himmel standen Wolken, in denen sich das nächtliche Licht der Stadt sammelte, gerippelt wie der Sand einer Düne. Die Luft duftete, und die Zweige der Büsche zitterten unter der Last der Regentropfen, die nun abfielen, ein vielstimmiges, leises Tropfen. Kröten huschten unter die Gartenbänke, dann ein Knacken, ein Vogel begann zu zirpen – auf die Art, wie ein Hund anschlägt. In den Fluren der Geruch kalten Zigarettenrauchs. Alles war ruhig. Die Laterne in der Einfahrt war erloschen. Die Paruzzi tastete nach dem Seil – ein Strich, der sich aus der Dunkelheit abhob – und löste es aus der Verankerung. Die Treppe war steil und die Steinstufen schmal und ausgetreten. Von unten aus der Einfahrt drang ein Geräusch zu uns herauf, als verrücke jemand ein Möbel. Dann ein Scheppern. Wir schauten uns an. Durch die Schwärze hindurch. Dies der Moment, wo wir stolperten, blind hinaufhasteten, uns die Schienbeine aufschlugen, manchmal auf allen Vieren durch die Nacht taumelten, die wieder still war, wenn wir auf einem Treppenabsatz verharrten und lauschten, aber die Stille hatte nichts Stilles. Wir machten kein Licht. Die Paruzzi schloss die Tür auf. Wir gelangten in das Foyer. Stellten fest, dass sich von innen die Tür nicht verschließen ließ. Plötzlich hielt sie sie in den Händen, flackernd, ein Irrlicht, eine Kerze, die kaum Schatten an die Wände warf. Augen blinkten auf: Katzen und Marder, ein Iltis und daneben schon *Canis lupus.* Das Fell räudig und schorfig, fast brüchig wie Erde, die unter der Sonne auftrocknet und reißt, die dunkle Haut des *Odobeni rosmari*, in den Gesichtern Totenstarre, beim *Felis Leo Leonis* und den Meerkatzen. Hier im Museum, in den Glasaugen, war das Leben zur Ruhe gekommen. Manchmal Stellen auf der Haut, wo der Zwirn die Holzwolle daran hinderte hervorzuquellen, beim *Pongo pygmaeus*, dem Waldmenschen, dem Orang-Utan.

Im Laufschritt kurvten wir um ein Nashorn und ein Elefantenjunges herum, und als die Kerze erlosch, jener Moment, bevor das Zündholz aufzischte und uns wieder ins

Licht setzte und uns die Staubfahnen in der Luft sehen ließ, die unsere Füße aufgewirbelt hatten, hörten wir die Schritte in den Sälen hinter uns, wir taumelten davon, an Schmetterlingen, an Kranichen und Pelikanen vorbei, die uns anglotzten, mit der Ruhe, die der Tod spendiert, bis ein anderer Blick uns traf, aus weit aufgerissenen Augen, im nächsten Saal, im gehäuteten Gesicht mit den wachsgelben Ohren, dem roten Muskelfleisch, über das sich das Gestrüpp der Nerven hinzog bis zu den Lippen. Der *Homo sapiens sapiens.* Wachsgelb auch das Fett am Bauch, wo sich in der Höhle das Gekröse unter dem Bauchfell abzeichnete, und Blutgefäße ihren Weg hinunter zu den Beinen nahmen, die sie bläulich durchflossen, die Hodensäcke faltig. Sie ähnelten am Baum eingetrockneten Zwetschgen. Der Schein einer Taschenlampe tanzte. Er kroch über die Bodendielen, sprang hoch zur Decke, lag auf den funkelnden Augen eines Opossums, ritt über die Kruppe eines Pferdes, flirrte den Hals hinauf und verlor sich auf der Blesse des Nasenrückens, sprang von dort zu einer mannshohen Vitrine, ließ uns Luftröhre, Bronchien und Lungenflügel im Brustkorb sehen. Der Kopf war nach hinten gebogen und erlaubte somit umso besser einen Blick auf den offen liegenden Kehlkopf der Frau. Wir krochen unter einen der niedrigen Arbeitstische, darauf ein weiterer Körper, auberginefarben die Leber, der karamellfarbene Magen s-förmig gekrümmt wie ein Trinksack aus Kamelleder – ein Utensil, das Tuareg auf ihren Märschen durch die Wüste benutzen. Der Kopf, der unversehrte Kopf, leicht angehoben, die Augen geöffnet, darin der Widerschein eines schwachen Lichts, wie es manchmal bei Nacht weit draußen im Meer aufglimmt.

«Mein Arbeitsplatz», flüsterte die Paruzzi. Ich mache Zeichnungen, manchmal auch Abdrücke in Wachs, Kopien.»

«Für wen? Für Savio?»

«Für Savio und andere.»

«Savio ist kein Mediziner.»

«Aber Künstler. Kein Künstler kann auf anatomisches Wissen verzichten.»

Es waren zwei. Trotz der Dunkelheit konnten wir ihre Silhouetten vor dem grünen Licht der Notbeleuchtung ausmachen. Einer mit Bart war darunter, eine massige Gestalt. Den zweiten Mann erkannte ich nicht. Dennoch – es musste das Faktotum sein. Das Rasierwasser der Männer trieb durch die abgestandene, museale Luft. Wir rührten uns nicht. Die Dielen knackten bei jedem Schritt. Die Gefahr ging von Olivias Parfum aus. Waren ihre Nasen empfindlich, würden sie es wittern. An meinem Ärmel, in Höhe des Bizeps, spürte ich Olivias Herz klopfen. Ich roch ihren Atem – er war leicht salzig, wie es Meerluft ist, manchmal umflort von Wellen großer Hitze. Sie bewegten sich schweigend durch den Raum. Zwei große, tapsende Tiere, bis sich plötzlich die Dunkelheit um sie schloss, wie es Wasser um einen sinkenden Gegenstand tut. Wir hörten ihr stoßweises Atmen. Olivia presste ihren Mund an meine Schulter, und ich atmete in ihr Haar, hoffend, dass diese Filter jedes Atemgeräusch schluckten. Die Zeit steht still in solchen Augenblicken, sie vergeht nicht. Kein Laut war zu hören, und doch wusste ich, dass die beiden sich langsam auf uns zubewegten. Ich war mir sicher, dass sie uns nicht gesehen haben konnten – die Vitrine verdeckte uns, aber muss ein Mensch sehen, damit er etwas erkennt? Um uns herum verdichtete sich die Luft, als würde sie durch die Körper, die sich auf uns zubewegten, komprimiert wie im Kolben einer Luftpumpe. Ich hatte nichts bei mir, keine Waffe, ich war nicht einmal ein brauchbarer Boxer, mein Körper spannte sich, nur ein Zufall oder der Vorteil, der in der Überrumpelung liegt, konnte uns retten, ich löste mich von Olivia, öffnete die Augen einen Schlitz weit – ich sah sie, nebeneinander, Fuß auf Fuß näherten sie sich der Vitrine. Der Zufall, er würde uns nicht mehr zu Hilfe kommen, jetzt galt etwas anderes, etwas, mit dem ich mich nicht auskannte. Ein Dampfen stieg von Olivias Haut auf, nicht heiß, nicht warm, klamm, mein Magen pumpte einen sauren Sud durch die Speiseröhre hoch, vor mir ging er in die Hocke, der Bärtige, um besser unter den Tisch leuchten zu können, ich stemmte mich mit dem Rücken gegen die Wand und trat mitten hinein in das Gestrüpp aus Bart und buschigen Brauen, und er kippte, wie ein Sack kippt, und Olivia schoss unter dem Tisch hervor, ich setzte ihr nach, aber da war er schon über ihr, der Zweite, stieß sie zu Boden, seine Taschenlampe rollte über die Dielen, ich schnappte sie mir, zog sie ihm mit aller Kraft über den Kopf, dann ein Schlag ins Gesicht, er taumelte, spuckte Blut und zwei, drei Zähne – sie lagen auf dem Boden im Lichtkegel der Taschenlampe, bevor dann die Sirene aufheulte und das Deckenlicht aufflammte und das Metall seines Revolvers das Licht reflektierte, eine winzige sprühende Lichtlanze an seinem Lauf, die dann verwelkte. Ich wandte mich um, hörte, dass der Revolver zu Boden schlug, aber da fand mein Blick schon nicht mehr zurück. Ein Körper gebettet auf einer Pritsche, unversehrt, die Epidermis erhalten, ein Körper, den wir in der Dunkelheit nicht hatten sehen können, in einem dunklen Kostüm, ein Nachtrot, die hohen Wangenknochen, der ein klein wenig schiefe Biss, ich trat auf die Frau zu, an ihrem Hals, im hautfarbenen Wachs ein Schnitt, eine klaffende Wunde.

«Signora Paruzzi …, mein Gott, Sie sind es!»

Der Mann rappelte sich vom Boden auf. Blut lief ihm über Stirn und Wangen.

«Signora Paruzzi …» Eine zweite Stimme. «Wir sahen Licht, wir haben ausdrücklich den Auftrag …, wir konnten nicht wissen, dass Sie …»

Ich wandte mich um. Da stand er, am Lichtschalter, nicht das Faktotum, ein Herr in mausgrauer Uniform, mit mächtigem Bart im runden Gesicht und einer blutenden, windschiefen Nase, sein Blick sprang hin und her zwischen der Paruzzi und dem Körper auf der Pritsche.

Wenig später traten wir hinaus auf die Via Romana. Trotz des Regens hatte es sich um nichts abgekühlt. Immer noch leckte die Hitze die Haut. Keiner von uns beiden sprach. Wir verließen das Viertel, wandten uns stadtauswärts, passierten die Porta Romana, bogen in eine Gasse, die steil anstieg, die Bruchsteinmauern voller Efeu, der Geruch wilder Geranien, Katzenaugen, die uns musterten. Ab wann hatte ich mich getäuscht? Ich hätte schwören können, dass es anfangs Savios Leute waren, die uns verfolgt hatten. In der Ferne die Klänge einer Trommel. Eine Eule flog auf, der Luftzug ihrer Schwingen streifte uns. Olivia nahm meine Hand, Limonenduft, der aus den Gärten aufstieg, aus ihrem Haar, der Duft der Nacht … Mochte die Paruzzi auch Savios Spitzel sein, sie war ein Geschenk. Wir machten an einem Gartentor halt. Dahinter ein abfallendes Gelände, eine Wiese.

«Wohin gehen wir?», fragte ich.

Sie antwortete nicht. Ein Bachlauf, Schilf, das im Wind rauschte. Auf einer Anhöhe, vor dem nächtlichen Himmel die Silhouette eines Turms, zu dem unser Weg führte. Ein gleißendes Licht schnitt die Dunkelheit auf. Der Turm war von einem Wasserbecken umgeben. Die Rücken von Goldfischen schienen im moorschwarzen Wasser auf. Eine schmale gemauerte Brücke, dann eine Holztür. Die Paruzzi fischte aus einer Mauerfuge den Schlüssel hervor. Ein Raum, leer bis auf einen Fernseher, einen Kühlschrank und ein Sofa. Eine schmale Treppe führte hinauf in den ersten Stock. Dort ein Bett, ihm gegenüber eine Schrankwand mit Spiegel, dahinter das Bad.

Alles war unkompliziert, von irgendeinem Zauber mir leicht gemacht. In ihren Küssen, in ihrem Atem der Geschmack von Jugend und ein klein wenig Nikotin und Wein, keine Spur zu viel.

Lichtzungen auf den Wänden, das Geräusch ihrer Hände in meinem Haar, Zucchinifelder im ersten Licht. Dann schlief sie wieder ein, nach so langer Zeit ein Körper an meinem Körper. Ich holte das Tagebuch hervor und las.

*Manchmal hörten wir Gelächter weit entfernt im Park. Die Nacht stürzte ab, verfing sich im Efeu. Der Wind kämmte die Baumwipfel. Gegen Morgen, auf den Kieswegen das Schnurren der Achtzylinder, die zum Tor hinausfuhren – die Damen wieder in Begleitung der Herren und ohne Musiker.*

Später fragte ich sie nach Sophia, und sie rutschte ans Kopfende zurück und zündete sich eine Zigarette an. Später fragte ich sie nach Savio, und sie lächelte, und dann war es an ihr, mich auszuhorchen, und ich beantwortete ihr alle Fragen, auch die, dass ich Sophia suchte. Savio sollte wissen, dass ich auf dem Weg war.

Ich ging hinüber ins Bad und wusch mich. Ein Hund schlug an – matt und weit entfernt. Die Pappeln vor den Gehöften standen regungslos in der Hitze. Die wenigen Wolken am Himmel flirrend wie Weißgold. Ein Flugzeug zog seine Bahn, bis die Wolken es für einen Moment schluckten. Auf dem Fensterbrett saß ein Käfer. Als ich ihn mit dem Finger berührte, zerfiel er in Flügelpaare, Rumpf und einen winzigen Kopf. Ich legte den Kopf auf meine Handfläche und blies ihn zum Fenster hinaus.

## 12

Die Straße war noch menschenleer. Meine Schritte hallten auf dem Pflaster. In der Ferne der Pfiff einer Lokomotive. Dunstschwaden lagen über dem Fluss. Mitten hindurch war das Seil gespannt. Vernet war nicht zu sehen. Auch die Piazza Demidoff war verwaist. In dichten Klumpen hockten die Tauben auf dem Denkmal. Sie kauerten auf Schultern und Kopf des Feldherrn. Sie saßen in seinem Schoß, lagen ausgestreckt auf seinen Stiefeln und stelzten durch die Kothaufen auf seinen Oberschenkeln. Die Sonne lag auf den verbretterten Fenstern des Palazzo Serristori. Ich setzte mich auf die Bank, fasste in meinen Rucksack, suchte nach einem Apfel, einem Brot: Das Manuskript fehlte. Ich war zu lange in Olivias Bad gewesen. Sie hatte die Gelegenheit genutzt. Es war sinnlos umzukehren. Sie würde sich längst mit dem Manuskript zu Savio aufgemacht haben. Weshalb brauchte er es? Eine wissenschaftliche Arbeit, eine Arbeit über das Schöne und Abgründige in der Kunst. Wozu diente es ihm? Und warum hatte Olivia nicht auch das Tagebuch an sich genommen?

Ich ging hinunter zum Fluss, entdeckte Vernet auf der Plattform. Er saß auf dem Boden, lehnte mit dem Rücken gegen den Stahlträger. Unter ihm war der Kies mit leeren Flaschen, Pappbechern und einer Unzahl von Zigarettenkippen verdreckt.

«Sie schlafen doch nicht etwa? Sie wissen doch, das ganze elektronische Zeug, das sie am Körper tragen, notiert jedes Nickerchen.»

Vernet fuhr auf. Er blickte um sich. Offenbar entdeckte er mich nicht.

«Hier, unter Ihnen.»
Er beugte sich von der Plattform herab.
«Aha, Gerber, Sie sind es. Ich dachte schon, es wäre Reger.»
«Keine Sorge. Wie geht es Ihnen? Alles in Ordnung?»
«Ich bin müde, verdammt müde», kicherte er in sich hinein. «Jetzt, wo ich wach sein soll, schlaflos bleiben muss, kommt der Schlaf. Ich habe mich hingelegt, hier auf die Plattform, einen Augenblick nur, es kann sein, dass ich ...»

Sein Lachen verstärkte sich, war nun ungehemmt, schüttelte ihn, er schlug sich mit den Händen auf die Knie. Sein Kopf wurde knallrot. Er konnte den Satz nicht beenden, er brachte kein Wort mehr hervor. Er holte Luft und wieder setzte sein Lachen ein, jetzt schwächer und gezügelter. Es war vollkommen klar, Vernet würde dies alles nicht durchstehen. Das Prozac mochte ihn beruhigen, aber die nervöse Erschöpfung würde anhalten. Wollte er sich davon erholen, musste er schlafen. Einfach nur schlafen.

«Kommen Sie!», sagt Tarek. Er steht in der Tür. Ich schließe den Laptop und meine handschriftlichen Notizen in der Schublade des Nachttisches weg. Niemand soll in meiner Abwesenheit nachlesen können, was mir das Stendhal-Syndrom – oder ist es das gebrochene Herz? – diktiert.

«Man will eine weitere Computertomographie von Ihrem Hirn.»

Tarek geleitet mich zum Aufzug. Wie in vielen Krankenhäusern ist die medizinische Diagnostik im Keller untergebracht. Der Korridor ist voller Betten: Patienten, die bettlägerig sind und auf ihre Untersuchungen warten. Manche bei Bewusstsein, mit faltenflattrigen Hälsen und wirren Haarschöpfen und von der Krankheit geweiteten Augen. Ist es die eigentliche Aufgabe der Krankheit, uns die Augen zu öffnen? Hat die Küchenpsychologie Recht? Es gibt Ratgeber, die in flottem Ton uns die *Krankheit als Weg* auslegen, ohne freilich zu sagen, ob dies ein Fahrweg oder ein Klettersteig im Hochgebirge ist, der uns zu uns *selbst* führen soll, jene nur diffus umschriebene Heimstatt, wo geschundene Seelen und Körper Heilung finden sollen. Man mag sich das «Selbst» als eine Art geistiges Schlaraffenland vorstellen, wo milde und schöne Gedanken regieren. Ich weiß, dass Prozac wirkungsvoller ist und der eine oder andere sich auf dem «Weg» zum «Selbst» den Hals bricht, ob im indischen Poona zu Zeiten der Hippies oder bei den Motivationskursen unserer Tage, wo gut situierte Zeitgenossen, von hypnotischen Wortblasen gejagt, mit Hunderten Mitstreitern im Saal ihrem Lebensglück und dem Portemonnaie selbst ernannter Motivationstrainer zutaumeln. Auch Reger hat an solchen Seminaren teilgenommen. Eines Tages hatte er einen Menschen, ganz in hohepriesterlichem Schwarz gekleidet, mit Gérard-Depardieu-artig langem Haar und puterrotem Gesicht in unsere Institutskonferenz geschleppt. Er bot sich als Modellierer unseres «Gefühls- und Bewusstseinsmaterials» an, versprach, uns von «motivationshemmenden Blockaden» zu befreien und uns einem «kognitiven Dress-up» zu unterziehen.

Der Korridor hier unten ist voll von Patienten, die von jeglichem Dress-up befreit sind. Ihre «intersubjektive Präsenz» ist zu einem sterbenskranken Rest zusammengeschmolzen, der ein Bett nicht mehr auszufüllen weiß. Einer Frau steht das Haar starr vom Kopf ab. Haar, das man meint, wie gefrorene Grashalme brechen zu können. Ihr Gebiss leuchtet auf, unnatürlich weiße Zähne im entblößten, rosa schimmernden Kiefer, ein Pferdegebiss, dazu eine schöne Nase, schmal und leicht gebogen, an den Oberarmen Hautlappen, in die der Wind fahren und sie flattern lassen würde. Ich weiß, Tarek macht bei den Kranken keinen Unterschied. Sein Mitleid ist von der Ästhetik der Körper unbeeinflusst. Um uns herum knallen

Türen. Pfleger, Ärzte, Angehörige wehen herein in den Flur, der nichts anderes ist als eine Standspur für Komatöse, eine Warteschleife für Wackelkandidaten. Niemand schert sich darum, dass die Patienten aufwachen könnten. Ihr Schlaf ist nicht heilig. Tarek lächelt die Frau an. Kennt er sie? Ist er erschrocken? Lächelt er deshalb? Es gibt diese seltsamen Verquerungen in unserem Nervensystem. Mitunter endet die Trauer auf Begräbnissen in heftigem Lachen. Jemand, der die Spannung, das Flirren des Schmerzes nicht mehr erträgt, sucht die Flucht ins Gegenteil, bannt das Schreckliche im Paradoxen, beginnt zu lachen, und ein Nachbar stimmt ein, Reihe um Reihe der Trauergemeinde wird von Lachen und Prusten geschüttelt, ein verirrter Schmerz, der erst spät, wenn er die Reihen der nahen Verwandten erreicht, in die passende Form zurückfindet.

«Für das Gehirn ist Realität relativ», sagt die Maldini später in ihrem Zimmer und lehnt sich im Sessel zurück. Tarek gießt uns eine Schale heißen Tees ein – ein stark gezuckertes Gebräu mit Pfefferminzaroma.

«Die Assoziationszellen steuern die Transmittertätigkeit im Gehirn, also alle kommunikativen Prozesse der Hirnareale untereinander. Ob jemanden eine Wollfluse an der Wand als Fluse oder als Maus anmutet, hängt von der Arbeitsfähigkeit der Assoziationszellen ab. Das, was wir Realität nennen, ist letztendlich ein Produkt unserer Hirntätigkeit und kein objektives Faktum, wie Sie wissen.»

Immer, wenn sie eine medizinische Wahrheit zum Besten geben kann, entspannt die Dottoressa. Ich erkenne es daran, dass sich ihre Stirn glättet. Sie nimmt ihre Teeschale und setzt sie an den Mund. Sie trinkt geräuschlos.

«Die Maus ist ebenso wahr wie die Fluse. Vor diesem Hintergrund behandeln Sie das Stendhal-Syndrom, nehme ich an.»

«Ob jemand angesichts der Schönheit von Michelangelos David in einen Glückswahn fällt oder ein Gefühl der Panik entwickelt, mit ekstatischem Weinen oder Herzrhythmusstörungen reagiert, ob er der Ansicht ist, die Bilder sprächen zu ihm, ich meine das ganz wörtlich, oder glaubt, sie ließen ihn plötzlich Farben hören, so wie man eine Musik hört, darüber und über alle Synästhesieleistungen entscheidet in erster Linie die Funktionsfähigkeit unserer Assoziationszellen, Herr Kollege.»

Tarek nickt aufmerksam und seine schwarzen Kulleraugen glänzen, als legte ihm in der Medina von Marrakesch ein Marabu, ein heiliger Mann, eine Sure aus dem Koran aus.

«Es ist ein Ammenmärchen, dass die Schlaflosigkeit folgenlos bleibt», assistiert er und schweigt dann abrupt, als sei er erschrocken, seine eigenen Worte im Kolleg der Maldini zu hören.

«Ganz recht», kommt ihm die Maldini zu Hilfe. «Immer wieder erfährt man von Studien, die anführen, dass Menschen schlaflos sind und anscheinend ein normales Leben führen. Niemand, der auf Dauer nicht schläft, bleibt physisch und psychisch stabil.»

Vernet begann an jenem Morgen auf der Plattform mit Dehnübungen. Ich kletterte zu ihm hoch.

«Hören Sie, Vernet, die Morgendämmerung wird für Sie in den nächsten Tagen problematisch bleiben. Zu diesem Zeitpunkt sinkt die Körpertemperatur auf den niedrigsten Stand, und das bedeutet, dass das Schlafbedürfnis enorm ansteigt. Sie dürfen auf keinen Fall in dieser Stunde die Plattform aufsuchen. Die Versuchung zu schlafen wäre zu groß. Sie kommen nicht umhin, einige Tage ohne Schlaf zu bleiben.»

«Seit Tagen habe ich nicht oder kaum geschlafen. Das müssen Ihre verdammten Apparate doch ausweisen.»

«Tun sie, mein Lieber, das tun sie. Die Daten sind eindeutig, aber wir können bei den hohen Sponsorengeldern und der vollmundigen Ankündigung, Rochatains Rekord auf dem Seil wiederholen und auswerten zu wollen, nicht nach zwei, drei Tagen die Koffer packen und sagen: das war's. Es wäre eine Farce, verstehen Sie. Ich weiß, das Experiment ist gnadenlos, aber jetzt, wo wir einmal angefangen haben, sollten Sie durchhalten.»

Ich scheute mich, Vernet ein Zeitmaß zu nennen. Sechs Monate hatte Rochatain auf seinem Seil zugebracht. Aber Vernet war nicht Rochatain. Reger würde sich mit weniger zufriedengeben müssen. Er würde aus der Haut fahren, falls sich herausstellte, dass sein Proband schon in der ersten Nacht eingeschlafen war. Vernet stelzte hinaus aufs Seil. Er zog über den Fluss seine Bahn – um diese Uhrzeit von fast niemandem beachtet. Florenz ist nicht New York. Die Stadt gehorcht der Uhr. Sie kennt die Nacht und den Tag. Ich verließ die Plattform und stiefelte hinaus auf die Ponte alle Grazie. In den Hotels an den Uferstraßen waren die Fenster noch abgedunkelt. Im Palazzo Serristori, in einer der leeren Fensterhöhlungen im zweiten Stock, blitzte etwas auf, ein Lichtbündel, in der Sonne reflektierendes Glas vielleicht, womöglich ein Fernglas. Der Junge. Beobachtete er mich wieder? Schlief er nie?

Santa Croce lag marmorgilb in der Morgensonne. Ein Spritzwagen tuckerte im Leerlauf auf der Piazza vor sich hin. Der Fahrer frühstückte. Wasserlachen musterten das Pflaster. Im Rinnstein lag ein Taubenkadaver. Ameisen krochen über den Körper. Unter die Kühltheke eines Eisstandes zwängte sich der Fluchtschatten einer Ratte. Auf einer Bank lag ein Kater mit kreisrunden Malen im Fell. Devotionalienhändler rollten die Markisen auf und positionierten ihren Kitsch. Eine Gruppe Mönche hielt auf Santa Croce zu, die Kutten mit einem Strick gegürtet. Auf der letzten Stufe hoch zum Portal fielen sie auf die Knie, beugten Rücken und Haupt. Ich trank einen Kaffee. Der Fahrer des Spritzwagens schnippte seine Zigarettenkippe durch das offene Fenster in den Rinnstein. Sie trieb fort. Das Wasser hatte die Farbe von Lehm. Die Mönche erhoben sich. Der Fahrer schwang sich aus seinem Gefährt, rollte den Wasserschlauch auf, setzte den Wagen in Fahrt und zog ab. Am Schlauchende zerwirbelte eine Wasserfahne.

Ich machte mich auf zur Nationalbibliothek. Sie lag nur wenige Minuten entfernt. Im Foyer traf ich auf die Portiera – eine ältliche Dame in blauer, wadenlanger Uniform. Wahrscheinlich war ich so früh am Morgen der erste Besucher. Kaum hatte ich die Bibliothek betreten, war sie hinter ihrer Pförtnerloge hervorgekommen. Vielleicht war sie froh, mir zu Diensten sein zu können. Sie verwies mich in den Lesesaal im ersten Stock – dort fänden sich die Kataloge zur Zeitgeschichte. Alle solche Jobs sind fade. Im Wesentlichen bestehen sie darin zu warten, dass jemand um eine Auskunft bittet oder ein Malheur passiert, ein Besucher ausgleitet, er Hilfe braucht, ein Dieb erwischt wird oder ein Mitarbeiter Geburtstag hat und noch ein Blumenstrauß besorgt werden muss. Wen schon, der nicht debil ist, würde das auslasten?

Seit Jahren an die Literaturrecherche per Computer gewöhnt, fand ich zu meiner Überraschung im ersten Stock nur altgediente Katalogkästen mit alphabetisch geordneten, oft noch handschriftlich eingetragenen Karteikarten vor. Es dauerte, ehe ich die Kästen durchgesehen hatte. Sie erwiesen sich als Nieten. Es dauerte, ehe ich begriff, dass die Nachschlagewerke zur Florentiner Zeitgeschichte keine biographischen Auskünfte zu wichtigen Personen der Stadtgeschichte enthielten, sondern diese nur in regelmäßig aktualisierten Kompendien zu finden waren, die im zweiten Stock standen. Diese Erkenntnis verschaffte ich mir nicht einfach so, ungestört. Nein, die Bibliothek hatte sich rasend schnell belebt. Dort, wo ich forschen wollte, blätterten auch andere Besucher die Karteikästen durch, notierten die Signaturen der Bücher auf ein Zettelchen, das sie, es konnte nicht anders sein, dann in einem Wust aus Notaten und Papieren verloren und den Verlust just in dem Moment feststellten, da sie den Kasten in seine Scharniere eingehängt und in den Bauch des Katalogs hatten zurückfahren lassen, worauf sich die Prozedur wiederholte, bevor ich dann endlich an der Reihe war und nach mühsamem Entziffern der Einträge feststellen musste, dass auch dieser Kasten es nicht war, so dass ein neuer Anlauf, eine weitere Warteschleife an einem der Kataloge notwendig wurde. Es dauerte, aber ich fand Savio: eine Art *Who is Who* der Stadt. Ein dicker Band. Ich ließ mich an einem Lesetisch nieder. Ich schrieb meine Notate auf einen Zettel, eine jener Wurfsendungen, mit dem ein Pizzadienst aus der Merowingerstraße, daheim in Köln, seinen Service auch außer Haus anbot. Aus irgendeinem Grund hatte ich den Zettel nicht weggeschmissen, sondern trug ihn im Portemonnaie mit mir herum. *Giuliano Savio*, Jahrgang 1955, Ausbildung zum Graphiker, zunehmend tätig in der bildenden Kunst, bedeutende öffentliche Aufträge durch die Städte Florenz, Grosseto, Prato. Stammte aus alter Florentiner Familie, sein Vater Mitglied in der Signoria, dem Rat der Stadt. Kaufte vor vier Jahren auf dem Bellosguardo-Hügel die Villa Calamai (auch Villa Ombrellino genannt), in der *Galilei* und auch der Dichter *Hugo Foscolo* gewohnt haben.

In der Erinnerung scheint alles ganz schnell gegangen zu sein. Aber so arbeitet unser Gehirn nun mal. Es vergröbert, lässt die quälende Entscheidungsfindung aus, verkürzt die Zeit. Heute, in meinem Zimmer, den Laptop auf meinen Knien – das ungenutzte Aufnahmegerät der Maldini habe ich unters Bett geschoben – ist mir, als hätte ich an jenem Vormittag sofort die Bibliothek verlassen und den Palazzo Serristori angesteuert, um mir den Jungen vorzuknöpfen. Hatte man ihn auf mich angesetzt? Ferri? Savio? Was wusste er von den Morden? Wahrscheinlich aber ist, dass ich an meinem Lesetisch den nächsten Schritt länger abwägte. Von dort oben, vom zweiten Stock, hatte ich einen ausgezeichneten Blick auf den Fluss. Mit der Hartnäckigkeit eines Hamsters im Laufrad absolvierte Vernet seine Strecken auf dem Seil, balancierte er über dem trägen, algengrünen Wasser. Auch die Piazza Demidoff und der eingerüstete Palast lagen in meinem Sichtfeld. Er brütete in der Hitze. Kein Arbeiter war zu sehen.

Der Mief von verkohltem Papier, von faulendem Holz und ausgehobenen Rattennestern schlug mir entgegen. Ein Geruch, wie ihn das Unheil ausdünstet. Im Entrée quoll Gras zwischen aufgelassenen Steinplatten hervor. Die Wände waren bis unter die Decke eingerüstet. Neben dem Treppenaufgang stapelten sich Farbeimer und Klumpen ineinander verbackener Tapetenreste, Ofenrohre und Matratzen, fleckige Weinflaschen, ein Bettgestell, Reste eines Lattenrosts, eine Kindertrommel, Tüten voll mit Zeitungen. Ich lauschte. Ein Luftzug ging durch das dämmrige Gebäude und raschelte in den Abdeckfolien. Ich stieg in den ersten Stock. Wolken von Sägemehl stoben von den Treppenstufen bei jedem Schritt auf. Unter den Sohlen knirschte ein Grit aus zertretenen Glasscherben. Im oberen Stockwerk war der Dielenboden herausgerissen. Ein Katzenjunges, ein schniefendes, mageres Tier mit vom Rotz verklebten Augen, stolperte über die umherliegenden Bretter. Vor meinen Füßen machte es halt, kreiste einmal um die eigene Achse, hielt inne, verfiel in ein Maunzen, streckte sich auf dem Boden aus. Das Tier war in einem erbärmlichen Zustand. Ein Geräusch wie von einer schlecht verschlossenen Thermoskanne, aus der die Luft entweicht, war zu hören: Seine Lungen pfiffen. Reglos lag sein Kopf auf meiner Schuhspitze. Wäre das Tier nicht so räudig gewesen, ich hätte es gestreichelt, so aber ekelte mich seine Gestalt. Das Mitleid ist bei mir gefährdet, wenn sein Objekt ein stinkender, armseliger Körper ist. Für eine bestimmte Krankenpflege bin ich ungeeignet. Ich hob meinen Fuß an. Der Katzenkopf rutschte in den Staub. Sofort war die Schnauze eingepudert. Das Tier nieste. Ich wandte mich ab, ging den Flur entlang, öffnete eine der Türen. Ich hätte umkehren können, hätte mir sagen können, dass der Palazzo Serristori unbewohnt ist, dass der Junge hier in den Räumen nicht zu finden ist, dass die Idee, er sei auf mich angesetzt, paranoid, ein Produkt meiner Schlaflosigkeit sei. Ich lauschte. Der Wind strich durch die Fensterhöhlungen, die mit ein paar Brettern nur notdürftig vernagelt waren. Ich begab mich zurück auf den Korridor, der aussah, als seien die Handwerker vor unbestimmter Zeit von dort geflohen. Hämmer, Schraubenzieher, Sägen mit zerfransten Zähnen lagen dort herum. Ich stieß gegen einen Eimer mit ausgehärtetem Estrich, trat auf eine Planke, die über eine Ausbuchtung im Fußboden führte und krachend unter mir barst. Mit beiden Füßen landete ich in einer schwarzen, gummiartigen Masse. Ich bekam meine Schuhe aus dem Zeug nicht heraus. Eine Tür ächzte in den Angeln. Fluchend stieg ich aus meinen Schuhen und stand barfuß im Staub. Ich musste an den Schuhen reißen, um sie freizubekommen. Bis zum Spann waren sie von der stinkenden Masse verdreckt. Ich schaute mich um. Natürlich war kein Lappen zu entdecken. Mit einem Holzkeil versuchte ich den gröbsten Dreck abzukratzen. Eine mühsame Arbeit. Das Bitumen klebte festgebacken auf dem Leder, besonders an den Sohlen. Schließlich schlüpfte ich wieder in die Schuhe. Ich machte einige tapsende Schritte, kam kaum von der Stelle. Die Sohlen pappten am Boden fest, hinterließen Spuren. Ich zog die Schuhe aus. Ich würde sie wegschmeißen und mir neue kaufen müssen. Erneut schlug eine Tür. Diesmal war es nicht der Wind. Ich schnappte mir die Schuhe. Stimmen. Im Erdgeschoss. Ich musste verschwinden. Vor mir lag der Korridor, von dem fünf, sechs Türen abgingen. Ich lief auf Zehenspitzen, wählte die letzte – immer ist es wie im Märchen die letzte Tür, die ... – zu spät, ich hatte die Klinke schon in der Hand und die Tür geöffnet, die Stimmen schon auf der Treppe, zu spät, um umzukehren – immer ist es die letzte Tür, die uns die Augen öffnet. Ich stolperte über eine Kiste, landete bäuchlings vor einem Tisch, auf dem sich ein bettdeckengroßes Laken bauschte. Die Schritte auf der Treppe nun schneller, hastiger, dann eine Stille, als halte jemand den Atem an und horche. Mein Gott, die Tür, sie war offen. Ich hatte sie wegen des Sturzes nicht schließen können. Mein Blick flog durch das Zimmer, es war voller Gerümpel, zerborstene Schränke, eine Kommode, schmierige Matratzen, ein Spirituskocher, ein Berg leerer Konservenbüchsen, Weinflaschen, ein Teppich, abgestellt in einer Ecke, die Stimmen jetzt schon im Korridor, ich rollte den Teppich auf, zwei, drei Drehungen vielleicht, mehr Zeit hatte ich nicht, Staubfahnen stiegen auf, jetzt nicht niesen, ich rollte mich ein, auch die Schuhe, der Teppich war zu kurz, ein verdammtes Stück zu kurz, Schultern, Kopf waren ohne Deckung, die Schritte ..., ein Fluchen ..., das Bitumen, wahrscheinlich war jemand von ihnen hineingetreten, ein Holz schlug zu Boden, sie hatten die Planke gefunden, die zerborstene Planke, sie würden meine Spuren, die Fußabdrücke aus Bitumen sehen, welch Glück, dass ich die Schuhe vorhin doch schließlich ausgezogen hatte. «Schau dir das an!» ... Ich griff in den Müll neben mir, fischte ein Tuch aus dem Haufen, groß genug, dass es Gesicht und Schultern bedeckte, Türen flogen auf, ich spürte den Windzug, der aus den gegenüberliegenden Räumen kam, ich hielt das Tuch mit den Zähnen fest, ein Zischeln … schon hier im Zimmer, das Tuch stank, ein Geruch, der aber noch ein Stück unterhalb der Schwelle lag, an der ich mich hätte übergeben müssen.

«Jemand war hier!»

«Immer kann jemand herkommen. Der Palast ist nicht zugesperrt. Das Portal ist offen.»

«Das Bitumen …»

«… die Spuren sind frisch, ich weiß.»

«Es wird ein Obdachloser gewesen sein, nur die Ruhe!»

Es waren jetzt drei Männer, ich unterschied deutlich ihre Stimmen.

«In den anderen Zimmern ist niemand. Ich habe sie überprüft.»

«Vielleicht sucht man nach der Frau.»

«Schon möglich. Immer verschwindet mal eine von denen.»

«Nicht einfach so, nicht in diesen Zeiten. Alle sind alarmiert wegen der Morde!»

Ich kannte die Stimme. Sie war jung und aufgeregt.

«Eben. Keiner aus der Szene wird sich auf die Suche machen. Sie haben Angst.»

Auch diese Stimme kam mir bekannt vor. Ein rauchiger Bass mit einem zittrigen Unterton.

«Ich habe die Frau oft genug beobachten können. Eine Einzelgängerin. Sie war am Ende. Hat sich nur noch zum Essen aus dem Palast geschleppt. Die Bäcker in der Via dei Neri warfen ihr schon mal was in den Beutel. Vielleicht habt ihr Recht und niemand wird sie vermissen», beruhigte sich der Junge.

«Bringen wir es hinter uns», erwiderte eine weitere Stimme,

eine Fistelstimme, die jetzt noch ein wenig quäkender klang als in jener Nacht vor dem zoologischen Museum in der Via Romana.

«Beeilt euch! Wer immer uns hier einen Besuch abgestattet hat, er mag die Frau entdeckt haben.»

Ich musste einen Blick riskieren, das Tuch ein wenig …, ein paar Zentimeter nur verrücken, ich hörte das Laken drüben vom Tisch zu Boden rauschen, der Tisch war keine fünf Meter von mir entfernt. Wieder streifte ein Luftzug das Tuch, das mich verdeckte. Es flatterte kurz auf, ich riss meine Hände hoch, nicht schnell genug, um nichts zu sehen: Sie lag auf dem Tisch. Sie war nackt, die Beine, der Körper aufgedunsen. Der Junge – ich wagte einen zweiten Blick, ich hob das Tuch ein wenig an – nahm ihren Kopf in die Hände. Das Faktotum stemmte den Rumpf in die Höhe. Sie saß aufrecht, drei, vier Sekunden vielleicht, die junge Obdachlose von der Piazza Demidoff, und dann sah ich es, und die Angst schnürte meine Kehle zu, so und nicht anders spürte ich die Angst, bevor die Leiche dann dem Wachmann sackschwer in die Arme fiel, ein handtellergroßes, schrundiges Mal, noch nicht verschorft, aber auch nicht mehr blutend, dort, wo einmal Schamhaar und Scham gewesen waren. Der Wachmann ächzte unter der Last.

«Nehmen wir den Teppich. Wickeln wir sie darin ein.»

Jemand näherte sich, riss am Teppich, das Herz schlug mir bis zum Hals.

«Nicht den Teppich, ihr Idioten. Wir hatten vereinbart …»

Die Stimme des Faktotums. Sollte er es sein, der mich rettete?

«Der Teppich würde alles vereinfachen», unterbrach ihn der Junge.

«Nein, er ist zu kurz. Wollt ihr wirklich einen fadenscheinigen Teppich hier herausschleppen, aus dem ein Paar Beine baumeln? Die Piazza Demidoff ist voller Menschen wegen des Spinners dort draußen auf dem Seil. Halten wir uns an den Plan.»

«Jetzt macht endlich.» Der Wachmann stöhnte. Vielleicht war es der Geruch der Frau, vielleicht ihr Gewicht, das ihm zusetzte.

«Am helllichten Tag – es ist ein Wahnsinn», maulte der Junge.

Ich lüftete das Tuch noch einmal. Meine Finger zitterten. Sie bugsierten die Frau zu zweit nach draußen. Der Junge hatte die Klinke schon in der Hand, da wandte er sich noch einmal um.

«Jemand ist hier gewesen. Die Tür stand offen vorhin, als wir … Ich bin mir jetzt sicher, dass ich sie heute morgen geschlossen habe.»

Sein Blick pirschte durchs Zimmer.

«Komm schon. Es ist nicht mehr zu ändern», fiepste Savios Faktotum.

Der Blick des Jungen wanderte über den Teppich. Langsam, unendlich langsam ließ ich das Tuch sinken.

«Wir sind spät dran. Der Chef wird schon ungeduldig sein. Die Aktion soll heute noch laufen», bellte der Wachmann.

Der Junge befand sich jetzt neben mir. Ich hörte seinen Atem. Er zögerte. Ich konnte mich nicht rühren. Es gab keine Fluchtmöglichkeit. Ich saß in dem Teppich gefangen wie ein Stück Wurst in der Pelle. Der Junge riss an dem Teppich, er bugsierte ihn ein paar Zentimeter aus der Ecke heraus. Ein Messer schnappte auf. Das Gewicht musste mich verraten haben. Der Junge schlug den Teppich auf. Ich spannte Arme und Beine an. Es gab nur eine Möglichkeit: Ich blieb regungslos stehen, wartete, bis er ein weiteres Stück entrollt hatte, immer noch hielt ich das Tuch über meinem Kopf fest, er musste mich entdecken. Einen Moment geschah nichts, war alles in der Schwebe, einen Moment schien er zu überlegen, bis er tat, was er längst hätte tun sollen, aber was jetzt zu spät geschah, längst hatte ich ein wenig Spielraum, engte das letzte Stück Teppich, das mich noch verbarg, mich nicht ein: er zerrte an dem Tuch. Zwei Schläge, hart und schnell, trafen ihn im Gesicht, er wankte, fiel gegen den Tisch, das Messer zu Boden, ich schlug den Teppich zur Seite, der Junge flog auf mich zu, ich trat ihm zwischen die Beine, und er sackte jaulend zusammen, ich schnappte meine Schuhe, hechtete hinter die Türe, ihre Schritte schon auf dem Korridor, der Wachmann und das Faktotum, sie stürzten auf den Jungen zu, er schrie, deutete auf die Türe, aber zu spät: Ich entwischte, flog mehr, als dass ich rannte, die Treppe hinunter und stürzte auf den Lungarno Serristori, wo ich hastig in die Schuhe schlüpfte. Ich lief zur Ponte alle Grazie, dann hinüber auf die andere Stadtseite. Ich rannte, ohne mich umzuschauen, jagte zur Piazza Santa Croce, hielt auf das Dante-Denkmal zu. Der Dichter hochaufragend in staatsmännischer Pose. Seine Rückseite würde mir Deckung bieten. Ich presste mich an den Sockel, das Herz schlug mir bis zum Hals. Von Zeit zu Zeit spähte ich über den Platz. Von dem Jungen und den anderen war nichts zu sehen. Der *Chef*, wen meinte das Faktotum damit? Savio? Steckte Savio hinter den Morden? Die drei führten ihm die Leichen anscheinend zu. Aber waren sie auch die Mörder? Und was hatte Sophia mit ihnen zu schaffen? Ich wartete eine halbe Stunde, dann tauchte ich in die Menge ein, pirschte über den Platz, dann hinunter zum Fluss und zur Piazza Demidoff. Immer sprungbereit, immer damit rechnend, dass die drei plötzlich auftauchten.

Im Halbdunkel des Busses auf der Piazza Demidoff flimmerten die Monitore. Reger ließ meinen Gruß unerwidert. Setzte ihm mein Flirt gestern Abend mit der Paruzzi zu? Seine Finger jagten über die Tastatur. Das Schnurren der

Drucker füllte den Bus. Ich zog eine Jalousie in die Höhe, ließ mich auf einem Stuhl nieder und schaute hinunter zum Fluss. Über dem Wasser lag ein Schleier aus Hitze. Ein Reiher überquerte im Tiefflug den Fluss auf der Jagd nach Fischen, die sich jetzt immer weniger in den Untiefen verbergen konnten. Im Türausschnitt surrten Fliegen. Auch auf den Monitoren waren sie und stelzten über die Zahlenkolonnen.

«Vernet macht zu viele Pausen. Der Kerl ist hundemüde. Er wird schlappmachen», sagte Reger. Er hielt den Blick auf den Bildschirm gerichtet, während er sprach. Seine Stimme klang wie immer. Er behielt Haltung. Eines Tages würde er mir die Sache mit der Paruzzi heimzahlen.

«Schauen Sie sich drüben auf dem Tisch die Daten an.»

Ich stand auf, ging hinüber zu dem Tisch, nahm die Ausdrucke und blätterte sie durch.

«Vernet ist nicht Rochatain. Wir wussten, dass er angeschlagen ist.»

«Es dauert keine zwei Tage mehr, und er fällt uns vom Seil oder schläft auf der Plattform ein. Eine Katastrophe», knurrte Reger in das Rauschen der Rechner.

«Für Vernet oder für uns?»

«Werden Sie nicht hämisch, Gerber.»

«Wir wissen, dass Vernet depressiv ist, und wir ahnen, warum der arme Hund einen Sport wie das Seiltanzen betreibt.»

«Gerber, das haben wir schon mal durchgekaut. Ich begreife, dass eine Verbindung zwischen Vernets Psyche und seinen Leibesübungen besteht. Bisher bändigte er vielleicht die Depression, die auf ihn lauerte, indem er einen Extremsport betrieb. Na und? Hilft uns das weiter?» Immer noch wandte er mir den Rücken zu und schaute auf den Monitor.

«Der Nervenkitzel auf dem Seil machte ihn in gewisser Weise euphorisch, brachte ihn auf die sichere Seite. Wer euphorisch ist, kennt keine Angst, keine Depression. Offenbar gilt dies bei Vernet nicht mehr», fuhr ich fort.

«Gerber, Sie langweilen mich. Schauen Sie sich das hier an!»

Er reichte mir die Ausdrucke des Langzeit-EEGs. Die Kurven der Hirnströme sanken im Laufe der Nacht periodisch ab.

«Vernet befand sich mehrmals kurz vor dem Einschlafen. Begreifen Sie das?» Reger wurde lauter.

Er nahm ein weiteres Datenblatt. Sein Finger flog auf die Skala, die die großen Körperdrehbewegungen und die Tätigkeit der Beinmuskeln und damit den Ruhe-Aktivitäts-Zyklus Vernets abbildete.

«Was sagen Sie dazu?», bellte Reger.

«Verläuft ebenfalls ziemlich flach und analog zu den Kurven der Hirnströme.»

«Richtig. Vernet muss Pausen eingeschoben haben. Auf der Plattform, wo sonst. Während der Nacht, auch in den frühen Morgenstunden. Er hat sich ausgestreckt und ist beinahe eingenickt. Die Skalen sind relativ deckungsgleich: Würde sagen, Stadium I, Einschlafphase. Es fehlte nicht viel, und er hätte das Stadium des tiefen Schlafs erreicht.»

«Es wird spätestens in einer der nächsten Nächte geschehen.»

Reger verzog schmerzverzerrt das Gesicht.

«Wir müssen handeln», stöhnte er und fasste sich an die Stirn.

«Wir sollten uns gedulden, bis sich die Wirkung des Prozacs stabilisiert hat. Vor ein paar Tagen hätte Vernet keine fünf Stunden auf dem Seil ausgehalten.»

«Das ist noch nicht alles», sagte Reger leise.

Er schob mir Vernets Laborbefund zu. Das Ergebnis war eindeutig: Das Melatonin, das eine Reihe von schlafeinleitenden Veränderungen bewirkt, wie die Senkung der

Atemfrequenz und des Pulsschlags, wies eine Konzentration auf, die man sonst nur bei Schlafenden findet.

«Das EKG brauchen Sie sich erst gar nicht anzuschauen. Es fällt entsprechend aus.»

«Also niedrige Puls- und Blutdruckwerte?»

Reger nickte.

«Und die Insulinwerte?»

Er fuhr sich mit der Hand über die Augen.

«Vernet hat lange schon nicht mehr anständig geschlafen. Das zeigt Wirkung. Sein Stoffwechsel ... Hier, lesen Sie selbst.»

Er reichte mir einen weiteren Bogen.

«Sieht nach einem Frühstadium von Diabetes aus.»

«Quatsch. Irritationen des Stoffwechsels sind bei Schlafentzug typisch. Wir müssen sie in Kauf nehmen. Schläft Vernet wieder regelmäßig, so reguliert sich die Angelegenheit.»

«Vernet ist am Ende. Sie wissen es.»

Reger baute sich vor mir auf. Sein Atem roch nach Nikotin.

«Hören Sie, Gerber. Ich muss Sie notgedrungen einweihen.»

Reger senkte erneut die Stimme. «Ich hab mich umgehört. Das heißt, eigentlich brachte mich die Maldini auf die Idee, wenn auch unfreiwillig.»

«Worauf wollen Sie hinaus?»

Reger wippte auf den Fußballen. Ich fragte mich, wann er auf gestern Abend und die Paruzzi zu sprechen käme. Im Grunde war meine Karriere bei Reger zu Ende. Reger würde - nicht anders als ich selbst - in Liebesdingen von einer altmodischen Eitelkeit sein. Noch aber brauchte er mich.

«Kommen wir noch mal zum Prozac», begann er. «Die Maldini erwähnte, dass die Einnahme von Prozac in Santa

Maria Nuova nicht über den Mittag hinaus erfolgt, da sonst die Patienten durch die enorme Antriebsstärkung, hervorgerufen durch das vermehrt aufgenommene Serotonin, vollkommen umtriebig und schlaflos blieben. Sie begreifen den Umkehrschluss?»

In Regers Gesicht kehrte für einen Moment die gute Laune ein.

«Sie werden Vernet mit Prozac auch in den Abendstunden, wenn nötig auch während der Nacht versorgen. Sie werden ihm den Dauer-Kick verschaffen, den er braucht.»

Ich schaute ihn entgeistert an.

«Sie halten Vernet, verdammt noch mal, auf dem Seil, auch wenn er dort oben wie ein zappeliger Affe herumturnt. Das wär's für den Augenblick. Ersparen wir uns weitere Diskussionen.»

Reger wandte sich wieder den Monitoren zu. Er wagte alles. Das Wasser stand ihm bis zum Hals.

## 13

Ich verließ den Bus, trat hinaus auf den Platz. Die Farben waren schon matt und die Schatten lang. Die Sonne stand genau über dem Fluss. Er schien zu brennen. Die Kameras der Fernsehsender hatten am Ufer Stellung bezogen. Sie zeigten Vernets dottergelbe Gestalt. Sie filmten ihn von unten, vom Kiesstrand aus. Man glaubte Vernet auf einem Seil durch den Himmel spazieren zu sehen, ein Himmelsläufer, der geradewegs auf die brandrote Sonnenkugel zulief. Ein kameratechnischer Effekt. Ein Schauspiel, das man in allen Nachrichtensendungen brachte, wie Marinelli mir später berichtete. Ich wartete, bis Vernet auf die Plattform zurückkehrte. Ich stieg zu ihm hoch und teilte ihm Regers Anordnung mit. Vernet schluckte ohne nachzufragen die erhöhte Dosis Prozac. Danach zog er wieder hinaus aufs Seil. Ich kletterte hinunter. Nahm auf der Uferstraße ein Taxi. Castello war mein Ziel. Ich musste es hinter mich bringen. Musste endlich wissen, was es damit auf sich hatte.

Nur mühsam fand der Wagen aus der Stadt hinaus. Auto an Auto quälte sich in die Vororte. Einer wie der andere. Tankstellen, Supermärkte, ein Busdepot, Möbelgeschäfte und Reifencenter. Verloren aussehende Wohnhäuser, aufgelassene Gleise, Reklametafeln, leere, weite Flächen aus Asphalt, die keine Bestimmung zu haben schienen. Irgendwann hatten wir auch die Fast-Food-Restaurants passiert. Die Stadt dünnte immer mehr aus. Felder kamen in den Blick, schon abgeerntet und gepflügt. Durch die Luft gespannte Stromadern wie Notenlinien über Berg und Tal. Wir überquerten den Fluss, fuhren an Gärten, an Bruchsteinmauern vorbei; Reben, die sich steil die Hänge hinaufzogen. In den Kehren der Blick hinunter auf die Stadt, ein von brandrotem Licht übergossener Kessel. Die Ränder bereits im Dunst. Er zog vom Chianti aus über die Stadt. Dann löschte er das Flutlicht, das den Dom, den Campanile, den Palazzo Vecchio anstrahlte. Wir fuhren höher hinauf. Ein sandiger Platz. Autos parkten dort. Teure Autos.

«Castello», sagte der Mann.

Ich bezahlte und stieg aus. Ging hinüber zu dem Torweg. *Wir aßen außerhalb der Stadt in Castello, auf einem Landgut, einer Villa, die Pierfrancesco de' Medici* … Ich konnte die Passage aufsagen wie ein Mönch sein Mantra. Ich ging zur Pforte, drückte die Klingel. Über mir an einem Pfosten justierte sich ein Kameraauge ein. Schließlich ein Schnarren, das Tor öffnete sich. Ein mit Kies gedeckter Weg tat sich auf. Ein paar Schritte und das Tor schloss sich. Ein harziger Geruch lag in der Luft. Ich gelangte zu einem Teich. Auf dem Wasser trieben Schalen, Schiffchen aus Papyrus. Winzige Fackeln brannten darin ab und setzten Kräuter in Brand, bevor die Bötchen sich schließlich um ihre eigene Achse zu drehen begannen, aufzischten und untergingen. Ich folgte einem Pfad, eingefasst von Buchsbaum, an Lorbeerbüschen und Eibenhecken vorbei. An manchen Stellen hatte man in die Hecken einen Einlass geschnitten – der Blick auf schmale, von Laubwänden umstellte Areale, Gartenzimmer unter freiem Himmel. In einem dieser Séparées befand sich ein Brunnen mit einer Skulptur: Venus auf einem Delphin reitend. Sie wrang ihr Haar aus. Stimmen näherten sich. Ich drückte mich in die Hecke. Eine junge Frau, nur mit einem Tüllfetzen bekleidet, postierte sich vor dem Brunnen und ahmte die Pose der Venus nach. Ich konnte von meinem Platz aus nicht erkennen, wem sie diesen Anblick bot. Sie lachte und verschwand mit tänzelnden Schritten. Wo war ich hingeraten? Ich wartete noch einige Minuten, bevor ich mein Versteck verließ. Die Wege waren jetzt mit Fackeln ausgeleuchtet. Immer tiefer lief ich in den Park hinein. Schließlich das Anschwellen von Stimmen, ein Singsang, eine Gesellschaft im Freien, eine Villa, ein Fest oder was immer es sein mochte. Ein nymphenhaftes Wesen schwebte auf mich zu. Sie trug ein Kleid aus lauter Muscheln. Jeder Schritt, jede Armbewegung erzeugte einen kurzen, knöchernen Laut. Ohne ein Wort an mich zu richten, nahm sie meine Hand und führte mich der Terrasse zu. Fast alle Gäste dort waren maskiert, meist fellbehangene Faune mit Hörnern und Pferdeohren, einige wenige zeigten sich im Kostüm einer Sphinx mit Löwenmaske. Man wandte sich nach mir um, nickte, zeigte auf mich. Aus irgendeinem Grund hatte ich das Gefühl, man hatte mich erwartet, erst mein Auftauchen komplettierte die Szenerie. Die Nymphe, es gab etliche davon, brachte mich zu einem Tisch. Darauf lag ein Lorbeerkranz und ein Pantherfell. Sie zeigte auf das Fell. Ich sollte es überstreifen. Ich zögerte. Dann kam ich ihrer Aufforderung nach. Als einziger wollte ich hier nicht unverkleidet bleiben. Sie setzte mir den Lorbeerkranz auf den Kopf und drückte mir ein Glas Martini in die Hand, das ich mit wenigen Schlucken leerte.

«Keine Maske?», fragte ich.

«Nein, keine Maske.»

Soweit ich es übersehen konnte, war ich der einzige bis auf die Nymphen ohne ein solches Utensil. Sie reichte mir einen weiteren Martini, den ich ebenso schnell kippte.

«Entspannen Sie», sagte das Mädchen und nahm meinen Arm. «Die Villa Butimar ist der geeignete Ort dazu.»

Ein Satyr näherte sich mir. Er zwinkerte mir zu, hob sein Glas. Sein Gesicht war unkenntlich. Ein in Gummi fixiertes Grinsen. Nur Augen und Mund waren von der Maske ausgespart.

«Ein wunderbares Fest, nicht wahr?»

«Der Herr braucht noch eine Zeit der Eingewöhnung», lächelte das Mädchen an meinem Arm.

«Er sollte sich nicht zu lange schwertun. Halte er sich an Lorenzo de' Medici.»

Der Satyr zeigte auf einen Spruch, der sich oberhalb der Terrassentür über den ockerfarbenen Putz schnörkelte.

*«Facciamo festa tuttavia»*, las er. *«Lasst uns ständig ein Fest machen*. Die Renaissance war keine Epoche für Miesepeter. Die festi d'amore hatten und haben es in sich.»

Die Nymphe löste sich aus meinem Arm und strich meinem Gegenüber über das silbergraue, kurzgeschnittene Haar. Er lüftete seine Maske ein Stück – genug, dass ich ihn erkennen konnte. Er strich der Nymphe über das Muschelkleid, fuhr ihren Rücken hinunter und über die Wölbung ihres Hinterns, was erneut ein knöchernes Rascheln entstehen ließ.

«Sie kommen spät», sagte er. «Um Mitternacht wird das Ganze vorbei sein. Da werden die Masken fallen. Nehmen Sie das hier. Es bringt Sie rascher als alles andere in Stimmung.»

Er drückte mir einen Briefumschlag in die Hand. Ich riss ihn auf.

«Vorsicht. Sie verstreuen ja alles.»

Ein Pulver rieselte auf meine Hände.

«Was ist das?»

«Guarana und andere anregende Mittelchen.»

Ich schaute ihn ungläubig an.

«Probieren Sie es. Es macht fit und glücklich. Stärkt dazu unsere Sinne. Könnte sein, dass eine der Nymphen es Ihnen dankt.»

Reger lachte sein heiseres Lachen.

«Ich sollte Ihnen vielleicht noch mehr von dem guten Lorenzo mit auf den Weg geben. Die Medicis waren nicht nur ausgezeichnete Bankiers und Politiker, sondern hatten in ihm, ungerecht, wie das Schicksal nun einmal ist, auch noch einen passablen Dichter. Sag Ihnen das Sprüchlein mal auf: *Nymphen macht es ein Vergnügen / liebestoll geraubt zu werden; / alles Volk ist hart zu rügen, / das mit störrischen Gebärden / sich der Liebe nicht will fügen.* Also fügen Sie sich, Herr Kollege. Es ist sozusagen eine dienstliche Anweisung.»

Reger ließ sich von dem Mädchen zur Seite ziehen und verschwand in der Menge.

«Gibt er Ihnen Tipps, wie man sich als Dionysos, pardon wir sind in Italien, als Bacchus bewährt? Schwätzt er Ihnen seine Allzweckwaffe auf?»

Ich wandte mich um. Eine massige Gestalt stand vor mir, mit schlappen Pferdeohren, die auf der speckig glänzenden Kopfhaut keinen Halt zu finden schienen. Marinelli brauchte seine Maske nicht zu lüften. Man erkannte ihn sofort.

«Das Leopardenfell steht Ihnen ausgezeichnet.»

Ich schaute an mir herunter. Das Fell hing mir flatterig über Schulter und Brust. Eine misslungene Schärpe.

«Eine Aufmachung, die Anlass zu allerlei Anspielungen gibt. Man hat Sie damit zum Maître de Plaisir, zum Herr der Satyre gemacht. Ich hoffe, Sie wissen Ihren Part in dem Mysterienspiel hier zu spielen.»

«Und der wäre?»

Marinelli biss in sein Lachsbrot. Seine Lippen schienen fettig im Licht der Laternen auf.

Ich glaube, Sie werden es merken.»

«Hab keine Ahnung, worum es hier geht. Bin eher zufällig hier.»

«Das sind wir alle. Nutzen Sie die Gunst der Stunde, die Nymphen …, man wird sehen, ob sie ihrem Namen gerecht werden.»

Marinelli grinste.

«Allerdings sollten wir in diesem Zusammenhang hoffen, dass der Name dieses Etablissements – Butimar – nicht hält, wovon er spricht.»

«Hab keine Ahnung, worauf Sie hinauswollen.»

«Butimar, das Wort kommt aus dem Persischen. Die Maldini klärte mich auf. Eine absurde Geschichte.»

Marinelli wischte sich mit der noch vom Lachsbrötchen fettigen Hand über die Stirn.

«Butimar ist ein Vogel. Ein neurotisches Geschöpf, das am Strand hockt und von der Sorge geplagt wird, das Meer könne austrocknen. Eine fixe Idee, die den Vogel zwingt, sich ständig am Meer aufzuhalten. Nie kehrt er dem Wasser den Rücken. Unablässig beobachtet er die Wellenkämme aufsteigen und einige Meter vor dem Ufer brechen, er studiert Untiefen und Sandbänke, registriert die Farbänderungen des Wassers je nach Gezeitenstand und Temperaturwechsel, sieht den Glast, wenn der Mond nachts über dem Meer aufsteigt, er ist wachsam, immer wachsam. Freilich deutet nichts darauf hin, dass die See austrocknet. Während all der Zeit, wo er dem Meer, dem Wasser so nahe ist, ist ein Wunsch in ihm wach, ständig und unablässig: Er will schwimmen, endlich schwimmen, will wie die anderen Vögel tauchen, das Wasser fühlen, und rührt es doch nicht an – aus Sorge, seinen Beobachtungsposten zu verlassen.»

Marinelli fuhr sich mit dem Hemdsärmel über den Mund und seufzte. «Idiotischer kann man diesen Lusttempel hier nicht benennen. Kommen Sie.»

Er nahm mich am Arm und bugsierte mich ins Innere der Villa. Das Holzparkett knackte unter unseren Schritten. Die Zimmer waren leer. Kerzenlicht flackerte an den Wänden und warf tiefe Schatten in die Räume. Erst allmählich erkannte ich, dass dort Bilder hingen. Watteaus «*Das Urteil des Paris*». Von Vélasquez «*Die Venus mit dem Spiegel*». Ich hatte die Gemälde zuvor nie gesehen, nur die Beschreibungen gelesen, in Sophias Manuskript.

«Hier entlang, es gibt noch eine Reihe weiterer Pikanterien, die ganz ausgezeichnet ins Butimar passen.»

Marinelli zog mich mit sich fort.

«Es heißt, die Werke seien Leihgaben. Reger machte eine Andeutung, dass die Bilder aus Savios Fundus stammten.»

«Originale?»

«Wären unbezahlbar, sind auf dem Markt auch gar nicht verfügbar. Schauen Sie dort drüben, der Correggio etwa, das Original hängt im Louvre.»

«Ist Savio der Gastgeber? Gehört die Villa ihm?»

«Ich weiß nicht, ob die Villa ihm gehört. Er gibt zumindest häufiger Feste dieser Art hier.»

«Sie kennen ihn näher?»

«Ein sonderbarer Mensch. Eitel, verschroben, dazu einflussreich. Ihr Chef, aber auch andere, hängen an seinen Lippen. Savio versteht sich als eine Art Reanimierer der florentinischen Renaissance.»

Ich trat näher an das Bild heran.

«Savio ist geradezu besessen vom Schönen. Eine Manie. Schauen Sie sich um. Schöne Frauen und schöne Bilder.»

*Venus, Satyr und Amor, Öl auf Leinwand.* Sophia hatte das Bild sehr genau beschrieben. Schwülstig war der Ton im Manuskript gewesen, wenn auch die Details stimmten: Die Göttin lag wirklich aufreizend da. Neben ihr auf dem Ruhelager kuschelte der feiste, kindliche Liebesgott.

«Beachten Sie, Amors Köcher ist mit Leopardenfell bezogen», schmunzelte Marinelli. «Der Leopard aber ist das Tier des Bacchus oder auch des Dionysos, ganz wie Sie wollen, es verkörpert ihn geradezu. Sie verstehen die Anspielung?»

«Nein.»

«Amor scheint in Bacchus Auftrag, sagen wir, die Schöne

eingestimmt zu haben für ihr tête à tête mit dem Satyr. Bacchus ist hemmungslos. Er macht sich den Sohn zu nutze, um die Mutter in Wallung zu bringen.»

Ausgerechnet mich hatte man in das Kostüm des Bacchus gesteckt.

«Die Dame bringt ihre Reize optimal zur Geltung», fuhr Marinelli fort. «Aber sie tarnt gleichwohl ihr Verlangen, das Objekt der Begierde zu sein, indem sie sich schlafend stellt. Es ist der geöffnete, vor Lust leicht bebende Mund, der sie verrät.»

Marinelli strich sich über die feuchte Stirn.

«Kommen Sie hierher, schauen Sie sich Poussins *Schlafende Venus* an. Poussin treibt das Spiel noch um eine Nuance weiter.»

Ich erinnerte mich. Auch dieses Gemälde war in Sophias Dissertation ausführlich behandelt worden. Auch diesmal ruhte Venus auf einem Lager. Hell flimmerte ihr nackter Körper in der dunklen Landschaft. Zwei bocksbeinige Faune rissen ihr das Laken von den Schenkeln. Vor Geilheit konnten sie sich kaum noch halten. Amor, das kleine Miststück, machte keinen Mucks, die Schlafende vor dem zu warnen, was unweigerlich folgen würde, und das Poussin uns auf dem Bild vorenthielt. Aber schnell begriff man: Mit dem Opferstatus der Venus war es auch diesmal nicht weit her. Amor schwieg, weil er eingeweiht war in das, was die so scheinbar unschuldig Überraschte von den dunklen, bärtigen Grobianen erwartete. Diese Venus war eine Frau, die sich beschaffte, wonach ihr der Sinn stand, auch wenn sie dazu die Pose des Schlafs und der Unschuld vortäuschte.

«Wunderbar, nicht wahr?» Marinelli atmete schwer. «Das *Butimar* ist eine erste Adresse in der Stadt – für Kenner mit bestem Geschmack, so formuliert man das doch wohl.»

«Es ist ein Bordell?»

«Sagen wir – eine erotische Delikatesse. Savio gibt hier den *Ball der Venus*, Sie verstehen?» Marinelli lächelte.

«Übrigens, Gerber, ist Ihnen jemals aufgefallen, wie verwandt ihrem Wesen nach Bordell und Museum sind?»

Ein weiteres Bild. Es hing an der Stirnwand. Eines, das Sophia nicht in ihrem Manuskript beschrieben hatte. *Vulkan überrascht Venus und Mars. In Privatbesitz.*

«Beide unterhalten eine Aura der Andacht, der rituellen Gepflogenheiten, hier das auf die notwendige Ausstattung reduzierte Séparée mit dem einen Objekt, das wir begehren und bezahlen, vielleicht vergöttern, wenn wir verrückt genug nach der Dame sind, dort ein weitgehend leerer Saal, mit einigen wenigen Bildern, die wir stumm betrachten, vielleicht bewundern, wenn die Malerei unsere Passion ist.»

Eine Dreiecksgeschichte. Ging auf Ovid und Homer zurück, soviel ich wusste. Ich kannte das Original von Tintoretto. Sophia und ich hatten es vor Jahren in der Alten Pinakothek in München gesehen.

«Wir, die Besucher, verfügen weder über das eine noch das andere Objekt, keines gehört uns. Wir wohnen ihm bei, so sagt man doch.»

Ein erotischer Hinterhalt. Ein asymmetrisches Paar – in der Sprache der Psychologen. Hier der hinkende, alternde Vulkan, dort die liebeshungrige Gattin, die erleben muss, dass der mit den Jahren argwöhnisch Gewordene vor der Zeit von einer Reise heimkehrt. Er findet sie im Bett vor und kniet nun mit seinem zu kurzen, hinkenden Bein – wer will, kann die maliziöse Metapher und ihre sexuelle Konnotation schon verstehen – auf dem Bettkasten und zieht das Stückchen Stoff, das einzige, das sie trägt, von ihrer Scham mit dem Ziel, die Spuren des vermuteten Beischlafs mit einem seiner Nebenbuhler zu entdecken. Venus mimt völlige Verwunderung über den Verdacht.

«Im Bordell wie im Museum sind wir bewacht von einem Sicherheitsdienst, dort die Rausschmeißer, hier die stumm auf ihrem Stühlchen sitzenden Wärter.»

Seine Ahnung hat Vulkan nicht getäuscht. Ein Detail gab darüber Auskunft. Sophia hatte mich damals darauf hingewiesen, welche Bedeutung dem Knaben zukommt, der selig auf seinem Lager schläft und neben sich seinen Pfeil abgelegt hat – eine tradierte und seinerzeit von jedem verstandene Metapher für den Schlaf, der einen überkommt, nachdem die Leidenschaft gekühlt ist. Noch aber hat der Alte seinen Gegenspieler nicht entdeckt. Mars hat sich unter einem Tisch versteckt. Allerdings scheint die Angst, entdeckt zu werden, nicht allzu groß zu sein. Eher neugierig schaut er dem Gehörnten bei seiner Inspektion zu. Auf dem Gesicht ein Grinsen, der Genuss des Siegers, der den Ehemann linkisch in den Fängen der Eifersucht zappeln sieht.

Marinellis Stimme jetzt dicht an meinem Ohr: «Beide benötigen die Bewachung – die Frauen und die Bilder, beide sind sie mitunter die Opfer eines Irrsinnigen oder eines über Gebühr in sie Vernarrten, es gibt die Bilderschlitzer und die Hurenschänder.»

So weit der Plot, so weit Tintoretto – aber Venus hatte *ihre* Züge, es war *schwarzes* Haar, das über ihre Schulter floss, kein rotblondes wie in Tintorettos Bild, und die porzellanfarbene Blässe der Venus war gegenüber dem Original zu einem Zimtton geworden, ein Teint, der selten ist in unseren Breiten, eine Färbung, die *Sophias* Haut im Sommer annahm. Und es war Bohm in der Rolle des Mars, es war verdammt noch mal *seine* Fratze, die unter dem Bett hervorlugte. Das Ganze sollte anscheinend auf jenen unfassbaren Nachmittag, an dem ich Bohm in Sophias Wohnung vorfand, anspielen. Für mich, für niemand anderen, hing dieses Bild hier.

«Denken Sie an die unzugänglichen Ecken in einem Museum, die kaum besuchten Säle, das Echo unserer Schritte in den menschenleeren Räumen, alles schwingt in uns, ist voller erotischer Ahnung. Da muss nur die Richtige kommen, man geht ihr hinterher, Schritt für Schritt konturiert ihr Duft, ihr Parfum sich ...»

Unten rechts Savios Signatur, quer über die Stirn des Kriegsgottes Mars gezogen, als hätte es dessen noch bedurft.

«Hier wie dort steht man in gewisser Hinsicht unter dem Bann des Schönen. Und die Villa Butimar, mein Lieber, scheint beides zugleich zu sein, ist Museum wie Bordell und deren Steigerung obendrein.»

Das Haar, der Mund, die schmale Nase, ein wenig stupsnasig, die Leberflecken auf ihrer linken Wange ...

«So kommen Sie doch, mein Gott, Gerber, was ist mit Ihnen? Gerber, so lassen Sie doch ...» Der Neigungsgrad der Brauen, ihre Augen, vor allem die Augen, ein Regengrün ... «Gerber, kommen Sie zu Sinnen!» Die Augen, ein Regengrün ... «Man wird Sie rausschmeißen, Savio wird Sie ...»

Ich ließ von dem Bild nichts übrig. Es war das Werk von wenigen Sekunden, ein Faustschlag, ich riss die Leinwand in vielleicht ein halbes Dutzend Stücke, zwei Tritte und der Rahmen lag zersplittert auf dem Parkett. Marinelli schaute mich entgeistert an. Wie so viele Menschen, die unfreiwillig Zeugen eines Gewaltausbruchs werden, war er unfähig sich zu rühren. Ich ließ ihn stehen. Es war mir egal, was Marinelli von mir dachte. Savio würde auf das Bild stoßen und klug genug sein zu wissen, wer es zerstört hatte. Ein erster Akt, der die Vorzeichen ein wenig verschob, der mich nicht mehr nur ein Opfer sein ließ.

Draußen auf der Terrasse hatte ein Saxophon zu wimmern begonnen. Schwülstig und zu absichtlich und ohne jeden doppelten Boden war die Musik. Nymphen, Satyre. Wange an Wange schoben sie über die Terrasse. Ich schnappte mir ein Glas Wein, lehnte mich über die Brüstung. Manchmal, wenn die Musik aussetzte, drang aus der Tiefe des Gartens ein Lachen herauf. Jemand berührte mich an der Schulter – eine Bewegung, als streifte mich eine Feder. Ich fuhr herum.

«Sie tanzen?»

Ich schaute einer Sphinx in die Augen.

«Zieren Sie sich nicht. Es steht Bacchus schlecht zu Gesicht, hier so melancholisch an der Reling zu lehnen.»

Sie führte mich auf die Tanzfläche. Die Kapelle spielte einen Walzer. Ich hatte Mühe, die Schrittfolge einzuhalten, zudem ich Marinelli entdeckte, der mit Reger am Büfett stand. Wahrscheinlich berichtete er ihm gerade von meiner Entgleisung, ja, so würde sich Marinelli ausdrücken. Ich war nie ein guter Tänzer gewesen. Und ich war es auch an jenem Abend nicht.

«Ich hörte von Signore Marinelli, Sie hätten sich noch nicht recht akklimatisiert?»

Ich geriet aus dem Tritt, stolperte über meine Füße.

«Machen Sie sich keine Gedanken wegen des Bildes, es war eine Kopie.»

«Das Modell», stammelte ich, «die Venus auf dem Bild …»

Ich glaubte, die Sphinx lächeln zu sehen.

«Die Kunst treibt uns mitunter zu den absonderlichsten Reaktionen, Signore Gerber. Mitunter gerät unsere Erregung an den Punkt, wo sich die himmlischen Gefühle, die uns die Kunst einflößt, mit den menschlichen Leidenschaften vereinen, nicht wahr? Sie wissen, wovon ich spreche.»

Ich nickte.

«Etwas in dem Bild wird Sie zu Ihrer Tat animiert haben. Oft laufen diese Vermittlungsprozesse zwischen dem Betrachter und einem Kunstwerk unbewusst ab.»

Immer noch lächelte die Sphinx.

«Ich weiß, Marinelli hält von solchen Theorien nichts. Er spottet über meine Arbeiten, aber das muss uns nicht verunsichern. Klären wir ihn auf, dass Sie das Opfer einer leichten psychotischen Attacke sind und er sich vor Ihnen nicht fürchten muss.»

«Das Modell für die Venus, Savios Modell, kennen Sie die Frau?»

Die Dottoressa legte den Kopf in den Nacken.

«Nun …, bemühen wir noch einmal Stendhal, der meint, man sehe gerade in Florenz, dass besonders durch die Kräfte der Leidenschaft Kunst entstehe.»

Mir wurde heiß.

«Ohne eine gewisse Passion sei die Seele zur Kunst unfähig, sagen Kenner, im Übrigen meint das auch Savio. Habe ich Ihre Frage damit beantwortet?»

Der Boden unter mir schwankte.

«Ist sie hier? Savios Modell – ist sie hier?»

«Alle sind hier», sagte die Dottoressa. «Warten Sie, bis um Mitternacht die Masken fallen.»

Ich lief hinaus in den Park. Ich wollte allein sein, der Aufregung Herr werden. Ich würde auf Sophia treffen. Nach all den Monaten. Ich lief an Rosenbeeten vorbei, an Papyrusstauden, an künstlich angelegten Wasserläufen und gelangte zu einem Platz, zu einer ausgeleuchteten Bühne. Der Bühnenboden war mit Sand bestreut. Teppiche waren ausgelegt und weiter hinten stand ein rotes Kanapee. Im Hintergrund, fast verdeckt von einer Palme, die die Bühne überspannte, befand sich ein Stuhl. Jemand saß dort, war an den Füßen gefesselt. Ich konnte das Gesicht nicht erkennen, es war verborgen von den Palmblättern. Der Blick des oder der Gefesselten musste auf die dunkelhaarige Frau fallen, die sich von zwei Gehilfinnen entkleiden ließ. Nichts an den Handgriffen schien absichtsvoll aufreizend zu sein und war es deshalb umso mehr. Eine von ihnen, eine Mulattin, in eine Djellaba gehüllt, stellte sich hinter die Dunkelhaarige, öffnete den Reißverschluss des Kleides, streifte es ihr von den Schultern, ließ es bis zu den Hüften fallen, woraufhin sie sich kniete, das Kleid hinunter zu den Füßen zurrte, es entgegennahm und der anderen Zofe reichte, die der Dunkelhaarigen gegenüberstand und die allein – nicht die Person auf dem Stuhl, nicht ich im Publikum – den vollen Blick hatte. Uns blieb nur ihr Profil. Sie löste die Haarbänder. Ein Schwall schwarzen Haars fiel zur Schulter und erzeugte auf der bleichen Haut einen Kontrast, der ihre Nacktheit noch betonte, umso mehr, da die Armreifen, die Halsketten und Ohrringe, die sie trug, den Körper jetzt noch entblößter erscheinen ließen. Man schob ihr einen Schemel hin, sie setzte sich. Die Mulattin nahm einen Schwamm, tränkte ihn in einer Waschschüssel mit einer Flüssigkeit, die einen süßlichen Geruch verströmte. Sie tupfte ihr die Schenkel, den Bauch ab. Auf der Haut milchweiße Tropfen, die entlang der Schenkel abflossen und auf dem Boden eine Lache entstehen ließen. Die Person auf dem Stuhl zappelte, fuhr sich mit den Händen durchs Gesicht, schien Fratzen zu schneiden. Immer noch konnte ich nicht erkennen: War es ein Mann oder eine Frau?

«Ein schöner Anblick, wenn auch etwas schwül, finden Sie nicht?»

Es war Marinelli. Hinter ihm tauchte die Dottoresa auf.

«Eine Reminiszenz an orientalische Sinnlichkeit und türkisches Bad.»

Marinelli legte mir gönnerhaft die Hand auf die Schulter. Offenbar wollte er mir meine Entgleisung nicht nachtragen.

«Kein herkömmliches Etablissement, das sagte ich Ihnen schon. Sehr verfeinert. Dem müssten Sie doch etwas abgewinnen können.»

Die Frau stand nun auf, ließ sich auf dem Sofa nieder und stützte sich mit durchgedrückten Armen auf den Polstern ab, wodurch sie im Hohlkreuz saß und ihre Brüste sich vorstreckten, auf die man jetzt eine Paste auftrug. Die Luft roch plötzlich nach Marzipan. Ich stutzte, auch im Tagebuch war davon die Rede gewesen. *In den Fenstern saßen Frauen. Sie trockneten die Farben auf ihrer Haut. In der Luft ein Marzipangeruch.* So ähnlich hatte Sophia sich ausgedrückt.

«Ich sagte Ihnen doch, dass Savio uns kein Fast Food bietet, mein Lieber.»

«Seit wann geraten Sie über Savio ins Schwärmen?», erwiderte ich.

«Man könnte glauben, das Schöne hielte eine gewisse Erlösung für uns bereit, nicht wahr?», säuselte die Maldini und legte mir nun ihrerseits eine Hand auf den Arm.

«Eine zugegeben wunderbare, wenn auch idiotische Vorstellung», konterte Marinelli. «Seien Sie nicht so naiv, das Schöne mit dem Guten gleichzusetzen. Auch Luzifer war schön.»

«Wahrscheinlich haben Sie Recht, Professore», grinste die Maldini.

«Im Übrigen: Mich erlöst die Schönheit nicht. Sie bringt mich ins Schwitzen», knurrte Marinelli.

«Machen Sie sich nichts draus, mein Lieber. Andere kollabieren vor Botticellis Bildern oder Masaccios Fresken. Sie haben es da entschieden besser.»

Marinelli winkte ab.

«Das Verdrängte will ans Licht – seit Freud eine Binsenwahrheit, das wissen Sie doch, Professore.»

Marinelli stelzte hinüber zum Bühnenrand.

«Die häufig beschriebenen Kreislauf- und Ohnmachtattacken beim Stendhal-Syndrom sind womöglich der

Versuch, sich den einströmenden Erfahrungen und Gefühlen zu entziehen», schickte die Maldini ihm hinterher.

«Einströmen ... sagten Sie. Das lässt an einen Wasserrohrbruch denken, etwa im Wohnzimmer oder in der Küche, und dann mag eine Ohnmacht doch eine durchaus passende Reaktion sein», rief Marinelli ihr zu.

Die Frau streckte sich auf dem Sofa bäuchlings aus, raffte ihr Haar, ließ es seitwärts über die Schulter fallen – ein Schweif von beinahe blauem Schwarz. Die Mulattin knetete ihr den Rücken. Längst schaukelte das Geschöpf auf dem Stuhl wie ein Suppenkaspar hin und her. Das Gesicht war ein einziges Zucken.

«Wenn der arme Kerl so weitermacht, sollten Sie sich seiner annehmen, Dottoressa. Das Schöne scheint ihm über alle Maßen zuzusetzen. Könnte ein Kandidat für Sie sein», fauchte Marinelli und nahm den Blick nicht von der Bühne.

«Savio zielt nicht darauf ab, uns satt zu machen – nur hungriger.»

«Verstehe.»

«Begierden, die ungesättigt bleiben, sind die besten, das wissen Sie doch», flötete die Maldini.

Marinelli ließ sich in ihr Schlepptau nehmen. Auch ich hatte genug. Ich lief ziellos im Garten umher, entfernte mich immer weiter von der Villa. Die Wege waren nun schmal und vermoost. Kaum noch drangen Stimmen von der Terrasse herüber. Das Gebüsch wurde dichter, ragte in die Wege hinein. Ich traf auf niemanden mehr, verlor mich immer mehr im Park und in der Nacht. Schließlich kam ich an großen, bleichen Felsen vorbei. Dort brannte Licht. Eine Fackel oberhalb einer metergroßen Spalte. Vor der Spalte war ein tönernes Einhorn postiert. Ich schaute mich um. Niemand war zu sehen. Zögernd trat ich näher. Setzte Fuß an Fuß. Klamme Luft schlug mir entgegen. Ein Gewölbe. Überall an den Wänden waren Muscheln. Plötzlich flitzten die Silhouetten von Fischen über die Muschelwände – kleine, flossenschlagende Leiber. Es musste eine Halluzination sein – ein Zustand nach chronischem Schlafverlust.

«Da staunen Sie!»

Ich fuhr herum. Woher kam die Stimme?

«Nur die Ruhe!» Die Stimme hallte über mir auf. «Man sieht so vieles und kann es nicht deuten. Keine eiligen Schlüsse, abwägen ist das Gebot der Stunde. Auch eine Portion Schläue.»

An der Decke schwang sich ein Schatten auf, ein Kopf mit mächtigem Bart, der sich schließlich über die ganze Wölbung erstreckte.

«Manches erscheint als das, was es in Wirklichkeit nicht ist.»

Der Kopf verschwand, und die wendigen Fischleiber tauchten wieder an den Wänden auf.

«Schauen Sie hinauf in die Kuppel.»

Ich legte den Kopf in den Nacken.

«Schauen Sie genau hin – vieles ist eine Frage der Präzision.»

Senkrecht über mir blitzte ein Glaskörper, ein Kubus auf, der in das Gewölbe gehängt war. Daneben ein Scheinwerfer, der jetzt erlosch und nur noch ein Glimmen an die Wände warf. Die Fische verschwanden wie Kreidezeichnungen, die man von der Tafel wischt.

«Steigen Sie hinauf. Nehmen Sie eine der Fackeln. Es wird in Kürze dort unten eine Vorstellung geben, und da wüsste ich Sie lieber hier oben an meiner Seite. Kommen Sie.»

In die Wand waren Eisensprossen eingelassen. Ich stieg hinauf, blind unter dem Lichtschirm der Fackel. Schließlich erreichte ich eine Plattform. Darüber hing eine bewegliche Vorrichtung, in die ein gläserner Kubus eingelassen war – ein Aquarium voller Fische. Echte Fische – Fische, deren Schatten je nach Lichteinfall des Scheinwerfers über die Wände und die Kuppel schwammen.

«Hat einen gewissen Charme, nicht wahr?»

Ich wandte mich um. Der Wachmann trat aus dem Schatten auf mich zu. Ich erkannte ihn sofort. Sein Haar hing fettig auf dem Kragen seiner Jacke.

«Höchste Zeit. Schauen Sie!»

Unter uns füllte sich die Grotte mit dem Personal des Abends: Satyrn, Nymphen und einige wenige Sphinxe.

«Savio meint, der Streifen könnte Ihr Interesse finden», lachte er auf. «Es wird hier gleich eine Vorführung geben – wenn auch der Film nicht ganz angemessen ist, glaube ich. Man ist der Ansicht, nach der misslichen Aktion heute Morgen im Palazzo Serristori – Sie weilten bei der Zusammenkunft dort ungebeten als Gast – müsse man Sie an härteren Tobak gewöhnen.»

Er zog eine Fernbedienung aus der Tasche. Auf die Wände legte sich ein Flimmern. Er blickte mich an, griff dann erneut die Tastatur ab, und über das Gewölbe flirrte ein Stuhl, ein Bett, ein Fensterrahmen, das Muster eines Teppichs. Alles etwas verschwommen, als würde es in das Zimmer hineinregnen. Dann die Kette, mit der Bohm Sophia zum Stuhl führt, das schrundige Lederband, das ihre Handgelenke fesselt. Nur der Geruch, er fehlte freilich – der Geruch der Gummihandschuhe und des Gummislips, nicht aber das Bersten der Türe, ein hoher, ächzender Ton, als zöge man eine Unzahl von Nägeln gleichzeitig aus einem Brett. Auf die Kameralinse flogen Holzsplitter zu, eine Aureole von wirbelnden Spänen. Die Kamera erfasste Bohms Gesicht, die panikweißen Augen, das Blut, das aus seinem Mund rann, bis ich Bohm den Slip in den Mund steckte und der Blutfluss verebbte. Sekunde um Sekunde verharrte der Zoom auf seinem anschwellenden Gesicht, aus dem die Augäpfel hervortraten.

Ich hatte das anders in Erinnerung, wähnte Sophia zwar im Zimmer, nicht jedoch an der Kamera, die mich ins Bild setzte, als gehörte ich dazu, als komplettierte ich auf eine absurde Weise ihr tête-à-tête mit Bohm. Ich sah jetzt seine ins Leere strampelnden Füße, die meine Flanken trafen, erst ungestüm und heftig, später immer kraftloser werdend: die Zuckungen eines verendenden Tieres. Der Wachmann musterte mich. Ich zeigte keine Regung. Heute wundere ich mich, dass ich scheinbar unbeteiligt die Szenen betrachtete: wässrige, aber erkennbare Bilder, die das Publikum unten am Boden der Grotte verstummen ließen.

«Ich konnte es nicht verhindern, entschuldigen Sie,» flüsterte er und strich sich über den Bart. «Kommen Sie auf einen Kaffee vorbei. Sie wissen, wo Sie mich finden. Dort spricht es sich besser als hier.»

«Worüber spricht es sich besser?»

Er grinste.

Erschöpft stieg ich die Sprossen hinunter. Ich gelangte zum Boden der Grotte, presste mich durch die Menge. Sophia hatte mich *es* sehen lassen. Etwas, das lange schon von ihr Besitz genommen hatte. Gegen das ich chancenlos war.

Ein Nachtblau. Eine Sternennacht. Licht flimmerte durch die Baumkronen hindurch auf die Parkwege. Manchmal tauchte mein Fuß darin ein, ich hatte dann Füße aus Licht. Ich sank auf eine Bank. Es war nicht mehr weit bis Mitternacht. Von der Terrasse drang Musik herüber. Die Gewissheit, Sophia hier zu begegnen, ich spürte sie, wie die Haut das Ansetzen der Rasierklinge spürt. Kann man einschlafen in einer solchen Situation? Es muss ein Akt der Gnade gewesen sein, ein Versuch meiner selbst, mich vor dem zu bewahren, vor dem ich nicht mehr zu bewahren war. Irgendwann wachte ich auf. Ich schoss hoch und lief sogleich los. Bald schon stieß ich auf Reger und die Paruzzi. Beide ohne Maske.

Mitternacht musste vorbei sein. Ich hatte die Demaskierung verpasst. Reger presste die Paruzzi gegen das Geländer. Er küsste mit der Inbrunst eines Teenagers, heftig und saftig, ohne Atem zu holen. Olivia warf mir einen Blick zu. Dann traf ich auf Marinelli, der mit einem Mädchen, eines, das noch zu jung war, viel zu jung war, in der Villa verschwand. Ich streifte mein lächerliches Kostüm ab und warf es über die Brüstung. Von Savio, von Sophia keine Spur. Ich schnappte mir ein Glas Martini, trank es in einem Zug aus und nahm ein zweites. Die Maldini zog an mir vorüber. Sie tanzte mit einer Sphinx. Eine, die sich nicht demaskiert hatte, eine, die Blüten im Haar trug. Um ihre Schultern lag ein blassrotes Tuch mit Blumenmotiven. Die Anspielung auf die Vespucci war überdeutlich. Die Maldini lotste sie zur Villa. Benommen folgte ich ihnen. Die Musik schluckte meine Schritte auf den Holzdielen. Raum um Raum, leere, weite Zimmer. In meinen Beinen ein Flattern, ein Muskelkater. Schließlich Stimmen. Gläser klirrten. Vielleicht vierzig, fünfzig Menschen in einem Saal. Savio in einem Sessel sitzend, breitbeinig, diesmal ganz in Anthrazit gekleidet, dazu ein silberfarbenes Hemd, einen Zigarillo rauchend, über seinem Kopf Botticellis Bilder. Die «Geburt der Venus» und «Primavera»: … *die ursprünglich … für ein Lusthaus in Castello geschaffen wurden* … Ich war am Ziel. Stand regungslos im Türrahmen. Spürte diesen eigenartigen Frost in Beinen und Füßen. Fing die Wehmut auf, die im Blick der Vespucci lag, als habe Botticelli schon ihr Ende vorausgesehen. Wollte jetzt einen Schritt tun, wollte zu Savio. Aber wie auf der Piazza della Signoria, als ich Sophia vor dem Palazzo Vecchio entdeckt hatte, war ich unfähig, mich von der Stelle zu bewegen. Meine Beine gehorchten mir nicht.

«Nichts geschieht zufällig», sagt die Dottoressa. Das Fenster steht offen. Ein warmer Wind und das Brodeln des Verkehrs streichen herein.

«Es stimmt nicht, dass wir dem Schicksal ausgeliefert sind. Es kommt nicht ungerufen zu uns. Wir sind es, die lange und ausdauernd nach ihm suchen, auch wenn wir uns vor uns selbst ahnungslos geben. Haben wir es gefunden, dann freilich lässt es uns nicht mehr los, und es bestimmt unser Leben. Grämen Sie sich nicht, Signore Gerber, wir alle, auch Sophia, wissen, was wir tun. Niemand ist gegen das resistent, was er in Wahrheit sucht und begehrt. Niemand vermag zu verhindern, wonach es ihn unbewusst drängt, selbst wenn es sein Untergang ist. Im Übrigen: Auch das Scheitern kennt eine Lust.»

Ich hasse das Pathos der Maldini, ihre vor Inbrunst heisere Stimme. Ich hasse ihre Poesie, ihre Psychologie, die mir den Verlust erträglicher machen soll.

«Leidenschaft, die uns an einen Menschen kettet, ist ein Zauber», sagt Tarek, der bislang schweigend im Zimmer gestanden hat. «In meiner Heimat glaubt man, dass es der b ö s e B l i c k der Geliebten ist, der uns gefangen nimmt.»

Die Maldini schweigt. Ein Schweigen, das sie anstrengt, das ihren Blick fahrig macht.

Ich frage Tarek nach einer Therapie. Er zögert. Schließlich sagt er: «Es ist besser, wenn die Leidenschaft nicht einem einzigen Menschen gilt, sondern sich verteilt auf eine Vielzahl, wodurch das Feuer sich in uns verringert.»

Savio erhob sich, ging auf die Maldini und die Sphinx zu. Diese löste sich von der Dottoressa und tanzte nun mit Savio. Manchmal schaute sie zu mir herüber. Hastige Blicke. Savio führte sie einem anderen Tänzer zu. Immer noch verharrte ich in der Tür. Eine der Nymphen brachte mir einen Cocktail. Er schmeckte fad und mehlig. Dennoch trank ich ihn. Die Maldini kam, zog mich in die Menge. Wir tanzten, schnelle, enge Kreisführungen, meine Beine gehorchten mir wieder. Bisweilen, wenn die Paare wechselten, zog die Maskierte für einen Augenblick in meine Richtung, bevor Savio oder das Faktotum oder einer der anderen Tänzer ihre Passage durch den Raum bremsten, sie sich gegenseitig in die Arme trieben, sie in den Schwarm der herumwirbelnden Körper zurückführten, bis sie ein einziges Mal zu spät kamen, jener Augenblick, da sie alleine plötzlich vor mir stand und wir nicht mehr aneinander vorbeikamen, ein Missgeschick in Savios Regie, der auf sie losstürzte, aber da hielt ich sie schon in den Armen, da tanzten wir, da wäre es ein Eklat gewesen, sie mit Gewalt aus meinen Armen zu reißen, das schwarze Haar, die Nase, ein wenig stupsnasig, gerade so viel, dass sie noch schön zu nennen war, er musste mich gewähren lassen, ihre Augen, vor allem die Augen, ein Regengrün, wir tanzten zur Tür. Sie zögerte. Die Musik riss ab. Sie machte zwei, drei hastige Schritte, ich wollte sie festhalten, fasste aber nur das blassrote Tuch, hastete ihr hinterher, ich fiel, stolperte über ein Bein, einen Stuhl, die scheinbar zufällig … Es war Savio, der mir aufhalf. Es war Marinelli, der meinen Arm nahm.

«Warten Sie, Gerber! Man muss sich bremsen, um ans Ziel zu kommen. Sie befinden sich hier in der Unterwelt. Denken Sie an den bemitleidenswerten Orpheus. Er verspielte Eurydike durch einen einzigen zweifelnden, rückwärtsgewandten Blick über die Schulter. Dieses Verbot gilt auch in Savios Reich. Lassen Sie sie gehen.»

Ich befreite mich von Marinellis Griff und Marinellis Worten, hetzte ihr hinterher, war nach wenigen Minuten schon außer Atem, lehnte mich japsend an einen Pfeiler. In meinem Kopf ein Hämmern, die Augen tränten. Ich horchte … Die Villa hatte sie geschluckt. Die Chance, auf die ich all die Monate gewartet hatte, war vorübergegangen, ohne dass ich sie genutzt hatte oder nutzen konnte. Es hatte ihn gegeben – den günstigen Augenblick. Mitunter hält das Leben sie bereit, jene Chance, die uns noch einmal in die Lage versetzt, das Ruder herumzuwerfen oder die Karten neu zu mischen. Ich torkelte, eine zeitlupenhafte Bewegung, rücklings glitt ich an dem Pfeiler hinunter, die Glieder schwer, eine Müdigkeit, der ich nichts entgegensetzen konnte, der ich nachgab, auch um das Hämmern in meinem Schädel loszuwerden, hundert Zwerge hieben da plötzlich mit spitzen Hämmerchen und alle im Takt und alle hieben unermüdlich …

Als ich zu mir kam, pochten meine Schläfen immer noch. Wie lange hatte ich geschlafen? Ich fand in meinen Händen einen Zettel: *Ein Gott ist ein unverwüstliches, ein glückliches Tier.* Mühsam kam ich auf die Beine. Was bedeuteten die Worte? Wer hatte mir den Zettel zugesteckt? Ich schlurfte die Flure entlang. Keine Musik, keine Stimmen. Eine Stille hatte sich breitgemacht, eine, die man aus Träumen kennt, aus denen man aufwachen möchte und nicht kann. Auf der Terrasse stieß ich auf Reger, der grinsend und mit geweiteten Pupillen immer noch an der Brüstung lehnte. Anscheinend hatte er sich von dort nicht mehr fortbewegt. Am Horizont glomm ein Streifen diffusen Lichts auf.

«Guarana, auch eine Spur Fliegenpilz. Sie sehen aus, als sollten Sie es endlich probieren.»

Das Zirpen der Grillen setzte ein und das Rascheln der Vögel in den Blättern zu Füßen der Bäume.

«Hier nehmen Sie!»

Er ließ aus einem Briefumschlag ein Pulver auf meine Hand rieseln. Ich war immer noch müde. Eine Müdigkeit, die nicht nur meinen Körper, die alles in mir erfasste. So musste man sich bei einer ernsten Krankheit fühlen – einer, die einem suggeriert, endlich den Kopf in die Kissen zu legen und nichts anderes mehr tun zu wollen. Fliegenpilz und Guarana waren das Letzte, was ich brauchte. Ich hielt die geöffnete Handfläche in den Wind. Eine Pulverfahne stieg auf und verstäubte in der Luft.

«Machen Sie sich nicht die Mühe», blaffte Reger. «Man kann dem Zeug sowieso nicht entgehen. Savio soll es allen möglichen Getränken beigemischt haben. Eine Sauerei, nicht wahr?»

Reger klopfte sich auf die Schenkel, bog sich vor Lachen. Er feixte, sprang von einem Bein aufs andere.

Der Garten war menschenleer. Das Fest schien vorüber zu sein. Ich hatte Sophia gefunden, und es war nutzlos gewesen, aussichtslos wie einen von einem Angelhaken verwundeten Fisch an Land bringen und dort heilen zu wollen, also wirft man ihn zurück ins Wasser. Ich hatte kein Ziel. Es war noch nicht Morgen, aber auch nicht mehr Nacht – jene Zwischenstunde war angebrochen. Ich hatte nicht vor, ins Hotel zurückzukehren, nicht in dieses Zimmer, in dem meine Versuche zu schlafen, so erfolglos waren. Auch Vernet wollte ich nicht sehen: sein von der Schlaflosigkeit aufgedunsenes Gesicht, seine vom Prozac mühsam geglätteten Nerven, die hohle Euphorie, die das Medikament ihm überstülpen würde. Weit unten im Tal war ein Hahn zu hören. Ich gelangte zu der Bühne, wo ich vor ein paar Stunden Marinelli und der Maldini begegnet war und jener wunderlichen Zeremonie beigewohnt hatte. Der Stuhl stand unverrückt an seinem Platz. Dahinter befand sich nun ein mannshoher Pfahl mit einem Querbalken. Jemand lehnte dagegen, breitete die Arme aus. Auch diesmal konnte ich das Gesicht im spärlichen Licht der Dämmerung nicht erkennen. Die Arme glänzten, und ein sonderbarer Geruch war in der Luft. Ich trat näher. Formalin, es roch nach Formalin. Der Körper bewegte sich nicht. Meine Schritte hallten auf dem Bühnenboden auf. Auch die Beine schimmerten. Rötlich glänzende Fleischstreifen. Haar, das sich im Wind bauschte. Die Hände an den Querbalken gefesselt, die Arme gestreckt, wie bei einer Kreuzigung. Beine und Oberarme ohne jede Haut, es war das rohe, noch leicht blutige Fleisch, das den Glanz ausmachte, auch das Gesicht war präpariert, das Gewebe weggeschabt bis auf die Muskeln. Jetzt, wo ich dem Körper nahe kam, war da noch ein anderer Geruch. Knoblauch. Eigenartigerweise roch der Körper nach Knoblauch. Schließlich die Augen. Immer sind es die Augen, die in den Schädeln sprechen. Und ebenso deutlich markierten die Gesichtszüge – das Spiel der Muskeln schien eingefroren – jenen Moment, da die Tat geschehen war. Die Qual war abgebildet, war herausgearbeitet worden, als handelte es sich um eine Skulptur. Durch irgendeinen Trick war es gelungen, die Überraschung, die Verwunderung in den Zügen festzuhalten, bevor dann die Panik sich darin eingrub, die Erkenntnis, dass es keine Flucht mehr gab, dass das Ungeheuerliche geschehen würde. Es war ein Schnitt, eine große, offene, vielleicht vom Täter noch eigens geweitete Wunde am Hals, und unten zwischen ihren Beinen die Scham herausgeschnitten, ein klaffendes, trapezförmiges Mal. Das Fleisch dort hatte eine graue Firnis, als hätte man es gesalzen. Jetzt erkannte ich sie. Das Mädchen aus dem Palazzo Serristori. Die Leiche, die Savios Helfer heute Morgen von dort entfernt hatten. War es möglich, dass jene auf dem Stuhl gefesselte Person auf der Bühne – ich hatte das Gesicht nicht erkennen können – die Obdachlose aus dem Palazzo Serristori gewesen war? Dann hätte sie also noch gelebt, als Savios Büttel sie aus dem Palazzo schafften. Das war unmöglich. Ich hatte deutlich im Palazzo Serristori die Wunde, die Wunde an der Scham gesehen. Kein Mensch würde eine Frau bei lebendigem Leib so zurichten. Wenn doch, dann wären ihre Grimassen, das Zappeln auf dem Stuhl … Ich verbot mir den Gedanken, setzte mich erschöpft auf den Rand der Bühne. Über den Bergen lag ein zinkfarbener Streifen Licht.

Ich war müde, entsetzlich müde. Warum fand *ich* die Tote? Warum hier in der Villa Butimar? Savio war an Dreistigkeit nicht mehr zu überbieten. Ich hatte ihn unterschätzt. Und Sophia? Was wusste sie von der Leiche? Ich streckte mich auf der Bühne aus, ein Schiffbrüchiger, der ans Ende der Welt gespült worden war. Ich schlief ein oder auch nicht. Längst schon konnte ich nicht mehr mit Gewissheit sagen, wo die Wachheit endete und Schlaf und Traum begannen.

## *14*

Ich hörte Stimmen, ein Geflirr aus Worten, hastigen Rufen, schrill, eingewoben in das Heulen eines Martinshorns. Jemand riss an meinen Schultern, zerrte mich in die Höhe. Ich stand Commissario Ferri und seinen Bütteln gegenüber.

«Wir sehen uns reichlich schnell wieder und am falschen Ort.»

Ich hatte Mühe, zu mir zu kommen. Mein Kopf schmerzte unvermindert.

«Haben Sie eine Erklärung dafür?»

Ferri wies auf die Leiche, an dem die Notärzte und der Erkennungsdienst sich zu schaffen machten.

«Ich habe keine Ahnung. Ich weiß nur, sie ist scheußlich zugerichtet.»

Alle Knochen taten mir weh.

«Wie spät ist es?»

Ferri hielt mir seine Armbanduhr hin. Es war sechs Uhr.

«Ich fand die Leiche vor … vielleicht einer Stunde.»

«Und dann haben Sie sich hier zur Ruhe begeben?»

Der Commissario hatte Recht. Wie hatte ich hier nur einschlafen können? Er bückte sich und hob ein Stück Pappe auf. Ein unscheinbarer, fleckiger Karton, der zu meinen Füßen gelegen hatte.

«Ich hoffe, Sie finden eine Erklärung für das hier.»

Er hielt mir die Pappe unter die Nase.

*Die Kreuzigung, Castello 2006,* las ich.

«Ich weiß nicht, wie das … hierherkommt.»

Ferri grinste boshaft.

«Wir werden das prüfen», sagte jemand in meinem Rücken.

Ich wandte mich um.

«Die Manieristen – sagt Ihnen der Begriff etwas?»

Ich hatte den Mann bisher nicht registriert. Offenbar hatte er sich bislang bei der Leiche aufgehalten und war erst jetzt zu uns gestoßen. War Ferri schon nicht schlecht gekleidet, so wirkte er in seinem weißen Anzug deplaziert.

«Professore Deonne. Emeritierter Kunstgeschichtler. Er ...», Ferri räusperte sich, «... unterstützt uns.»

Deonne neigte zur Bekräftigung sein Haupt. Die schmalen, gezupft ausschauenden Augenbrauen krümmten sich schmerzhaft wie auch das ganze Gesicht sich verzog, als litte er unter einer Erkrankung der Halswirbelsäule.

«Offenbar ist der Professore der Meinung, dass wieder Pontormo und Il Rosso bei dieser Aktion herhalten mussten.»

«Die beiden werden Ihren zweifelhaften Ruf nicht los, wie man sieht», antwortete Deonne.

«Wovon sprechen Sie? Ich verstehe kein Wort», warf ich ein.

«Irgendeine kranke Seele scheint sich mal wieder bei der Florentiner Kunstgeschichte bedient zu haben. Nicht zum ersten Mal. Erinnern wir uns an die Tote im Hof des zoologischen Museums», antwortete Ferri und zog seine Hose, die auf den Hüften hing, in die Höhe.

«Der Commissario meint, dass derjenige, der die Frau getötet, respektive so zugerichtet hat, eine Kreuzigungsszene nachstellt.» Deonnes Lippen zitterten leicht. Seine Lippen schienen geschminkt zu sein. «Der Täter kupfert ab, bei Pontormo, Il Rosso, wir werden sehen», fuhr er fort.

Marinelli ... Dunkel erinnerte ich mich. Hatte nicht Marinelli im Zusammenhang mit Pontormo von einer

Kreuzigung oder ähnlichem gesprochen? An jenem Morgen, an dem ich mir das Prozac in Santa Maria Nuova hatte aushändigen lassen.

«Jemand – und er muss nicht identisch mit dem Mörder sein – spielt mit uns. Er hält sich für neunmalklug. Ich hoffe für Sie, Signore Gerber, dass Sie in diesem Spiel nur ein nützlicher Idiot sind und nicht wirklich an den Sauereien beteiligt», bellte Ferri.

Deonne verabschiedete sich mit einem spöttischen Lächeln. «Ich informiere Sie, Commissario.»

Das lange, nach hinten gekämmte, weiße Haar tanzte auf dem Hemdkragen, als er davonging.

«Sie denken an zwei Täter?»

Ferri nickte.

«Warum ausgerechnet zwei?»

Seine fleischige Nase kräuselte sich an der Wurzel.

«Zu morden ist das eine, die Leichen so zu präparieren etwas anderes.»

Ferri strich sich über das dünne, pomadisierte Haar, in dem an manchen Stellen die Kopfhaut aufschimmerte.

«Wir werden feststellen, ob der Zeitpunkt des Todes und dieses Herumgeschnitze an der Frau zeitlich voneinander abweichen. Obwohl auch das keine letzte Sicherheit bringen muss. Es ist eher ein Gefühl, das mir sagt, dass Täter und Präparator nicht identisch sein müssen. Zudem: Beachten Sie die Leiche im Waschzuber in der Via Romana. Die Leiche dort ist auch nicht einfach abgelegt worden, man hat sie bearbeitet, geformt, ein abartiges Kunstwerk, wenn Sie so wollen. Und die Tote ist eindeutig kein Mordopfer. Jemand hat sie sich auf dem Friedhof in Galluzzo beschafft. Wenig wahrscheinlich, dass ein Serientäter dahintersteckt. Welchen Sinn würde es für ihn machen, sich an einer Toten zu vergreifen. Der Mann will morden, aber doch keinen

Platz in der Kunstgeschichte ergattern. Warten wir ab, was die Gerichtsmedizin und Deonne sagen. Wir werden in jedem Fall prüfen, ob erneut Dimethylsulfoxid verwendet wurde.»

Ich strich meine Kleidung zurecht. Was war los mit mir? Immer häufiger schlief ich unfreiwillig ein – an den ungeeignetsten Orten und zur falschen Zeit. Alleine durch Schlafmangel ließ sich das nicht erklären.

«Noch was Gerber. Wir haben einen Anruf bekommen.»

Konnte es sein, dass ich begann, an einer Variante der Krankheit zu leiden, die ich erforschte? War das Leben einer solchen Ironie fähig?

«Haben *Sie* uns benachrichtigt heute früh?»

Patienten, die an einer Sonderform der Narkolepsie, die an Kataplexie litten, berichteten davon, dass sie urplötzlich zu Boden sanken, unfähig sich noch zu rühren, und dem voraus ging stets eine emotionale Erregung. War Vergleichbares für plötzlich auftretende Schlafattacken denkbar? Schlug mein vegetatives Nervensystem alle Sicherungen raus, und ich fiel in Schlaf?

«Gerber, Sie sollten sich endlich dazu aufraffen, meine Frage zu beantworten. Haben Sie uns angerufen?»

«Was? Nein, ich habe Sie nicht angerufen.»

«Was hat sich hier abgespielt? Reden Sie endlich!»

Ferri trat dicht an mich heran. Ich konnte die Poren auf seiner Nase erkennen.

«Es gab ein Fest. Soviel ich weiß, hat Savio alles arrangiert. Fragen Sie ihn. Er spielte den Gastgeber. Sie werden ihn zu finden wissen.»

«Wir haben uns umgehört. Die Villa ist unbewohnt. Wird manchmal für Festivitäten gebucht. Auf den ersten Blick würde ich sagen, hat in der letzten Nacht nichts dergleichen stattgefunden.»

«Es waren unzählige Besucher hier. Es kann nicht sein, dass sich hier nichts finden lässt. Ausgeschlossen.»

Ferri knöpfte den obersten Knopf seines tadellos weißen Hemdes auf, wodurch er weniger sonntäglich ausschaute.

«Kommen Sie!» Er führte mich zum Wagen.

«Keine Handschellen? Ich bin doch Ihr Mann, wie es aussieht.»

«Sie wären kaum zu Füßen des Opfers eingeschlafen, wenn Sie der Täter wären. Gleichwohl sind Sie auch diesmal am Tatort. Warum?»

«Nennen wir es fürs Erste einen Zufall. Ich habe im Moment keine bessere Erklärung, Commissario.»

Ferri fuhr los. Neben mir hatte er einen seiner Büttel postiert – ein junger Bursche im kurzen Hemd, der sich heftig die Nase putzte. Ein Schwall Blut schoss aus seiner Nase. Er warf den Kopf nach hinten. Aber längst waren Hemd und Sitz mit Blut verdreckt.

«Bertoni, Sie sollten sich endlich das Ding veröden lassen oder den Dienst quittieren», fluchte Ferri und schmiss ihm ein Päckchen Taschentücher zu. Der Mann nickte und weiteres Blut brach sich Bahn. Es strömte über Lippen und Kinn den Hals hinunter, ein Strom, der sich am Adamsapfel brach und verzweigte und schließlich im Hemdkragen verschwand. Ich riss die Packung auf und reichte ihm Tuch um Tuch, das er an seine Nase presste und das sich jedes Mal in einen blutigen Flatschen verwandelte. Ferri kutschierte den Wagen die Gartenwege entlang. Bei keiner Unebenheit nahm er den Fuß vom Gas. Sein Gehilfe taumelte auf der Rückbank hin und her, und der Blutfluss verstärkte sich fortwährend. Erst auf dem Parkplatz vor der Villa kam Bertoni zur Ruhe.

«Halten Sie!», rief ich.

Ferri schüttelte den Kopf.

«Mit Bertoni …, das kann noch lange dauern.»

«Der Parkplatz …, Commissario. Gestern Abend parkten hier eine Menge Fahrzeuge. Der Sand müsste voller Reifenspuren sein.»

Ferri trat auf die Bremse. Bertoni flog gegen den Vordersitz. Ferri öffnete die Wagentür. Die ganze Fläche war frisch geharkt.

«Tut mir leid, Gerber.»

Der Wagen schoss die gepflasterte Straße hinunter zur Stadt. Auf den Feldern waren weiße Tupfen zu sehen, in den Sommer verirrte Schneehaufen, mochte man glauben, die jedoch zu schnattern begannen, als der Wagen sie passierte. Die Straße war leer. Niemand außer uns schien unterwegs zu sein. An den Häusern waren die Fensterläden noch geschlossen. Ich würde mein Wissen über die Leiche für mich behalten. Ich durfte mein einziges Faustpfand gegenüber Savio nicht verlieren.

Ein kahler Raum, ein Tisch, zwei Stühle. Der Mief zu vieler Zigaretten hing in der Luft. Man reichte mir einen Kaffee. Ferri saß mir gegenüber, während ein Assistent, nicht Bertoni, ein dünner, rotblonder Bursche mit einem leicht fleckigen Hemd, das aus den Achseln roch, meine Fingerspitzen auf ein Stempelkissen drückte, worauf die Kuppen sich tiefschwarz einfärbten und er dann von jedem einzelnen Finger einen Abdruck nahm, während der Commissario unentwegt mit den Fingern auf die Tischkante trommelte.

«Muss das sein?», fragte ich. Das Geräusch machte mich nervös. Er trommelte weiter.

«Es ist ein fachmännisch ausgeführter Schnitt – wie von einem Schächter. Sie waren nie Metzger oder vielleicht Chirurg?»

Er probierte ein Grinsen. Ein goldener Backenzahn schien auf.

«Sie meinen das Mädchen?»

«Alle Opfer, die Tote im Arno, die Frau im Giardino delle Rose und nun die junge Obdachlose, wurden auf die gleiche Art getötet. Kein waagerechter Schnitt. Er beginnt oberhalb des Kehlkopfes und zieht dann über den ganzen Hals nach unten. Das Messer setzt schräg an. Eine keilförmige Wunde entsteht, eine Wunde, die sich nicht mehr schließen kann. Die großen Halsgefäße sind durchtrennt.»

«Und darüber hinaus?», fragte ich. «Es gibt weitere Parallelen, nicht wahr?»

«Ja, bei allen kam es zu Amputationen: Scham, Brust, Hand und Gesichtshaut, wobei die Lippen unversehrt blieben. Es muss jemand vom Fach sein. Solche Schnitte macht kein Amokläufer, nur jemand, der sich auskennt in der Anatomie – ein Mediziner.»

«Oder aber ein Künstler, ein Bildhauer.» Ich warf ihm den Brocken hin.

Ferri schnappte nach ihm. «An wen denken Sie?»

«Commissario, Sie werden sich umzuhören wissen.»

Er schaute auf seinen Schreibblock, nahm dann seinen Kugelschreiber und machte eine Notiz.

«Eine unheimliche Serie, finden Sie nicht?», fuhr er fort und schaute mir aufdringlich ins Gesicht. Die Härchen, die ihm aus der Nase wuchsen, zitterten leicht.

«Gab es Vergleichbares hier in der Stadt?»

Er strich mit der Hand über das Kinn.

«Um einem Missverständnis vorzubeugen: Florenz war nie eine harmlose Stadt.»

Er stand auf, ging hinüber zum Fenster und steckte sich eine Zigarette an.

«Immer schon gab man sich hier zwischen all der Kunst ungeniert Grausamkeiten hin. Vielleicht ist das Abscheuliche nur die Kehrseite des Schönen.»

Ich trat zu ihm, schaute hinüber nach San Miniato, wo die Fassade der Kirche im Morgenlicht aufschien.

«Beschäftigen Sie sich mit einem beliebigen Stadtteil, überall stoßen Sie in der Historie auf Barbarei und Erbarmungslosigkeit. Der Stadt fehlt Humanität. Politische Gegner richtete sie gnadenlos. Nehmen Sie den Herzog von Athen, der Mitte des vierzehnten Jahrhunderts hier zugegebenermaßen ein übles Regime installiert hatte. Noch bevor man des Herzogs habhaft wurde, griff man zwei seiner Bediensteten auf und riss sie buchstäblich in Stücke. Ich übertreibe nicht.»

Er lehnte sich mit verschränkten Armen gegen das Fenster, als müsse er sich gegen seine eigenen Worte wappnen.

«Aber der aufgebrachten Meute reichte das nicht. Sie wollte mehr. Schließlich trieb der Herzog außer sich vor Angst seinen Sohn hinaus auf die Piazza. Ein Blutopfer, das er der entfesselten Menge hinwarf, um den eigenen Kopf zu retten. Sie hieben auf den Jungen ein, rissen auch ihm, es gibt übereinstimmende Dokumente von Augenzeugen, Arme und Beine vom Leib, sie hackten ihn in kleine Stücke – dies alles vor den Augen des Vaters.»

Ich meinte ein Zögern in der Stimme des Commissarios zu hören. Auch hatte sich sein Blick verändert. Hinter seinen Worten pirschte er sich geduldig an mich heran.

«Aber die Menge kam nicht zur Ruhe, verstehen Sie? Etwas ließ sie weitermachen.»

Keines seiner Worte fiel zufällig. Ferri erzählte keine Geschichten. Ferri warf Köder aus. Er wollte wissen, wie ich reagierte.

«Wahrscheinlich ein Blutrausch, ein Rückfall in archaisches Verhalten. Ich schätze, ein Vorgang im Stammhirn, der da ins Rollen gekommen war. Ein Erbe, das Zehntausende von Jahren alt ist», warf ich ihm einen Brocken hin.

«Offenbar wissen Sie als Mediziner den Ort des Schreckens in unseren Köpfen zu lokalisieren.»

«Was geschah weiter? Der Vater … Sie erwähnten den Vater.»

«Man stieß ihn hinaus auf die Piazza, hielt ihm jenes blutende, ausgeweidete Geschöpf, das sein Sohn war, hielt ihm das Fleisch seines Jungen, sie hatten es auf Lanzen gespießt, vor die Augen und dann …»

«Und dann?»

«… fraßen sie es, schlangen es hinunter, bevor sie auch ihn …» Er zögerte.

«… schlachteten, nicht wahr? Das wollten Sie doch sagen?»

Ferri schüttelte den Kopf. «Es war kein Schlachten, es war mehr als das.»

Wieder steckte er sich eine Zigarette an. Er schwieg und blies den Rauch zum Fenster hinaus. Ich ahnte, was Ferri in Erwägung zog. War der jetzige Killer in diese düstere Ahnenfolge einzureihen?

«Dies alles ist tiefe Vergangenheit, Commissario, wenn sich auch vielleicht im Moment eine gewisse Hysterie wegen der Morde breitmacht. Ich nehme an, die Leute hier sind nicht alle Tage mit so etwas konfrontiert.»

Er wandte den Kopf. Sein Blick flog über mich hinweg. Er zog seine Hose in die Höhe. Sie drohte ihm wieder von der Hüfte zu rutschen.

«Hören Sie, vor Jahren, da …» Er hielt inne. «Ein Irrer. Acht Liebespaare. Erschossen, die Frauen an den Genitalien verstümmelt. Über einen Zeitraum von zwanzig Jahren zogen sich die Morde hin. Ende der Achtziger war dann Schluss.»

Er hustete, drückte die Zigarette am Fensterrahmen aus und warf sie hinaus.

«Man fasste den Täter?»

Ferri nestelte an seinem Hemd.

«Wir sind uns nicht sicher. Kommen Sie.»

Er führte mich in einen Nebenraum, ein helles, weites Zimmer mit neuen Möbeln und Topfpflanzen. Er zeigte auf eine Regalwand.

«Das Dokumentationsmaterial: das kriminalistische, das journalistische, das gutachterliche, sogar einen Kriminalroman über das *Ungeheuer von Florenz* gibt es. Nicht hier vertreten sind die unzähligen Zeitungsartikel, die nicht vergessen zu betonen, man habe den falschen Mann eingesperrt, ein sexuell perverses Unikum, aber eben keinen Mörder. Der sei in der Beletage dieser Stadt zu suchen, würde aber von höchsten Stellen gedeckt.»

«Und Ihre Meinung?»

«Meine? Es gab Ermittlungsfehler. Pannen, aber *nach* der Verhaftung des Verdächtigen endeten die Morde.»

«Bis sie nun erneut begannen, nicht wahr?»

«Diesmal tragen die Morde eine andere Handschrift. Diesmal kriegen wir ihn, da können Sie sicher sein. Nicht noch einmal werden wir die Idioten sein, über die die Presse herfällt.» Ferri sprach schnell und schrill. «Der jetzige Täter hat ein anderes Profil. Damals erschoss der Mörder seine Opfer. Jetzt schneidet jemand ihnen die Kehle durch, bevor er seine Perversionen auslebt. Heute sind ausschließlich Frauen die Opfer. Damals waren es Liebespaare, der Täter tötete die Männer gleich mit. Außerdem: Der letzte Mord jener ersten Serie geschah vor neunzehn Jahren. Kein Serienmörder nimmt eine derart lange Auszeit. Dem inneren Druck zu töten widersteht kein Täter so lange. Er hätte in der Zwischenzeit wieder zugeschlagen. Rechnet man gar die gesamte Dauer, in welcher der Täter aktiv war, noch mit hinzu, gehen wir also zurück bis ins Jahr 1968, so sind mittlerweile vierunddreißig Jahre vergangen – statistisch eine zu lange Periode für ein und denselben Mörder. In der Regel verläuft ihre aktive Phase wesentlich kürzer. Nein, es muss jemand anderer sein als vor Jahren.»

«Und der Täter, ich meine der Bursche, den man für die Morde verantwortlich machte, er sitzt noch?»

«Nein, er ist auf freiem Fuß. Ein Berufungsgericht sprach ihn letztes Jahr wegen erheblicher Zweifel an der Beweisführung frei.»

«Haben Sie sein Alibi ...»

«Der Mann ist bettlägerig. Ist schwerkrank, mehr oder weniger ein Pflegefall.»

«Und wenn er ...?»

«Hören Sie, der Bursche steht Tag und Nacht unter Beobachtung, Polizeischutz rund um die Uhr aus Sorge, man legt ihn um. Nicht jedermann war mit dem Berufungsentscheid einverstanden, können Sie sich denken.»

«Und wenn er sich nachts davonstiehlt?»

«Er ist bettlägerig, sagte ich. Zudem ist der Mann zu alt. Alle Statistiken, auch die vom FBI, weisen in ihren Täterprofilen eines ganz klar aus: Die meisten Täter beginnen am Ende der Pubertät zu töten. Jenseits des fünfzigsten Lebensjahrs endet ihr Morddrang in der Regel.»

«Es beginnt zwingend gegen Ende der Pubertät?»

«Nicht immer, bei manchen Tätern kommt es zum ersten Mord, wenn sie Mitte zwanzig sind, bei anderen auch erst mit dreißig und später.»

Er grinste mich boshaft an.

«Halten Sie sich zu unserer Verfügung. Verlassen Sie die Stadt nicht.»

Jetzt war es raus. Ferris Atem ging schnell. Er wischte mit der Hand über ein leeres Regalbrett. Eine Staubwolke stieg auf und füllte den Raum zwischen uns.

«Heißt das, ich kann mich nach einem Frühstück außerhalb dieser Mauern umsehen?»

«Tun Sie uns den Gefallen und seien Sie, falls es eine weitere Leiche gibt, ausnahmsweise nicht am Tatort.»

## *15*

«Entspannen Sie», murmelt die Dottoressa. Sie schlägt die Beine übereinander und wartet, bis ich mich auf der Chaiselongue ausgestreckt habe. «Ihre Träume», sagt sie. «Erzählen Sie.» Ihre Stimme klingt furchig und rau. Immer noch träume ich von Sophia. Ich zögere. Die Maldini, ist sie wirklich mein Beistand? Kann ich ihr trauen? Wie steht sie zu Savio? Ist sie nicht auf irgendeine Art in diese absonderlichen Vorgänge um mich herum verstrickt?

«Sophia …», sage ich schließlich und höre, dass die Maldini schwer atmet, «… ein leerer Raum, eine Säulenhalle, eher eine Ruine, irgendwo im Süden, sie sitzt auf dem Boden, hebt den Kopf, sie ist nackt, wendet mir den Rücken zu, ihre Rückenwirbel zeichnen sich unter der Haut ab. Vor ihr kniet jemand. Ein dunkler Körper. Sein Kopf taucht zwischen ihre Schenkel. Seine Beine strecken sich in äußerster Spannung, sie sind behaart, nein, es ist eher ein Fell, das sich bis zu den Oberschenkeln zieht. Sophia – sie liegt da, der Kopf auf einem Kissen, die Augen sind geschlossen.»

«Sie wissen, wen der Satyr darstellt?», flüstert die Maldini.

«Nein.»

«Fahren Sie fort.»

Die Dottoressa will Details. Ich liege auf der Chaiselongue mit gekreuzten Beinen und hinter dem Kopf verschränkten Armen, wie jemand, der in der Sommerhitze unter einem Baum ausruht. Die Maldini schreibt mit. Ihr Bleistift saust hektisch über das Papier, als sei alles, was nicht geschrieben ist, für immer verloren.

«Sophia umgibt jetzt eine Art Wetterleuchten. Wie auf Heiligenbildchen ist da ein Flimmern. Es löst ihre Kontur auf.»

«Es mag den Verlust ankündigen, wie es auf jenen die Himmelfahrt andeuten soll», sagt die Maldini.

Sie schwitzt. Es wird die Hitze sein, die durch die Fenster, die Türen und Flure dringt. Der Schweiß rinnt über ihre Wangen und tropft auf die Blätter des Spiralblocks. Satz um Satz schreibt die Maldini. Seite um Seite führt sie Protokoll über den Verlust Sophias. Misstraut sie mir? Zweifelt sie an meiner Kunst, zweifelt sie, dass ich die Erinnerungen wach halte? Fürchtet sie, ich könnte vergessen?

«Von einem bestimmten Punkt an ist jede Leidenschaft aussichtslos», sagt die Maldini, steht auf und zieht die Jalousien ein wenig in die Höhe. Ein Lichtstrahl, ein ausgefranstes Bündel dämmert an der Wand auf. Sie wischt sich mit den Händen übers Gesicht. Sie schaut müde aus. Ich weiß, was sie sagen will, diese kluge, ehemals schöne Frau, die ihr wissenschaftliches Leben einem Syndrom widmet, das so sehr der Leidenschaft, dem Hunger nach Schönem gilt, den sie nun bei mir zu mäßigen versucht. Ich frage mich, ob es sinnvoll ist, eine Leidenschaft zu zähmen, ob sie nicht scheinbar nur nachgibt, um an anderer Stelle unerwartet umso maßloser hervorzubrechen. Ich weiß, die Dottoressa hat eine heimliche, vielleicht nicht eingestandene Sympathie für diese Erkrankung. Sie lehnt mit dem Rücken gegen die Fensterbank. In ihrem nachgeschwärzten Haar tanzt der Wind.

Ich war froh, an jenem Morgen das Polizeipräsidium verlassen zu können. Es bestand kein Zweifel mehr, Ferri hatte mich auf der Rechnung. Es war immer noch früh am Morgen. Der Himmel ohne Farbe. Auf dem Fluss waren ein paar Ruderer unterwegs. Regen hing in der Luft. Die meisten

Läden waren noch geschlossen. In den Zeitungsständen lagen noch die Zeitungen vom Vortag. Ich musste mich hüten, noch weiter in diese absonderlichen Geschichten verstrickt zu werden. Drei Morde. Jedes Mal war ich am Tatort oder zumindest in der Nähe des Ortes, an dem die Leichen gefunden wurden. Gespenstisch. Ich ging vom Präsidium direkt zu meinem Hotel. Ich musste schlafen. Ich musste es. Um mich herum war es still. Die Stadt schwieg. In meinem Ohr ein feines Surren. Eine Saite, die sirrte und sirrte. Ich taumelte, schwankte. Ein Betrunkener, jemand, der nach einem Verkehrsunfall traumatisiert durch die Straßen irrt. Mein Hals schmerzte, Hände und Füße waren eiskalt, mein Kopf schweißnass. Ich konnte mich kaum noch auf den Beinen halten. Ich stieß die Tür auf. Der Nachtportier saß mit verschränkten Armen auf seinem Stuhl. Sein Mund stand offen. Ein Speichelfaden seilte sich ab und nässte sein Hemd. Sein Tisch war von Aschetupfern und kleinen Kaffeepfützen gemustert. Zuckerklümpchen lagen darauf verstreut, braun durchsogen und an den Rändern sich auflösend. Ich begegnete in den Fluren niemandem, stieß die Tür zu meinem Zimmer auf, legte mich aufs Bett. Der Wasserhahn tropfte. Das Ticken des Weckers strich über die Wände.

Es war Mittag, als ich mich auf den Weg zum Wachmann machte. Ich hatte geschlafen. Drei, vier Stunden. Pavarotti hatte in der Grotte gemeint, ich sollte ihn aufsuchen. Worüber wollte er mit mir sprechen? Hatte er eine Nachricht von Sophia? Plötzlich war da dieser idiotische Gedanke, sie könnte sich über Pavarotti an mich wenden. Wozu? Ich nahm ein Taxi. Es brachte mich hoch zum Campingplatz am Piazzale Michelangelo. Pavarotti war in seinem Büro. Er schaute übernächtigt aus. Auch ihm musste die letzte Nacht zugesetzt haben. Auf den Wänden lag grelles Sonnenlicht.

«Ferri hat Sie schneller entlassen, als wir dachten.»

«Eine Unterredung und allen war klar, dass ich mit dem Mord nichts zu tun habe.»

Der Wachmann fuhr sich mit der Hand durch den Bart. Er hatte ihn gestutzt. In seinem Kabuff hing der Geruch von starkem Kaffee und Hitze. Die Papiere auf dem Schreibtisch waren wellig und von der Sonne gegilbt.

«Man wird Ihrem Chef bald ein paar Fragen stellen», sagte ich. «Sie können sich vorstellen, ich werde die Episode im Palazzo Serristori auf Dauer nicht für mich behalten können – nach allem, was passiert ist.»

Der Mann nickte und schloss die Tür.

«Wir wollten Sie ein wenig aus dem Verkehr ziehen – nach allem, was passiert ist.»

«Ich will Savio sprechen.»

Um seinen Mund lag ein Schmunzeln.

«Es eilt.»

«Natürlich. Die Dinge des Herzens eilen immer.»

«Mein *Angebot* eilt.»

«Eine kleine Erpressung?»

«Ein Vorschlag.»

«Ich fürchte, Sie zielen ins Leere. Ferri hat Savio längst aufgesucht. Nach den Ereignissen in der Villa Butimar musste man damit rechnen. Ferri ist eifrig. Steht unter Erfolgsdruck. Wurde damals in der Endphase maßgeblich für die Untersuchungspannen bei jener Mordserie, die bis in die achtziger Jahre anhielt, verantwortlich gemacht. Er leitete zum Schluss die Ermittlungen, die zur Verhaftung eines sexuell Perversen führten. Er war wohl zu unerfahren. Leider stellte sich mittlerweile heraus, dass …»

«Ich bin im Bilde», unterbrach ich ihn.

«Ferri lässt jetzt keine Spur aus, behelligt selbst Savio. Sie wissen, Savio ist nicht irgendwer in Florenz. Ferri ist mutig, aber kein Idiot. Er hat eingesehen, dass Savio nichts anzuhängen ist.»

Ich war mir sicher, Pavarotti bluffte.

«Übrigens, es war ein überaus sinnvolles, informatives Gespräch zwischen Ferri und Signore Savio, bei dem einmal mehr die Wissenschaft Aufklärung brachte. Kaisergoldfliege, sagt Ihnen das was?»

«Nein», antwortete ich.

«Die Kaisergoldfliege machte sozusagen alle weiteren Fragen überflüssig. Von daher dürften auch Ihre Pläne sich erübrigen.»

Er tänzelte vor mir, dann setzte er sich. Luft entwich aus dem Plastikkissen auf seinem Stuhl wie von einem Furz.

«Die Kaisergoldfliege ist – und das bei dem schönen Namen – nichts anderes als eine ordinäre Schmeißfliege. Ein Tierchen, das den Rechtsmedizinern unschätzbare Dienste leistet, da ihre Maden als Indikator zur Bestimmung des Todeszeitpunktes eines Menschen dienen. Die Kaisergoldfliege hat nämlich die gnadenreiche Angewohnheit, sofort angelockt vom Leichengeruch, ihre Eier in die Körperöffnungen eines Toten zu legen. Nach ein paar Stunden bereits schlüpfen ihre Maden. Und diese Tierchen knabbern nun an ihrem Wirt, genau gesagt, ernähren sie sich vom Leichengewebe, das sie mit Hilfe eines Enzyms verflüssigen, sich sozusagen mundgerecht machen. Die Rechtsmediziner haben nun nur noch die delikate Aufgabe die Madenbesiedlung von der Leiche abzuschaben und jene Made zu finden, die die größte und daher die älteste ist. Der Rest geht ganz fix, man misst das Entwicklungsstadium dieser Made, wirft einen Blick in eine Tabelle und kann zweifelsfrei ihr Alter und damit den Todeszeitpunkt eines Opfers bestimmen.»

Der Wachmann fuhr sich mit Zunge über die Lippen, als müsse er einen Soßenrest wegschlecken.

«Nach den Schmeißfliegen warten in einer festliegenden Reihenfolge andere Tierchen dem Toten auf. Die Abfolge der Besiedlung lässt sich wie eine Uhr lesen, eine biologische Uhr,» fuhr er fort.

Es war klar, worauf er hinaus wollte.

«Ferri und seine Leute waren so geschickt festzustellen, dass die Obdachlose bereits seit mehr als 48 Stunden tot war. Und dann, rechnen Sie ein wenig, dann ... war sie bereits im Palazzo Serristori tot, als Sie sich dort so klammheimlich in den Teppich einwickelten. Darüber hinaus, und das ist die eigentliche Entlastung für uns, ließ sich nachweisen, dass der Zeitpunkt des Todes in jene Zeitspanne fällt, in der auch die Skalpierung vorgenommen wurde. In den natürlichen Körperöffnungen und in den beigebrachten Wunden – beides Regionen, die die Tiere bei Todeseintritt eines Menschen zuerst besiedeln – fanden sich nahezu gleichgroße Maden der Kaisergoldfliege.»

Er konnte ein Grinsen nicht verbergen.

«Sie verstehen, in Nasenhöhlen und After wie in den Wunden am Unterleib und am Hals die gleichen Maden. Die Skalpierung der Scham geschah demnach mehr oder weniger zeitgleich zur Tötung. Diese Art Mord begeht nur einer – jener Irrer, es ist sein Stil.»

Immer noch grinste er hinter seinem bärtigen Gestrüpp.

«Was nichts beweist. Gar nichts. Savio könnte durchaus ...«

«Als der Junge die Frau im Palazzo Serristori fand, war sie tot und skalpiert«, unterbrach er mich. «Der Junge hat mich sofort benachrichtigt. Savio hat uns dann beauftragt, die Leiche nach Bellosguardo zu bringen.»

Wenn es stimmte, was der Wachmann sagte, wenn die Obdachlose also schon vor ihrem Transport zur Villa gestorben war, lag ich mit meiner Mutmaßung falsch: Jene gefesselte Person auf der Bühne der Villa Butimar, die auch

Marinelli und die Maldini gesehen hatten, konnte nicht die junge Obdachlose gewesen sein. Die Person auf der Bühne hatte gelebt. Sie hatte auf dem Stuhl gestikuliert, sich bewegt. Wer war sie?

«Noch etwas sollte Sie interessieren.»

Pavarotti schnalzte mit der Zunge.

«Die Tote ist eine Obdachlose, eine junge Frau, die häufig in der Gegend um die Piazza Demidoff anzutreffen war. Der Junge kannte sie, und er ist der Meinung, dass auch Sie sie kennen gelernt haben, wenn auch unter etwas merkwürdigen, nicht ganz einwandfreien Vorzeichen.»

Darauf also wollte er hinaus. Ich spürte, dass mir das Blut aus dem Gesicht wich.

«Sie sollten nicht zu sehr erschrecken. Savio hat nicht vor, dieses Wissen gegen Sie einzusetzen. Auch der Junge und ich – wir werden schweigen.»

Er strich mit der Hand über seine wulstigen Schenkel.

«Sie glauben doch nicht, dass ich irgendetwas mit den Morden zu tun habe, es ist absurd.»

«Sie suchen zu viele Tatorte auf. Es macht die Polizei nervös.»

«Das alles ist arrangiert worden, nicht wahr? Der Junge ist auf mich angesetzt.»

Seine Stirn furchte sich.

«Ein Schnaps täte Ihnen gut.»

Er schnallte den Pistolengurt ab und begann Kaffee zu kochen. Aus der Schublade seines Schreibtisches zog er eine Flasche Grappa hervor und füllte ein Glas. Kaum hatte ich es geleert, füllte er es wieder auf. Ich hatte lange keinen Alkohol getrunken. Er wirkte sofort. Auf den Plakaten an den Wänden verrutschten Buchstaben und Ziffern. Ja, alle Wände schienen plötzlich schief zu sein. Das Gurgeln der Kaffeemaschine dröhnte in meinen Ohren, und der Geruch des frischen

Kaffees drehte mir den Magen um. Ich stürzte hinaus und erbrach mich vor der Eingangstür. Der Wachmann flog hinterher, eine Schaufel und einen Eimer in den Händen.

«Hat er ein Alibi? Hat Savio ein Alibi?», keuchte ich auf allen Vieren.

«Wir alle haben ein Alibi.»

«Was macht Savio mit den Leichen?»

«Er erweist ihnen einen letzten Dienst.»

«Er konserviert sie?»

«Ihre Qual, die Schwelle zum Tod, den letzten Augenblick will er festhalten, was manchmal eine gewisse Verdeutlichung, auch Ornamentierung der Körper unumgänglich macht.»

«Savio also hat das Gesicht des Mädchens so zugerichtet.»

«Nach ihrem Tod und nach ihrer Skalpierung. Die Maden sprechen da eine deutliche Sprache. Savio hat mit dem Mord nichts zu tun. Er liest ihre Gesichter. Und vielleicht liest er auch etwas über den Mörder. Wir müssen nur der Polizei zuvorkommen und die Opfer bergen, bevor die Gerichtsmedizin sie in die Finger bekommt. Dort hält man sich an die sogenannten Fakten, schneidet Mägen und Gedärm auf, forscht in den Blutbahnen nach einer Spur. Dabei muss man nur die Gesichter studieren, um eine Ahnung zu bekommen. Savio könnte man vielleicht wegen Leichenfledderei anklagen, das ja, mehr nicht.»

«Jene Leiche im zoologischen Museum – auch sie trägt die Handschrift Ihres Chefs. Aber sie war nicht skalpiert.»

«War sie nicht, ganz recht.»

«Und sie ist auch nicht das Opfer des Serientäters.»

«Ich will es Ihnen verraten», fuhr er fort. «Manchmal gibt es einen gewissen Mangel an verfügbaren Leichen. Der Junge spürt sie nicht immer rechtzeitig vor der Polizei auf, zum Beispiel jene im Giardino delle Rose, ein Ort, den Sie anscheinend häufig und gerne besuchen. In anderen

Fällen verweigern Angehörige die Zustimmung. Man muss sich zu helfen wissen. Savio arbeitet an einer größeren Serie: Menschenbilder. Savio macht es nicht anders als sein Vorgänger Pontormo. Schon Pontormo musste sich auf Friedhöfen bedienen.»

«Ich kenne die unappetitlichen Anekdoten.»

«Worüber Sie sich aber nicht im Klaren sind, ist jenes Pappschild, das man bei Ihnen fand, nicht wahr? *Die Kreuzigung, Castello 2006.*»

Er kniff vor Lachen die Augen zusammen.

«Wenn ich Ihnen einen Rat geben darf: Sie sollten die Stadt verlassen. Für manche Besucher ist sie zu viel. Unsere Dottoressa Maldini spricht gerne vom Stendhal-Syndrom, einer Psychose, die …»

«Geben Sie sich keine Mühe.»

Ich wankte zurück ins Büro, wo ich mich auf einen Stuhl fallen ließ.

«Hier trinken Sie das. Es bringt Sie wieder auf die Beine.»

Er reichte mir ein Glas mit einer schlierigen Flüssigkeit.

«Was ist das?»

«Trinken Sie. Es bringt Sie auf die Beine.»

Ich nahm einen Schluck. Das Getränk schmeckte bitter. Sogleich aber setzte eine wohlige Wärme in meinem Magen ein.

«Man könnte bald eine weitere Leiche finden. Auch das ein Grund abzureisen.»

«Wahrscheinlich im Giardino delle Rose, unweit der Skulptur, ich bin nicht ganz blöd. Auch der Fluss und eine Wasserleiche waren ja bereits im Programm, wie ich erfuhr.»

Er begann zu lachen. Ein heiseres, trockenes Lachen, so wie ein Hund bellt. Die Wärme breitete sich ausgehend vom Magen in meinem ganzen Körper aus. Das Blut schien schneller durch die Adern zu fließen. Das Telefon klingelte.

Der Wachmann hob ab.

«Ja, Signora. … Firenze - Colonia. … Heute noch, ich verstehe. Einen Moment bitte, ich schaue nach.»

Er verschwand im Nebenraum. Ich hörte ihn kramen. Papier raschelte. Schubladen flogen auf und zu. Ich trat hinter den Schreibtisch. Colonia … Wer reiste da nach Köln …? War es bloß Neugierde oder eine Ahnung? Ich nahm den Hörer auf. «Signora?», flüsterte ich. Die Stimme am anderen Ende der Leitung schwieg. «Signora?» Dann sagte sie: «Haben Sie es? Wann geht der Zug?» Diese Stimme, es war unmöglich, war das wirklich …? Drehte ich nun vollkommen durch? Ich hörte sie atmen. Im Hintergrund Verkehrslärm. Womöglich eine vielbefahrene Straße. Wahrscheinlich rief sie von einem Handy aus an. «Guiseppe, also wann, bitte, geht ein Zug?» Ich konnte mich täuschen. War sie am Telefon? War das Sophia? Im Nebenraum schlug eine Schranktür zu. Ich legte den Hörer eilig zurück auf den Tisch und nahm meinen Platz ein, noch bevor der Wachmann im Raum war und zum Telefon griff.

«Signora, 14:46 Uhr. Ich reserviere Ihnen zwei Plätze.»

Sophia, war das wirklich Sophia? Würde es so einfach sein, ihre Spur wieder aufzunehmen? Der Wachmann legte den Hörer auf. Ich stakste zur Tür.

«Reisen Sie ab!», rief er mir hinterher.

## 16

Ereignisse, besonders unglückliche, geschehen oft unerwartet, scheinen uns zufällig zu treffen. Aber diese Annahme trügt. Vieles, das uns widerfährt, hat einen Ausgangspunkt. Es muss sich auf uns zubewegen und vorangetrieben werden, bevor es uns zustößt. Vor allem: Es benötigt unsere Mithilfe.

Mit schweren Schritten überquerte ich an jenem Tag den Piazzale Michelangelo. Ich hatte Kopfschmerzen. Es musste an dem Gebräu liegen, das der Wachmann mir verabreicht hatte. Natürlich konnte das Telefonat vorhin eine Falle gewesen sein, überlegte ich. Auch möglich, Sophia war im Auto unterwegs gewesen, hatte keinen Fahrplan dabei und rief deshalb im Büro des Wachmanns an. Sie hätte ebenso gut die Bahnauskunft anrufen können. Vielleicht hatte sie dort jedoch bereits endlos in einer Warteschleife gehangen. Eine Wolke von Fliegen stieg auf, als ich die Katzenhäuschen passierte auf meinem Weg vom Piazzale Michelangelo hinunter zur Stadt. Würde ich am Bahnhof auf eine weitere Leiche stoßen? Sollte das der Ort sein, an dem man mich erledigte? Die Sonne brannte unbarmherzig. Dazu dieses Sirren in meinem Ohr. Unermüdlich. Immer. Ich brauchte eine Pause. Ich stieß das Tor zum Giardino delle Rose auf. Ich stapfte über die fauligen Rosenblüten, erreichte den verwilderten Teil des Parks, bahnte mir einen Weg zu der Skulptur. Ich streckte mich im Gras aus. Roch die Hitze. Es war nicht einmal Mittag. Der Himmel blank. Ausgeputzt. Über mir zappelte ein Käfer in einem Spinnennetz. Ich schnippte ihn mit den Fingern zurück in die Freiheit. Einen Moment lag die Berührung mit dem Panzer auf dem Fingernagel und verschwand dann wie nie gewesen. Ich durfte jetzt nicht einschlafen. Musste Sophia am Bahnhof erwischen.

*Auf dem Zeiger der Sonnenuhr hockte ein Zeisig. Daheim wohl der Holunder schon schwarz. Franz, Leidenschaft trübt den Blick! Besser, man ist dem Abschied voraus.*

*Ein müdes Licht lag über dem Garten. Hagelkörner kehrten die Dächer. Eine Nachtigall hinkte über den Rasen. Unter Giulianos Kehle döste ein Schatten.*

*Guilianos Kuss mäht die Zeit, unsere Zeit, Franz. Ein Wolf geht um, er macht mich neu. Ein Vibrieren hinterher in den Beinen. Als wir aufwachten, regnete es. Der Duft von Nelken und Vergissmeinnicht.*

Ich blieb eine Stunde, lief dann hinunter zum Fluss. Das Wasser gefurcht vom Wind. Ein paar Krähen in der Luft. Ich überquerte die Ponte alle Grazie und gelangte ins Zentrum. Vor Santa Croce das Wiehern der Kutschpferde. Die Laternen auf dem Platz trugen gefiederte Mützen. Auch auf den Sonnenmarkisen der Geschäfte hockten Tauben. Der Platz war in grelles Licht getaucht, das sich am Himmel sammelte, eine Wolke aus Licht. Die Kopfschmerzen hatten noch zugenommen. Ich lehnte mich gegen den Sockel des Dante-Denkmals. Hinter mir trieben die Stadtführer die Touristen durch das Portal von Santa Croce zu den Gräbern Michelangelos und Machiavellis, zu Giottos Fresken, wohl auch zu Volterrano, zu jenem Bild, unter dem Stendhal weinend und mit Herzrasen kollabiert war. Meine Augen brannten. Jemand spielte auf dem Platz Geige. Entfernt, vielleicht unten am Fluss, antwortete eine Trompete. Eine wehmütige Musik. Ich setzte mich, legte den Kopf an den Sockel des Denkmals. Ich war müde, unendlich müde. Der Stein kühlte meine Wange. In meinen Ohren ein Rauschen, ein Sirren, unermüdlich, immer … Sophia besteigt die Plattform. Sie lächelt.

Vernet reicht ihr einen aufgespannten Schirm. Das Weiß ihrer Zähne. Das Zungenrosa. Plötzlich schneit es. Ihr Gesicht verschwindet im Schneetreiben. Vernet wirft den Kopf in den Nacken, stampft wütend auf, streckt sich dann erschöpft auf der Plattform aus. Er gähnt, blinzelt in die Sonne. Sophia. Ihr Lächeln hat sich verändert. Sie kniet neben Vernet. Er richtet sich mühsam auf. Er ist am Ende. Für einen Augenblick berührt er ihre Lippen, die sandig und trocken sind. Dann wieder der Schnee. Spott in Sophias Mundwinkeln. Sie balanciert auf den Fluss hinaus. Vernet schaut ihr nach. Dann kehrt sie um. Vernet umarmt sie, presst seine Lippen auf ihren Mund. Seine Zunge stochert und reibt sich wund an ihrem Mund. Ein Zittern schüttelt ihn. Vernet streckt die Arme aus. Sie flattern, als wolle er fliegen. Ein Licht, grell wie an keinem Tag zuvor, liegt über dem Fluss. Ein Licht, das die Augen in die Höhlen treibt. Ein Licht, das sich am Himmel bündelt und zum Sprung ansetzt. Ganz aus der Ferne pulst ein heller Punkt auf Vernet und Sophia zu, eine kreisende Spindel, die aus dem Himmel stürzt. Ein Wirrwarr aus verbogenen Trompeten, Geigenhälsen und gläsernen Notenschlüsseln kracht auf die Plattform. Sophias Gesicht schillert hinter den scharfkantigen Bruchstücken auf. Die Lippen sind dünne Pinselstriche und die Pupillen kleine schwarze Löcher, die Vernet mustern. Er versucht, ihr Gesicht freizulegen. Doch sobald er ein Mundstück, eine Saite, einen Stimmzug oder Tonbogen zur Seite geräumt hat und ihr eine Spanne näher kommt, entfernt sich das Gesicht um die gleiche Distanz. Vernet schwankt. Die Plattform gerät ins Schaukeln. Seine Bewegungen sind zu heftig. Er fegt Ventile und zersplitterte Hälse beiseite. Er wirft Stege und Griffbretter in den Fluss, steigt über Berge von Schnecken und Wirbelkästen, arbeitet sich durch poröse Membranen aus Ziegenfell. Jedes Mal ist Sophia schneller, verschwindet ihr Gesicht hinter einem Verhau aus Saiten und

Zargen. Einmal noch will er sie berühren, mit der Hand die Wange hinunterfahren, den Hals entlang bis zur Schulter. Er fasst ihr Haar, nimmt es in den Mund, es schmeckt mineralisch, er lutscht einen Kiesel. Jetzt den Geruch des Haars sich merken, wieder und wieder die Nase eintauchen … Jemand zerrte an meiner Schulter. Jemand riss an mir, schlug mir ins Gesicht, ergriff meine Hand.

«Was machst du? Was ist mit dir?»

Olivia. Neben mir. Sie beugte sich zu mir herab. Nahm ein Taschentuch, tupfte mir Lippen und Brauen ab. Sie deutete auf den Marmor. Er war blutverschmiert. Ein weiteres Taschentuch legte sie auf meine aufgerissene Stirn. Es roch nach Kölnischwasser. Die Wunde begann zu brennen. Olivia half mir aufzustehen, reichte mir ihren Arm, bugsierte mich über den Platz.

«Was ist los mit dir? Ist es das Zeug, das auch Reger sich einverleibt?»

Mein Blick auf Olivias Lippen, die kaum merklich zu zittern begannen wie die Nackenmuskeln eines Stiers, wenn Fliegen sich dort niederlassen.

«Ich bin auch so schon von Sinnen, das siehst du doch.»

«Reger schickt mich. Er will dich sehen.»

Ich nickte, drückte ihre Hand. Das Trottoir schwankte. Jeder Schritt nun ein Balancieren, ein vorsichtiges Tapsen. Dachrinnen hingen schräg in der Luft. Fassaden glitten an mir vorüber. In den Fensterscheiben ein Glitzern, dass ich den Blick senken musste. Die Menschen trieben in Schwärmen an mir vorbei, flink wie Fische. Manchmal sprang ich in einen Hauseingang, wartete, bis ein Schwarm mich passiert hatte, und erst dann trat ich wieder hinaus in die Gasse. Irgendwann erreichte ich die Piazza di Santo Spirito. In einem Café trank ich ein Wasser und einen Kaffee. Ich blieb dort hocken, bis die Dachrinnen wieder an ihrem Platz waren. Dann wankte ich hinüber zum Hotel. Die Augen des Portiers glänzten vor Müdigkeit. Er hatte die Weste zugeknöpft, das Haar war gekämmt. Der Tisch nun sauber. Keine Spur mehr von den Zuckerkrümeln.

«Sie wünschen?»

Ich antwortete, und er hob den Hörer ab. Sein Zeige- und Mittelfinger flitzten über die Tastatur. Es knackte, und der Summton kam. Eine Stimme schwappte aus der Muschel, betete die Abfahrzeiten herunter, die der Portier auf einem Zettel notierte. Drei Züge verließen am Nachmittag die Stadt Richtung Norden. Ich hatte immer noch Zeit, ging auf mein Zimmer, legte mich angekleidet aufs Bett. Vor dem Fenster summte jemand ein Lied. Ein Flattern war zu hören. Ich richtete mich auf, schaute hinunter in den Hof. Wäschestücke baumelten an der Leine. Die Bläue zwischen den Wolken war tief und an den Rändern scharf umrissen. Im Fenster des Nachbarhauses flackerte ein rotes Dauerlicht. Schatten liefen über die Dächer. Und schließlich schlugen Regentropfen gegen die Fensterscheibe, webten ein Muster aus Tropfen, das sogleich wieder zerrann. Die Luft roch nach Frühling, nach frisch gepflügten Feldern. Plötzlich das Gefühl, eine Gräte verschluckt zu haben. Husten. Enge im Hals, Schlucknot. Ich sprang vom Bett auf, rannte im Zimmer umher, dann zum Fenster, jetzt erst wich die Erstickungsangst. Ein Gummiball hüpfte über den Hof. Ich hörte den Aufzug schnarren. Die Fensterbank übersät von Mückenleichen. Ich lief die Treppe hinunter. 14:05 Uhr zeigte die Uhr an der Rezeption. Ihr Ticken war laut. Der Portier roch nach Veilchen. Sein Kugelschreiber flitzte über den Stadtplan.

«Zu Fuß schaffen Sie das nie!»

Der Regen hatte aufgehört. Die Straße schwamm schon wieder im Licht. Auf dem Kopfsteinpflaster der Takt der Hufe, kein Bus weit und breit. Die Mähnen der Pferde und die Zigarette des Kutschers wippten synchron, und es war 14:13 Uhr und Zeit, eine Kutsche anzuhalten und einzusteigen. Auf den Straßen ein Hupen, ein Dauerton, der mitschwamm. Schrubben und Kehren auf dem Bahnhofsvorplatz. Die wartenden Busse dort husteten schwarzen Rauch, der in der Luft stehen blieb. 14:30. Ein Gewölk aus Nikotin und Hitze. Hoch in der Kuppel das Gelächter der Vögel. Im Laufschritt durch die Halle. Zu schnell und keine Zeit zum Ausweichen. Die Schnittblumen flogen auf wie ein Taubenschwarm, in den ein Kind hineinläuft. Der Händler segelte zu Boden. Ich schoss über ihn hinweg, hatte kein Wort der Entschuldigung, lief die Bahnsteige ab. Das Dröhnen der Motoren. Reiben und Quietschen, wenn eine Lok die Schienen bügelte. 14:35. Bahnsteig 10. Der Zug stand auf den Gleisen. Koffer und Taschen wurden durch die Fenster geschoben. Mein Fuß auf dem Trittbrett. In der Nase der Geruch von Minze, das Großraumabteil beinahe leer. Ein Pfiff, eine Stimme lief vom Band: Firenze, Bologna, Milano, Chiasso, Luzern, Basel … Die Luft flimmerte. Der Himmel war lindgrün. Ich entdeckte ihn am Kopf des Zuges. Er hastete von Waggon zu Waggon, schaute in die Abteile, schnaufte, schnippte seine Zigarette fort. Er blieb vor meinem Fenster stehen, kratzte seinen Bart, beschirmte mit den Händen die Augen, glotzte mich an und schwang sich aufs Trittbrett.

«Wann werden wir in Bologna sein?» Diese Stimme vor mir … Der Schaffner tippte auf die Tastatur eines Geräts, das an ein Notebook erinnerte. «Wie lange hat der Zug noch Aufenthalt?» Diese Stimme, unmöglich, vier Reihen vor mir. Ein Knirschen, Schotter rieb an den Gleisen, ihr Haar eine dunkle Wolke auf dem Polster, in den Sitzen ihr Parfum, Sophia und Bohm, Bohms Hand in ihrem Nacken, ein Geräusch, wenn Holz bricht, der Geschmack von Asche in meinem Mund, ich musste zu ihr, musste sie sprechen, die

Chance, jetzt war sie da, ich durfte sie nicht verstreichen lassen, setzte Fuß an Fuß, als würde ich über einen Grat laufen. Fuß an Fuß, aber dieser Frost in meinen Beinen, der Schwindel, ich musste mich festhalten, irgendwo, ich sank zu Boden – eine sanfte, gleitende Bewegung, wie bei jemandem, der von einer Kugel getroffen wird, noch einen Moment aufrecht steht, dann torkelt, mit dem Rücken irgendwo Halt sucht, in meinem Fall an der Abteilwand, und schließlich langsam zu Boden rutscht. Ich strampelte. Ich kam nicht auf die Beine. Ich sah Sophia aufstehen, sie senkte den Kopf, das Haar fiel in ihre Stirn, Bohm manövrierte sie nach draußen – so wie man ein Kind, das seine Katze überfahren im Rinnstein findet, zur Seite nimmt und wegführt oder wie eine Marionette, die man über ein unebenes Straßenpflaster bugsiert. Der Wachmann half mir auf die Beine. Ich musste zu Sophia! Der Wachmann schaffte mich hinaus auf den Bahnsteig. Türen schlugen zu. Ein Ächzen riss über die Schienen. Über mir, um mich herum dunkelte alles ein, der Himmel, die Gesichter der Leute, der Zug, Sophia und Bohm, die den Bahnsteig entlangliefen. Ich konnte mich nicht mehr rühren, keinen Zentimeter, als hätte ich mich in ein Holzscheit oder eine Statue verwandelt. Mein Rücken schmerzte. Durch das aufgerissene Hosenbein sickerte Blut. Um mich herum schwiegen die Leute. Eine stumme, zögernde Herde. Sie musterten mich. Immer ist es still, wenn man aus der Welt gefallen ist. Von Zeit zu Zeit hatte jemand genug, nahm seine Reisetasche auf und ging davon. Ein Martinshorn tönte auf und kam vor dem Bahnhof zur Ruhe. Der Wachmann beugte sich zu mir herab.

«Sie hätten abreisen sollen», flüsterte er.

Von Sophia, von Bohm keine Spur mehr. Dann teilte sich die Menge. Ein Korridor entstand, und dies der Moment, wo ich einwilligte in seinen Vorschlag: «Santa Maria Nuova. Die Dottoressa Maldini. Sie kennen die Maldini ja bereits.

Lassen Sie sich von ihr behandeln. Ich werde den Männern Anweisungen geben.» Sie trugen dunkle Kutten, ein schmutziges, fast schwarzes Braun. Auf der Brust war ein Kreuz in den Stoff eingewirkt. Sie hatten die Kapuzen tief in die Stirn gezogen. Savio ..., Savio musste sie geschickt haben. Gestalten aus dem Mittelalter. Ich zweifelte an meinem Verstand, versuchte aufzustehen. Die Beine sackten mir weg. Die Männer hievten mich auf eine Trage und schnallten mich fest, bevor ich mich auch nur andeutungsweise wehren konnte.

«Bleiben Sie ruhig. Es geschieht Ihnen nichts.»

Im Laufschritt trugen sie mich durch die Bahnhofshalle. Jemand hätte einschreiten, ihnen den Weg versperren sollen. Aber niemand nahm besondere Notiz von diesem Aufzug, den flatternden Kutten, den darunter verborgenen Männern. Kaum jemand schien verwundert. Ich schrie, gestikulierte, wollte auf das, was mit mir passierte, aufmerksam machen. Man schaute mir mitleidig ins Gesicht und trat zur Seite. Unbehelligt gelangten wir auf den Vorplatz, wo eine Ambulanz wartete. Natürlich würden sie mich nicht in ein Krankenhaus kutschieren. Das Telefonat im Büro des Wachmanns war eine Falle gewesen. Man verpasste mir jetzt den Knock-out. Man würde mich zu Savio bringen, vielleicht auch auf irgendeine geschlossene psychiatrische Station. Eine brauchbare Diagnose ließe sich schnell finden – und wenn man das Stendhal-Syndrom bemühen musste. Die Ambulanz jagte durch die Straßen. Die Stadt flog an meinem Fenster vorbei. Ich versuchte die Gurte zu öffnen. Es war zwecklos. Der Notarzt, ein Mann mit flatterigem Schnauzbart, presste mich auf die Pritsche zurück, gab mir eine Injektion und drückte mir eine Sauerstoffmaske aufs Gesicht.

Der Raum, in dem ich erwachte, war nicht viel größer als eine Abstellkammer. Durch eine Milchglasscheibe fiel gedämpftes Flurlicht. Mein Kopf schmerzte, auch die Wunde am

Bein. Stimmen. Schritte, draußen auf dem Flur. Der Geruch im Zimmer war mir vertraut. Es roch nach den üblichen Desinfektionsmitteln in einem Krankenhaus. Allmählich begann ich die Elektroden für das EKG auf der Haut zu spüren. Hinter mir schnurrte die Druckernadel. Offenbar glaubte man an einen Kollaps, eine Kreislaufstörung – ein Befund, der bei der Hitze an der Tagesordnung sein würde. Die Tür öffnete sich, ein Pfleger und die … Maldini kamen herein. Es war mir peinlich, dass sie mich hier vorfand. Zugleich war ich erleichtert.

«Gerber, Sie …?»

Ich lächelte schwach. Sie griff nach den EKG-Bögen, überflog die Notate, nickte kurz und reichte sie dem Pfleger.

«So weit alles in Ordnung. Keine Herzrhythmusstörungen.»

«Die Krankentransporte scheinen hier sehr speziell zu sein, Dottoressa Maldini. Man erschreckt sich zu Tode.»

Die Maldini setzte sich ans Fußende der Liege.

«Ich weiß», sagte sie. «Die Garderobe der Sanitäter ist ein wenig aus der Mode. Eine Bruderschaft, Bürger, die freiwillig und anonym, daher die Kapuzen, auf Grund eines Gelübdes unentgeltlichen Dienst im Rettungsdienst tun.»

Sie drückte kurz meine Hand, als sei ich ein verstörtes Kind, das Trost brauchte. Es ist verblüffend: So schnell beraubt eine Krankheit uns unserer professionellen oder auch privaten Aura. Wir schrumpfen in den Augen unserer Umgebung, sobald wir uns auf einer Krankenpritsche befinden.

«Was hat Ihren Zusammenbruch ausgelöst? Erschöpfung?»

«Ja, auch Erschöpfung.»

«Was noch?»

Sie schaute mich unangemessen lange an.

«Ihre Arbeit?»

«Nein, eine private Geschichte …, auch die Stadt, ich habe sie unterschätzt.»

«Wen haben Sie unterschätzt? Die Stadt oder Ihre private Geschichte?»

Um ihre Lippen spielte ein Lächeln.

«Beides.»

«Ich weiß, die Stadt ist immer mit im Spiel.» Die Stimme der Maldini klang mild.

«Sie hatten weiche Knie, spürten eine große Müdigkeit, nicht wahr?», fuhr sie fort.

Der Pfleger entfernte die Elektroden von Bauch und Knöcheln.

«Dazu kam ein Gefühl, sich selbst fremd geworden zu sein, und Ihr Herz raste, habe ich Recht?»

«Ja, das alles auch.»

«Würden Sie den Begriff der Panikattacke als grobe Umschreibung akzeptieren?»

«Schon, aber man sollte in meinem Fall ...»

Ich zögerte. Mir war klar, kein Arzt fand Gefallen daran, wenn der Patient die Diagnose stellte.

«Man sollte vielleicht«, setzte ich wieder an, «auch ... an eine Narkolepsie denken. Ich weiß, es klingt absurd, dass jemand an *der* Krankheit erkrankt, die er erforscht.»

Die Maldini strich sich über die Schläfe.

«Fahren Sie fort. Wir haben Zeit.»

Dieses Wort warnte mich. Offenbar hatte sie nicht vor, mich gleich zu entlassen.

«Ein Verlust der Muskelspannung ging dem Zusammenbruch voraus. Ich war unfähig, mich zu bewegen, sank zu Boden, übrigens keine Ohnmacht.»

Die Maldini nickte und machte sich eine Notiz.

«Und die Ursache? Was glauben Sie?», fragte sie und legte ihren Stift zur Seite.

«Soviel wir wissen, wird ein solcher Anfall durch eine starke emotionale Erregung ausgelöst. Man spricht nicht umsonst von einer Schrecklähmung. Meine Patienten in der Neurologie beschreiben genau das. Ein Bauer erlitt beispielsweise eine solche Attacke, als er Rinder über eine Straße trieb und plötzlich eines der Tiere ausbrach und drohte, in eine Schar Fahrradfahrer zu preschen. Er eilte hinterher, wollte dem Rind mit einem Knüppel einen Schlag über den Rücken ziehen und brach zusammen.»

«Ähnliches führten Sie bereits vor ein paar Tagen auf der Pressekonferenz im Porta Rossa aus. Hören Sie, die Psychologie würde da eher von einer vorweggenommenen Selbstbestrafung sprechen, die unbewusst dazu dient, die geplante Tat zu verhindern.»

Mein Augenlid begann zu zittern.

«Fragt sich jetzt nur, welche Tat es bei Ihnen zu verhindern galt.»

Mein Mund wurde staubtrocken.

«Wodurch wurde Ihr Zusammenbruch ausgelöst?», fragte sie sanft.

Es gibt viele Möglichkeiten zu schweigen. Ein trotziges, ein Ringen um Wörter, die Sprechnot, und es gibt ein lautes Schweigen, wenn das Herz bis zum Hals schlägt und kein Wort hinauswill.

«Sie möchten jetzt nicht reden», sagte sie schließlich. In ihrer Stimme war kein Tadel. Sie machte ihre Arbeit gut.

«Überlegen Sie bitte, das Stendhal-Syndrom ist im Unterschied zur Narkolepsie eine vorübergehende, an eine bestimmte Lokalität gebundene Störung, eine leichte psychotische Krise, die vor allem in Florenz, aber auch in Ravenna und Jerusalem vorkommt, ja sogar unseren Erzengel Sigmund Freud auf der Akropolis in Athen ansprang. Ruhen Sie sich aus. Bleiben Sie ein paar Tage in Santa Maria Nuova, und dann entscheiden Sie, ob eine Therapie hier bei uns im Haus sinnvoll wäre. Ich könnte mit Reger reden.»

Ich winkte ab. Nein, Reger musste sie aus dem Spiel lassen.

«Zum Schluss ein Hinweis noch, eine kleine Anekdote: Schon in der Antike wird von der Wirkung der Kunst auf manche Gemüter berichtet. Der Neoplatoniker Damaskios schreibt, dass ihm im Angesicht einer Aphrodite-Statue der Schweiß ausbrach. Er sei, glaubt er, wegen der Anmut und Schönheit der Statue außer Stande gewesen, sich zu rühren. Allem Anschein nach Muskelkrämpfe. Dem Stendhal-Syndrom geht offensichtlich immer der Anblick von Schönem und Schönheit voraus. Sie werden wissen, wem oder was Sie am Bahnhof begegnet sind.»

Ich stand von der Pritsche auf, machte einen Schritt und schwankte.

«Kommen Sie», sagte die Dottoressa. «Man wird Sie auf Ihr Zimmer bringen und Ihnen ein Kreislaufmittel geben. Kreislaufirritationen sind in Folge des Stendhal-Syndroms keine Seltenheit. Machen Sie sich keine Sorgen. Wir bringen das in Ordnung.»

Meine Krankenkarriere in Santa Maria Nuova begann.

# *Teil 2*

## 1

Die Maldini appelliert an meine Geduld. Drei Wochen sind vergangen seit meinem Zusammenbruch auf dem Bahnsteig. Drei Wochen versucht die Maldini nun schon, jene poetische Variante von Geistesstörung zu kurieren, die sie das Stendhal-Syndrom nennt. Mit Medikamenten und Worten. Ich habe geschrieben. Auf dem Laptop und auf dem Papier. Ich habe, wie die Maldini mir riet, die Gespenster aus dem Schrank gelassen, jene aus meiner Zeit mit Sophia und jene, denen ich hier in den letzten Wochen in Florenz begegnet bin. Ich habe etliche Stunden bei der Maldini auf der Chaiselongue zugebracht. Ich habe der Maldini, die auch jetzt in dem Ledersessel am Kopfende sitzt, meinen Zusammenbruch auf dem Fest in der Villa Butimar, dann auf der Piazza Santa Croce und schließlich auf dem Bahnhof geschildert. Ich habe von dem seltsamen Leichenfund im Hof des zoologischen Museums und von den bizarren Stunden im Giardino delle Rose und von Savio berichtet, bis ich denn nun abermals auf Sophia zu sprechen komme und ihr Haar beschreibe. Ich könnte auch Sophias Mund schildern und ihre Ohren, kleine Muscheln, die eng am Kopf anliegen; ihre Nase, die schmal und ein wenig stupsnasig ist, gerade soviel, dass sie noch schön zu nennen ist … Die Maldini legt den Schreibblock zur Seite und schweigt, bis sie endlich sagt: «Die romantische Liebe ist vor allem eine Frage der psychischen Konstitution. Um den Verlust zu ertragen, muss man zäh sein. Die Übersteigerung, der Verzicht auf eine, wenn man das sagen kann, normale Trauer, verlangt starke Nerven. Die haben Sie nicht. Sie sind nach wie vor erschöpft. Bleiben Sie über den vereinbarten Zeitraum hinaus weiter hier in der Klinik, ruhen Sie aus, bis sich die vegetativen Turbulenzen endgültig gelegt haben.»

Ich richte mich auf der Chaiselongue auf.

«Turbulenz, liebe Frau Maldini», antworte ich, «ist seltener die Ausnahme, als wir glauben mögen. Zumindest in der Physik. Gase und Flüssigkeiten haben einen geradezu verhängnisvollen Hang zur Turbulenz. Denken Sie an die Neigung aller möglichen Gase zu verpuffen, denken Sie an die Turbulenz des Wassers, an Springfluten und Tsunamis. Und selbst in der Medizin, einer Disziplin, die das Chaos fürchten muss, stehen wir vor der paradoxen Aufgabe, die Turbulenz als feste Größe einzuplanen. Selbst die Strömungsverhältnisse im Herzen sind wenig stabil. Es gibt koronare Regionen, dort ist Turbulenz die Regel, wie Sie wissen.»

«Dann lassen Sie es mich so ausdrücken: Während des Tages können Sie nun die Station verlassen. Nehmen Sie Ihre Arbeit bei Reger wieder auf. In der Nacht und für die Therapiegespräche ist Ihre Anwesenheit in Santa Maria Nuova weiterhin zwingend.»

Auch Tarek tut sein Bestes. Wie so oft kommt er auch heute am späten Abend noch in mein Zimmer. Er rückt den Stuhl an mein Bett und erzählt. Erzählt von einem Löwen, der nahe Tafraoute, im Süden Marokkos, aus seinem Käfig entfloh, sich einige Zeit in den Bergen versteckt hielt und damit begann, die Dörfer in der Dämmerung zu umkreisen, wie er eine Herde Antilopen umkreisen würde. Nacht für Nacht fiel der Löwe, den man vor Jahren einem Wanderzirkus abgekauft hatte, in die Dörfer ein und riss eine Ziege, manchmal nur ein Huhn. Man stellte Wachen auf: Männer bewehrt mit Fackeln und Gewehren spähten in die Nacht, die regungslos blieb, bis sie in ihrem Rücken das Bersten von Holz und

Glas hörten. Tarek sagt, dass man Ziegen, Hunde, ja Hühner in die Häuser holte und die Wachen verstärkte, woraufhin die Nächte kein splitterndes Holz mehr kannten. Die Dörfer blieben während der Nacht von Fackeln erleuchtet und die Menschen wach. Allmählich wurde der Atem der Tiere ruhig. Zuerst begannen die Kinder wieder zu schlafen. In den Nächten, die folgten, wagten zunächst die Frauen, schließlich auch die Männer zu schlafen. Selbst die Wachen draußen vor den Dörfern fand der Schlaf. Nie fiel der Löwe eine Gruppe an, immer waren es einzelne und am Rande des Dorfes postierte Männer, die am Morgen fehlten, deren Füße eine Doppelspur in den Sand furchten, und die endete, wo die Berge begannen. Nach Wochen endete die Mordlust des Löwen mit einem Mal – eines Löwen, der längst kein Löwe mehr war, der längst einen Namen hatte, wie ihn ein Dämon führt.

Ich mag mein Zimmer in Santa Maria Nuova. Ich liege immer noch auf dem Bett. Tarek hat es sich mittlerweile auf dem Boden bequem gemacht. Er sitzt dort aufrecht. Er hat seine Schuhe ausgezogen. Er blickt vor sich hin, als würde er in der Wüste bei Nacht in ein Lagerfeuer schauen. Er sagt, dass es in der Sahara Regionen gebe, in denen es nie – und nie heiße nie – regne. Er sagt, in der Wüste scheitere man noch vor jedem Sonnenstich oder Wassermangel an blutig gelaufenen Zehen und Fersen. Er sagt, dass die Tuareg den roten Wind, den *Harmattan*, einen Staubsturm, Stunden vorher schon spürten, es sei plötzlich ein Kribbeln auf der Haut, eine Spannung, die nicht abfließen könne. Ich mag Tareks Stimme im Dunkeln neben mir. Sie bringt den Geruch der Dünen zurück. Auch Sand hat einen Geruch ... Der Wagen hielt vor einem heruntergekommenen Lehmbau am Fuße der Dünen, ein burgähnliches Gehöft mit vier niedrigen Wachtürmen. Wir stiegen aus, liefen hinaus in die Dünen, die nun ein Orange trugen, da die

Sonne unterging. Ein warmer Wind trieb Staubfahnen über die Kämme, die wir erklommen, unsere Schuhe hatten wir längst abgestreift. Manchmal blieben wir stehen, außer Atem, schauten über dieses gefurchte Meer und in mir der Wunsch, immer tiefer in dieses Labyrinth der Grate und Klippen, der Senken und Wannen zu verschwinden, es zu durchwandern, bis die Erschöpfung mich würde umkehren lassen, aber es kam nicht dazu. Auf einer Anhöhe, der Wagen, das Gehöft, winzige Punkte nur noch in der scheinbaren Endlosigkeit der Wüste, fasste Sophia meine Hand, zog mich zu sich heran, dann sanken wir auf den Sand, sie strich über meine Wange, küsste mein Ohrläppchen und meinen Mund, ihre Zunge fuhr meine Kehle hinunter, sanft drückte sie mich zu Boden, über meinem Kopf ein Schwall aus Haar, das meine Haut kitzelte, so dass sich mein Gesicht zu einem Grinsen verzog, das Sophia bemerkte, und sie zunächst irritiert innehalten, dann ihre Bemühungen verstärken ließ, ein Missverständnis, da ich längst begonnen hatte, sie zu entkleiden, langsam, Stück für Stück nahm ich ihr, was sie am Körper trug, bis sie nackt auf mir lag, ich sie von mir herunterschob, ein Fisch im Sand, der sich drehte und wand, der leise bebte unter meinen Berührungen, der still wurde, als ich in sie eindrang, ihr Atem stockte, dann hechelte sie, schwamm durch den Sand, der ihren Rücken panierte, sie flüsterte meinen Namen, ich sah mich selbst in ihren Augen, schimmernd in der untergehenden Sonne, noch ohne die Qual, sie verlieren zu können, noch ohne das Gestrüpp des Kummers, in welchem man sich verfängt und aus dem man nicht mehr hinausfindet. Sophia japste nach Luft, schlang ihre Beine um meinen Rücken, ihr Atem stieß in mein Ohr, sie bäumte sich auf, riss an meinem Nacken, als gälte es, ihn an die Schwerkraft zu erinnern, bevor sie kam und das Regengrün ihrer Augen sich einen Moment lang verwischte.

Es wurde Nacht. Sophia ging voraus. Ich folgte ihr. Der Sand war mondhell und gleißend. Er knirschte nicht. Er gab unter unseren Schritten nach, floss unter den Fußsohlen zur Seite weg. Das Gehöft war verlassen. Die wenigen Akazien abgestorben. Der Fahrer saß am Feuer. Irgendwo musste er Holz gefunden haben. Funken stoben in den Himmel. Die Flammen leckten an unseren Schatten. Er reichte uns Tee, dazu Apfelsinenstücke, die er auf sein Messer spießte. Niemand sprach. Wir tranken und aßen. Der Saft lief in unsere Kehlen. Er war süß. Süß auch der Tee. Als das Feuer verlosch, stapfte der Mann zu seinem Wagen. Er streckte sich auf der Rückbank aus. Wir gingen zum Gehöft. Wir ließen uns im Windschatten an einer Mauer nieder. Hockten mit angezogenen Beinen dort. Wir schlugen unsere Wintermäntel um uns. Sophias Kopf auf meiner Schulter. Unser Atem stieg in die Luft. Sie wärmte ihre Hände in meinen. Der Mond war hinter den Dünen verschwunden. Wir schauten in den Himmel, der so nah und funkelnd war. Vielleicht wussten wir es beide – es würde nicht bleiben, das Glück. Es ist flüchtig wie ein Gas, es ist seine Natur, uns zu verlassen.

# 2

Ich habe die Zeitungen studiert: Die Wochen, die ich nun schon in Santa Maria Nuova bin, geschah kein Mord mehr. Ferri wird es auf seine Weise zu deuten wissen. Ich bekomme ein Antidepressivum. Es soll helfen, meine Erschöpfung zu verringern. Es soll den Kummer über den Verlust Sophias dämpfen. Das Medikament hindert mich nicht daran, zu schreiben. Verlasse ich das Zimmer, sind meine handschriftlichen Aufzeichnungen und der Laptop verschlossen im Nachttisch. In den nächsten Tagen werde ich die Notate und die Disketten in einem Schließfach bei einer Bank deponieren. Sicher ist sicher.

Der Platz am Fenster ist mir in meinem Zimmer der liebste. Schließe ich die Augen und öffne sie blitzschnell, glitzern die Ziegeldächer wie ein Firnfeld im Mittagslicht. Es klopft. Tarek führt den Commissario herein. Im Schlepptau Marinelli, der mir fahrig die Hand gibt. Ich bitte sie, Platz zu nehmen und lasse die Jalousie herunter. Ich setze mich aufs Bett.

«Hören Sie», sagt Marinelli, «es tut mir leid, Sie hier zu wissen. Niemand ahnte, dass …»

Marinelli hält inne. Womöglich fürchtet er, in Anwesenheit Ferris zu viel zu sagen. Ein Sonnenstrahl, der durch die Ritzen der Jalousie dringt, streift seine Stirn.

«Und bevor ich es vergesse: Vernet lässt Sie grüßen.»

Er rudert mit den Armen und setzt sich.

«Wie geht es Vernet?», frage ich.

«Ausgezeichnet, nehme ich an. Um ehrlich zu sein, ich weiß es nicht. Reger lässt nichts raus. Er schirmt Vernet immer mehr ab.»

Marinelli wischt sich mit einem Taschentuch über den Mund. Ferri geht zum Fenster, schiebt die Lamellen der Jalousien ein Stück auseinander und schaut hinaus. Dann kommt seine Frage.

«Signore Marinelli klärte mich darüber auf, dass Sie beide sich vor ein paar Wochen über Pontormo und die Manieristen austauschten.»

Marinelli hebt beschwichtigend die Hände.

«Es tut mir leid, der Commissario ist von seiner fixen Idee nicht abzubringen, dass Sie in die Morde oder Leichenschändungen involviert sind.»

Ferri richtet seinen Blick auf mich, dann auf Marinelli. Für einen Moment ist es still, schließlich beginnt er zu sprechen.

«Die Tote auf der Bühne, die Landstreicherin in der Villa Butimar, Sie erinnern sich an meine Vermutung, auch in diesem Fall könnte jemand eine Anleihe in der Kunstgeschichte gemacht haben. Ich lag ganz richtig. Professore Deonne klärte uns auf. Jacopo Pontormo hat tatsächlich für eine Straßenkapelle bei Castello ein Bild angefertigt, ausgerechnet mit dem Titel *Die Kreuzigung*.»

«Und Sie vermuten, dass ich…»

«Gerber, es ist ein Hirngespinst des Commissario,» schneidet Marinelli mir das Wort ab. «Pontormo war ein Verrückter. Führte das Abartige, das Kranke in die Kunst ein. Jemand zitiert ihn nun überaus plump, nimmt eine billige Analogie in der Titelgebung und der Wahl des Ortes vor. Die Polizei sollte beginnen, ein fundiertes Täterprofil zu erstellen. Irgendein krankes Hirn verwirklicht sich hier. Ferri glaubt allen Ernstes, Sie wüssten, wer das Mädchen so zugerichtet hat.»

Marinellis Gesicht hat sich gerötet. Erneut wischt er sich mit dem Taschentuch über den Mund.

«Professore Marinelli, auch wir waren schon so schlau und setzten unsere Profiler auf die Morde an. Auf jene von vor

Jahren und auf diese neue unheimliche Serie.»

«Dann müssten Ihre Spezialisten ja ausschließen können, dass mein Kollege daran beteiligt ist.»

«Nichts können wir ausschließen – es sei denn jene erste Mordserie vor beinahe zwei Jahrzehnten, bei der Signore Gerber schon aus biologischen Gründen für eine Täterschaft nicht in Frage kommt, weil er zu Beginn der Mordserie in den sechziger Jahren erst ein paar Jahre alt war.»

Marinelli runzelt die Stirn.

«Signore Gerber«, fährt Ferri fort, «ist intelligent genug für die jetzige Mordserie, er hat ein pseudokünstlerisches Umfeld, medizinische Kenntnisse und ist, Sie verzeihen, psychiatrisch auffällig und amourös eher unglücklich. Da haben Sie Ihr Profil, Professore Marinelli, und nun sollte es nicht verwundern, dass ich das Gespräch mit Ihrem Kollegen suche. Auf irgendeine vertrackte Weise scheint er seit seiner Ankunft in Florenz in den Fall verwickelt zu sein. Ob in die Tötungsdelikte dieses neuen Serientäters oder in die Präparierungen der Leichen oder in beide Perversionen zugleich, ist mir noch unklar. Fest steht, Signore Gerber wird all zu häufig an den Tatorten angetroffen. Wir glauben an vieles – nicht aber an den Zufall.»

Ich schaue Marinelli an. Er wendet seinen Blick ab.

«Man sagt, Signore Gerber», fährt Ferri fort, «dass Sie auch in der Via Romana im Hof des Museums waren, nachdem man dort auf die Leiche im Waschzuber gestoßen war.»

«Wer sagt das?»

Ferri grinst und wendet sich wieder zum Fenster.

«Auch heißt es, jemand, der Ihnen nähersteht oder nähergestanden hat, kenne sich aus in der Kunstgeschichte, promoviere über Masaccio, habe Ahnung von den Manieristen.»

Wie kann er von Sophia wissen? Wie kommt er an solche Details?

«Das Manuskript jetzt bitte!»

Ich reagiere nicht.

«Machen Sie schon!»

«Ich … Es wurde mir gestohlen.»

Ferri streicht sich durchs Haar, das ölig seinen Kopf umschließt wie eine Badekappe, ohne dass sich eine kahle Stelle zeigt.

«Rücken Sie es raus, Gerber. Es ist nicht die Zeit, mich zum Narren zu halten.»

«Ich besitze es nicht mehr. Alles, was ich Ihnen geben kann, ist das hier. Vielleicht haben Sie ja eine Ahnung, was es damit auf sich hat.»

Ich gehe hinüber zum Nachttisch, schließe die Schublade auf und reiche ihm jenen Spruch, den ich vorfand, nachdem ich Sophia in der Villa Butimar verfolgt hatte und, warum auch immer, bewusstlos zusammengebrochen war.

«*Ein Gott ist ein unverwüstliches, ein glückliches Tier*», liest Ferri, zuckt die Schultern und reicht das Papier Marinelli weiter.

«Vielleicht Nietzsche, vielleicht die Griechen, keine Ahnung», äußert Marinelli zerstreut.

Ferri macht eine Notiz. Über kurz oder lang wird er einen Täter präsentieren müssen. Einen weiteren Misserfolg würden weder er noch seine Abteilung überstehen.

«Verzichten wir auf solche Spielchen, das Manuskript bitte.»

Ferri tritt an mein Bett. Ich rieche die Ausdünstungen seines Körpers, dazu ein Gemisch aus Parfum und Pomade.

«Ich habe es nicht.»

Es klopft. Ich blicke zur Tür. Es ist Reger. Es ist das erste Mal nach meiner Einlieferung, dass er hier auftaucht. Er schaut übernächtigt aus. Reger lächelt unsicher. Er scheint überrascht zu sein, Ferri und Marinelli vorzufinden. Ferri verzieht keine Miene und nimmt wieder am Fenster Stellung. Ich stehe auf, gebe Reger die Hand.

«Tut mir leid, Gerber. Vernet braucht Sie. Können Sie mich für ein paar Stunden begleiten?»

Marinelli grinst. Ich schaue zu Ferri. Er zuckt mit den Schultern.

«Wir sprechen uns ein anderes Mal», sagt er spitz.

Schweigend gehen wir die Flure entlang. Mit keinem Wort spricht Reger meine Erkrankung an. Wir treten hinaus auf die Piazza. Ein Krankenwagen nähert sich. Es sind die Brüder in den Kutten, die aus dem Wagen springen und die Heckklappe aufreißen. Ich zögere, bleibe stehen. Kann meinen Blick nicht lösen: Olivia Paruzzi ..., unmöglich. Aber *sie* liegt auf der Trage. Ihr Gesicht schimmert merkwürdig bronzefarben, als hätte sie sich zu stark geschminkt. Die Brüder hasten im Laufschritt mit ihr die Rampe hinauf. Was ist mit ihr? Was ist mit ihrem Gesicht geschehen? Ich will hinterher. Reger greift nach meinem Arm.

«Kommen Sie, tun Sie mir den Gefallen. Es eilt.»

Ich schaue ihr nach, bis die Trage in der Notfallaufnahme verschwunden ist. Dann folge ich Reger zur Ponte alle Grazie. Der Fluss liegt regungslos in der Hitze. Ein Fäulnisgeruch steigt auf. Seit Wochen hat es nicht geregnet. Das Wasser hat sich noch weiter vom Ufer zurückgezogen. Die Kiesbänke tragen einen Pelz aus Algen.

Die Plattform ist leer. Wir finden Vernet im Bus. Er hockt auf einem Klappstuhl zwischen den Monitoren, hebt kaum den Kopf, als wir eintreten. Auf seinem Gesicht flackert das Licht der Monitore. Die Ringe unter seinen Augen haben sich eingedunkelt. Er scheint noch magerer geworden zu sein. Er ist überaus blass. Einer aus Marinellis Stab, ein junger Arzt, kommt zu uns.

«Professore Marinelli bat mich, Ihnen die Ergebnisse der

kognitiven Tests auszuhändigen.»

Reger nimmt ihm die Seiten aus der Hand. Er blättert sie hastig durch und reicht sie mir weiter.

«Lesen Sie selbst. Die Tests wurden gestern Morgen durchgeführt. Vernet erbringt gerade noch die Denkleistungen eines Sechsjährigen.»

Reger kann nur mühsam seinen Triumph verbergen. Ich überfliege die Testergebnisse. Reger hat Recht. Es scheint, dass lang andauernder Schlafentzug nicht nur höhere Funktionen wie etwa das schlussfolgernde Denken, sondern auch einfache automatisierte Denkprozesse und vor allem das Gedächtnis blockiert. Reger kann ein Schmunzeln nicht unterdrücken.

«Kommen Sie, schauen wir uns jetzt dazu die endokrinologischen Werte an.»

Reger winkt den Kollegen heran.

«Geben Sie mir den Cortisolspiegel!»

Der Mann geht zu einem der Rechner, sucht die entsprechende Tabelle, druckt sie aus und bringt sie uns. Vernets Cortisolwert ist während der Nacht auf niedrigem Niveau geblieben, was mich nicht weiter verwundert, denn das Hormon bildet sich erst nach einigen Stunden tiefen Schlafs, also in den letzten Schlafstunden der Nacht.

«Schauen Sie», sagt Reger. «Wer nicht schläft, vergisst. Ohne Anstieg des Cortisols während der Nacht lassen Gedächtnisleistungen rapide nach. Wir werden das noch genauer überprüfen, und dann sollten wir eine Publikation vorbereiten. Wir müssen uns sputen. Professore Melfiore vom zoologischen Institut hat vergleichbare Versuchsreihen zum Cortisol fast abgeschlossen, heißt es. Ich hoffe, Sie stehen mir als Koautor zur Verfügung.»

*Ich* werde die Arbeit schreiben. Ohne Reger. Am Ende setzt er *seinen* Namen darauf. Er wird mich als Koautor erwähnen. Längst nicht alle seine Mitarbeiter kommen in den Genuss, den Status des anonymen Ghostwriters zu verlassen.

«Kommen wir jetzt zu Unerfreulichem.»

Marinellis Mann, ein rotblonder Jüngling mit ausgefranstem Kinnbart, tritt an einen der Drucker und kehrt mit einem Bündel Papier zurück.

«Nicht doch, Sie wollen mir doch hier keine zehn Meter Papier andrehen. Haben Sie noch immer keine Auswertung gemacht?»

Reger reißt ihm die Bögen aus der Hand. Er faltet sie auf den umstehenden Tischen aus, schnauzt vor sich hin und schreitet sie Meter um Meter ab.

«Blutdruck weiter chaotisch, Puls unregelmäßig, dazu Herzrhythmusstörungen», skandiert er aufgewühlt.

Ich weiß, wovor Reger sich fürchtet. Früher oder später wird Vernet kollabieren. Vernet ist etwas mehr als drei Wochen auf dem Seil. Jeder ernste Fall für ein Schlaflabor hat eine ähnlich lange Schlafkarenz. Macht Vernet in den nächsten Tagen schlapp, ist die Datenlage zu dünn. Selbst Melfiore hat da mit seinen Ratten Bemerkenswerteres aufzuweisen. Ich werfe einen Blick hinüber zu Vernet. Vernet hockt auf dem Boden. Er malt Kreise in den Staub. Einen nach dem anderen. Reger schaut ihm gequält zu. Ich kann Reger nicht helfen.

## 3

Von Santa Maria Nuova bis hinaus nach Bellosguardo ist es nicht weit. Eine halbe Stunde vielleicht. Eine schnell schon stille Landschaft ohne das Tosen des Verkehrs. Erst das letzte Wegstück steigt steil an. Die Gärten der Villen reichen hinunter bis zur Straße. Ich weiß, wo ich Savio finde. Die Blätter der Olivenbäume flattern im Wind. Gleichen silbrigen Fischen. Fischen, die in der Luft schwimmen. Die Wiesen mit den Obstbäumen sind schon dürr und sommermüde. Zuletzt ein kastanienbestandener Platz. Eine Frau in Pantoffeln umkreist die Baumgruppe. Sie murmelt, manchmal ist es ein Singen. Als sie mich gewahrt, verstummt sie, zögert, dann setzt sie ihren Gang fort – mit gefalteten Händen, von Zeit zu Zeit fliegen ihre Arme auf, und sie flucht lautstark.

Das Tor zur Villa ist offen. In den Torbogen sind die Worte gemeißelt: *«Gott ist ein unverwüstliches, ein glückliches Tier.»* Ich bin am Ziel. Savio also. Ich hätte es mir denken können. Sein Spruch. Lange habe ich mich auf diesen Augenblick vorbereitet. Man stellt sich das Böse bocksbeinig und mit Hörnern vor. Savio ist anders, er ist galant und luziferisch. Man sieht seinen Huf nicht. Ich muss mich wappnen. Ich darf ihm nicht erlauben, keine Sekunde, meinen Verstand aufzuweichen. Er wird versuchen mich zu blenden, über mich Macht zu bekommen, wie er über Sophia Macht bekommen hat. Es gibt sie stets – auch wenn wir in Drachenblut gebadet haben –, die Stelle, in die der Pfeil trifft. Das Böse ist Teil des Lebens. Man kann ihm eine zeitlang ausweichen, aber nicht entgehen. Wie in der Liebe gibt es kein Mittel dagegen. Eine Allee führt hoch zur Villa. Ich begegne niemandem. Ein einzelnes Auto parkt dort im Schatten einer Zypresse. Es ist still. Keine Stimmen. Vögel laufen über die Rasenflächen. Kübel mit blühendem Oleander säumen die Wege. Auch der Rhododendron steht in Blüte, so spät am Ende des Sommers. Die Villa ist in Altrosa gestrichen. Die Flügeltüren haben grüne Blendläden, die Balkongeländer von Glyzinien umrankt. Ein Weg führt um das Gebäude herum in den rückwärtigen Teil des Gartens. Dort ein Pavillon. Ein Oktogon. Savio lehnt an einer Säule. Er kehrt mir den Rücken zu. Ich gehe auf ihn zu. Meine Schritte knirschen im Kies. Savio fährt herum.

«Ich habe Sie erwartet. Kommen Sie.»

Er geht voraus. Er führt mich zu einer Terrasse am Ende des Grundstücks. Weist mir einen drahtgeflochtenen Stuhl zu. Er selbst nimmt auf einem ausladenden Korbstuhl Platz. Nur mühsam finde ich eine bequeme Sitzhaltung.

«Wir sollten uns unterhalten – nach allem, was passiert ist.»

Seine Stimme ist warm und mild. Es ist die Stimme des Wolfs, der Kreide gefressen hat. Er streicht eine Fluse von seinem cremefarbenen Jackett.

«Die Irrtümer der Polizei rücken uns in eine Verbindung zueinander und zu gewissen Vorfällen», antworte ich.

Savio streicht sich durchs Haar.

«Es heißt, Signore Gerber, Sie trieben sich zu häufig an den Tatorten herum.»

«Es heißt, Sie, Signore, hätten sich einer Befragung durch Commissario Ferri stellen müssen.»

«Ja, der Commissario», lächelt Savio. «Er ist sehr eifrig.»

Auf leisen Pfoten nähert sich ein Diener. Nur ein sachtes Klickern der Kiesel auf dem Weg ist zu hören. Ebenso geräuschlos stellt er das Tablett mit dem Teeservice und eine silberne Schale mit Konfekt auf den Tisch, der kreisförmig um eine Metallsäule angebracht war. Die Säule trägt ein gusseisernes Dach – in der Form eines aufgespannten Regenschirms. Savio bemerkt meinen Blick.

«Eine frühere Eigentümerin der Villa, die Contessa Spinelli, ließ den Garten mit diesem Ding schmücken. Das Gebilde gilt als schützenswert, es zu erhalten ist eine Auflage, die jeder Erwerber der Villa erfüllen muss. So ist der furchtbare Regenschirm der Stadt schon durch beinahe zwei Jahrhunderte erhalten geblieben und gibt neuerdings sogar der Villa den Namen: Ombrellino, Villa Ombrellino«, parliert Savio.

Der Diener gießt den Tee in dünnwandige Schalen mit Goldrand. Savio nimmt geräuschvoll einen Schluck. Von meinem Platz aus überschaue ich die gesamte Stadt, sehe den Dom, den Palazzo Vecchio, Santa Croce. Im Südosten erkenne ich den Piazzale Michelangelo, daneben schimmert San Miniato auf.

«Wie erwirbt man so ein Nonplusultra? Verraten Sie es mir!» Eitel, wie er ist, wird Savio antworten.

«Die Villa Ombrellino ist eine exquisite Hure. Sie gehört dem, der am meisten zahlt und zusichern kann, sie ebenso formvollendet zu behandeln. Es ist nicht irgendeine Villa. Galileo verbrachte hier die fruchtbarste Zeit seines Lebens und Foscolo schrieb an diesem Ort *Le Grazie*, ein Poem, das in Italien jeder kennt.»

Foscolo. Anscheinend kann ich ihm nicht entgehen.

«Auch Clara Schumann - Sie wissen schon, *die* Schumann, die Frau des Komponisten, ein wenig schwierig und exaltiert wie alle schönen Frauen, auch sie schätzte die Villa. Einige Wochen verbrachte sie hier, eine Romanze, *a hidden love*, sagt der Engländer, Sie verstehen …»

Er kann sich ein böses Lächeln nicht verkneifen. Ich weiche seinem Blick aus, luge auf die Skulpturen, die den Weg zum Haupthaus säumen. Savio folgt meinem Blick.

«Aber Sie sehen ja, die Villa hat noch anderes als Historie zu bieten. Kommen Sie, schauen Sie sich in Ruhe um», sagt er gönnerhaft.

Er steht auf und entlässt mich mit einer Verbeugung – eine Geste, die ihm zu groß gerät. Ich nähere mich den Statuen. Savio folgt in einigem Abstand.

Es sind ausnahmslos weibliche Akte. Die Sockel sind von Efeu und Moos bewachsen. Die Körper sind ein wenig lasziv, als sei es kein Stein, als sei es mehr, auf eine merkwürdige Art und Weise mehr. Savio mustert mich. Ich spüre seine Blicke im Rücken. Es sind zarte, mädchenhafte Gestalten. Eine hat die Hand auf die Brust gelegt, nicht schützend, mehr eine sich selbst liebkosende Geste. Die andere Hand taucht hinab zur Scham. Die Umschrift auf dem Sockel lautet: *Ubi manus ibi dolor.* Wo die Hand liegt, dort ist der Schmerz. Savio ist dreist. Allein schon dieser Spruch macht ihn verdächtig, denkt man an die Frauen, denkt man an die Zonen des Körpers, an denen sie geschändet wurden: Brust und Scham. Ich gehe weiter, komme zu einem Teich. Neben dem Teich befindet sich ein Felsen. Ein riesiger Findling. Der Fels hat einen Riss. Eine Nymphe verschwindet in der Spalte. Savio hat jenen Moment festgehalten, da sie noch einmal den Kopf wendet. Es ist das Einwilligen in den Abschied, wovon ihr Blick erzählt. Savio nähert sich mit tänzelnden Schritten. Er streicht der Figur über die Schläfe.

«Manchmal erzählen die Statuen bei aller Anmut von den Gefahren, die uns drohen, wenn wir uns auf die Liebe einlassen. Das müsste doch gerade Sie interessieren?»

Ich gehe auf seine Anspielung nicht ein.

«Wissen Sie», sagt Savio, «die Liebe fürchtet nicht eigentlich den Tod.» Savio steht dicht hinter mir.

«Vor dem Wechsel graut der Liebe mehr.»

Ich spüre seinen Atem, der nach Salmiakpastillen riecht.

«Sie ahnen, wen ich hier zitiere? Einen berühmten Landsmann von Ihnen und Italienfreund – aber das waren sie ja alle, die großen Deutschen. Es ist diese besondere Art des Verlusts, die Untreue, die uns am meisten ängstigt, nicht wahr?»

Ich rieche sein Parfum – einen jener edlen, unaufdringlichen Gerüche, bei denen wir uns später anstrengen müssen, uns an sie zu erinnern. Das genau scheint ihre raffinierte Absicht zu sein. Wir kommen nicht davon los. Wir können uns von all dem nicht lösen, das wir nicht ganz besitzen oder über das wir nicht angemessen verfügt haben. Immer ist es der Mangel, der uns treibt.

«Nietzsche. Es sind Nietzsches Worte.»

Savio legt mir eine Hand auf die Schulter.

«Gehen wir», sagt er lächelnd.

Er führt mich zum Haupthaus. Ein rötliches Licht schwimmt auf der Fassade. Wieder hat er meinen Blick registriert.

«Ein Spiegeleffekt. Es ist das Ziegelrot der Steine zu ihren Füßen, das bei einem bestimmten Lichteinfall reflektiert. Ich habe den Hof nach alten Plänen aus dem 14. Jahrhundert pflastern lassen. Ziegelrot ist die Farbe der Stadt. Der Dom, die Uffizien, die Hotels am Arno, jedes öffentliche und private Gebäude von Rang ist in Ziegelrot gedeckt. An manchen Abenden beginnen die Dächer der Stadt in diesem wunderbaren Licht zu flirren. Ich habe mir den gleichen Effekt zunutze gemacht.»

Ein warmer Wind streicht über den Hof. Zwei Papageien flattern aus einem Baum auf und landen zu unseren Füßen. Die Vögel picken an unseren Schuhen. Ihre Köpfe sind kahl. An den Fußgelenken ist eine Leine befestigt. Savios Hand beschreibt einen Bogen. Er weist mich auf eine weitere Skulptur hin. Zwei Engel. Süßlich und sentimental mit verschatteten Blicken, dazu mächtige Flügel, die viel zu groß für die schmächtigen Körper sind.

«Wir haben es hier mit gefallenen Engeln zu tun, mein Lieber. Engel gleichen Schmetterlingen, berührt man sie zu heftig oder zu häufig, werden die Flügel fluguntauglich. Es ist immer ein Vergehen, wenn ein Engel sich in den Banden der irdischen Liebe verfängt und sich in einen Schützling, einen Menschen verliebt. Sie verstehen?»

«Kein Wort.»

«Man muss die neuplatonische Metaphorik kennen. Die Liebe, die körperliche Liebe ist für einen Engel nicht bestimmt. Betrachten Sie die Flügel. Mit diesen riesigen Schwingen kann man nicht fliegen. Sie sind zu schwer. Die Unfähigkeit, aus eigener Kraft zurück in den Himmel zu finden, symbolisiert ein Scheitern an den Begierden, bedeutet den Abstieg der Seele ins Irdische. Auf der anderen Seite: Ohne das Abenteuer des physischen Lebens und der sinnlichen Liebe kann die Seele nicht vollkommen werden. Vielleicht bedürfen die Engel dieses Umwegs. Vielleicht müssen sie sich erst von der irdischen Liebe verfuhren lassen, Irrtümer riskieren, Schuld auf sich laden, die in der Liebe ja immer eine besondere ist, vielleicht die schmerzlichste überhaupt. Kurz, sie müssen lieben wie wir: blind, besinnungslos und ohne Netz. Erst dann mögen sie reif sein für die Himmelfahrt.»

Nicht nur die Gesten, auch die Worte geraten ihm zu groß. Er fährt einem der Engel mit der Hand über die Wange, die noch die Spuren des Zahneisens erkennen lässt, winzige Vertiefungen, eine zarte Gravur von Unebenheiten, die die Hautstruktur andeuten soll. Nur die Schenkel und die Hintern sind vollkommen eben, wahrscheinlich mit Feilen oder Bimsstein geglättet.

«Die Liebe ist immer beides: Honeymoon und eine veritable Folter. Das ist ebenso pathetisch wie wahr, oder sind Sie anderer Meinung?»

Ich antworte mit einem Achselzucken. Mit keinem Wort werde ich ihn nach Sophia fragen. Ich werde ihm diese Befriedigung nicht verschaffen.

«Vielleicht so viel fürs Erste. Trinken wir unseren Tee zu Ende», sagt Savio.

Es ist schwül. Immer noch scheint die Hitze zuzunehmen. In der Ferne, über dem Apennin, zieht ein Gewitter auf. Der Tee schäumt in den Schalen auf, dann ebnet sich die Oberfläche und zurück bleibt eine goldbraune, spiegelblanke Fläche. Der Tee hat ein rauchiges Aroma, das den Gaumen eine Spur austrocknet.

«Es ist Flugtee aus dem ceylonesischen Hochland. Ein Direktimport, unmittelbar nach der Ernte hierher ausgeflogen. Italien ist kein Land für Teetrinker. Früher, in der Belle Époque, war das anders. Damals logierten Scharen vermögender Briten in Florenz. Noch mein Vater konnte vor dem Krieg in der Nachbarstadt Prato …»

«Kommen wir zur Sache. Olivia Paruzzi … Man hat sie nach Santa Maria Nuova gebracht. Was ist mit ihr?», unterbreche ich ihn abrupt.

Savio schreckt aus seinem Wortschwall auf, streicht sich über die Stirn, er blinzelt, ein Zucken läuft über sein Gesicht. Schließlich hebt er auf eine Art zu sprechen an, als müsste er Anlauf nehmen.

«Eine Kreislaufattacke, erfuhr ich. Manchmal steht die Paruzzi mir Modell, die Sitzungen dauern mitunter lange, dazu die Hitze, immer noch diese unerträgliche Hitze, die ja auch Ihnen zugesetzt haben muss, hörte ich.»

Savio lächelt spitz. Ich bin mir sicher, er lügt. Ich werde herausfinden, was mit Olivia geschehen ist. Savio soll wissen, dass ich auf der Pirsch bin. Es ist die Hatz des Hundes, die den Hasen vor die Flinte des Jägers treibt.

## 4

Ich kehre sofort nach Santa Maria Nuova zurück. Tarek nennt mir Olivias Zimmernummer. Ich laufe die Flure entlang. Finde ihr Zimmer im dritten Stock. Es ist abgedunkelt. Sie schläft. Gesicht und Lippen sind blass. Im Zimmer hängt ein Knoblauchgeruch. Ich beuge mich über Olivia. Es ist ihr Atem, der nach Knoblauch riecht. Verwirrt blicke ich Tarek an, der zur Tür hereinkommt. Die Tote, das Mädchen auf der Bühne der Villa Butimar vor ein paar Wochen, auch sie hat den gleichen penetranten Geruch verströmt.

«Was ist mit ihr?»

«Eine Vergiftung», flüstert Tarek.

«Ein Suizidversuch?»

«Ein Unfall, sagt Signore Savio.»

«War er hier?»

«Nein, die Maldini telefonierte mit ihm.»

«Was für ein Unfall?»

Tarek wendet sich ab und schließt das Fenster.

«Gehen wir. Fragen Sie die Maldini.»

«Ich möchte bleiben, bis Olivia aufwacht.»

«Warten Sie lieber in Dr. Maldinis Büro. Sie beendet in Kürze ihre Visite. Ich habe Anweisung, die Patientin ausruhen zu lassen. Keine Besuche. Tut mir leid.»

Er führt mich aus dem Raum und den Gang hinunter zum Büro der Maldini. Er lässt mich eintreten und entfernt sich. Ich frage mich, warum man Olivia abschirmt. Welche Rolle spielt die Maldini? Welche Nähe hat sie zu Savio? Ich schaue mich im Zimmer um, als ließe sich hier eine Antwort finden. Auf dem Schreibtisch liegt ein Sortiment an Stiften, medizinische Zeitschriften, einige handschriftliche Notizen. Ich blättere sie durch. Das, was ich vorfinde, ist belanglos. Die Schränke mit den Patientenakten sind verschlossen. Olivias Akte liegt wahrscheinlich ohnehin in der Toxikologie. Die Maldini … Was weiß sie? Ist sie etwas anderes als nur eine eifrige Ärztin, die ein obskures Syndrom erforscht?

Woher dieser Knoblauchgeruch bei Olivia und bei der Toten in der Villa? Mein Blick fällt auf den Papierkorb. In einem Spionagefilm mit Lino Ventura gibt es diese Szene, wo jemand achtlos eine Notiz in den Papierkorb wirft, statt sie zu verbrennen. Ich weiß nicht, wonach ich suche. Es ist absurd. Ich schaue dennoch nach, finde Joghurtbecher, eine Bananenschale, eine alte Zeitung. Dann ihr Arztkittel. Er liegt auf dem Sofa, ich wühle in den Taschen, finde Papierschnipsel, mehr als zwanzig Fetzen. Ich setze Schnipsel an Schnipsel, eine ausgedruckte Internetseite: *Forensische Entomologie am Beispiel eines Tötungsdeliktes. Eine kombinierte Spuren- und Liegezeitanalyse*. Ein Insektenkundler berichtet über seine gutachterliche Tätigkeit in einem Indizienprozess. Warum interessiert die Maldini das? Der Entomologe bestimmte den Todeszeitpunkt des Opfers, was zur Überführung des Täters beitrug. Alles verhielt sich so, wie der Wachmann es beschrieben hatte: Das Entwicklungsstadium der Maden, die man in den Körperöffnungen der Leiche fand, war ausschlaggebend. Für einen Laien war der Wachmann erstaunlich gut informiert gewesen. Dann eine Anmerkung gegen Ende des Textes, etwas, was der Wachmann nicht wusste oder unerwähnt gelassen hatte: Maden, die ein Opfer besiedeln, nehmen aus dem Körper des Toten auch Giftstoffe auf, so dass sich Vergiftungen nachweisen lassen, die sonst unentdeckt blieben. Dazu am Rand ein handschriftlicher Eintrag: *Dimethylsulfoxid* kann ich entziffern, mit einem Fragezeichen versehen. Was stellt die Maldini in Frage? Dass sich Dimethylsulfoxid in den Maden nachweisen lässt oder dass es giftig ist? Jener Zeitungsartikel hat Dimethylsulfoxid erwähnt. Auch Ferri ... Die Leiche im Waschzuber, die von Savio präparierte Leiche, ist damit bearbeitet worden. Tarek hat vorhin von einer Vergiftung gesprochen. Hat Savio ...? Hat er Olivia vergiftet? Reicht Dimethylsulfoxid aus, einen Menschen zu vergiften? Ich bin kein Fachmann. Wie weit ist die Maldini involviert? Mir ist heiß. Meine Wangen glühen.

«Signore Gerber. Aha, hier sind Sie!»

Ich fahre hoch. Deonne kommt zur Tür herein. Möglichst ungerührt sammele ich die Schnipsel vom Tisch auf und stecke sie in meine Hosentasche.

«Man sucht Sie. Commissario Ferri ist wieder im Haus. Er will Sie sprechen. Sie scheinen sein Kandidat zu sein.»

Deonne sagt dies ohne jeden Nebenton. Ohne eine Miene zu verziehen.

«Ich könnte ihm einen Kandidaten aus der Beletage dieser Stadt nennen, für den er sich zu interessieren hätte. Oder traut er sich an diese Spezies nicht heran?», sage ich viel zu schrill.

«An wen denken Sie?» fragt Deonne ruhig.

«Savio«, antworte ich.

Deonne schaut mich ernst an. Ich weiche seinem Blick nicht aus.

«Savios Ruf ist tadellos», sagt er so leise, dass ich mich anstrengen muss, seine Worte zu erhaschen.

«Als Künstler oder als Bürger?»

«Beides, Signore, wenn auch seine ausschließlichen Neigungen zum Akt ihn etwas einseitig erscheinen lassen», haucht Deonne. Er setzt sich in den Ledersessel der Maldini und schlägt die Beine übereinander. Deonne trägt silberne Stiefel mit blinkenden Klappverschlüssen, ähnlich einem Skischuh.

«Savio bemüht sich um ein Idealmodell körperlicher

Schönheit. Ein antiker, dann in der Renaissance wieder aufgegriffener, fast mimetischer Ansatz», schmunzelt Deonne und streicht sich über seinen kurzgehaltenen weißen Schnurrbart. «Heute ein wenig bieder.»

«Sie meinen, Savio ahme lediglich nach?»

«Eine populäre Ästhetik, mehr oder weniger erotische Obsessionen. Es gibt Liebhaber, die seine Bilder schätzen und bezahlen.»

«Stellt er aus? Kann man sie sehen?»

Ich kann meine Stimme nicht zügeln. Sie flattert.

«Es gibt Sammler hier in der Stadt. Zeichnungen, auch Aquarelle, im Sujet, ich sagte es schon, etwas zu eingängig und antiquiert. Besuchen Sie mich!»

Bevor ich nachfragen kann, kommt Ferri, begleitet von der Maldini, zur Tür herein.

«Hier sind Sie also», flötet Ferri und baut sich neben mir am Schreibtisch auf. «Ich will es kurz machen. Habe mich erkundigt, ob die Diagnose eines Stendhal-Syndroms auch auf weitere Extreme bei einem Patienten hindeutet.»

Die Maldini nimmt auf dem Sofa Platz.

«Diese abwegige Erkrankung schließt offenbar nicht die Neigung zur Leichenfledderei mit ein«, sagt Ferri lächelnd. «Darüber hinaus: Es gibt neue Erkenntnisse. Details, die Sie interessieren mögen: Die Leiche im Waschzuber und die Tote in der Villa Butimar, beide weisen Spuren einer Substanz auf, die – ich bin ganz offen – wir zunächst unterschätzt haben, die uns jetzt aber umso brennender interessiert.»

Ferri mustert mich bei jedem Wort, das er sagt, wie ein beißwütiger Hund. Seine gute Laune ist nur Tarnung. Die Maldini schaut zu Boden. Sie nestelt an den Knöpfen ihres Kostüms.

«Dimethylsulfoxid …, schon mal davon gehört?», fährt er fort.

«Ich lese Zeitung.»

Ferri nickt. Dann schaut er hinüber zu Deonne. Deonne sitzt kerzengerade im Sessel, als hätte er einen Besenstiel verschluckt. Seine Hände ruhen auf seinen Oberschenkeln.

«Professore, erklären Sie uns, was es mit diesem Mittel auf sich hat.»

Deonne schaut in die Runde. Wartet. Alle spitzen die Ohren.

«Dimethylsulfoxid ist ein chemisches Transportmittel. Es wird über die Haut aufgenommen«, beginnt er. «Gleichzeitig expediert es andere chemische Stoffe, auch Pharmaka, sozusagen Huckepack, die alleine nur schwerlich in die Haut eindringen. Eine Schleppersubstanz, die es der eigentlichen Wirksubstanz ermöglicht, besser in die Epidermis einzuziehen, da Dimethylsulfoxid als sogenannter Penetrationsverstärker die Haut sozusagen aufschließt.»

Ferri belauert jede meiner Regungen.

«Die Verwendung von Dimethylsulfoxid in Kosmetika, etwa in Tönungscremes, würde sich geradezu anbieten, ist aber wegen unliebsamer Nebenwirkungen, die sich bei einer Überdosierung einstellen, verboten. Manchmal wird der Stoff in der Malerei benutzt. Die Farben können tiefer in das Material hineingelangen, wodurch die Intensität der Kolorierung gesteigert wird. Schließlich, heißt es, käme es bei der Konservierung von Tierhäuten zum Einsatz, was ja naheliegt.»

Melfiore. Plötzlich muss ich an Melfiore und das zoologische Museum denken. Alle diese ausgestopften und präparierten Tiere.

«Was die Kunst angeht, dient es der Effektsteigerung, nicht wahr? Könnte es auch zu Vergiftungen kommen, wenn man es bei einem Menschen auftrüge?», hakt Ferri nach.

«Nun, die Farben platzieren sich auf der Haut intensiver, da

Dimethylsulfoxid Farbpigmente tiefer einziehen lässt und dadurch einen besonders kräftigen Farbton erzeugt. Alleine ist Dimethylsulfoxid in einer niedrigen Konzentration nicht toxisch. Dennoch könnte es zu Vergiftungen kommen, wenn es auf ausgedehnte Hautflächen aufgetragen würde, und die Farben noch zusätzlich Lösungsmittel enthalten. Diese würden dann dank des Transporters Dimethylsulfoxid in die tieferen Hautschichten gelangen und vom Körper aufgenommen werden.»

«Wir fanden Farbpigmente, auch Lösungsmittel und nicht nur an den Schnittstellen, nein, fast über die gesamte Hautfläche verteilt. An den Schnittstellen jedoch in höherer Konzentrierung», bemerkt Ferri. «Hinzu kommt: Beiden Frauen wurden die Farben erst nach Eintritt des Todes aufgetragen.»

«Sie meinen, der Täter hat die Leichen bemalt?», frage ich.

«Möglich. Ja, das wäre möglich», antwortet Ferri.

Ich schaue hinüber zur Maldini. Sie blickt stoisch in die Runde. Mit keinem Wort erwähnt sie Olivia. Eine Vergiftung, hat Tarek gesagt. Was für eine Vergiftung? Wurde Olivia von Savio bemalt? Ein missglücktes Bodypainting? Sind dies die erotischen Obsessionen, die Deonne erwähnt hat? Jetzt kein Wort zu Ferri, dass ich bei der Maldini Schnipsel einer Internetseite gefunden habe, die ihn aus den Schuhen springen ließen. Ich selbst will mit Savio abrechnen. Ferri kann für mich nichts tun.

«Das war es? Sie brauchen mich noch?», frage ich.

Die Maldini schüttelt den Kopf. Ferri schweigt. Ich wende mich zur Tür. Warum lässt Ferri mich an all dem teilhaben? Hält er mich für den Täter? Will er mir zeigen, dass er die Praktiken des Täters durchschaut hat? Will er mich aufscheuchen und zu einem falschen Schritt veranlassen? Ich muss zu Melfiore.

Die Fenster zum Garten sind geöffnet. Auf den Fluren der Duft des Oleanders. Der Efeu hängt immer noch in Büscheln vor den Fenstern. Ich lausche. Aus dem Hörsaal dringt eine Stimme. Es ist nicht Melfiore, der spricht. Ich öffne die Flügeltür, deren Glas blind vom Staub ist. Der Raum ist abgedunkelt. Einen Moment bleibe ich stehen, bis meine Augen sich an die Dunkelheit gewöhnt haben. Ich gehe zu einem freien Platz in den hinteren Reihen. Das Bild auf der Leinwand flackert. Es zeigt eine Ratte. Sie liegt auf einem Seziertisch. Sie rührt sich nicht, ist fixiert. Eine Hand senkt sich zu ihrem Hals, die andere hält das Skalpell.

«Man muss schräg ansetzen, dann beinahe diagonal nach unten ziehen – durch das Platysma und die großen Halsgefäße schneiden.» Es wird einer von Melfiores Assistenten sein, der dort vorne spricht. Er steht am Pult, deutet jetzt mit dem Zeigestock auf die entsprechende Region am Hals des Tieres. Das Bild auf der Leinwand steht einen Moment still. Dann sieht man ein Skalpell schneiden, die Ratte zuckt nicht einmal. Eine Hand groß wie die Flosse eines Tigerhais führt das Skalpell. Ich sehe sein Gesicht nicht, nur die Hand: Die Hand von Savios Faktotum schneidet. Nein, das ist unmöglich.

«Setzen Sie das Skalpell nicht waagerecht an. Schauen Sie bitte genau hin. Die Schnitttechnik muss sitzen. Es sollte eine keilförmige Wunde sein, eine Wunde, die sich nicht schließt. Das Tier muss ausbluten, damit die Präparatoren später die Adern mit Formalin füllen können und die Konservierung erfolgreich sein kann. Dann erst ist die Öffnung der Schädeldecke vorzunehmen, wenn Sie das bitte in Ihren Übungen an den Ratten nachher beachten mögen.» *Eine keilförmige Wunde, eine Wunde, die sich nicht mehr schließt* - so oder so ähnlich hatte Ferri die Wunde der jungen Obdachlosen aus der Villa Butimar beschrieben. Hatte man darum also den Opfern solche Halswunden zugefügt? Mussten sie ausbluten, damit man sie … konservieren konnte? Ein Schwall Blut, ein helles Rot, ergießt sich aus dem Hals der Ratte, glänzend, ein wenig schäumend, an den Rändern trocknet es zuerst ein, wird zu einem stumpfen Rot, dessen Fließgeschwindigkeit sich wegen der Gerinnung immer mehr verringert.

«Kommen wir zum Eigentlichen. Wir entfernen den suprachiasmatischen Nucleus, wobei der Sehnerv ebenfalls abgetrennt werden muss. Beachten Sie die genaue Lokalisation, nehmen Sie dann folgende Schnittsequenz vor …»

Es sind andere Hände nun. Das Faktotum ist selbstverständlich kein Operateur. Aber vorhin … Oder habe ich mich getäuscht? Sehe ich nur noch, was ich sehen will? Diese Art einen Hals aufzuschneiden … Ist das der Schlüssel? Ist Savios Faktotum derjenige, der alles in Gang hält? Von Anfang an muss er auf mich angesetzt worden sein, schon an jenem Abend in der Via Romana, als ich auf die Leiche im Waschzuber stieß.

«Dann wenden Sie sich bitte dem Hippocampus zu. Sie erhalten die Schnittfolge in einem Diagramm. Folgen Sie mir in die Sezierräume.»

Das Licht geht an. Die Studenten um mich herum greifen nach ihren Kladden.

«Es gibt Kollegen in der Humanmedizin, die glauben, es gäbe im Hirn sogar ein Organ für das Schöne, einen Ort, der das ästhetische Empfinden bestimmte, Signore Gerber.» Ich fahre herum. Es ist Melfiore, der spricht. Er sitzt zwei Reihen hinter mir.

«Abstrus, nicht wahr?»

Ich nicke blöde. Ich muss Melfiore nach Savios Lakaien fragen.

«Kommen Sie, die Show ist vorüber. Der Bursche hat Sachkompetenz, das Material ist in Ordnung. Von mir aus verlängert sich sein Vertrag.»

Melfiore hebt sich gut gelaunt aus der Bank. Ihm folgen weitere Dozenten. Sie treten hinaus auf den Flur. Eine kurze Unterredung folgt, Zustimmung zu Melfiores Vorschlag, jetzt keine große Debatte mehr über den Kandidaten zu beginnen. Ich nehme Melfiore zur Seite.

«Wer führte vorhin auf dem Video den Schnitt an der Ratte durch?»

Er schaut mich verständnislos an.

«Wie bitte? Ich verstehe nicht, Sie meinen …»

«Schon gut. Ist Ihnen bekannt, ob jemand im Institut Dimethylsulfoxid benutzt?»

Melfiores Miene verdüstert sich, dann grinst er.

«Sagen Sie, hat der Commissario Sie in Dienst genommen?

«Sie meinen Ferri?»

«Vor ein paar Wochen sah er sich hier wegen der Leiche im Hof des Instituts um, später erkundigte er sich nach Dimethylsulfoxid. Wir zeigten ihm unsere Versuchsreihe.»

«Welche Versuchsreihe?»

«Nicht jetzt. Ich werde da drinnen wieder gebraucht.»

Er folgt seinen Kollegen zurück in den Hörsaal, wo ein weiterer Bewerber am Pult Aufstellung bezieht.

# 5

Kein Hund bellt. Aus den Gärten dringen keine Stimmen. Die Fensterläden sind geschlossen. Das Licht füllt die Straße. Sie ist schmal. Erst außerhalb der Stadt öffnet sie sich, wird breiter, gibt den Blick frei auf Bäume, Wiesen, die sich hoch bis San Miniato ziehen. Die Luft über dem Asphalt flimmert. Auf der Fahrbahndecke treibt ein öliger Schweiß. In den Lachen Mückenkadaver. Der Himmel sandfarben wie Deonnes Haus, ein Kubus aus Glas und Beton. Ich schelle und warte. Ich warte lange. Ein dunkles, langbeiniges Geschöpf, Somalierin, schätze ich, mit extravaganter Sonnenbrille öffnet mir. Ihre Zähne blitzen auf, aber kein Wort schenkt sie mir. Sie geht voraus. Ihr Rock ist lang und eng, erlaubt nur kleine Schritte, die den Hüftschwung betonen und auf dem dunkelroten Stoff ein Wellenspiel in Gang bringen, das am Saum des Rockes auf Höhe ihrer Knöchel ausläuft, die sandhell aufscheinen wie die Innenflächen ihrer Hände. Sie führt mich in den Salon, weist mir einen Platz auf dem Kanapee zu, wo zu meinen Füßen ein sabbernder Boxerrüde kauert. Wenig später erscheint Deonne im weißen Leinenanzug und roter Krawatte, die wie eine ausgestreckte Zunge auf seinem schwarzen Hemd liegt. Unter dem Arm trägt er eine Mappe. Er nimmt Platz, legt die Mappe auf dem Tisch ab. Er lässt uns einen Kaffee einschenken, wobei die Schöne den Strahl nicht richtig in die Tassen lenkt. Sie bemerkt es nicht einmal. Es ist Deonne, der mit seinem Taschentuch die Kaffeepfütze aufwischt und mir ein mit Schokoladenkonfekt karg dekoriertes Tablett reicht, dessen Dürftigkeit ich noch dadurch vergrößere, dass ich gleich zwei Pralinen nehme. Deonne quittiert meine schlechten Manieren mit einem Augenaufschlag und stellt das Tablett zur Seite. Der Salon ist bilderlos. Die lachsroten Wände sind kahl. Durch den Garten der Blick hinaus bis nach San Miniato, das Licht, das sich auf dem Marmor der Fassade bricht, daneben der Piazzale Michelangelo. Die Stadt ist das Bild. Deonne rührt mit einem Silberlöffelchen in seiner Tasse. Die Schöne hat mit untergeschlagenen Beinen auf dem Sofa neben ihm Platz genommen. In den Gläsern ihrer Sonnenbrille spiegelt sich Deonnes langes, weißes Haar.

«Die Ermittlungen kommen voran?», frage ich in eine Stille hinein, die immer stiller zu werden scheint.

«Drücken wir es so aus: Ferri bemüht sich.»

«Er wird weitere Morde nicht verhindern können, nicht wahr?»

«Ich bin Kunsthistoriker, kein Kriminalist.»

Deonne schaut von seiner Tasse auf.

«Aber falls es ein Gesetz der Serie gibt», fährt er fort und legt den Löffel zur Seite, «wird der Täter sich mit den bisherigen Morden nicht begnügen, zumal …» Deonne hält inne. Er wendet den Kopf. In den dunklen Brillengläsern der Schönen schwimmt sein Haar wie eine Wolke, die sich in einem Teich spiegelt. «Sind Sie jemals auf den Namen Zeuxis gestoßen?»

«Nein.»

«Ein antiker Maler, der in der Renaissance wieder Beachtung fand. Zeuxis war der Meinung, es sei schwer, wenn nicht unmöglich, eine Frau zu finden, deren Körper so vollkommen, so ohne jeden Makel sei, dass sie für Helena, die schönste aller Frauen, als Modell herhalten könne. Er versteifte sich auf die Idee, das Optimum körperlicher Schönheit durch Selektion und Addition der jeweils schönsten Körperteile von fünf gutgewachsenen, weiblichen Modellen zu erzielen.»

Mir wird übel. Das Blut weicht mir aus dem Kopf. Ich weiß, worauf Deonne hinaus will.

«Wohlverstanden im Bildnis, nicht in der Realität. Zeuxis war kein Schlächter. Aber das, was Sie zu erschrecken scheint, versetzt auch Ferri in Unruhe, wenn er auch noch nicht bereit ist zu glauben, dass der Täter sich ideengeschichtlich bei Zeuxis bedient. Darüber hinaus ist es die Zahl, die Zahl fünf, die Ihnen zusetzt, nicht wahr?»

Deonne flüstert der Schönen etwas zu. Sie steht auf und entfernt sich. Deonne hat die Hände gefaltet. Seine Fingerkuppen sind blutleer und weiß.

«Bislang sind es drei Morde, Professore», sage ich.

«Drei Morde und drei Amputate: Hand, Brust und Scham. Bislang», seufzt Deonne und fährt sich durchs Haar.

«Und drei Fundorte.»

«Am Arno, im Giardino delle Rose und auf der Bühne der Villa Butimar.»

Das Mädchen stellt mir ein Glas Wasser hin, wobei sie mit dem Knie gegen den Tisch stößt, und ihre Hand nun über die Tischplatte tastet und versucht, die Wasserlache zu lokalisieren. Für einen Augenblick gefriert Deonnes Miene. Dann kommt er ihr zu Hilfe und wischt das Wasser auf.

«Es ist gut, Theresa, ich hab es erledigt.»

Er fährt ihr über das kurz geschorene Haar. Sie nickt und findet zurück zum Sofa. Es ist nicht nur die Zahl, die Zahl fünf, die mich erschreckt. Es sind die Analogien. Zu Sophias Manuskript. *Die dunkle Seite der Renaissance* – so drückte sich Sophia aus – … *Laster und Leidenschaften, die zu kunstfördernden Stimulanzien würden.* Ich muss irgendetwas sagen, muss meine Stimme hören, damit ich meinen Gedanken entgehe. Aber ich habe keine Worte.

«Wie man an Zeuxis sieht, scheint die Kunst ein geradezu manisches Verhältnis zur Schönheit zu haben», fährt Deonne fort. «Jeder Künstler braucht die Manie, will er nicht zu einem jener dünkelhaften Aristokraten der Kunst werden, die man so häufig antrifft. Kunst ist heute eine Sache für selbstgefällige Connaisseure. Denken Sie an die kryptischen Werke vieler zeitgenössischer Künstler, die nur noch ein kleiner Kreis von Feinschmeckern goutiert: eine artifizielle Programmatik, eine Gelehrtenkunst, die nur noch Eingeweihte verstehen. Eine ziemlich aufgeblasene Kaste, glauben Sie mir.»

Spricht Deonne über sich? Ist er zur Selbstironie fähig? Seine Wangen überzieht ein rötlicher Schimmer wie von einem leichten Fieber. Er greift nach der Mappe neben sich.

«Kommen Sie.»

Er führt mich zu einem Tisch in der Nähe des Fensters, öffnet die Mappe und platziert einige Zeichnungen und Aquarelle.

«Deshalb sind Sie doch hier.»

Mein Mund wird trocken. Das also ist Savios Kunst. Das sein mimetischer Ansatz: eine Frau, die das Kleid bis zum Bauch rafft, sie ist allein vor dem Spiegel im Badezimmer, wähnt sich ohne Zuschauer, was das Ganze noch aufreizender macht. Dann ein zweites Bild, erneut ein Akt, die schöne Afrikanerin, sein teures Tier, von hinten, als sie sich über die Wanne beugt. Deonnes Augen leuchten. Sie gesellt sich nun zu uns, fährt mit dem Finger über die Bilder. Deonne streicht ihr über die Wange. Er legt nach, andere Blätter: eine Frau, sie kniet, hält den Kopf gesenkt, ihr Haarschopf baumelt über dem Boden. Ich glaube, sie zu erkennen. Kann es sein, dass die …? Der Hintern streckt sich dem Betrachter entgegen und eine schmale, nicht mehr junge Hand schiebt sich durch den Bogen der geöffneten Schenkel und streichelt sich selbst. Mir fehlt die Luft zum Atmen. Kann es sein, dass die Maldini …?

«Welche Modelle? Welche Frauen nimmt Savio?», schnaufe ich.

«Mädchen von der Straße, Sekretärinnen, feine Damen. Alle

brennen darauf, sich von ihrer schamlosen Seite zu zeigen. Sie gehen zu Savio, wie andere sich einen Liebhaber leisten.»

Hat die Maldini, diese kluge Frau, sich dazu hinreißen lassen? Ich muss mich täuschen. Ich kann mich nur täuschen. Deonne hebt eines der Bilder an, damit das Licht sich auf der kolorierten Zeichnung besser bricht: Eine Szene auf dem Sofa. Ihr Gesicht gerötet, ein wenig geschwollen, die geöffneten Schamlippen, der Kopf leicht nach hinten gebogen, die dunkle Tönung der Kehle, die Energie des aufgerissenen Mundes, Muskeln an Armen, Beinen, Bauch, die hinstreben zu einem Höhepunkt, der noch aufgeschoben ist, damit der Pinsel, der Bleistift, die Zuckungen, die Rhythmen der Erregung festhält, sie anfeuert. Dann ein weiterer Körper, der sich ganz gibt, der dem Zeichner jede Nähe erlaubt. Man erkennt den Schweiß, der sich auf dem Gesäß sammelt, aufglänzt. Die Haut eines Delphins, wenn er aus dem Wasser schießt, eine Fontäne festen, feuchten Fleisches. In der Beuge darüber, fast schon in Höhe der Lendenwirbel, jene zwei hellen Flecken, symmetrisch zueinander, in der Art zweier Schmetterlingsflügel. Zehen, die sich vor Lust in den Boden stemmen und weiße, ringförmige Flecken tragen, dort, wo das Blut aus den Adern gepresst ist, um an anderer Stelle, wo es sich staut, an den Waden, am Bizeps, dunkelrot anzulaufen. Wie hat Savio sich solche Einsicht verschafft? Wie hat er dieser Frau, wer immer sie ist, so nahe kommen können? Schließlich der Schmelz auf der Haut, wenn die Lust endlich bricht. Wellen, die über den Körper laufen und an Meeresströmungen erinnern, die ihre Existenz dem Betrachter durch ein schwaches Eindunkeln der Wasseroberfläche verraten. Man kann sie erkennen, wenn man auf einer Klippe steht und hinunter auf die See blickt. Wie gelingt es Savio, das man in dem Einen das Andere sieht? Wie macht man das, dass ein Mensch sich so offenbart? Das ist keine Pornographie. Das ist mehr, viel mehr.

Deonne legt das Blatt mit einem Seufzer zur Seite. Ich ahne jetzt, warum die Maldini Savio deckt.

«Ziemlich pikant, nicht wahr? Eine Frage des präzisen Sehens, des genauen Objektstudiums. In der Renaissance sprach man von *perspicio*, und meint damit das scharfe und geduldige Betrachten eines Körpers, das Durchschauen, das den Bildern später diese elementare Deutlichkeit, wenn Sie so wollen, Wahrheit gibt.»

Deonne schmunzelt. Mein Mund ist immer noch trocken.

«Warum tun die Frauen das?»

«Savio hält sie zur luxuria, zu einer gewissen Brunst an, wenn Sie mich doch bitte verstehen mögen.»

Die Schöne lächelt und löst sich aus Deonnes Arm.

«Savio will uns keine Madonnenbilder zeigen. Seine Arbeiten stehen in einer Tradition, die in der Antike ihren Ursprung hat. Die Metaphysik des schönen Körpers. Es geht um die Venus, nicht um die heilige Jungfrau, die noch die Malerei des Mittelalters beherrschte. Zerstreuen Sie Ihre fixe Idee, Savio könnte das «Monster» sein. Jemand, der den weiblichen Körper so feiert, lässt sich auf eine solche Verrohung nicht ein.»

Er legt die Bilder zur Seite. Ich schaue hinaus in den Garten. Es beginnt zu dämmern. Ein schieferfarbenes Licht liegt über den Rasenflächen. Jetzt erst bemerke ich den behauenen, trapezförmigen Stein. Darauf liegt ein Kopf, aufgeklappt, ohne Schädeldecke. Deutlich sind die gemaserten Hirnhälften zu sehen.

«Erschrecken Sie nicht. Eine Wachsplastik – in bester Tradition unserer Florentiner Schule. Eine Kopie aus dem Museo Zoologico, eine Studentin der Anatomie fertigte sie an.»

Meint er Olivia Paruzzi? Arbeitet sie auch für Deonne? Ist in der Stadt alles mit allem verbunden?

«Ich gebe zu, ein grenzwertiges Stück. Manchmal gehen Wissenschaft und Kunst eine abseitige und gleichwohl faszinierende Verflechtung ein.»

Ich antworte nicht. Mein Blick verharrt auf den Hirnhälften, die gefurcht sind wie Walnüsse.

«Jeder ernsthafte Künstler arbeitet an einer Grenzerweiterung», hebt er erneut an. «Nehmen Sie die Entdeckung der Zentralperspektive – ein unerhörter Vorgang, wenn man es überdenkt, übrigens im Bereich der Malerei zuerst von Masaccio angewandt. Der ästhetische Raum erweitert sich in die dritte Dimension. Die Bild-Fläche wird zum Raum-Erlebnis, strenggenommen nur eine Illusion, eine geometrische Konstruktion, dadurch hervorgerufen, dass alle Bildfelder oder Linien auf einen gemeinsamen Punkt in der Tiefe des Bildraums zuzulaufen scheinen, den Fluchtpunkt.»

Deonne stelzt im Raum umher, während er spricht.

«Sie meinen, man befindet sich in einer Allee und glaubt, in der Ferne würden die beiden Baumreihen sich annähern und in einem Punkt treffen, nicht wahr?»

«So formuliert es unser Schulwissen. Der Fluchtpunkt ist aber nicht nur ein geometrisches Kalkül. Er ist zugleich ein Kuriosum, das manch einen um den Schlaf brachte. Denken Sie an Paolo Uccello. Für Uccello besaß diese Methode vor fünfhundert Jahren sogar etwas Gefährliches. Saß er des Nachts an seinem Zeichenbrett und bastelte am Fluchtpunkt eines Bildes, streifte ihn die Aura der Magie. Der Fluchtpunkt ruft einen metaphysischen Taumel hervor, wenn man seine Beschaffenheit lange genug betrachtet: Ist Ihnen aufgefallen, dass jener Punkt, auf den alle Linien zulaufen, auch genau der Punkt ist, an dem das Sichtbare verschwindet, ein Nullpunkt quasi, der alles in sich hineinzusaugen scheint, eine Art Trichter, in dem alle Formen, Figuren und Gegenstände sich verlieren? Der Sammlungspunkt eines Bildes ist der Ort, an dem sich – perspektivisch gedacht – das Bild in ein Nichts auflöst. Eine fast parabolische Ironie, finden Sie nicht?»

Deonne hält auf seiner Wanderung inne und schaut mich an.

«Sie meinen, der Ort, der alles bindet, ist auch derjenige, der die Welt im Raum verschwinden lässt.»

Deonne lächelt zufrieden. Hat er absichtlich diesen doppelten Boden aufscheinen lassen? Kann es sein, dass Florenz, Sophias Fluchtort, mein Fluchtpunkt ist? Beinhaltet Deonnes Exkurs in die Kunstgeschichte eine Warnung an mich? Eilig drücke ich ihm die Hand.

«Warten Sie», flüstert er. «Sie sollten einige Bilder genauer betrachten.»

Widerwillig lasse ich mich von Deonne zurück an den Esstisch führen.

«Suchen Sie den Fluchtpunkt in Savios Bildern!»

Ich schaue ihn überrascht an.

«Eine Idee von mir, die den Commissario zugegebenermaßen nicht überzeugte – vielleicht findet sie Ihr Interesse. Suchen Sie den Fluchtpunkt!»

Er breitet drei der Bilder erneut vor mir aus. Mir wird heiß. Auf dem ersten Bild scheint der Fluchtpunkt, der Nullpunkt, so vorhin Deonne, die Vagina, auf einem anderen die Hand, auf einem dritten die Brust des jeweiligen Modells zu sein. Ich gleite an Deonne vorbei zur Tür hinaus. Mein Hemd klebt auf meinem Körper.

Niemand begegnet mir auf der Straße. Ich schlage den Weg nach San Miniato ein. Ich will nicht zu Vernet, nicht zurück in die Stadt, nicht zur Maldini nach Santa Maria Nuova. Ein warmer Wind weht. Er riecht salzig wie das Meer. Erst auf dem Viale Galileo setzt der Verkehr ein. Auto an Auto schiebt sich zum Piazzale Michelangelo. Es ist Wochenende. Eine Veranstaltung wird dort oben sein. Mein Kopf schmerzt. Ich nehme den Fußweg hoch nach San Miniato. Der Schweiß rinnt in Strömen, als ich zum Kirchplatz gelange. Im Kiosk, wo die Mönche ihre Schriften und einen selbstgebrannten Schnaps verkaufen, brennt noch Licht. Das Portal der Kirche ist offen. Ich lasse mich auf eine Bank in Nähe des Eingangs fallen. Ich muss in Ruhe meinen nächsten Schritt überdenken. Sophia. Wo ist sie? Ich weiß nur *eine* Antwort.

Der Himmel über der Stadt nun violett. Die Gebäude schwimmen in der Luft – eine Luftspiegelung, eine umgekehrte Fatamorgana, die den Dom, den Campanile, den Palazzo Vecchio ohne Bodenhaftung in den Abendhimmel steigen lässt. Aus der Kirche tönt ein Choral auf. Ich strecke mich auf einer Bank aus und schließe die Augen. Die Stimmen und die lateinischen Verse beruhigen mich. Es sind die Gesänge und Worte meiner Ministrantenzeit. Die nächtlichen Festmessen, zu Ostern, Weihnachten. Die Kirche war bis auf den letzten Platz gefüllt. Eine wohlige Wärme umgab uns. Der Glanz unzähliger Kerzen. Wir knieten auf den Stufen des Hochaltars. In den Händen hielten wir Weihrauchfässer und Flambeaus. Wir knieten bis der Kopf, betäubt von Weihrauch und Müdigkeit, auf die Brust sank und ein Rippenstoß uns weckte. Auch jetzt darf ich nicht einschlafen. Dies ist kein Ort zum Schlafen. Ich mache mich auf. Hinter San Miniato ist ein Friedhof. Dort kann ich mich verkriechen. In der Nacht wird niemand dorthin finden. Ich stoße das Tor auf. Ein Feld aus verblichenen Marmorplatten tut sich auf. Zwischen den Grabplatten welke, im Wind flirrende Gräser. Ich laufe die Alleen entlang, manchmal bleibe ich an einem Grab stehen. Eine Fotografie, eisengerahmt. *Odoardo Spadaro*, cantore, lese ich: ein Sänger also. Seine Augen sprühen vor Lebensfreude. An seiner linken Schulter schiebt sich ein blinder Fleck ins

Bild, dort, wo eindringende Feuchtigkeit allmählich das Foto eindunkelt, bis mit den Jahren *Odoardo* verschwunden sein wird. Niemand begegnet mir. Es ist angenehm kühl in den Gassen zwischen den Grabkapellen und Mausoleen. Manche sind haushoch, mit ornamentierten Dächern, eines mit Zwiebeltürmen ähnlich der Basilius-Kathedrale auf dem Roten Platz in Moskau. Bei einem anderen stehen Engel vor dem Portal, Engel mit Schwert und wallendem Haar. Grab um Grab laufe ich ab. Gasse um Gasse. Da sind die Kindergräber. In den Stein gemeißelte Abschiedsworte. Hilflose Gebete neben den Fotografien von Drei- und Vierjährigen, die am Ufer des Arno auf einem Dreirad oder in einem Seifenkistenauto hocken. Worte, die das Unfassbare mildern wollen. Manchmal knien Schutzengel an den kleinen Gräbern, als müssten sie dort in Ewigkeit einen Moment der Unachtsamkeit sühnen. Dies ist kein Friedhof hier hinter San Miniato. Dies ist etwas anderes.

Todmüde sinke ich auf eine Bank. Eine Müdigkeit, der ich nichts mehr entgegensetzen kann. Neben mir eine weitere Grabanlage. Ein Paar in Realgröße. Statuen aus Sandstein. Der Mann trägt Uniform. Sie stehen sich gegenüber. Jemand hat ihnen eine frische Rose zwischen die ausgestreckten Hände, die sich nicht berühren können, geflochten. 24.10.1942, *El-Alamein* – eingemeißelt in den Sockel, eine Liebe im Krieg, der Afrika-Feldzug, der Anfang vom Ende für Rommel und Hunderttausende. Hinter mir ragt eine Wand aus Urnengräbern auf. In mehreren Stockwerken ruhen die Toten neben- und übereinander. Die Grabstätten sind mit Marmorplatten verschlossen. Der Himmel dunkelt ein, in einem fast schwarzen Blau. Dann ist die Dunkelheit überall. Die Augen fallen mir zu. Mein Atem streicht über meine Brust. Ich höre schwach noch das Rauschen des Verkehrs auf dem Viale Galileo …

In der Nacht wache ich auf. Ein Lichtschein. Er tanzt über den Grat der Mauer, die den Friedhof von den Gärten an der Via del Giramonte trennt. Schritte. Ich muss mich täuschen. Niemand wird sich um diese Uhrzeit mehr hierher verirren. Der Friedhof ist während der Nacht geschlossen. Ich lausche. Ein Vogel fliegt auf, direkt über mir, seine Schwingen fächern die Luft. Das Geräusch verliert sich, und es ist wieder still. Die Luft ist immer noch warm, ich möchte schlafen, nur noch schlafen …

Es ist dunkel und die Nacht sternenlos, als ich erneut aufwache. Über mir an einer der Grabplatten brennen die Reste einer Fackel herunter. Sie werfen Licht auf die Bank und den Kiesweg. Jemand muss, als ich schlief, eine Leiter an die Gräberwand gestellt haben. Ich reibe mir den Schlaf aus den Augen. Mühsam stehe ich auf. Die Aluminiumsprossen sind feucht. Ein klebriger Tau. Ich steige die Leiter weiter hinauf, vorbei an den Fotografien. Die Bleirahmung des Bildes oberhalb der Fackel ist noch blank und fabrikneu: eine Frau – jener südländische Typus, der mich immer schon angezogen hat. Ich nehme das Bild aus der Halterung und halte es ins Licht. Lange schaue ich das Foto an. Ich muss an Tarek denken. Er sagt, dass die Schönheit uns still macht. Die Tuareg, wenn sie auf dem Marsch durch die Wüste eine Oase erreichen, verstummen. Und es sei nicht die Erschöpfung, die ihnen die Münder verschließe. Jemand hat Blumen in die Hängevase gesteckt. Ich finde einen Brief zwischen den Nelken. Reiße das Kuvert auf. Ich weiß, was ich tue. Ich erkenne die Handschrift, noch bevor ich den Sinn der Wörter begreife. Ich klammere mich an das Aluminium wie ein Schiffbrüchiger an die Sprossen einer Jakobsleiter:

*Er saß mir gegenüber. Sein Körper ockerfarben von all dem Licht. Franz, lass es gut sein! Gib auf! Die Sehnsucht ist ein Narrenstück.*

Jetzt erst bemerke ich, dass meine Hände verschmiert sind, auch das Briefpapier und die Leitersprossen sind voller Flecken, Blut, schon beinahe geronnen, Blut an meinen Rockschößen, an den Hosenbeinen. Ich taste, fühle, entdecke keine Wunde an mir, nicht an den Händen, nicht am Kopf. Ich taumele, mehr ein Fallen, als dass ich hinunterklettere, ich sinke auf den Kies, bin vollkommen regungslos, ein Reptil, mit müden, schweren Augenlidern, spüre, dass ich wegsacke ... Einmal noch wischt das Blaulicht der Polizeiwagen, die auf dem Viale Galileo stadtauswärts rasen, über die Grabmäler, bis ich kurz darauf die Martinshörner drüben hinter der Friedhofsmauer in den Gärten an der Via del Giramonte höre ... und dann nichts mehr.

Die Dämmerung weckt mich. Mühsam komme ich auf die Beine. Ich bin verdreckt. Überall an meiner Kleidung sind Blutflecken. Ich torkele zu einem Schuppen. Eine Wasserleitung ragt aus der Mauer. Ich drehe den Kran auf, wasche das Blut so gut es geht von Händen und Kleidung ab. Ich verlasse den Friedhof, wanke hinaus auf den Kirchplatz. Noch brennen die Straßenlaternen unten in der Stadt. Ein glimmendes Band zieht sich bis Bellosguardo und noch hinauf bis nach Castello.

## 6

Ich gehe hinüber zur Piazzale Michelangelo. Ich brauche einen Kaffee. Ich brauche eine Kanne Kaffee. Die Cafés haben noch geschlossen. Der Platz ist menschenleer. Das Pflaster ist verdreckt. Noch hat niemand die Spuren der Nacht beseitigt. Ich nehme die Treppen hinunter zur Stadt. Das Tor zum Giardino delle Rose ist mit einer Kette verschlossen. Ich laufe weiter, begegne niemandem, gelange zum Fluss. Er hat kaum noch Wasser. Sein stinkendes Bett deckt sich auf. Die Ufer sind übersät mit Unrat: Reste eines Fahrrads, von Schlamm überzogene Schuhe, eine Matratze, Flaschen, Dosen. Vernet ist nicht auf dem Seil. Auch die Plattform ist verwaist. Ich finde ihn in einem Zelt am Ufer. Offenbar haben sie Vernet und der Crew mittlerweile eine vernünftige Kantine spendiert. Er kauert auf einem Stuhl, trinkt Tee. Der Teebeutel schwimmt in der Tasse. Neben ihm Marinelli, der aufspringt, als er mich sieht.

«Gerber, wo in aller Welt haben Sie gesteckt?»

Ich zucke mit den Schultern und gieße mir einen Kaffee ein.

«Was ist los? Reden Sie!»

Vernet ist kreidebleich. Seine Augen fiebern vor Müdigkeit. Er hat einen Schluckauf. Alle paar Sekunden schüttelt sich sein Körper in einer idiotischen, überflüssigen Konvulsion des Zwerchfells.

«Diese Frau, diese Geschichten um Ihre Freundin aus der Villa Butimar, es wird höchste Zeit, dass Sie uns einweihen.»

«Woher wissen Sie von Sophia?»

«Alle wissen es. Die Dottoressa macht sich Sorgen.»

Vernet schaut auf. Die Tasse in seiner Hand zittert wegen des dauernden Schluckaufs. Seine Hose, das Trikot – sie schimmern feucht vom verschütteten Tee.

«Gerber. Es gibt eine weitere Tote, genauso unappetitlich.»

«Wo, Marinelli? Wo?»

«In den Gärten nicht weit von San Miniato, in der Via del Giramonte, einem kleinen Park, der an den Friedhof von San Miniato grenzt. Eine Touristin, so Ferri. Der Hals sei ihr aufgeschlitzt worden. Schnitt durch das Platysma.»

«Was sagen Sie, Marinelli?» Ich schüttele ihn. «Wer ist die Tote?»

Vernet torkelt zwischen uns beiden hindurch, dann dreht er sich bedächtig, legt seine kalte, klamme Hand auf meine Schulter.

«Reißen Sie sich zusammen», schreit Marinelli. «Eine Ungarin, jung, beinahe ein Mädchen noch.»

«Was fehlt ihr? Was Marinelli?»

«Sie ist tot – das fehlt ihr.»

Ich lache, lache wie von Sinnen. Vernet auch. Wir krümmen uns vor Lachen, klopfen uns auf die Schenkel, klammern uns aneinander fest – ein glucksendes, schwankendes Paar.

«Marinelli, begreifen Sie doch», presse ich hervor. Tränen laufen über meine Wangen. «Was hat man dem Mädchen angetan, was f e h l t ihr?»

Jetzt erst versteht er mich: «Ein Zeh. Es fehlt ihr ein verdammter Zeh. Ferri sucht Sie. Er war in der Nacht noch bei mir im Hotel. Gerber, Ihr Zimmer … Ihr Bett in Santa Maria Nuova, es war unbenutzt. Wo um Himmels Willen, wo steckten Sie?»

«Auf dem Friedhof von San Miniato», schreie ich heiser. «Und ohne Alibi.»

Ich stoße Vernet zurück, der von mir wegtaumelt – ein Kreisel, der aus der Bahn gerät. Er starrt mich an, plötzlich stumm, während er in Zeitlupe gegen den Tisch und in die Kaffeemaschine kracht. Er starrt mich an, wie ein Ertrinkender vielleicht seinen Retter, der nicht zu ihm findet, der wenige Meter noch von ihm entfernt nun selbst zu trudeln beginnt, mit den Armen fuchtelt, um sich schlägt und in den Fluten untergeht.

«Kein Wort zu Ferri!»

«Bleiben Sie, Gerber. Ich weiß, was Sie vorhaben. Glauben Sie mir, manchmal ist es besser, nicht alles zu wissen.»

«Lassen Sie mir Zeit, ein paar Tage nur.»

«Halten Sie sich von Savio fern.»

Deonne ist noch im Morgenmantel. Ich stürme an ihm vorbei. Sein Gesicht ist aufgedunsen. Rote Flecken ziehen sich den Hals hinauf. Er ist allein. Das Wohnzimmer ist dämmrig. Es will nicht Tag werden. Ich überschütte ihn mit Fragen. Ja, er habe das Opfer gesehen. Er habe Ferri noch in der Nacht zu der Leiche nach San Miniato in die Via del Giramonte begleitet. Ferri suche mich. Reger sei außer sich. Wegen meiner Eskapaden. Auch der Artist auf dem Seil spiele immer mehr verrückt. Nicht nur ein Zeh fehle dem Opfer. Nicht nur ein Zeh.

«Was den Commissario angeht, er teilt mittlerweile meine Ansicht über den Täter. Er begreift dessen Affinität zur Kunst, zu Zeuxis, zu Dürer«, sagt Deonne und bindet sich einen Seidenschal um den Hals.

«Wieso Dürer? Wie kommen Sie auf Dürer?»

«Am Tatort hat der Täter Initialen hinterlassen. *A.D.* Albrecht Dürer. Auf die Stirn des Opfers geschrieben. Eine Blutschrift.»

Deonne geht zum Bücherschrank, holt ein Buch und klappt es auf. Er blättert.

«Nicht nur ein Zeh fehlt, auch Haut wurde entfernt – an den Schenkeln und am Gesäß.»

Dieses Erkalten. Vom Nacken her über den Rücken bis in die Arme und Beine.

«Lesen Sie!» Deonne hält mir das Buch hin. Die Stelle ist markiert. Ein Notat aus Dürers schriftlichem Nachlass.

«Lesen Sie.»

*Dorum so thut nott, wiltw ein gut bild machen, das dw van etlichen das nemest, van anderen dy brust, arm, bein, hend und füs.*

«Verstehen Sie, Gerber? Verstehen Sie jetzt, worum es geht?»

Sophia. Im Manuskript. Sie hat ihn erwähnt – in einer Fußnote: Dürer. Offensichtlich bezieht Dürer sich in seinen Ausführungen auf Zeuxis. Die Analogie im Text ist überdeutlich.

«Nicht nur ein Zeh fehlt, auch die Haut», wiederholt Deonne. «Verstehen Sie bitte die tiefere Bedeutung: Wer einem Körper, wer einer Leiche die Haut abschält, verweigert dem Opfer mit der physiologischen auch die ästhetische Vollständigkeit. Es ist unwesentlich, ob der ganze Korpus oder nur Segmente gehäutet werden. Der Täter will geradezu zwanghaft die Opfer in ihrer Körperlichkeit mindern. Auch die Amputationen lassen sich in diesem Sinne deuten, meine ich. Der Täter will jede erotische Attraktivität verhindern.»

«Warum? Aus welchem Grund, Professore?»

Deonne zögert.

«Wahrscheinlich kann der Täter sich einem unversehrten Körper nicht nähern, sich ihm sexuell nicht nähern, Sie begreifen?»

Mein Blick fällt auf Savios Bilder, die immer noch ausgebreitet vom gestrigen Abend auf dem Tisch liegen. Deonnes Worte zum Fluchtpunkt, in dem das Sichtbare verschwindet, sie branden in meinem Kopf auf.

«Jener Täter vor vielen Jahren … Welche Stelle des weiblichen Körpers, auf welchen Punkt, Professore, hatte er es damals abgesehen?»

Immer habe er sie kupiert, die Frauen. Das sei bekannt, doch auch mir. Warum die Frage? Deonne blass. Blasser kann man nicht sein. Kupiert. Die Schamlippen, manchmal auch die ganze Vagina entfernt.

«Jene Stelle des Körpers also, in der das Sichtbare verschwindet, so Ihre Worte gestern Abend, Professore. Jene Stelle, in der das Sichtbare eines Mannes verschwindet, meinen Sie das? Jene Stelle, die den Täter zutiefst zu fesseln scheint, und die er dennoch eliminieren will.»

Ob das sein könne? Ob Deonne dem zustimme? Deonne reibt sich den Fußknöchel – als gewänne er dadurch Zeit. Sein Schal rutscht vom Hals, hängt wie eine Schärpe über seinem Brustkorb.

Weniger sei es die vorschnell von mir diagnostizierte Kastrationsangst, die den Täter umtreibe, eher ginge es ihm um Besitznahme. Nur den versehrten Körper könne der Täter in Besitz nehmen, nur ihn. Wobei, zugegeben, die tiefste Inbesitznahme das Entfernen des Geschlechts sei. Deonne sinkt auf das Kanapee. Sein Gesicht ist immer noch fahl.

«Man hat keine Spermaspuren an den Opfern gefunden«, sagt Deonne. «Sie wissen, was das bedeutet: Der Täter muss kein Mann sein.» Deonne reibt sein Handgelenk, als wolle er es wie einen Silberknauf blank putzen.

«Noch eine zweite Erklärung lässt sich für das Fehlen des Spermas anführen», fährt Deonne fort, springt auf und rennt im Zimmer umher. «Es kommt zum Beischlaf womöglich erst, wenn die Teile, die Amputate, in summa einen neuen, modellierten Körper ergeben.»

Deonne hält inne. Mustert mich. Dann nimmt er seinen Marsch wieder auf. Mit langen Schritten durchmisst er das Zimmer. Ich möge doch, sagt er, in diesem neu erschaffenen

Körper abermals das Motiv der Besitznahme erkennen. Genau genommen sei es sogar eine zweifache Annexion: Ein modellierter Körper könne nicht fliehen, sich nicht entziehen, er sei ja tot *und* er lasse sich gegen jeden Verfall konservieren. Die Zeit könne ihm nichts anhaben, seine Gestalt nicht zerstören. Deonne lacht plötzlich auf wie ein Hund nach einem Fußtritt jault – unmittelbar und laut. Ob durch Plastinierung oder Formalin, es gäbe vielfältige Verfahren, einen Körper haltbar und verfügbar zu machen. Ja, es reiche zunächst aus, Salz auf die Wunden zu geben. Es entziehe dem Körper Wasser. Auf diese Weise ließe sich der Fäulnisprozess in den ersten Tagen verzögern. Das wisse jede Hilfskraft im zoologischen Institut. Ich möge doch bitte in dem Zusammenhang an die Exponate im dortigen Museum, in der Sammlung *La Specola* denken. Deonne ist wieder rosiger im Gesicht. Die Flecken auf Deonnes Hals verblassen.

«Der Täter muss im Übrigen kein Mediziner sein. Auch an einen Künstler kann man denken, auch ein Künstler kommt als Täter in Frage. Ich habe das Ferri mitgeteilt.»

Ein Künstler kenne sich aus in der Konservierung eines Werkes. Egal ob es sich um ein Gemälde oder eine Skulptur handele. Jedenfalls baue der Täter einen Körper. Er, Deonne, denke an eine Art *Helena*, die schönste aller Frauen. Er sei auf dem Weg, sich eine, seine Helena zu schaffen, sie zu vollenden, bald gehöre sie ihm, nicht ihm, Deonne, dem Täter natürlich, für immer, obwohl auch ein Kunstgeschichtler wie er, Deonne, für die Taten in Betracht käme, das müsse er gestehen, er, Deonne.

In seiner Stimme ein Vibrieren wie von Saiten, die zu reißen drohen. Eilig rafft er Savios Bilder zusammen.

«Apropos, Ferri weiß von Ihren Besuchen bei Melfiore im zoologischen Institut und im La Specola.»

Wieder lacht Deonne, laut und hysterisch, und das Band

roter Flecken kehrt zurück, verteilt sich jetzt über den ganzen Hals bis unter den Kragen seines lachsfarbenen Morgenmantels, bis hinauf zu den Ohren, als sei ein Fluss über die Ufer getreten.

# 7

Ich bin der einzige Fußgänger, der sich nach Bellosguardo hinaufmüht. Auf dem Asphalt liegen Froschkadaver. Ihre Haut ist verbrannt und ledern. Sie sind dünn wie eine Buchseite. Der Himmel ist blau. Es ist ein Herbstblau. Es zeichnet die Konturen der Villen, der Bäume gestochen scharf in die Luft. Es ist August. Man hat die Rasenflächen um die Villa Ombrellino gewässert. In den Tropfen an den Grashalmen fängt sich das Licht. Savio sitzt am Gartentisch unter dem gusseisernen Regenschirmdach. Er liest.

«Es gibt eine weitere Tote!»

Er schaut auf.

«Eine, die Ferri ein weiteres Mal hier auftauchen lassen wird. Er wird Sie befragen nach Ihren Praktiken, Ihren Kunstgriffen. Nach Sophias Manuskript. Pontormo, Dürer …, Sie wissen, was ich meine.»

Ich kann mich nicht bremsen.

«Er wird sich auch nach den Leichen erkundigen. Ihren perversen Installationen im Hof des zoologischen Instituts und auf der Bühne der Villa Butimar. Für eine Vorladung ins Präsidium wird es reichen, was ich Ferri deutlich machen werde. Auch die Presse wird sich die Finger lecken.»

«Kommen Sie zu Atem«, sagt Savio und tritt hinter dem Tisch hervor.

«Ich habe die Tote im Palazzo Serristori gesehen. Ihre Büttel schleppten sie in einem Teppich eingeschlagen dort raus, brachten sie zum Präparieren hierher, nehme ich an.»

Savio schmunzelt. Vielleicht verschieße ich mein Pulver zu früh.

«Jedes Mal waren *Sie* am Tatort, Gerber. Jedes Mal! Man hat Sie auf der Rechnung. Und was die letzte Leiche angeht, die junge Ungarin, wo waren Sie in der letzten Nacht? In San Miniato, kann das sein?»

Woher weiß Savio davon? Hat Deonne oder hat gar Marinelli ihn informiert?

«Erschrecken Sie nicht. Es ist ein Spiel, nur ein schönes Spiel. Sie sollten übrigens Ihre Kleidung vernichten.»

Er deutet auf die Blutflecken auf meiner Hose und lächelt.

«Pontormo…, Ihre unappetitliche Kopie seines Kreuzigungsmotivs, auf der Bühne, im Garten der Villa Butimar, wen wollten Sie damit beeindrucken?», kontere ich.

«Sie, mein Guter! Sie! Es war Teil des Spiels, eine Warnung, die Sie immer noch nicht verstanden haben, zugleich eine Rätselaufgabe für die Polizei, für meinen Freund Deonne, der ja neuerdings versucht, sich brav bei Ferri nützlich zu machen und meinen Hinweis auf den Täter und seine *Menschenbilder* endlich zu begreifen scheint. Ohne Kenntnis der Kunstgeschichte werden die Ermittlungen erfolglos bleiben. Kommen Sie, ich möchte Ihnen etwas zeigen.»

Beklommen folge ich ihm. Wir passieren die Statuen. Savio führt mich zu einem Seitenflügel. Ein Gebäude aus Stahl und Glas. Es ist kühl dort. An der Decke rauscht ein Ventilator. Bei jedem Schritt steigt von den Holzdielen eine Staubwolke, ein heller Puder auf. Die Arbeitstische sind leer, kein Werkzeug liegt herum. Meißel, Hämmer, Punktiereisen und Feilen sind in den Regalen verstaut. Die Staffeleien sind mit Tüchern verhängt. Alles scheint für meinen Besuch hergerichtet zu sein. Ich soll nur sehen, was ich sehen soll. Das einzige unverhangene Möbel ist ein Ohrensessel, eine große Muschel, die im Raum steht und beinahe die Skulptur verdeckt, deren Umrisse unter dem übergeworfenen Laken nur zu ahnen sind. In Savios Blick ein Glimmen, wie es zu viel Whisky oder ein Fieber bewirken. Er reißt das Laken zur Seite. Eine Staubfahne steigt auf, sammelt sich über der Skulptur und verwirbelt schließlich. Der Kopf ist abgewendet. Noch blicke ich nicht in das Gesicht. Unruhe, eine Angst wie im Traum, wenn im Gestrüpp jemand liegt, man mit den Händen das Laub zur Seite räumt und noch bevor man den Kopf zu sich hin wendet und in das Gesicht schauen kann, erkennt man am Profil, wer dort liegt. Fuß an Fuß, als würde ich über einen Grat balancieren, trete ich näher. Aus einem Albtraum wacht man irgendwann auf … Die Lippen sind geöffnet, Nasenflügel und -rücken eine Spur zu heftig konturiert. Ich habe sie graziler in Erinnerung. Die Neigung des Kopfes ist ähnlich wie die Kopfhaltung der Vespucci auf den Venusbildern. Das Haar ist üppiger, als ich es von Sophia kannte. Es umflattert ihren Kopf – auch das eine Analogie zu Botticellis Venus. Sie hat die Augen geschlossen. Sie greift sich ins Haar, als wolle sie es richten, wodurch der Körper sich spannt, in die Vertikale streckt und ihre Brust zur Geltung bringt. Noch ist der Stein übersät mit den Spuren des Meißels: Riefen, kleine Male, wie die Fußabdrücke von Spatzen auf einer geharkten Sandfläche. Noch ist die Statue mit dem Stein verbunden, ist die linke Schulter nicht vollendet. Ich friere. Ein Muskelkater in Armen und Beinen, im Rücken und Nacken.

«Sie erkennen das Motiv?», fragt Savio.

«Nein, woher?» Die Wörter, der Klang meiner Stimme gibt mir ein wenig Luft.

«Psyche, an den Fels geschmiedet, dazu verdammt, mit einem Untier ein Untier zu zeugen.»

Savios Augen sprühen.

«Bleibt nur die Frage, Gerber, wer von uns beiden die Bestie ist – Sie oder ich und ob der Andere dann wie im Mythos wird Amor spielen können, der die Schöne rettet.»

Savio streicht ihr über den Hintern.

«Übrigens: Das Schöne braucht immer die vollkommene Form, zu der mich gerade dieses Modell, ihre schöne Freundin, animiert.»

Ich schlucke.

«Zugegeben, der Venus-Mythos, den ich hier zitiere, mag heute ein wenig antiquiert und schwül anmuten», fährt Savio fort. «Dennoch kann man sich ihm nur schwer entziehen. Immer noch treibt Botticellis *Venus* die Leute in die Uffizien ...»

Ich starre auf seinen Mund, seine Lippen, seinen Adamsapfel. Die ganze Maschinerie ist in Gang gesetzt. Savio spricht und spricht. «Selbst die Moderne feiert den Zauber, den Triumph der Venus. Es gibt zurzeit Ausstellungen in Antwerpen, Köln, München. Hunderttausende zieht es dorthin, auch wenn der mythologische Hintergrund längst vergessen ist. Die Obsession, die von dem Thema ausgeht, ob in den Anfängen von der *Knidischen Aphrodite* oder in unserem Fall nun von Ihrer Freundin Sophia beziehungsweise dem Abbild hier vor uns, sie bleibt. Das Schöne wird unsere Sehnsucht immer anheizen.»

Mir wird übel. Übel vor Wut. Ein Wort noch ... Ich muss ihn bremsen, damit ich mich bremse.

«Wie lange werden Sie brauchen, die Statue zu beenden?»

«Eile verdirbt alles. Man muss die Struktur des Marmors behutsam erschließen. Mein Modell ...»

Savio zögert, als müsse er sich vor den eigenen Worten hüten.

«Ungeduld ist die Mutter der Dummheit, heißt es. Sie schadet den Dingen. Aber auch der Liebe, das vergisst man mitunter.»

Die Muskeln in meinen Beinen und Armen, am Bauch und im Nacken sind bretthart.

«Die Liebe ist der Ursprung aller Kenntnis. Nur was wir

lieben, kennen wir, und die Liebe ist – wie soll ich mich ausdrücken? – glühender, je sicherer die Kenntnis ist.»

«Der Rest, dieser unbehauene Rest …» Meine Stimme flattert. «Was geschieht damit?»

«Flügel, es werden Flügel, Sie wissen schon.»

«Untaugliche Schwingen, wie ich sie bei den Engeln im Garten sah?»

«Um genau zu sein, es wird nur ein Flügel sein. Ein einzelner verkümmerter Flügel.»

«Also ist auch dieser Engel gescheitert?»

«Eine besondere Verstrickung …, eine ganz eigene Verblendung.»

«Welche?», frage ich.

Savio streicht sich übers Haar.

«Auch Sie besitzen eine gewisse Affinität zum Schönen, hörte ich. Das Stendhal-Syndrom, diese Entgleisung der Nerven – eine wunderbare Krise ist das, der Sie da erliegen.»

Savio feixt. Er kann seinen Hohn nicht mehr verbergen.

«Die Idee des Schönen bedarf, das sehen Sie, der Veranschaulichung, sozusagen der Fleischwerdung. Anmut, Grazie, hat nicht jede Frau. Dieses Modell, wie Sie wissen, hat keine Mühe, den Kriterien zu genügen.»

Wieder zuckt sein Gesicht. Ein feines Surren ist in der Luft, ein Geräusch, als säße ich unter einer tief hängenden Hochspannungsleitung.

«Die Schönheit einer Frau und manchmal sogar ihres Bildnisses – so Marsilio Ficino, damals der führende Kopf der neuplatonischen Philosophie in Florenz, Sie werden ihn nicht kennen – löst Bewunderung aus, die durch sehnsuchtsvolle Hinwendung des Betrachters in Liebe übergeht und manchmal Erfüllung findet und in einem Zustand höchster Lust, der voluptas, endet.»

Ich muss ihn stoppen.

«Das Schöne ist das Eine in der Kunst. Aber dieses Paradigma reicht nicht, will man nicht epigonal sein. Es gab in der Renaissance, im Manierismus immer auch eine dunkle Seite: Pontormo, Il Rosso …»

Savios Worte dringen plötzlich verzerrt und undeutlich an mein Ohr.

»… ein Künstler muss auch die Anatomie des Schreckens und des Verfalls kennen und beherrschen.»

«Der Täter, jenes Monster, von dem die Presse spricht …», werfe ich ein.

«Es muss im Übrigen kein Mann sein, hören Sie», unterbricht Savio mich abermals.

«… ist eingeweiht in die Praktiken eines Dürers oder Zeuxis.»

«Ich kenne Deonnes Theorie. Auch Ferri soll sie mittlerweile favorisieren. Aber, mein Gott, diese Amputate … Immer wird man die Anstückelung der Teile erkennen.»

Savios Stimmhöhe verändert sich. Er spricht jetzt in der Tonlage eines aufgeregten Kindes.

«Das Auge lässt sich schwer täuschen», fährt er fort.

Sein Gesicht glänzt, als hätte er es wie einen Apfel poliert.

«Woher, glauben Sie, rührt die Faszination, die beispielsweise ein Masaccio noch heute ausübt? Tausende rennen in die Brancacci-Kapelle, manche verfallen in eine Art Glückswahn, wenn sie Masaccios Bilder sehen. Man ahnt den Zauber, den das Vollkommene, wenn Sie wollen, auch das Schöne in uns auslöst. Ein ästhetischer Bann, dem man erliegt, eine Manie, die manch einen unbrauchbar macht für das profane Leben, wie Sie wissen. Hochtalentierte Menschen verbringen mehr Zeit als zuträglich ist mit Masaccio und seinen Arbeiten in der Brancacci-Kapelle, schreiben wissenschaftliche Arbeiten, forschen unermüdlich, strapazieren ihre Nerven über Gebühr, auch der Kunst muss man gewachsen sein.»

Savio spricht und spricht.

«Kunst darf keine Skrupel kennen. Masaccio, Pontormo, alle Großen stellten die Kunst über die Dogmen. Wer heute aber die Kunst weiterbringen will, muss einen Il Rosso, einen Pontormo hinter sich lassen.»

Ich nicke nur noch. Ich bin wie betäubt.

«Wo die Kunst zur letzten Steigerung, zum wahren Unikat, aufsteigen kann und will, muss ihr alles erlaubt sein.»

Savio hält inne und lehnt sich gegen den Ohrensessel. Er atmet schwer.

«Ich kenne unsere Zeit», hebt er erneut an. «Ich kenne ihre Bedürfnisse, jene, die man gerne versteckt, die man nicht wahrhaben will. Das Maßvolle, etwa in der Kunst eines Raffaels, langweilt uns doch heute. Unsere Sehnsüchte gelten etwas anderem, im Leben und in der Kunst.»

Er reibt mit dem Silberknauf seines Stockes in seiner Handfläche.

«Dabei mag die Kunst durchaus von der Werbung lernen. Denken Sie an jene Plakate, die vor Jahren die blutdurchtränkte Kleidung von im Bosnienkrieg getöteten Soldaten zeigten. Ein Aufschrei ging damals durch die Medien. Niemand verstand die Kampagne. Benneton ließ analog zu den großen Renaissancekünstlern das Leben, das wahre, blutige Leben, also den Tod, in die Werbung einfließen, ein genialischer kunsttheoretischer Akt, an dem ich …»

Er schaut mich von der Seite an, zögert, als wolle er mich auffordern, den Satz fortzusetzen. Er ist nur in einer Richtung fortzusetzen.

«Übrigens verwendeten wir Unikate, echte Kleidung. Es hat uns keine 1.000 Dollar gekostet, die Fetzen von der bosnischen Armee zu beziehen.»

Er sieht meine Säuernis aufsteigen.

«Jede große Kunst schockiert zu Beginn. Aber ich muss Sie

warnen, ich gehe weiter als mein ehemaliger Auftraggeber – die Kunst ist radikaler als die Werbung, wobei jener Irre, das Monster, eine gewisse Affinität zu meiner Kunst zu haben scheint. Auch er oder sie garniert die Erotik mit dem Tod.»

Wieder friere ich.

«Das alles werden Sie noch begreifen. Kommen Sie.»

Er räuspert sich und führt mich nach draußen. Ein Windstoß erfasst sein Jackett und bauscht es auf.

«Ich will Sophia sprechen.»

Jetzt ist es raus. Seine Schritte stocken.

«Ich will sie sprechen. Andernfalls werde ich Ferri einen Besuch abstatten. Er wird sehr schnell begreifen, was dann zu tun ist.»

Savio macht einen Schritt zurück.

«Die Frage ist nur, ob er Sie, nachdem er alles begriffen hat, noch einmal gehen lässt oder Ihnen ein nettes Zimmer anweist, in der geschlossenen Abteilung von Santa Maria Nuova.»

Savio klingt unbeeindruckt, aber sein Blick flackert.

«Man jagt Sie, mein Lieber, vergessen Sie das nicht. Sie waren bekannt mit einem der Opfer, haben sich der jungen Obdachlosen unter zweideutigen Umständen genähert, heißt es. *Sie* wurden an den Tatorten gesichtet. Zudem das Stendhal-Syndrom, vergessen Sie das nicht. Immer kann es bei einer Psychose zu unkontrollierten Aggressionen kommen, sagt die Dottoressa Maldini. Dies soll auch den Staatsanwalt überzeugt haben. Er hat einen Haftbefehl für Sie, soviel ich weiß.»

«Olivia Paruzzi … und das Dimethylsulfoxid …, soviel ich weiß, ist sie noch immer nicht über den Berg«, kontere ich.

Savios Kinn sackt nach unten. Seine Hände sind gefaltet. Auf den Fingerknöcheln zeigen sich helle, blutleere Kuppen.

«Die Dottoressa unterschlägt dem Commissario Olivias Vergiftung mit Dimethylsulfoxid. Warum tut sie das? Auf wessen Geheiß wohl schweigt die Maldini? Ich will Sophia sprechen», setze ich nach.

Savio nestelt an seinem Hemd.

«Lassen Sie Sophia in Ruhe. Es ist meine letzte Warnung.»

Er stelzt davon. Ich folge ihm.

«Ich will sie sehen, jetzt!»

Savio fährt herum. Er steht unter der Büste von Hugo Foscolo. Blasiert blickt der Dichter von seinem Podest in den Garten hinaus.

«Verleiten Sie Sophia nicht, ihre Möglichkeiten zu unterbieten. Sie versucht gerade herauszufinden, was sie *kann*, damit sie in Zukunft nur noch das *will*, was sie *kann*. Sie können mir folgen?»

Ich winke ab.

«Sollten Sie aber. Sollten Sie, mein Lieber»

Er hat sich wieder gefangen.

«Eine kleine Unterweisung noch. Hören Sie mir zu. Diese eine. Es wird keine zweite geben. Schon in der Renaissance galt der Mensch als der Schöpfer seiner selbst. Er kann zum Tier absinken oder zum Gott werden. Ihm ist gegeben zu sein, was er will. Wer das einmal begriffen hat, der revidiert sein Leben, es kommt zu unvermeidbaren Korrekturen. Leider, mein Lieber, gehören auch Sie zum Altbestand, zum Inventar eines Lebens, das Sophia hinter sich gelassen hat.»

Seine Stimmlage wird schrill, versteigt sich zunehmend – wie eine Ziege, die sich für eine Gams hält, ins Hochgebirge aufbricht und dort immer gewagtere Sprünge machen muss.

«Es empfiehlt sich im Leben, die eigenen Fähigkeiten zu erkennen, damit man das Richtige will, nämlich das, was man kann. Sind Wollen und Können deckungsgleich, ist die Begrenzung und Selbstbescheidung, die daraus folgt, kein Mangel, da man nicht länger etwas will, was man nicht kann. Ein paradiesischer Zustand, nicht wahr?»

Ich verstehe kein Wort. Alles, was er sagt, ist schönes Geschwätz.

«Weiter», zischele ich. «Fahren Sie fort.»

Vielleicht, dass Savio, besoffen vom Klang der eigenen Worte, sich hinreißen lässt, mehr zu sagen, als er sagen will.

«Als Sophia mich kennen lernte, war sie verwirrt, Wollen und Können nicht synchronisiert. Sie wollte mehr und anderes, als sie konnte, und konnte mehr und anderes, als sie wollte. Da musste ich eingreifen.»

Er hält inne. Sein Blick lauert. Über seinem Kopf Foscolo mit wuchtigen Koteletten und buschigen Brauen und kantigem Kinn.

«Kommen Sie in drei Tagen hierher. Aber ich warne Sie, es ist eine andere Sophia als die, die Sie gekannt haben.»

## 8

Noch immer hängt das Absperrband im Hinterhof des zoologischen Museums. Noch immer riecht der Hof nach Katzenpisse. Ich gehe durch den lichtlosen Korridor, finde die Metalltür am Ende des Korridors unverschlossen, der Raum ist hell erleuchtet. Ich steuere auf eine Batterie von Käfigen zu. Die Ratten huschen in die Käfigecken. Melfiore trägt Gummihandschuhe. Er streift sie nicht ab, als er mir die Hand gibt. Ich begleite ihn an einen Tisch, dort liegen Mäuse, eingeklemmt in Futteralen aus Hartplastik, die im Querschnitt kaum größer als ein Gartenschlauch sind. Nur die Schwänze der Tiere schauen heraus. Melfiore bemerkt meinen Blick. Er zeigt auf die Fluoreszensröhren, die oberhalb der Fixatoren angebracht sind und die Schwänze bestrahlen.

«Ist dies die Versuchsreihe, die Sie erwähnten? Die Versuchsreihe, die Ferri interessierte?»

Melfiores Stirn furcht sich.

«Phototoxische Effekte nach der Gabe eines Antirheumatikums», antwortet er knapp.

«Das Mittel ist auf den Schwänzen aufgebracht, nehme ich an.»

Melfiore nickt.

«Mehr wollen Sie mir nicht verraten?»

Er zögert. Seine Kinnbacken mahlen. Schließlich antwortet er: «Ein Re-Test. Das Mittel enthält Dimethylsulfoxid. Wir konnten lokale Unverträglichkeiten nach Auftragen der Salbe auf die Haut experimentell bestätigen. Offenbar kommt es zu pathologischen Reaktionen, wenn behandelte Hautpartien dem Sonnenlicht ausgesetzt sind.» Melfiore räuspert sich.

«Sie wollen mir nicht weismachen, dass das Ferris Interesse fand.»

«Nein, will ich nicht.»

«Also, was ist es dann?»

Er beugt sich über die Fixatoren, Kunststoffhülsen, in denen die Mäuse wie Würste in der Pelle stecken. Melfiores Augen sind gerötet. Wahrscheinlich setzt das dauernde Kunstlicht ihm zu. Auf den Schwänzen der Mäuse zeigen sich dunkelrote Verfärbungen und Blasenbildungen.

«Wozu sonst setzen Sie hier im Haus Dimethylsulfoxid ein?»

Melfiores große, geäderte Augen stieren mich an.

«Begleiten Sie mich.»

Melfiore bringt mich hinaus. Wahrscheinlich ist er froh, dass er mich los wird. Er fragt nicht einmal, woher mein Interesse für das Zeug stammt. Die Türen zu den Hörsälen stehen offen. Die Stimmen der Dozenten dringen hinaus in den Garten. Ich folge Melfiore, steige über Planken und aufgeworfene Erdhaufen. Knietief steht das Wasser in den Gräben, in denen zerborstene Tonrohre unter der Wasseroberfläche aufscheinen. Die Rhododendren entlang der Wege sind kopfhoch. Die Blätter gepudert mit Staub. Den Hof überspannt eine Platane. Eine grüne Dämmerung umgibt uns. Der Duft des Geißblattes liegt in der Luft. Kein Wind geht.

«Kommen Sie», sagt Melfiore und weist auf eine der Holzbaracken.

Ich bemerke den Geruch, sobald wir den Flur betreten. Ich muss ans Meer denken. An den Geruch der Brandung. Nur fehlt die Feuchtigkeit. Es ist ein trockener Geruch, aber nicht rauchig wie in einer Pökelkammer. Eher, als hielte man sich eine Handvoll Salz an die Nase. Melfiore geht voraus, öffnet eine Glastür. Ein Sezierraum: Metalltische, eine Wanne voller Blut, Winkelschleifer, Löffel, Beitel, eine Knochensäge.

Ein Waschzuber, ähnlich dem Zuber, in dem man die Leiche aus Galluzzo unten im Hof gelagert hatte, darin Knochen, Knochen von einem großen Säugetier, ein Schulterblatt, ein Oberschenkelknochen, einzelne Rückenwirbel, dazu wahllos Knöchelchen, als hätte man in einen Knochenhaufen am Rande einer Karawanenstraße gegriffen und aufgesammelt, was aufzusammeln war, und wässre die Fundstücke jetzt hier aus irgendeinem Grund. Stetig rinnt in den Bottich frisches Wasser nach, das am Beckenboden abläuft, leicht gerötet.

«Restblut, das wir aus den Knochen herauswaschen», sagt eine Stimme hinter uns. Wir fahren herum.

«Machen wir das nicht, werden die Knochen nicht richtig weiß. Und welches Museum will schon ein angegilbt ausschauendes Skelett ausstellen?»

Der Mann grinst. Er ist hager, und es ist ein hageres Grinsen.

«Ein Leopard. Für die *La Specola* im zoologischen Museum. Eine Neuerwerbung. Verendete vor ein paar Tagen in einem Privatzoo. Der Kadaver stank schon. Wir mussten das Fell gehörig salzen.»

Er streicht seine Hand an der blutigen Schürze ab und reicht sie Melfiore. Dann zeigt er auf das gefleckte Fell, das auf Leisten gespannt ist. Eine dünne Salzkruste bedeckt die Innenfläche.

Die Tote auf der Bühne im Garten der Villa Butimar …, die Wunden …, man hatte sie mit Salz eingestrichen. Jetzt begreife ich.

«Mein Kollege», Melfiore deutet auf mich, «hat Fragen. Vielleicht, Vittorio, dass Sie ihm behilflich sein können.»

Der Mann verzieht den Mund.

«Ein anderes Mal.»

«Vittorio!»

Vittorios Augen funkeln Melfiore an, dann wandert der Blick über die Decke.

«Machen Sie schnell. Ich habe wenig Zeit. Die Arbeiten dulden keinen Aufschub», grunzt er.

Er geht hinüber zu einem der Seziertische. Ein Vogelschädel.

«Sehen Sie hier. Die Verwesung hat bereits begonnen.» Er zeigt auf die leeren Aughöhlen. Sie schimmern in einem fleckigen Rot, durchsetzt von schwärzlichen Punkten. Er öffnet eine Flasche, zieht eine Pipette auf und beträufelt die Höhlen und deren Ränder. Sofort macht sich ein Formalingeruch breit.

«Wir sind spät dran. Haben noch nicht mal das Hirn aus dem Schädel entfernt. Mein Gehilfe lässt mich heute wieder einmal im Stich. Hat wahrscheinlich einen Zweitjob, den er mir verheimlicht.»

Er greift nach einem löffelähnlichen Utensil, führt es durch die Hinterhauptsöffnung in den Schädel ein und löffelt das Gehirn nun aus dem Schädel.

«Fragen Sie», murmelt er und spült die gallertartige Masse durch das Abflusssieb.

Melfiore verabschiedet sich.

«Es geht um die Konservierung. Sie salzen die Wunden? Ich meine … die Felle?»

«Ja, wir nehmen Kochsalz, dann metallische Salze, damit nichts verrottet. Aber zuvor müssen die Tiere entblutet sein, verstehen Sie, nicht für eine Skelettierung, aber für eine Ganzpräparation muss der Kadaver sauber sein. Erst dann pumpen wir die Adern mit Formalin voll.»

Beide hatten sie nach Formalin gerochen – die Leiche im zoologischen Institut und das Mädchen auf der Bühne der Villa Butimar. Vittorio dreht den Wasserhahn zu, wandert hinüber zu einem Bottich. Auch dieser Kübel ist voller Knochen, sie schwimmen in einer Lauge. Er streift einen Gummihandschuh über.

«Fragen Sie», knurrt er und fischt einen Knochen aus der

Brühe heraus. Kopfschüttelnd wirft er den Knochen zurück in den Bottich, bückt sich und kramt in einer Schublade.

«Eine Woche bleichen wir sie schon», faucht er.

«Dimethylsulfoxid ... Sie verwenden auch Dimethylsulfoxid?»

Er hebt den Kopf, greift in eine andere Schublade und hält mir eine Flasche mit einer farblosen Flüssigkeit unter die Nase. *DMSO* lese ich auf dem Etikett.

«Man hätte es dem Bleichmittel hier zusetzen sollen. Dimethylsulfoxid beschleunigt den Vorgang. Ich zweifle, ob mein Gehilfe dies getan hat. Er ist unzuverlässig in letzter Zeit. Aber es ist schwer, überhaupt Leute für eine solche Arbeit zu bekommen. Blut, Gestank und Chemikalien sind nicht gerade das, was man sich bei einem Job wünscht. Sie fragten nach DMSO, nach Dimethylsulfoxid. Wir verwenden es als Carrier, mitunter auch als Trägerstoff bei der Konservierung von Tierhäuten. Immer dann, wenn es schnell gehen muss, wenn einem der Kadaver erst spät zugestellt wird – so geschehen im Fall des Leoparden. Außerdem hat es – wenn auch schwache – antibakterielle Wirkung.»

Eilig drücke ich ihm die Hand. Vittorio schaut mich verdutzt an.

«Das war's schon?»

Ich nicke. Es passt alles zusammen.

Die Tür fällt ins Schloss. Durch den Garten finde ich hinaus auf die Via Romana. Hechelnd schnürt ein Hund an mir vorüber. Seine Nägel klacken auf dem Trottoir. Ich muss einen Unterschlupf finden. Ich weiß, ich kann nicht zurück ins Hotel, kann nicht nach Santa Maria Nuova. Sie werden jeden Fleck in der Stadt observieren, den ich aufgesucht habe. Der Junge, Savios Faktotum, sie müssen mir seit meiner Ankunft in Florenz auf Schritt und Tritt gefolgt sein. Auch Ferri weiß, wo er mich suchen muss. Die Hitze treibt durch die Straße. Die Gesichter der Menschen dampfen. Manchmal ist nur das

Unerwartete das Sichere. Niemand rechnet damit, dass ich es wagen könnte, in den Palazzo Serristori zurückzukehren. Alles wird durchkämmt, aber nicht die Höhle des Löwen, und der Palazzo Serristori hat viele Zimmer … Zimmer, die nie jemand betritt, Zimmer, in denen ich vielleicht noch mehr über Savio erfahren würde.

Es ist nicht weit bis zum Palazzo. Ich bewege mich im Schattenwurf der Häuser. Unten am Fluss spiegeln sich die Brücken im Wasser. Der Fluss hat aufgehört zu fließen. Er harrt in der Hitze wie tot. Vernet ist nicht zu sehen.

Ein Luftzug geht durch das dämmrige Gebäude und raschelt in den Abdeckfolien. Das Blut pocht in meinen Schläfen. Ich steige in den ersten Stock. Wolken von Sägemehl stäuben auch diesmal von den Treppenstufen auf. Ich stoße vorsichtig eine Tür auf. Der Mief von feuchtem Papier, von faulendem Holz schlägt mir entgegen. Eine Matratze, leere Weinflaschen, eine Tüte mit Zeitungen. Ich strecke mich auf der Matratze aus. Draußen, auf dem Lungarno Serristori, hat längst die Rushhour eingesetzt. Schließe ich die Augen, höre ich statt des Verkehrs das Meer rauschen. Die Matratze unter mir ist fleckig, die Luft gesäuert von den Ausdünstungen des Rattendrecks. Lege ich mein Ohr auf die Dielen, höre ich die Tiere in der Balkendecke fiepen. In der Dämmerung werden sie aus ihren Löchern kommen. Sie werden mich wittern, sich zögernd nähern – immer in der Hoffnung, dass ich einschlafe oder zu schwach bin, mich zu wehren. Ihre Nerven gepeitscht von der Furcht, dass ich aufspringe und eine von ihnen packen und gegen die Wand schleudern oder erschlagen werde. Sie würden schnell sein, in Scharen über mich herfallen, bis ich mich in einen auf dem Boden windenden Pelzleib verwandelt hätte, einen riesigen Rattenkörper, der in einem Gemisch aus Schweiß und dem vor Gier triefenden Speichel der Tiere auf die Tür zutreiben würde. Vor ein paar

Nächten brachte man einen Obdachlosen nach Santa Maria Nuova. Er hielt die Hände vors Gesicht, sie waren blutig, die Ohren schauten seltsam zernagt aus. Man wollte, sagte Tarek, an einen Unfall glauben, eine Messerstecherei, bis einer der Pfleger ihm die Hände vom Gesicht riss, die panisch zu schützen versuchten, was es nicht mehr gab – die Nase. Wie kann der Junge hier leben? Ich muss die drei Tage, bis ich Sophia treffe, hier irgendwie aushalten.

Von Zeit zu Zeit wechsele ich das Zimmer und schaue hinaus auf die Piazza Demidoff und das Seil. Nur noch wenige Schaulustige bevölkern die Ponte alle Grazie. Man hat sich in der Stadt an Vernet gewöhnt, der nur noch selten auf den Fluss hinausbalanciert, meist ausgestreckt auf der Plattform liegt wie ein Tier in einem Gehege im Zoo. Gewitterwolken ziehen über die Stadt. Auf der Höhe des Doms verwirbeln sie und nehmen die Gestalt eines Ambosses an. Ich denke an Sophia. Wie kann sie ihr Leben auf Savios krude Ideenwelt beschränken? Wie konnte er oder seine Kunst das Maß aller Dinge werden? Ist auch Sophia am Stendhal-Syndrom erkrankt? Ist es möglich, dass wir beide daran leiden, dass wir auf eine unterschiedliche und doch ähnliche Art am Schönen erkrankt sind? Sie an Michelangelos David und Savios Skulpturen. Ich an Sophia? Existiert diese obskure Krankheit also doch?

In der Dämmerung nimmt das Fiepen der Ratten zu. Pelzige Schatten huschen über die Dielen. Manchmal halten sie inne, strecken den Kopf, um Witterung aufzunehmen. Ich weiß, dass ich die Tiere nicht ertrage. In meiner jetzigen Verfassung nicht und auch in keiner anderen. Aber noch ist es nicht dunkel genug, um den Palazzo Serristori zu verlassen. Ich werfe mit Büchsen und herumliegendem Holz nach ihnen. Sie jagen hinunter in ihre Löcher, um dann zahlreicher als zuvor wieder hervorzukommen. Sie ducken sich nicht einmal mehr, wenn sie mich umkreisen. Schritt um Schritt nähere ich mich der Tür. Falls sie mich berühren, und ich ihre feuchten Schnauzen, ihre Barthaare an meinen Beinen spüren würde, ich weiß, es wäre zu viel. Ich steige über sie hinweg. Sie rühren sich plötzlich nicht mehr. Allein ihre nackten Schwänze zucken. Ich drücke langsam die Türklinke, keine unkontrollierte Bewegung jetzt, ich öffne die Tür, höre Schritte. Der Junge. Er muss zurückgekehrt sein. Er ist nicht allein. Ich springe zurück ins Zimmer, presse mich hinter die Tür. Die Ratten stieben davon – ein Geräusch, als reibe jemand mit Schmirgelpapier über den Boden. Die Schritte halten inne.

«Die Ratten», sagt der Junge.

«Komm», sagt die andere Stimme, die zu Savios Faktotum gehören muss.

«Warte.»

Einen Augenblick ist es still bis auf mein stoßweises Atmen, dann fliegt ein Plastikbeutel in das Zimmer. Er platzt auf, die Ratten quieken vor Gier. Eine Wolke schmaler, pelziger Leiber stürzt sich auf den Beutel.

«Bist du sicher?» Es ist die Stimme des Faktotums.

«Nichts davon wird übrig bleiben. Ich mache es immer so. Gehen wir, in meinem Zimmer sind keine Ratten.»

«Hast du das Zeug?», fragt der Junge.

«Nicht genug, fürchte ich. Vittorio kam früher aus der Pause zurück. Konnte nicht riskieren, dass er was mitbekommt. Ferri ist zudem im Institut aufgekreuzt, hat Melfiore nach DMSO ausgefragt. Ich muss vorsichtig sein. Ich kann nicht Flasche um Flasche rausschleppen.»

Dann grunzt das Faktotum etwas Unverständliches. Ich habe genug gehört.

Die Stimmen entfernen sich. Wenig später fällt das Geräusch einer schnarrenden Tür in das Nagen und gedämpfte

Schmatzen der Tiere, nur unterbrochen bisweilen von spitzem Fauchen und Keifen, wenn sie sich um die Fleisch- und Hautfetzen oder was immer es sein mochte streiten. Die geringe Lautstärke macht die Geräusche noch scheußlicher. Manchmal scheinen im Licht eines Autoscheinwerfers, das sich durch die Fenster ins Zimmer verirrt, die bebenden feuchten Schnauzen auf. Unerträglicher als der Anblick der sich um den Beutel windenden Ratten, ekelhafter als die Gedanken über die Herkunft der Fleischreste ist der süßliche Verwesungsgeruch, der mich erbrechen lässt, worauf die schwächeren, am Rande trippelnden Tiere, die es offenbar nicht wagen oder schaffen ins Zentrum des Haufens zu gelangen, den Kopf zu mir wenden und sich zögernd mit gesenkten Schnauzen auf mich zu bewegen. Tarek erzählte vor ein paar Tagen von einem Gefangenen, einem Glaubensbruder aus Marrakesch, so drückte er sich aus. Man machte ihn gefügig, indem man seinen Kopf in einen Käfig steckte, einen Käfig, in dem sich zwei ausgehungerte Ratten befanden. Was mit dem Gefangenen dann geschehen sei, wer er gewesen sei, wer ihn gefoltert habe, fragte ich Tarek. Er schwieg. Ein Tier führt seine Schnauze an den stinkenden Fladen meines Erbrochenen heran, es hebt den Kopf, wittert noch einmal, das ist der Moment, da ich ihm mit der Fußspitze unter den Kiefer trete, worauf das Tier durch die Luft schießt und in der Nähe des Beutels zu Boden rauscht und liegen bleibt. Die anderen Ratten zögern. Ihre Augen krümmen sich zu blanken Schlitzen, in denen sich der letzte Rest Tageslicht sammelt. Immer habe ich Ratten gehasst. Es ist ihre Unerbittlichkeit. Dann springen die Tiere davon, beschnuppern das regungslose Tier, bevor sie sich von allen Seiten darüber hermachen, es zerbeißen und ausweiden. Schritt für Schritt, mit der Langsamkeit, die notwendig ist, und mit dem Restvermögen an Kontrolle über meine Bewegungen, mache ich mich davon, gelange über die

Treppe hinunter in das Foyer und renne, renne hinauf zum Piazzale Michelangelo, wo ich ein Taxi nehme.

Der Wagen kurvt den Viale Galileo hinunter. Mein Herz hämmert. An der Porta Romana kommt der Verkehr ins Stocken. Auto an Auto schiebt sich dort auf der Via Senese aus der Stadt hinaus. Ich sinke ins Polster. Fühle mein Herz in den Ohren pochen. Manchmal flucht der Fahrer leise. Ich schließe die Augen. Ich lasse das Taxi einige Kilometer über mein Ziel hinausfahren. Kurz vor Galluzzo an einer Kreuzung steige ich aus. Die Mondsichel steht am Himmel. Vom Feld weht der Geruch eines Feuers herüber. In den Büschen entlang der schmalen Straße raschelt ein Tier. In der Dunkelheit schimmern seine Augen auf, wenn der Wind das Gebüsch teilt. Nur selten passiert mich ein Auto. Das Licht der Scheinwerfer wischt übers Land.

Der Turm steht schwarz in der Nacht. Es brennt kein Licht. Olivia wird nicht da sein. Ich tapse über die Brücke. Ich finde den Schlüssel sofort. Der Turm ist kühl. Ich mache kein Licht, steige die Leiter hinauf zu Olivias Schlafraum, der so winzig ist, dass das Bett ihn fast ausfüllt. Ich strecke mich auf dem Bett aus. Drücke mir Olivias Kopfkissen aufs Gesicht, rieche ihren Geruch. Die Nacht ist still. Es ist still wie auf dem Meeresgrund. Wieder kommt mir Tarek in den Sinn. In Tafraoute, seiner Heimatstadt, sagte er einmal, hätte es nicht nur den Löwen gegeben, der einen Mann, der vor allem einen Islamtreuen, einen Glaubensbruder, verschwinden und unauffindbar werden ließ. Im Falle eines Löwen könne man Wachen aufstellen, sagte Tarek. Und bei welchem Tier sei das vergeblich, fragte ich, worauf Tarek zögerte, dann antwortete, dass sich die Schergen des Hassan II. wohl nicht durch Wachen hätten beeindrucken lassen. Erst nach dem Tod des Königs sei das Lager im Hohen Atlas aufgelöst worden. Die zur Wüste gelegenen Gebirgshänge seien heißer und trockener, also dünn besiedelt, darum habe man es dort errichtet – in einem unzugänglichen Tal, kein noch so emsiger Tourist habe sich dorthin verirren können. Die meisten Marokkaner seien nicht groß. In Hassans Lager aber sei man noch kleiner geworden, weil der Rücken sich gekrümmt hätte. Nicht wegen irgendwelcher Plackereien in Steinbrüchen oder Ähnlichem. Die Gefangenen hätten die Zellen so gut wie nie verlassen können, Zellen von der Qualität eines Backofens im Sommer, und wie es dort im Winter gewesen sei, könne ich mir denken. Man habe aber vor allem in den Zellen nicht aufrecht stehen können, auch der kleinste Häftling nicht, nicht mal die inhaftierten Halbwüchsigen aus den Vorbeter- und Predigerschulen, die ihrem Glauben an Allah fest ergeben waren. Das Sitzen auf dem Boden, das sei möglich gewesen, aber ein Mensch müsse von Zeit zu Zeit stehen und sich bewegen wie ein Mensch sich bewege, aufrecht, nicht gekrümmt. Die Wirbelsäule habe sich mit den Jahren gewölbt, die Kopfschmerzen, die rasenden Kopfschmerzen seien Folter genug gewesen, sagte Tarek. Einmal im Jahr und an Begräbnissen habe man die Gefangenen aus ihren Zellen heraustreten lassen, mit gesenkten Köpfen die meisten. Man fotografierte jeden einzelnen. Nur die Neuankömmlinge hätten in die Kamera schauen können. Jeder Gefangene, auch sein Vater, erhielt ein Foto. Es war Pflicht, es in der Zelle aufzuhängen, in Blickhöhe, was fast in Bodenhöhe hieß – wegen der gekrümmten Wirbelsäule. Seine Mutter, die Tafraoute habe verlassen müssen, die jetzt mit den Schwestern in Marrakesch lebe, besitze eines der Fotos. Ob er je zurückkehren würde nach Tafraoute oder Marrakesch, fragte ich. Jetzt regiere der Sohn des Hassan II., antwortete Tarek und es habe New York, es habe den 11. September gegeben, auch die Anschläge in Madrid und London. Alle seien sie nervös – die Islamisten im Untergrund, auch der junge König. Ob meine Frage beantwortet sei.

Am Morgen finde ich in der Küche einen Kanten Brot und Marmelade. Ich setze mich hinaus auf die Wiese. Krähenschwärme ziehen über die Zucchinifelder. Manchmal tuckert auf der Straße oberhalb des Grundstücks ein Traktor vorüber, Hunde schlagen an, Lerchen schilpen in der Luft. In zwei Tagen werde ich Sophia sehen.

## 9

Ich öffne die Augen einen Spalt weit. Das Licht ist gleißend. Das Zimmer ist weiß. Auf dem Boden liegen die Schuhe, die Hose, ein Glas. Der Schlaf war tief. Eine Tauchfahrt. Tiefer, als die Nacht sein kann. Nichts rührt sich. Der Himmel im Fenster ist endlos. Das Frühstück dann schon hastig. Es ist so weit. Es ist der Tag. Ich lasse die Tür ins Schloss fallen und lege den Schlüssel zurück in die Mauerspalte. Unter der Brücke stehen die Goldfische. Ihre Schwanzflossen fächeln.

Die Häuser, die geweißten Wände, die Türen, die Votivbilder und ihre Heiligenfiguren entlang des Wegs nach Bellosguardo flirren in der Sonne, als habe man sie mit flüssigem Silber übergossen. Die Farbe, die das Unheil wählt. Nur ab und zu streift mich ein Luftzug. Die Zypressen fassen an den Himmel. Kein Vogel ist in der Luft. Nicht mal eine Katze lässt sich blicken. Ich bin allein mit dem Klang meiner Schritte und meinem Schatten. Ich habe es nicht eilig, verspüre nicht mal Angst – jetzt, wo alles unumkehrbar ist.

Das Tor steht offen. Der Kies auf dem Weg hoch zur Villa Ombrellino ist frisch geharkt. An den Bäumen hängen kleine hölzerne Käfige. Ein Gezirpe zerschneidet die Stille. In den Käfigen müssen sich Grillen befinden. Die Käfige hängen zu hoch, als dass ich nachschauen könnte. Savio ist nicht zu sehen. Ich setze mich an den Gartentisch unter dem Regenschirmdach. Mein Mund ist trocken. Es ist nicht die Hitze. In Wellen läuft die Aufregung durch meinen Körper. Ein silbriges Becken befindet sich auf dem Tisch. Ich bleibe nicht lange unentdeckt. Savios Diener nähert sich. Er verbeugt sich und lüftet den Deckel des Beckens ein wenig, woraufhin ein Schwarm kleiner Vögel im Becken aufsteigt und ins Freie drängt. Die Tiere tragen irgendetwas im Schnabel. Rechtzeitig senkt der Diener den Deckel, und nun ist nur noch das Flattern und dürre Klopfen der Vogelleiber zu hören – Geräusche, die nach kurzer Zeit enden.

«Helfen Sie mir. Signore Savio meinte, Sie sollten der Dame nicht ohne ein Gastgeschenk gegenübertreten.» Er lächelt vielsagend.

Der Mann hat eine ähnlich helle, knäbische Stimme wie das Faktotum. Das Becken ist schwer. Sein Griff schneidet ins Fleisch. Auch der Diener stöhnt unter der Last, als wir Foscolos Büste passieren. Das Atelier ist abgedunkelt. Schemenhaft erkenne ich in der Mitte des Raums die Skulptur. Ein Tuch bedeckt sie. Wir stellen das Becken auf einen Tisch. Ich frage mich, ob die Vögel nicht ersticken. Wahrscheinlich existiert eine verborgene Luftzufuhr. Der Diener zieht die Vorhänge an den Fenstern vor. Auf den Arbeitstischen liegt ein Sammelsurium aus Feilen, Schmirgelpapier, Drähten, Nägeln, verklumpten Wachs- und Tonresten. Der Boden ist bedeckt mit einem hellen Puder. In einer Ecke entdecke ich die Kamera: jene Kamera aus Sophias Zimmer. Plötzlich ein Schwirren, ein schnelles Flügelschlagen. Der Deckel des Silberbeckens ist geöffnet. Die Vögel steigen auf, ein Dutzend und mehr. Ihre Brustfedern schimmern in Florentiner Blau. Schlieren hellen Rauchs bewölken den Raum. Ein schwüler Duft macht sich breit. An der Decke des Ateliers glimmt ein Sternenhimmel auf – von irgendwoher auf das Glasdach projiziert. Die Vogelschnäbel schmauchen. Wie angeschossene Jagdflugzeuge, die eine Fahne dunklen Rauchs hinter sich herziehen, fliegen die Vögel wirre Bahnen unter den Sternen, bevor einer nach dem anderen qualmend zu Boden stürzt. Ich hebe eines der leblosen Tiere auf. In seinem zusammengebundenen Schnabel steckt der Rest eines Räucherstabs.

«Was Sie in den Händen halten, sind die aufbereiteten Früchte der Mandragora officinarium – die Pflanze der Liebesgöttin. Wussten Sie, dass Aphrodite in der Antike den Beinamen *Mandragoritis* trug?»

Ich fahr herum. Savio. Er steht hinter mir. Seine Augen glänzen unnatürlich stark. Sein Diener ist nicht mehr zu sehen.

«Mandragora wurde in der Renaissance, aber auch schon bei den Griechen als aphrodisierendes Räucherwerk gebraucht. Sie verzeihen mir diesen kleinen Scherz.»

«Sophia? Wo ist sie?», keuche ich.

Savio lacht lauthals.

«Ihnen ist nicht zu helfen. Sie sind nicht nur hartnäckig, jetzt im entscheidenden Augenblick auch noch blind.»

Er deutet auf die Skulptur. Seine Wangen sind stark gerötet, als hätte er getrunken. Als ich die Skulptur berühre, rauscht das Laken zu Boden und die Kamera schnurrt los. Das Haar aubergine jetzt, die Lippen rötlich changierend, auch die Wangen, als seien sie blutdurchströmt. Die Körperoberfläche ist geschliffen und poliert, ein sonderbar matter Schmelz, der das Licht nicht ganz reflektiert, sondern so weit eindringen lässt, als sei dies kein Stein, als absorbiere der Marmor ähnlich der menschlichen Haut das Licht. Die Augen sind koloriert, ein Regengrün. Mein Blick schwimmt. Ich lege meine Hand an den Stein. Er wird warm. Langsam fahre ich über den Flügel, den Savio fertiggestellt hat – eine kleine, verkümmerte Schwinge. Die dunkle Tönung der Kehle. Ich zittere.

«Weiter», säuselt Savio.

Er tänzelt von einem Bein aufs andere. Ich schiebe meine Hand in ihren Nacken, unter den Bogen ihres Haars hindurch. Ich fühle die Wärme, jene winzige Temperaturveränderung, die dort im Schutz des auf die Schultern fallenden Haars entsteht. Das Haar ist weich, eine Geschmeidigkeit, die

Kunsthaar nicht besitzt. Sein Blick fixiert mich. Immer noch liegt dieser seltsame Glanz in seinen Augen.

«Halte mich in meinen Arbeiten an die griechischen Meister, zum Beispiel Praxiteles. Ein Gigant auf seinem Gebiet. Schuf mit der *Knidischen Aphrodite* ein Bildnis weiblicher Schönheit, das in der Antike Massenwirkung hatte.»

Ich fühle die Hautstreifen an Armen und Beinen, eine feinkörnige, bronzegefärbte Haut, die nach Marzipan duftet.

«Tausende reisten Jahr für Jahr zu dem Standbild der *Knidia*, von der es heißt, sie habe manchen über ihre künstliche Natur zu täuschen vermocht. Man ließ sich hinreißen, die Göttin mit glühenden Küssen zu bedecken, zuweilen verlor jemand ganz die Beherrschung.»

Mein Gesicht brennt, die Muskeln sind plötzlich schlaff.

«Es heißt, ein Jüngling bestieg sie, liebte sie a tergo. Seine Begeisterung ließ auf der Innenseite des Oberschenkels verräterische Flecken auf dem Marmor zurück.»

Savio triumphiert. Wort für Wort dient ihm Sophias Manuskript als Vorlage.

«Sophia, wo ist sie?» Meine Stimme ein einziges Bellen.

«Die knidische Variante eines schönen Körpers ging in den Wirren der Zeiten verloren. Praxiteles, heißt es, habe für die *Knidia* die berühmte Hetäre Phryne als Modell genommen. Botticelli fand in Simonetta Vespucci seine Erfüllung. Ich, ich habe Dutzende Frauen begutachtet. Sophia, wenn nicht in allem, so doch in vielem kommt sie der knidischen Legende, kommt sie der Idee des Schönen am nächsten.»

Mein Mund ist trocken.

«Die Dottoressa engt das Stendhal-Syndrom zu sehr auf die Kunst ein. Es gibt eine Schönheit des lebendigen Körpers, die uns genauso schwindeln lässt. Auch wenn der Schwindel sich bei Ihnen leider nur noch aus der Erinnerung speist, nicht wahr, Gerber? Ich weiß, warum Sie in der Stadt sind.»

Unablässig surrt die Kamera.
»Trinken wir was.«
Savio reicht mir ein schon bereitgestelltes Glas Wein. Er merkt mein Zögern.
»Auf die Schönheit!«
Der Wein schmeckt fad. Savio setzt sein Glas ab. Er betrachtet mich. So beäugt Melfiore seine Ratten. Ich trinke einen weiteren Schluck. Der Wein ist schwer und erdig.
»Es geht Ihnen gut?«
Aus weiter Ferne dringt Savios Stimme an mein Ohr. Ich schwanke, mache einen Ausfallschritt zur Seite, um nicht hinzustürzen. Breitbeinig wie ein Seemann bei hohem Wellengang stehe ich Savio gegenüber. Habe Mühe, mein Glas abzusetzen. Meine Bewegungen sind hölzern, sind starr, ein überdimensionierter Muskelkater … Jetzt ein Anfall …, ich wäre Savio ausgeliefert.
»Zeigt mein Hauscocktail schon Wirkung? Fliegenpilz. Dazu ein wenig Mandragora. Sie sollen auf Ihre Kosten kommen.«
Savio trinkt sein Glas in einem Zug aus. Verlangsamt wie in Zeitlupe wende ich den Kopf. Ich verspüre eine idiotische Euphorie, ein Glücksgefühl, lege meinen Kopf an ihre Schenkel, die ein Zimtton überzieht. Savio muss den Marmor so lange bearbeitet haben, bis er Sophias Teint hatte. Unzählige Stunden muss er sie betrachtet haben, in verschiedenen Posen, bei unterschiedlichem Lichteinfall, am Abend und am Morgen, um dieses Schimmern der Haut einzufangen. Er muss sie studiert haben wie ein Schmetterlingsforscher einen Jahre lang gesuchten Falter auf einem tropischen Atoll rastlos untersucht. Kein Detail darf ihm entgehen. Der weiche Mund. Die eng am Kopf anliegenden Ohren. Ihre Nase, schmal und ein wenig stupsnasig, gerade so viel, dass sie noch wohl proportioniert zu nennen ist. Er hat die Position

der Leberflecken auf ihrer linken Wange getroffen, den Neigungsgrad der Brauen, das leichte Kräuseln des Haars an den Schläfen, der Schatten unter dem Jochbein, wenn das Licht sie aus großer Höhe trifft – etwa in einer Kirche oder aber hier in seinem Atelier.

»Sie sollten sich nicht länger die Rückseite entgehen lassen«, sagt er. Nur mühsam kann Savio ein Kichern unterdrücken. Ungeduldig schiebt er mich vorwärts.

»Schauen Sie, Gerber, schauen Sie!»

Sein Mund an meinem Ohr.

»HabenSieVergleichbaresgesehenjemals?»

Er mahlt die Wörter zu einem zähen, kaum verständlichen Klumpen. Hat ihn plötzlich eine Artikulationsstörung befallen, die Wort an Wort kettet, die keine Luft zwischen den Wörtern lässt? Seine Augen, sein Gesicht glänzen. Das ist kein Fieber, das ist mehr, eine Hitze, die ich noch durch seine Kleidung hindurch spüre.

»SchauenSiesoschauenSiedoch.»

Er greift in meinen Nacken. Wendet meinen Kopf. Jetzt lässt sich der Blick nicht mehr vermeiden. Die Schultern sind schmächtiger, als ich sie in Erinnerung habe. Das Becken ist ein wenig in der Horizontalachse gekippt, so dass Sophia sich leicht nach vorne beugt, als wolle sie einen Gegenstand auf einem Stuhl oder Ähnlichem ablegen, wodurch ihr Hintern sich mir entgegenwölbt.

»Die Taille. Achten Sie auf die Taille«, hechelt Savio. »Sie ist so gearbeitet, dass sie sich aufwärts schiebt und bis zu den untersten Rippenbögen angehoben ist. Dort beginnt bereits die Rundung. Das Gesäß gewinnt dadurch an Größe, steht in voller Reife.»

Seine Stimme ist eine einzige obszöne Euphorie.

»Dieser Eindruck hängt nicht zuletzt auch von den Gesäßmuskeln ab. Schauen Sie, die mittleren Gesäßmuskeln sind wegen der leichten Beugung von Becken und Rumpf angespannt und erzeugen ihrerseits schon Fülle. Dazwischen, etwas vertieft, Gerber, das auffällige Dreieck, das Rhombus lumbalis michaelis. Keilartig steht es über dem Kreuzbein, je lateral begrenzt vom Darmbeinkamm und pointiert von den aufsitzenden Grübchen, welche die Griechen so treffend *gelasinoi*, Lachgrübchen nannten.»

Savio haucht mir seinen Atem ins Gesicht, wohlriechend wie alles an ihm.

Ganz dicht tritt er an die Statue heran, streicht mit der Hand über ihren Rücken, beugt sich und küsst ihren Hintern. Ein feuchter Abdruck schimmert auf dem Marmor auf.

«Schließlich die Krönung», fährt er fort und wischt sich mit der Hand über den Mund. «Betrachten Sie die Horizontalfurchen unter den Gesäßbacken. Haben Sie einen Hintern jc so wohl balanciert und gerundet gesehen? An einem Menschen, an einer Statue? Beachten Sie, dass die Horizontalfurchen die Gesäßbacken zu den Oberschenkeln hin abgrenzen und dadurch erst eigentlich zum Erblühen bringen.»

Längst schwanke ich. Mein Rachen glüht.

«Lassen Sie sich Zeit. Kosten Sie den Augenblick aus. Der letzte Sinn des Lebens ist Genuss. Sie dürften den Satz aus Sophias Manuskript kennen. Ich lasse Sie jetzt allein.»

In der Tür wendet er noch einmal den Kopf. «Übrigens hat das Dimethylsulfoxid ganz entscheidend bei der Arbeit geholfen.»

Die Tür fällt ins Schloss, und ich bin allein mit Sophia. Es ist totenstill. Ich lege meinen Kopf an ihre Schulter. Die Schulterkuppe ist eben und perfekt gerundet. Meine Fingerspitze fährt über Wange und Lippenbogen, jene Stelle, wo die Oberlippe zur Nase hin eine Furche bildet. Langsam, unendlich langsam streicht dann mein Mund über ihren Arm, ihre Brüste, ich schmecke die weiche, salzige Haut und die etwas körnige an den Warzen. Ich höre das Surren der Kamera, das sonore Geräusch des Protokollierens. Ich streichele ihre Hüften. Alles in mir erinnert sich. Alles in mir schmerzt, rückhaltlos – selbst jener Rest, der in uns unberührt bleiben muss, der nicht verletzt werden darf. Ich berühre ihre Schenkel. Ein Schauer läuft über ihre Haut. Sie stöhnt auf, ich lege meine Wange auf ihre erhitzte Haut, Rippe um Rippe rutscht mein Mund hinunter, verharrt einen Augenblick lang. Ihre Hand legt sich auf meinen Kopf, greift in mein Haar und knetet es. Ich halte inne, diesen einen, langen Augenblick lang, in welchem ich die Augen schließe und ausruhe, und sie meinen Namen sagt, den ich so lange aus ihrem Mund nicht mehr gehört habe. Ich richte mich auf. Sie zieht mich an sich, ihre Hände in meinem Nacken. Ich umklammere Sophia mit beiden Armen, sie presst sich gegen mich. Ich knete ihren Hintern – langsam kreisende Bewegungen, so wie man Brotteig knetet. In meinen Knien, in den Muskeln ein Vibrieren, als ob man eine Fracht den Berg hinaufträgt und nicht absetzen darf.

«Genug!» In meinem Nacken eine Hand, die mich schüttelt und durchrüttelt. «Kommen Sie zur Besinnung!»

Savio. Mein Nacken schmerzt von seinem Griff. Savio. Mein Kopf, ich kann ihn nicht wenden, alles ist starr, als hätte er meine Halswirbel blockiert, als sei ich ein Reptil, das von einem schnellen Griff in den Nacken paralysiert wird. Ich taumele, und das Licht ändert sich. Ist nun schummrig rot wie in einer Dunkelkammer. Und es hat eine Melodie, eine stampfende Melodie und einen Rhythmus. Jemand hier im Raum muss sich an einer Trommel auslassen, aber ich entdecke niemanden, da sind nur Savio und ich und dieses Licht, das ich anscheinend nicht nur sehe, sondern auch höre, das trommelt, ohne jede Pause, ohne Gnade, ein Rhythmus, der in die Beine zieht, der meine Füße vom Boden abheben lässt, dass ich tanze, ein Tanzbär auf glühenden Kohlen, bis ich ins Stolpern gerate und zu Boden schlage.

«Kommen Sie, beruhigen Sie sich, ich weiß, Ihnen ergeht es nicht anders als jenem Griechenkönig, den alle Statuen, auf die sein Blick fiel, an Helena erinnerten. Helena, die die Treue brach. Ich weiß, dass Ihnen der Anblick meiner Arbeit unerträglich sein muss,» sagt Savio mit einer Stimme, als tröste er ein Kind.

Ich bin unfähig, mich zu rühren. In meinem Körper ist jetzt eine Hitze, als hätte ich zu glühen begonnen. Savio beugt sich über mich, ergreift meine Arme und zieht mich zu der Statue hin. Er richtet mich so weit auf, dass ich sitze und mich gegen die Statue lehne. Er knöpft mein Hemd auf, streift es mir ab, auch Schuhe und Strümpfe nimmt er mir.

«Was soll das?», keuche ich.

Mein Kiefer schmerzt. Savio antwortet nicht. Ich kann mich nicht bewegen. Er nestelt an meinem Gürtel, öffnet den Knopf am Hosenbund, reißt mir die Hose vom Leib. Die Angst ergießt sich auf der Haut. Savio lacht.

«Jetzt noch Ihre Shorts. Machen Sie es selbst oder muss ich Ihnen helfen.»

Sein Lachen ein einziges Prusten, das ihn schüttelt, das ihm Tränen in die Augen treibt. Die Schere. Sie steckt in der Innentasche seines Jacketts. Dann blinkt sie in seinen Händen auf. Aus Filmen, unsäglichen Streifen mit fingerdick aufgetragenem Horror, kenne ich solche Szenen. Das alles kann nicht wahr sein. Soll ich das fünfte Opfer sein? Jenes, das noch fehlt. Es ist absurd. Ich versuche zu schreien. Aus meinem Mund wälzen sich ein paar heisere Silben.

«Machen Sie sich nicht in die Hosen, die Sie gleich nicht mehr anhaben werden.»

Savio hockt sich neben mich. Immer noch lacht er. Tränen

laufen über seine Wangen und legen eine Fährte durch sein gepudertes Gesicht. Er setzt die Schere an meinem Oberschenkel an. Ich spüre die Kälte des Metalls. Savio senkt den Kopf, ein heftiger Schlag jetzt in seinen Nacken und ich könnte mich von ihm befreien … Ich versuche den Arm zu heben. Er ist starr, ohne Leben wie ein Holzscheit, bin eine Puppe …, ein Pinocchio. Savio schneidet bedächtig. Zentimeter um Zentimeter fährt die Schere über mein Bein. Er atmet schwer. Sein dunkler Haarschopf mit der keilförmigen, grauen Stirnsträhne schiebt sich meinen Oberschenkel hoch, ohne dass Savio ein einziges Mal aufschaut. Mein Bein zuckt nicht, während er schneidet. Die Schere erreicht jetzt meine Leiste. Wird er …? Ist dies sein Ziel? Er zieht das Metall, das längst nicht mehr kühl ist, über meinen Bauch, bis er einen letzten Schnitt unterhalb des Nabels setzt und mir den Stofffetzen unter dem Hintern wegreißt und ich jetzt nackt unter ihm liege und er seinen verdammten Kopf immer noch nicht wegnimmt. Ich schreie, längst ohne Worte, da mein Mund sich nicht mehr öffnet – ein Schreien, das keinen Muskel mehr in Bewegung setzt, ein Schreien, das nur eine wilde Impulsschleife in meinem Hirn produziert, eine wirkungslose, neuronale Erregung. Savio legt die Überbleibsel meiner Shorts neben meine Hose, dann zieht er seinen Kopf fort und erhebt sich. Ein Brand fließt über seine Wangen und seine Stirn, aus dem allein die Nase blass aufscheint. Er begibt sich zu einem Regal, nimmt einen Pinsel und eine Schale, in der eine bronzefarbene Flüssigkeit aufscheint. Er rührt die Flüssigkeit um. Ein Mandel-, ein Marzipangeruch steigt auf.

«In der Renaissance wurden persönliche Differenzen – und als solche sollte man unsere Konstellation ja wohl betrachten – nicht in schwer kalkulierbaren Duellen, Fechtduellen zumeist, ausgetragen, sondern vorwiegend mit Hilfe von raffinierten Methoden des Vergiftens vorangetrieben. Das will im Übrigen nicht nur auf den Körper bezogen verstanden sein, sondern erstreckt sich durchaus auch auf die Seele, die nervlichen Ressourcen, was Sie ja eindrucksvoll erleben durften.»

Er hockt sich neben mich und stellt die Schale auf den Boden.

«Dimethylsulfoxid … Was bei der Paruzzi eine Überdosierung, ein bedauerlicher Unfall war, eine Vorstudie am lebenden Objekt gewissermaßen, die mir etwas entglitten ist, das, mein Lieber, wird nun in Ihrem Fall ganz bewusst eingesetzt.»

Er taucht den Pinsel ein.

«Dimethylsulfoxid, dazu diese lösungsmittelhaltige Bronze sowie mein geliebter Fliegenpilz, das dürfte reichen.»

Er tupft meine Zehen ab, die sich sogleich färben.

«Ein wunderbar intensiver Ton, nicht wahr? Und allzu übel riecht es auch nicht, oder mögen Sie den Duft von Bittermandeln nicht.»

Ist dies Zyankali? Zyankali riecht nach Mandeln, auch Blausäure. Es ist hochgiftig. Ich würde das keine Minute überstehen. Ich schwitze wie verrückt.

Savio mustert mich, grinst.

«Jetzt kommt die Panik, nicht wahr? Keine Sorge. Wir sind hier nicht in einem angestaubten Agatha-Christie-Krimi. Es ist kein Gift, nur Bittermandelöl, nicht gerade gesundheitsdienlich, aber aromatisch. Ich habe es zugesetzt, um eine angenehme Duftnote zu erreichen. Der Tod muss nicht stinken.»

Ich glotze ihn an. Immer noch ist es mir unmöglich, mich zu rühren. Dies allein kann nicht der Fliegenpilz bewirkt haben. Savio fährt sachte über meine Achillessehne. Er hat Zeit, scheint jeden Pinselstrich zu genießen. Fast zärtlich umspielt der Pinsel meinen Spann. Sofort zieht die Bronze in die

Haut ein. Wie lange mag es dauern, bis ich das Bewusstsein verliere? Kann man auf so eine kapriziöse Weise sterben? Sie sagt etwas aus über mein Leben – setzt einen letzten, unlöschbaren Stempel. Die Zehen. Die Knöchel. Die Ferse. Meine Füße sind leuchtende Bronzen. Savios Werk. Welches Maß an Besitznahme sich in einem Mord ausdrückt – eine Tat, die ich bislang ausschließlich für einen Akt der Aggression hielt.

«Sie werden jetzt ein wenig ins Trudeln geraten, mein Lieber. Das Dimethylsulfoxid wird dafür sorgen, dass die giftigen Substanzen in meinem Cocktail nicht verpuffen. Sie werden ihre volle Wirkung erst entfalten, wenn sie dank dieses wunderbaren Carriers durch die Haut in den Körper gelangt sind. Immer nur die Freuden, der Taumel des Fleisches, wie vorhin, das geht nicht, das sehen Sie ein. Zum Leben gehört der Schmerz, nicht wahr?»

Savio streicht über mein Schienbein. Er winkelt mein Bein an. Der Pinsel massiert die Wadenmuskeln, färbt die Kniekehle ein.

«Im Tod – ich bin sicher, Praxiteles hätte ähnlich gedacht – ist ein Körper, so paradox das klingen mag, dem Wandel der Zeit entrissen, vorausgesetzt man hält diesen nicht zu reproduzierenden, singulären Zeitpunkt fest, an dem der Körper nicht mehr schöner und der Schmerz nicht endgültiger sein kann, die Schnittstelle, wenn man so will, zwischen Leben und Tod, Schönheit und Schmerz, Sie verstehen?»

Die Kniescheiben, dann die Oberschenkel. Ein pedantisches Pinseln, kein Millimeter meiner Haut bleibt ungefärbt. Es ist die Langsamkeit, die seinen Genuss noch erhöht.

«Die Kamera weiß alles zu protokollieren: die Stadien der Lust und des Schreckens. Aller Wandel ist auf Zelluloid festgehalten, um das Ganze hinterher aufs Zeichenpapier zu bringen, vielleicht in einer Skulptur zu realisieren. Das ist der

Vorteil gegenüber Leichen wie jener aus Galluzzo oder aus dem Palazzo Serristori, Sie begreifen.»

Es sind die Worte, die seine Lust steigern.

«Indem mein Kunstakt mit einem Tötungsakt zusammenfällt, ja identisch ist, erreiche ich die letzte Steigerung einer manieristischen Kunsttheorie: eine Kunst, die tötet, und eine Tötung, die kunstvoll ist. Das wahre Unikat. Hat sich da nicht alle Dialektik aufgehoben, mein Lieber? Sind wir hiermit nicht zur finalen Krönung aller Kunst gelangt?»

Strich um Strich klettert der Pinsel, ein pelziges Tier, mein Bein hoch. Seine Schnauze gleitet über die Oberschenkelmuskeln. Meine Haut ist feucht vom Speichel des gierigen Tiers, dessen Barthaare auf meiner Haut tanzen, bis Savio mich schließlich wendet, auf die Seite dreht und das Tier über die Außenseite des Beins läuft. Die Muskeln dösen schlaff unter der Haut, unfähig, sich unter der Schnauze zu regen oder gar anzuspannen, so dass ich endlich Savio einen Tritt verpassen könnte. Ich ahne, was Savio vorhat.

«Ich fürchte, manches an mir ist epigonal. Dieser Akt nun nicht. Er geht über alle manieristische Kunst hinaus, auch über Masaccio, müssen Sie zugeben. Eher noch erinnere ich an heidnische Riten, an die Mysterien des Dionysos. Übrigens, Sie waren es, der in der Villa Butimar so unverwechselbar das Leopardenfell trug, nicht wahr? Der Leopard, das Tier des Dionysos, Sie wissen, wofür diese Metapher steht?»

Ich bin nicht imstande zu antworten. Meine Stimme bricht.

«Hätten Sie sich in der griechischen Mythologie ausgekannt, wäre Ihnen die Bedeutung der Maskerade, mein kleiner Hinweis, aufgegangen. Im Dionysos-Kult wurde der Wein – oder darf ich sagen der Prosecco, der Martini? – mit Fliegenpilz versetzt. Die Maserung eines Leopardenfells ähnelt in gewisser Hinsicht dem getrockneten Fliegenpilzhut. Ich wollte niemanden der Gäste irrtümlich in einen Genuss bringen, der nur Ihnen zustand.»

Der Pinsel tupft meine Haut ab. Zentimeter um Zentimeter.

«Die Griechen verehrten den Fliegenpilz als Penis Gottes. Kein Scherz. Er lässt uns die Kontrolle verlieren, jegliche Kontrolle, alle triebhaften Ideen – wir führen sie aus. Ferri ist informiert, er weiß, wer bei unserem dionysischen Fest das Fell trug, und er hat Kenntnis davon, dass die Martinis, die Sie tranken, es in sich hatten und bei einem Psychotiker könnten sie die krankhaften Energien immens steigern. Muss ich deutlicher werden?»

Savio hält inne. Ein Lachen schüttelt ihn.

«Man tut Dinge, die man so nie tun würde. Furchtbare Dinge.»

Erneut laufen ihm Tränen über seine gepuderten Wangen.

«Ich sagte es Ihnen schon, ich verkörpere die dunkle Seite der Renaissance.»

Winzige Striche, zart, ein Streicheln, das er auf meiner Haut versucht.

«*Gott ist ein glückliches Tier.* Sie kennen den Spruch. Alles andere, unsere angebliche Soziabilität, Güte, Rücksichtsnahme: alles Geschwätz.»

Seine Hand zittert vor Lust.

«Meine Gier ist groß, nach schönen Taten und schönen Frauen und – in Ihrem Fall – nach einem formvollendeten Malheur. Eine Sache der künstlerischen Qualität, nicht der Sittlichkeit. Große Kunst fragt nicht nach bei der Moral, auch nicht beim Common Sense, das müssten Sie wissen. Sie bittet nicht um Absolution. Sie ist autark. Darin gleicht sie den Religionen, deren Wesen wir übrigens verkennen, wenn wir sie für vernunftgebunden halten. Vernunft ist keine Wesenskategorie der großen Glaubenslehren.

Die Welt, vor allem New York, durfte das an einem Septembertag eindrucksvoll erfahren. Ebenso wenig kann sie Bewertungsgrundlage für meine Kunst sein, finden Sie nicht?»

Er führt den Pinsel jetzt zu meiner Leiste, färbt erst sie, dann die Hüfte. Noch schiebt er das Finale auf. Das Haar ist ihm in die Stirn gefallen. Er kriecht auf allen Vieren. Wann wird das Gift wirken? Wie viel Zeit bleibt mir? Noch bin ich hellwach. Nichts schmerzt. Nur diese Starre, diese Lähmung aller Glieder. Woher rührt sie? Ist es der Fliegenpilz?

«Gerber, schauen Sie, die Statue, meine Helena, sie übertrifft womöglich die *Knidische Aphrodite*. Sophia bleibt für immer in der Statue lebendig. Wir widerlegen Ovid und sein furchtbares Diktum. *Keinem bleibt seine Gestalt*. Die Zeit, die immer nur die eine Liaison kennt, die der Zerstörung und des Zerfalls, kann ihr nichts anhaben. Auch Sie nicht mehr, mein Lieber, auch Sie nicht mehr!»

Bedächtig schiebt Savio den Pinsel von der Hüfte zu meinem Bauch, erreicht die Behaarung unter dem Bauchnabel. Savio lässt den Pinsel hochschnellen und füllt die Bauchnabelhöhle mit der Bronze. Dann tunkt er den Pinsel zurück in die Schale, bis er mit Farbe ganz gesättigt ist und kehrt zu meinem Bauchnabel zurück. Er muss vermuten, dass das Gewebe in der Nabelhöhle durchlässiger ist und das Gift daher schneller aufgenommen wird. Wann immer die Farbe aus der Höhlung hinaustropft, füllt er sie auf, bis sie allmählich zur Ruhe kommt und eine Firnis sich bildet, die sie in meiner Nabelhöhle einschließt. Savio richtet sich auf und seufzt. Sein Blick ist glasig. Ein Zucken reißt über seinen Mund. Schließlich senkt er den Kopf, lässt den Pinsel in mein Schamhaar gleiten, er stöhnt erneut auf und wieder zittert seine Hand.

«Vor dem Wechsel», hebt Savio mit brüchiger Stimme an, «graut der Liebe mehr als vor der Vernichtung.»

Nietzsche. Ich erinnere mich an die Worte. Der Pinsel, das Tier – jetzt, jetzt berühren sie den Schaft, Savios Atem geht schneller.

«Jede große Liebe, so Nietzsche, bringt den grausamen Gedanken mit sich, den Gegenstand der Liebe zu töten, damit er ein für alle Mal dem frevelhaften Spiel des Wechsels entrückt sei.» Savio keucht. «Auch das ist zu bedenken, nicht wahr, Gerber? Sehen Sie, nun erhalten Sie das ganze Zitat.»

Jetzt die Eichel, er streicht darüber, Borste für Borste, sein Atem ist gepresst. Hat Savio Sophia getötet? Sie getötet, um … Ich fühle, dass das Glied sich erwärmt, auch mein Bein, auch die Füße werden warm … Jetzt schiebt er die Vorhaut zurück, er keucht, röhrt, das nicht, das nicht. Seine Hand, sein ganzer Körper spannt sich, auch mein Arm, auch meine Hand. Die Schere ist zum Greifen nah … Sophia, hat er sie getötet? Sein Gesicht, sein Mund … sind schon blind vor Gier, als ich ihm die Schere … mit aller Kraft in den Rücken … stoße …, eine Fontäne schießt hoch. Blut auf meinen Händen, auf Armen und Beinen, ein warmer, roter Strom, der aus Savios Körper fließt, der auf mir liegt, schwer und feucht, bis da nur noch ein Rinnsal ist. Dann rolle ich Savio, der immer schwerer zu werden scheint, von mir ab. Er röchelt, hebt die Hand, dann sinkt sie zurück in die Blutlache. Ich krieche zu einem der Waschbecken, fülle einen Eimer mit Wasser, stelle mich mit einem Bein hinein und wasche, erschöpft und ohne Seife und vergeblich. Das Blut fließt ab, die Bronze lässt sich nicht entfernen. Eine Bürste, ich finde eine Bürste und keine Seife, ich brauche Seife. Es muss irgendetwas geben, sich zu säubern. Ich durchkämme Schrank um Schrank, Regal um Regal. Nichts. Der Kühlschrank. Gefüllt mit Tupperware, darin eine Flüssigkeit, worin schmale helle Streifen schwimmen, lichtdurchlässig wie Pergament, Haut, vielleicht menschliche Haut. Mein Magen pumpt. Es steigt durch die Speiseröhre hoch, füllt meinen Mund, ein gallenbitterer Sud. Neben der Tupperware finde ich Olivenöl. Eine halbe Flasche. Ich gieße es über einen Lappen und reibe, gieße es über Bauch und Beine und scheuere, und plötzlich rieche ich einen schwachen Knoblauchdunst an mir und reibe und reibe, der Kies in der Auffahrt knirscht und wenig später schlägt eine Wagentür zu. Ferri. Es könnte Ferri sein. Auf meinen Beinen, auf meinen Füßen ist immer noch Farbe. Ich springe zu meinen Kleidern. Savio kauert darauf. Ich stoße ihn zur Seite, er stöhnt auf – ein Stöhnen, als presse ihm jemand ein Kissen auf den Mund. Ich höre Schritte. Ich ziehe Hemd und Hose an, renne zum Fenster, es muss Ferri sein, ich schlüpfe in meine Schuhe, aubergine, das Haar jetzt aubergine, ihr Profil ist überscharf in die Luft gestanzt, ihr Gesicht blass, sie muss lange nicht mehr in der Sonne gewesen sein, sie trägt ein ärmelloses, weinrotes Kleid, sie geht hinüber zur Villa, schellt. Savios Faktotum erscheint an der Tür. Sein kahler Schädel blinkt in der Sonne auf. Ich ducke mich. Er weist mit dem Kopf zum Atelier. Sophia zögert. Alles an ihr erkenne ich wieder: ihr Haar, das auf den Schultern tanzt. Ihr wiegender Gang, der Rhythmus ihrer Schritte, jenes drängende Tappen auf dem Kies, das dann abbricht, sie drückt die Klinke, jetzt sind ihre Schritte schon ganz nah, sie ist im Atelier, sie darf Savio so nicht sehen, ich stürze auf sie zu, der Schreck fährt in ihr Gesicht, ihr Mund reißt auf, auch der Blick, sie fährt herum, prescht durch die Tür, ich jage ihr hinterher, sie ist schnell, aber ich bin schneller, reiße sie herum, sie bleibt stehen, wir schauen uns an, unfähig zu sprechen. Ihr Duft, jener spezifische Duft, der einem Menschen eigen ist, nimmt mir den Atem. Ich japse, huste, sie schüttelt den Kopf, ihre mageren Hände fassen in ihr Haar, sie hat abgenommen, schmal ist ihr Gesicht geworden und die Haut stumpf.

«Sophia ...» Ich lege meine Hand auf ihren Arm. Sie rennt los. Ich zögere, schaue ihr nach, hetze hinterher. Sie erreicht das Auto, springt hinein, dann jener Moment, da der Schlüssel ins Zündschloss fährt, eine harte, eckige Bewegung und der Anlasser klackt. Ein-, zweimal, ein drittes Mal, in der das Ritzel eine blinde, folgenlose Bewegung macht und der Motor nicht anspringt, bis ich bei ihr bin, bis ich neben ihr sitze, da erst das Dröhnen, zu viel Gas, und im Portal fliegt die Tür auf, und das Faktotum schießt auf uns zu und der Wagen die Einfahrt hinunter an den Käfigen mit den zirpenden Grillen vorbei. Meine Hand presst ihren Nacken, und sie beschleunigt noch einmal, und das Faktotum macht kehrt und rennt auf das Atelier zu, wo er Savio finden wird. Wir jagen durch den Torbogen hinaus auf die Via di Bellosguardo und hinunter zur Piazza Torquato Tasso. Sie schaut mich fragend an. Ich antworte mit einem Schulterzucken. Ich weiß nicht, wohin. Und so fahren wir weiter, hinein in das Gewühl und Gewirr der Gassen, immer tiefer in das Herz der Stadt. Sophia, neben mir – ich sehe sie schalten und kuppeln, sich mit der Hand über die Stirn fahren. Es gibt kein Ziel. Wir passieren die Piazza Santo Spirito. Mein Blick schießt hoch zu meinem Zimmer im Hotel Setimbeni. Ferri wird es längst durchsucht haben. Wir erreichen die Via Mazzetta, Einbahnstraße. Hupend zwängt sich Wagen an Wagen an uns vorbei. Ich weiß, der Augenblick ist gekommen, sie zu fragen. Es wird nicht viel Zeit bleiben. Sie stiert auf die Straße, ein Bus, aber die Straße ist zu schmal, als dass er uns passieren kann. Wir sind der Pfropf, der den Verkehr zum Erliegen bringt.

»Warum das alles, Sophia?»

»Sei kein Idiot. Du hast das Tagebuch, hattest das Manuskript, konntest es lesen.»

Zum ersten Mal ihre Stimme. Mit beiden Händen umfasst sie das Lenkrad, die Fingerknöchel sind weiß vor Anstrengung. Sie macht ein letztes Manöver, verkeilt den Wagen aber dadurch nur noch mehr. Entnervt zieht sie den Zündschlüssel ab und steigt aus. Ich folge ihr an der hupenden, schimpfenden Kolonne vorbei zur Via Romana, dann zum Palazzo Pitti. Sie rennt mehr, als dass sie geht. Ich habe Mühe, ihr zu folgen. Sie schaut sich kein Mal nach mir um. Der Platz vor dem Palast ist heiß und stickig. Eine öde Weite, von Taxen und Polizeiwagen bevölkert. Sophia steuert auf sie zu. Ich spüre, dass das Gift in meinem Körper zirkuliert. Die eigentlich ockerfarbenen Steinquader changieren ins Grün. Die Mützen der Polizisten sind violett und Sophias Haut schillert nun im Durchlass zum Giardino di Boboli scheckig. Der Weg durch den Boboli ist steil. Wenn sie mir davonläuft, bin ich ohne Chance, sie einzuholen. Aber sie läuft mir nicht davon. Bäume und Rasenflächen flammen in einem beißenden Rot auf. Ich kneife die Augen zu, ich stolpere, spüre ihre Hand an meiner Schulter, während ich falle. Sie zieht mich hoch. Wir hasten weiter, Sophia immer einen Schritt voraus. Wir erreichen ein Café, mitten im Park auf einer Anhöhe gelegen. Ein Barockbau, etwas, das mit seinen Schnörkeln eher nach Wien oder Budapest gepasst hätte. Ein Kaffeehaus. Auf der Terrasse suchen Spatzen die Tischplatten nach Kuchenkrümel ab. Das Café ist geschlossen. Ich sinke auf einen Stuhl, kremple meine Hosenbeine hoch. Die Farbe ist tief in die Haut eingezogen. Das Bein schimmert matt.

»Weißt du davon? Weißt du von dem Gift, dem Fliegenpilz in der Bronze?«, keuche ich.

Ihre Hand streicht über mein Bein wie ein Arzt eine Wunde befühlt.

»Es war nur ein Spiel, ein schönes Spiel.«

Sie schaut mich nicht an.

»Savio ist verrückt, ein Irrer.» Ich bekomme kaum Luft, wenn ich rede.

»Glaub, was du willst«, sagt sie gereizt.

Ihre Hand greift nach der Tischkante. Der Wind fährt in ihr Haar. Unter uns scheint der Palazzo Pitti in der Nachmittagssonne auf. Ein Turmfalke steht in der Luft. Ein Schuss kracht. Ich springe auf. Das Tier schlägt auf dem Dach des Cafés auf, wo es über das Kupfer der Kuppel rollt und schließlich mit den Flügeln in der Luft rudernd in der Dachrinne liegen bleibt. Ich schaue mich um. Von dem Schützen keine Spur. Ich schnappe nach Luft.

»Du brauchst einen Arzt. Du hast nicht endlos Zeit. Ich bring dich zur Maldini.»

Jetzt erst kommt die Wut. Ich mache einen Schritt auf sie zu, packe sie am Handgelenk und zerre sie hinüber zu dem Barockbau. Der Falke auf dem Dach fiept. Sein Flügelschlag ebbt ab. Sie will mich loswerden. Übergeben an die Maldini, wo ich für lange Zeit in der geschlossenen Abteilung verschwinden würde. Wer dort landet, dem ist es unmöglich, seine Unschuld oder Normalität zu beweisen. Jeder Insasse in der Psychiatrie handelt per Definition irre – egal, wie er sich verhält. In der Psychiatrie kann es kein normales Verhalten geben. Aus der Stadt dringen Martinshörner zu uns herauf und übertönen den Falken.

«Warum hast du dich in Köln aus dem Staub gemacht?»

Sie schüttelt den Kopf. Ich presse sie gegen die Wand.

«Man wird etwas nicht dadurch los, dass man es zensiert und eindämmt», japst sie. «Manchmal muss man sich in die Gewalt dessen begeben, das man loswerden will, um irgendwann Ruhe zu haben.»

Ich verstehe kein Wort. Meint sie ihre sexuelle Manie? Ist es das? Mein Arm liegt quer über ihrem Brustkorb. Ich spüre ihren Herzschlag. Meint sie ihre Besessenheit von Savios kruden Ideen? Ich drücke, bis ihre Augen schmal werden, ihr Atem schneller geht. Sie wehrt sich nicht. Mein Arm schiebt sich in die Höhe, liegt auf ihrem Hals, presst gegen ihren Kehlkopf, Licht tanzt auf ihrem Haar, schwimmt in die dunklen, fast schwarzen Buchten der Schläfen. Ihr Atem streift stoßweise meine Wange, ein Abend im Frühsommer, damals, Reste des Sonnenlichts auf ihrem Rücken, eine gekrümmte, schlangenförmige Linie, die die Wirbel kreuzte, irgendwo am Waldsaum sang ein Vogel, später zog am Himmel ein Nachtblau auf, und der Duft des Ginsters machte sich breit, und ich sagte, halb im Scherz, nur so dahin, taub für das Orakel der eigenen Worte: Solltest du mich irgendwann verlassen, werde ich dich ausfindig machen, auch am Ende der Welt – eine Örtlichkeit, die ich mir unwirtlich vorstellte, ein aufgelassenes Fort am Rand der Wüste oder in den Bergen Patagoniens, aber da presste sie auch schon ihre Lippen auf meinen Mund, und ich wehrte ihre Zunge ab, um nur dieses Pochen, diesen feinen Puls auf ihren Lippen zu fühlen. Immer noch streicht der Wind durch ihr Haar, das ich so gerne berühren würde – eine Geste, die mir nicht mehr zukommt, hier, am Ende der Welt. Weit unten im Park röhrt ein Motorrad auf. Ich ziehe meinen Arm fort, sie keucht, ich packe sie am Arm und wir rennen. Meine Lungen brennen schon nach wenigen hundert Metern. Die Luft ist erfüllt vom Sirren der Zikaden und der Martinshörner. Die Carabinieri werden den Park durchkämmen. Der Lärm des Motorrads kommt näher, übertönt die Zikaden. Es bleibt nur der Weg hinauf zum Forte di Belvedere. Wir stolpern die Treppe hinauf. Die Rasenflächen vor dem Fort sind zum Glück menschenleer. Niemand scheint sich zwischen die stählernen Skulpturen verirrt zu haben, die haushoch und rostig in den Himmel ragen. *Beverly Pepper.* Auf einem Transparent. Über dem Portal hängt der Schriftzug. Sophia tritt an die Brüstung, schaut hinüber nach Bellosguardo. Der Wind kräuselt ihr Nackenhaar, bauscht ihr Kleid über den Kniekehlen. Das Verlangen nach ihr schmerzt wie eine Wunde, ein klaffendes Loch in der Bauchdecke, das bei jedem Atemzug sich spannt.

«Du hättest mich nicht suchen sollen», sagt sie leise.

Sie lehnt jetzt mit dem Rücken gegen eines der Ausstellungsstücke – unbehandelter Stahl, die Schweißnähte fingerdick, riesige Säulen, die aus dem Boden zu wachsen scheinen.

«Ich führe jetzt ein anderes Leben.»

«So spricht man im Pantoffelkino, abends in den Serien um halb sieben.»

«Du hast keine Ahnung. Manchmal ist das Leben so bizarr und exzentrisch wie die Kunst.»

«Das ist Operette. Hör zu, ich fand konservierte Hautstreifen in Savios Kühlschrank.»

Sie zeigt keine Regung. Ein Hubschrauber steigt über Bellosguardo auf. Ich stoße sie hinüber zu dem Treppenschacht, der hinunter zur Via di Belvedere führt. Der Hubschrauber hat den Palazzo Pitti und den Park erreicht. Er senkt seine Schnauze, schießt auf uns zu.

«In der Renaissance ...», japst sie und hält sich am Handlauf fest, «auch in Savios Arbeiten, schert man sich einen Dreck um Anstand und gute Sitten. Man setzt *sich* aufs Spiel. Moralische Gesinnung und Skrupel sind eine Erfindung der Braven und Langweiligen, sind das Elixier der Musterschüler.»

Die Rotorblätter peitschen die Luft. Zwischen den Skulpturen kann der Hubschrauber unmöglich landen.

«Sophia, du bist in Gefahr, begreife es endlich.»

«Vielleicht liebe ich ja gerade das.»

«Savio wollte ...» Ich muss schreien. Der Lärm der Rotoren schluckt jedes Wort. «Savio wollte mich töten.»

«Und du?» Sie führt ihren Mund an mein Ohr. «Was war mit jenem Mädchen, jener Obdachlosen? Alle hatten das Fest und die Villa Butimar längst verlassen. Du nicht. Dich fand man bei der Toten: Wer hat sie so zugerichtet? Du hast sie gekannt, heißt es.»

Der Hubschrauber senkt sich zwischen die stählernen Skulpturen. Immer noch ihr Mund an meinem Ohr. Ihr Haar streift meine Wange …, die Nachmittage am See, nicht weit von Stockholm. Das Licht döste auf Sophias Gesicht. Bewegte sie die Augen, stelzte das Licht über ihre Lider. Warf ich einen Stein ins Wasser, entstand ein Wellenring auf der Oberfläche und machte sich auf, das Ufer zu erreichen. Das Licht auf dem Wasser in Nähe des Ufers brach, flirrte wie ein Elmsfeuer über die Baumstämme, bis das Wasser zur Ruhe kam und auch das Licht still wurde.

Der Hubschrauber hebt sich wieder in die Luft. Ich weiß, er kann nicht landen. Er wird über der Festung kreisen, bis Ferris Meute hier hochgefunden hat.

«Savio ließ dir Tavor in den Martini geben.»

Sie darf nicht aufhören zu reden. Ihr Gesicht ist so wunderbar nah. Ich betrachte die dunkle Tönung der Kehle, ihre Augen, in denen manchmal das Blau des Himmels aufscheint, eine flüchtige Spiegelung, so wie ein See an einem sonnigen Tag Baumkronen, Wolkenfetzen und den Vogelflug einfängt.

«Tavor? Wovon sprichst du?»

«Es war in dem Martini, man gab ihn dir, bevor wir tanzten in der Villa Butimar, nach Mitternacht, am Ende des Festes. Dann bin ich dir entwischt, du hast mich verfolgt, bis das Zeug dich zu Boden schickte.»

Ich muss sie festhalten, ausdehnen, diese Minuten, die die letzten zwischen mir und Sophia sein werden.

«Tavor ist ein starkes Beruhigungsmittel, man schmeckt es in einem Martini nicht, es verringert jede Angst, entspannt den Körper in ein paar Minuten maximal. Gibt man zu viel – und Savio gab dir zu viel – fällt man in Schlaf, für kurze Zeit. Was ich dir sagen will: Manchmal ist die Wirkung auch paradox und Tavor enthemmt auf eine bizarre Weise. Was geschah, nachdem du in der Villa aufgewacht bist und dich auf den Weg in den Park gemacht hast? Immer noch vollgepumpt von dem Zeug. Du bist auf Reger und Olivia Paruzzi gestoßen. Was ist dann passiert? Auf der Bühne im Park, bevor du erneut weggesackt bist und Ferri dich und das Mädchen schließlich gefunden hat?»

«Woher weißt du das alles, Sophia?»

Sie schüttelt den Kopf. Ich will eine Geste, wenigstens irgendeine schlappe Geste des Bedauerns, irgendetwas von der Art, wie man einen Hund tröstet. In meinem Mund ist ein galliger Geschmack. Ich reiße Sophia fort. Jeden Moment können Ferris Leute am Treppenaufgang auftauchen und uns den Weg abschneiden. Wir hasten die Steinstufen hinunter. Auf der Via di Belvedere begegnet uns ein Trupp Touristen. Wir mischen uns unter die Menge. Der Helikopter schwebt über der Festung. Ein dröhnendes Insekt. Polizisten auf Motorrädern pirschen an uns vorbei. Die Leute zwängen sich maulend auf den Grasstreifen entlang der Straße. Es gibt keine bessere Tarnung, als der nörgelnde Haufen, zu dem wir die Tuchfühlung bis hinunter zur Porta San Niccoló nie verlieren. Ich lasse Sophia nicht aus den Augen. Wir passieren den Giardino delle Rose, mühen uns die Stufen hinauf zum Piazzale Michelangelo. Der Platz ist überfüllt. Eine Menge aus Köpfen und fuchtelnden Armen. Ich stütze mich auf einen Abfallkorb, japse nach Luft. Dies der Moment, da sie losrennt, in der Menge untertaucht. Ich stürze hinterher. Kämpfe mich bis zur Statue des Davids vor. Eine Kopie jener Kopie vor dem Palazzo Vecchio. Ich kann Sophia nicht entdecken. Kann man einen

Wassertropfen in einem Aquarium aufspüren? Ich überspringe die Absperrung, wuchte mich den mannshohen Sockel hoch und stehe nun neben Michelangelos David. Viel Zeit werde ich nicht haben. Es wird auf dem Platz Ordner geben, die mich für irgendeinen schwachsinnigen Flegel halten und herunterzerren werden. Unter mir auf dem Platz ein Wogen, Leib an Leib, Puzzlestücke, die eine unsichtbare Hand pausenlos verschiebt. Mein Blick fällt auf einen Mann in einem neongelben T-Shirt. Dann bückt er sich, als wolle er sich die Schuhe binden, dahinter Sophia … Sie treibt auf das nordwestliche Ende des Platzes zu, wird hinunter in die Stadt verschwinden wollen. Ich springe vom Sockel direkt in die Menge, reiße eine Schneise. Die Leute schreien, schlagen wütend nach mir aus. Ich bin schnell, schneller kann man hier nicht sein. Ich presche durch die Menge, ich fliege, erwische Sophia, bevor sie über die Brüstung setzt und den Taxistand erreicht. Ich presse sie gegen einen Laternenpfahl, heftig, bis es weh tut und sie endlich den Kopf hebt und mich anschaut. Ich lasse los. Sie wendet mir den Rücken zu. Meine Hand greift in ihren Nacken. Sie kann nicht fliehen. Unter uns liegt die Stadt. Die Piazza Demidoff. Der Palazzo Serristori. Auch das Seil ist von hier oben zu sehen. Auch Vernet. Ein kanariengelbes Männchen balanciert durch die Luft. Die Ponte delle Grazie ist voller Menschen. Der Fluss schäumt an den Brückenpfeilern auf. Der Pegel hat zugenommen. Flussaufwärts muss es ein Unwetter gegeben haben. Vernet hat die Flussmitte erreicht. Er schwankt, hebt plötzlich ein Bein, so wie ein Rüde pinkelt. Er rudert nicht mal mit den Händen. Auch das andere Bein löst sich vom Seil. Vernet fällt, senkrecht, schnurgerade mit anliegenden Armen. Das Wasser kräuselt sich, dort, wo er eintaucht. Dann glättet sich der Fluss. Sophia entfährt ein Wimmern. Ist es der Druck meiner Hand in ihrem Nacken? Ist es wegen Vernet? Auf der Brücke fahren die Köpfe herum, flussabwärts, spähen bis zum Ponte Vecchio. Aber Vernet taucht nicht auf. Ich fühle nichts. Vernet ist nicht zu helfen gewesen. Vielleicht wird man ihn nicht einmal finden, und der Fluss hält ihn fest – wie eine des Statuen, die eine Flut vor Jahren von den Brückenköpfen der Ponte San Trinita riss.

Ich schiebe Sophia durch die Menge. Wir preschen über den Viale Galilei, rennen die Allee hoch nach San Miniato. Der Hubschrauber hebt über der Festung ab, wirft sich hinunter in das Tal, das nach San Miniato führt. Seine Schnauze durchschneidet die Luft, die Rotorblätter knallen, er schießt den Hügel hinauf, wendet über dem Viale Galilei. Ich rüttele am Tor, ramme den Fuß gegen die in den Asphalt eingelassene Verschlussstange, werfe mich gegen die Bleche, der Friedhof …, Hunderte Kapellen …, ein Labyrinth aus Grabschluchten, eine Stadt der Toten, dort hätten wir vor Ferri und seinen Leuten Ruhe, einige Minuten. Ich würde Sophia noch einmal fragen, und vielleicht würde sie endlich antworten. Ich kann sie so nicht gehen lassen. Tiefer und tiefer senkt sich der Hubschrauber über die Straße. Der Verkehr ist zum Erliegen gekommen. Sophias Haar steht in den Böen aufrecht, eine Mütze aus Wind. Der Pilot sucht hartnäckig eine Schneise, um zu landen. Ich bekomme das Tor nicht auf, stoße Sophia weiter, wir rennen über den Kirchplatz von San Miniato. Der Marmor an der Fassade flammt in der Sonne auf. Rot steht sie über den Brücken. Ich schleife Sophia durch das Portal, die Kirche ist dunkel. Marmorplatten mit verwitterten Gravuren scheinen schemenhaft unter unseren Füßen auf. Wir tasten uns den Gang entlang, als liefen wir in dichtem Nebel über einen Steg in einen See hinaus. Nur in der Krypta brennt Licht. Ich manövriere Sophia die Treppe zum Hochchor hinauf, presse meine Hand auf ihren Mund. Ich stoße eine Tür auf. Ein Zwielicht umfängt uns. Ein einziges, blauornamentiertes Fenster streut Licht, das die Dunkelheit schon in der Mitte des Raumes löscht. Wir stolpern umher. Blind, tapsend. Tiere, die man in einen Käfig entlässt, bevor wir dann auf eine Bank sinken, die sich aus dem Dunkel herausschält. Unser Atmen und manchmal das Knacken des Holzes sind die einzigen Geräusche. Ich fahr mit der Hand über ihren Kopf, sie lässt mich gewähren. Ich fühle die Narbe – uneben und wulstig, beinahe schmiegsam wie Silikon. Jener Abend. Eine Kneipe, beide waren wir betrunken, hatten gestritten. Sie war zur Toilette, blieb aus, schließlich machte ich mich auf, sie zu suchen und fand sie: ihre Füße unter dem Türschlitz der Kabine, sie stemmten sich gegen den gefliesten Boden. Ich hörte ihr Stöhnen, die Tür war verschlossen, ich riss an der Klinke. Das Stöhnen endete. Die Tür – sie flog auf, die Klinke brach und jemand stürzte an mir vorbei, ihr Rock – wie ein Schwimmreifen baumelte er um ihre Hüften, und ihre Bluse war zum Halstuch geworden. Sie zog mich an sich, griff in meine Hose, dies der Moment, wo ich die Türklinke über ihren Kopf zog, nicht allzu heftig, Sophia blutete nur. Ich fragte nichts, auch jetzt zögere ich, sie zu fragen, als sei es plötzlich nicht mehr wichtig, alles zu wissen, nicht in diesem Augenblick. Marinelli – vielleicht hat er Recht, dass die Erkenntnis uns nicht weiterbringt, ja uns umso unerbittlicher in die Knie zwingt, je mehr wir wissen, von uns und von anderen, und vor dem uns das Nichtwissen bewahrt hätte. Es sind die Details, die uns verrückt machen, sagt die Maldini.

Ich lehne meinen Kopf an Sophias Schulter, schließe die Augen … Ich darf nicht einschlafen. Ich muss schleunigst das Zeug von meinem Körper waschen. Es gibt in diesem Raum nur Weihwasser. Kein Öl. Es ist besser als nichts. Aber die Müdigkeit oder was auch immer, hindern mich daran, Hemd und Hose auszuziehen. Oder ist es wegen Sophia, dass ich zögere? Verrinnt jetzt unwiderruflich die Zeit mich zu retten, weil ich, so absurd das ist, Sophia nicht verlassen kann – und sei es auch nur, um für einige Minuten aufzustehen, zu dem Weihwasserbecken in Nähe der Tür zu gehen und mich zu säubern?

Ein Nachmittag, fern ab in den Fängen der Zeit. Sophia, die unter einem Baum im Schatten ausruhte. Der Wind strich über ihre Stirn, der Wind, der am Tag noch den Sommer mit sich führte und nachts schon das Zimmer kühl machte. Komm, sagte Sophia. Ich folgte ihr, blinzelnd in der untergehenden Sonne. Der dunkle Haarflaum tanzte auf dem Kragen ihrer Bluse, ein Pfad, manchmal wirbelten unsere Füße den Duft von wilder Minze im Gras auf. Das Gras stach in unsere Kniekehlen, und ein Reiher zog schnurgerade seine Bahn durch die flimmernde, rote Kugel – ein Pfeil auf dem Weg zu einem Ziel, das wir damals nicht kannten, Sophia und ich, auf einer Insel in der Nähe Stockholms.

Am Abend die kehligen Schreie der Wildgänse, der Sommer ging vorüber. Ich trat an die Hängematte, die wir über die Veranda gespannt hatten und schaukelte sie – wie ein Kind, das man wiegt, das einschlafen soll. Und es kam vor, dass Sophias Lippen sich ein wenig öffneten und der Atem über das Tuch strich, das sie bedeckte, ein rhythmischer Luftstrom, den ich an meinem Handrücken vorbeifließen ließ. Auch am Handteller, woraufhin meine Hand sich schloss, als könne sie ihn festhalten, wie ein Fesselballon das Gas, das ihn schweben lässt.

Ein Martinshorn, schon schrill und nahe.

«Wie viel Zeit bleibt noch?» Meine Stimme hallt in dem Raum auf.

«Sie werden gleich hier sein.»

«Ich meine das Dimethylsulfoxid.»

«Savio will dich nicht töten. Es ist anders, als du denkst.»

«Mach dir nichts vor. Die Paruzzi, die beiden Leichen, dieser absonderliche Knoblauchgeruch – an mir, an Olivia, an den Toten.»

Ich sinke gegen die Rückenlehne, lege meinen Kopf an das Gebälk.

«Es ist ein Spiel.»

Mein Blick fällt auf die Fresken in der Deckenwölbung. Motive voll Kasteiung und Versuchung. Kurzbeinige Teufel in Affengestalt, die aus muschelartigen Gefäßen schlürfen, sich bekreuzigende Bischöfe und erschrockene Eleven. Nebelhaft heben sich die grauen Gewänder der frommen Brüder vom Hintergrund ab. Dann plötzlich verändern sich die Gesichter, sind verzerrt, von Wut entstellt. Eine Wut, ein Hass in den Zügen, dass ich nicht weiß: Wer ist schrecklicher, die Teufel oder die Mönche? Das Martinshorn wird immer gellender.

«Nimm das. Es bringt dich über die nächsten Stunden.»

Sie reicht mir ein Tablettenröhrchen.

«Ich werde schlafen?»

Sie nickt und steht auf.

«Es war nicht nur Tavor, nicht wahr?»

«Du wolltest nicht einsehen, dass es mit uns vorbei ist. Du hättest nicht nach Florenz kommen dürfen.» Ihre Stimme ist brüchig.

«Was war es noch? Auch Fliegenpilz?»

Sie steht vor mir. Ihre Hand fährt durch mein Haar. Immer habe ich ihre Hände gemocht, diese schmalen Hände.

«Ab wann habt ihr mir Fliegenpilz verabreicht? Schon von Anfang an?»

Ihre Fingerspitzen streichen über meine Wange, die seltsam kühl wird, bis ich die Bewegung auf der Haut nicht mehr spüre, meine Wange ist taub. Sophia hat die Augen geschlossen, ihre Zunge taucht zwischen den Lippen auf. Sie nimmt meine Hände, legt sie an den Saum ihres Kleides, ich schiebe ihn langsam in die Höhe.

«Der Wachmann … in seinem Büro, der Fliegenpilz war schon dem Schnaps beigemischt, war es so?»

Sie schweigt. Stück für Stück wandern meine Hände ihr Bein hoch. Mein Mund ist trocken …, sie saß damals auf dem Küchentisch, sie war nackt an jenem Morgen in ihrer Wohnung, der noch fast ohne Licht war. Ich fesselte sie, wie sie mir befohlen hatte. Ritz mich, ein bisschen nur! Ich trat hinter sie, sie bog den Oberkörper zurück, streckte den Kopf nach hinten, ihre Kehle schien auf. Ihre Halsschlagader pochte. Ich legte meine Lippen auf den pulsierenden Strang, als seien sie im Stande, den Rhythmus zu lesen, ein Metrum, das mir meine Fragen beantworten würde. Was war los mit Sophia? Sie wurde mir immer fremder, so wie auch ich mir fremd wurde. Dann nahm ich das Messer. Ich hörte das Quietschen der Tischbeine, wenn sie ihr Gewicht und ihre Brust zur Klinge hin verlagerte. Wann immer sie dann wieder den Oberkörper zurückbog, den Kopf nach hinten streckte und ausruhte, schien ihre Kehle auf, ihre Kehle … Am Ende, das Messer lag auf dem Tisch, war wieder zu einem beliebigen Besteckstück geworden, ließ Sophia ein Wimmern hören. Sie sackte in meine Arme.

Immer weiter schiebt sich meine Hand ihr Bein hoch.

«Dein Jähzorn. Du hättest mich nie gehen lassen», flüstert sie. Ich halte inne, sacke zur Seite, mein Körper ist schwer, entsetzlich schwer. Mein Blick fliegt hinauf zu ihrer Kehle. Jedes Mal ein Schnitt durch das Platysma, eine Wunde, die sich nicht schließen konnte.

«Savio …» Mein Rachen ist rau und geschwollen. Ein stimmloses Husten, diese Enge im Hals. Sie schüttelt den Kopf. Ihre Hand löst sich aus meinem Haar.

«Es ist vorbei, Franz. Die Sehnsucht ist …»

«… ein Narrenstück, ich weiß.»

Sie weicht einen Schritt zurück, streicht ihr Kleid glatt, bewegt sich zur Tür, stößt sie auf, ich folge ihr, setze ein Bein vor das andere, die Treppe ins Mittelschiff hinunter.

«Sophia!»

Sie zögert, schüttelt den Kopf. Sie erreicht das Portal. Ferris Kopf scheint im Türrahmen auf. Eine Aureole aus Blitzlicht empfängt sie.

«Sophia ...»

Sie wendet sich um. Hinter ihr im Abendrot der Fluss, eine Zunge brennenden Lichts. Ich sehe das Faktotum und Deonne sie stützen, die Maldini ihr eine Decke mit Blumenmuster überwerfen, ihr Haar jetzt goldfarben – wie das Haar der Vespucci. Ich sinke auf die Treppenstufen. Auf meiner Haut ein Knoblauchgeruch. Die Stadt, die Brücken, Bellosguardo verschwinden schnell im Dunst, während der Himmel über der Stadt noch ein fleckiges Abendrot zeigt und Marinelli mir die Tabletten aus der Hand nimmt.

# *Epilog*

## 1

Sophia ist mir auf eine pathologische Weise immer noch nahe. Jede große Leidenschaft habe Züge des Verrücktseins, meinen die Ärzte. Ich höre ihnen zu. Die Maldini hat mich in andere Hände übergeben, sagt sie, nach allem, was passiert ist. Aus den Zimmern neben mir dringen Schreie. Grollend, schimpfend. Schreie, die durch die Wände dringen. Manchmal rufen die Kranken, bis tief in die Nacht hinein. Rufen nach dem Bruder, den Eltern. Die Schreie sind dann spitz wie die Schreie von Schlachtschweinen, die das Messer am Hals fühlen. Dann wiederum ist es ein Wimmern. Niemand schläft hier.

Reger, Vernet, der milde Marinelli haben längst die Stadt verlassen, eine Stadt, die für alle zu viel war und mir nur die Maldini lässt. Sie besucht mich. Die Maldini ist mein Ohr, mein Auge. Sie hört und sieht, was ich nicht hören und sehen kann. Mit Vernet sei auch Reger gestürzt, sagt sie. Man habe das Experiment nach Vernets Seilsturz nicht wieder aufgenommen. Zu viele hätten Vernets Debakel am Fernseher oder draußen in der Stadt auf den Brücken verfolgt. Vernet war später, so die Maldini, irgendwo flussabwärts aufgegriffen worden. Verdreckt, nass, von Sinnen. Er drang darauf, sofort nach Lüttich zurückzukehren. Seine Frau habe gekocht. Er heulte auf, schlug um sich, prügelte, wen er zu fassen bekam, als die Kameras nicht von ihm lassen wollten. Sie hätten es auf allen Kanälen gebracht, berichtet sie. Es gab empörte Anrufe bei den Sendern, bei den Zeitungen. Das Experiment müsse gestoppt werden. Es sei zutiefst inhuman. Zuerst sprangen die Sponsoren ab. Dann packte Marinelli seine Sachen. Es war vorbei. Regers Zeit als eine Art Popstar der Wissenschaft zu Ende. Fluchtartig sei er auf und davon, sagt die Maldini. Savio dagegen sei mittlerweile wieder wohlauf. Trotz des enormen Blutverlustes habe er überlebt.

Am Abend verlasse ich mein Zimmer. Ich wandere über die Station. Den Flur hinunter bis zur Tür, die verschlossen ist. Dann mache ich kehrt. Mein Gang ist nicht schleppend. Sie haben mir nichts mehr gegeben. Kein Tavor. Nichts. Ich verhalte mich ruhig. Ich ritze mir nicht wie andere Kranke die Arme auf, noch schlage ich mir den Kopf blutig oder beiße. Sie brauchen mich nicht auf dem Bett zu fixieren. Sie brauchen keine Gurte über Arme, Beine, Rumpf zu spannen. Ich kooperiere. Ich stelle mich Ferris Befragungen. Seine Leute waren hier. Haben mir ein Wattestäbchen in den Mund gesteckt und einen Abstrich von meiner Mundschleimhaut genommen. Ferri will Zellmaterial. Gleichzeitig haben sie erneut die Leichen untersucht. Sie pirschen nach den kleinsten Partikeln: Sperma, Speichel, Blut, Hautfetzen. Sie haben auch meine Kleidung mitgenommen. Jede Hautschuppe, jedes Haar, das sie finden werden, lässt ihren Puls ansteigen, hält sie in der Hoffnung, es sei von einem der Opfer. Es kann noch ein paar Tage dauern, bis sie die Funde analysiert und mit meinem Abstrich verglichen haben. Ich habe Ferri gesagt, er solle sich an Savio halten. Ob er ein weiteres Mal patzen und den Falschen hinter Gitter bringen wolle, habe ich Ferri gefragt. Ob er wieder die Beletage der Stadt verschone und einen großen Fisch davonkommen lassen wolle – wie damals bei der ersten Mordserie, die Florenz für Jahre erschütterte.

Manchmal gehe ich in den verrauchten Aufenthaltsraum und hole mir einen Kaffee. Ich stelle mich dann ans Fenster, sehe den Dom, das verblassende Ziegelrot der Dächer und auch die Villen von Bellesguardo, die zwischen den Zypressen aufscheinen, bis allmählich die Stadt im Dunst verschwindet, jene Stadt, die längst meine Stadt geworden ist, die für manche ein Albtraum sein mag, für Reger, Vernet, für den eifrigen, aber erfolglosen Commissario Ferri und vielleicht auch für Sophia.

Ich bin nicht allein in dem grün gestrichenen Raum. Es ist ein verschossenes Wassergrün. Wahrscheinlich ist man der Meinung, dass diese Farbe beruhigend wirkt. Stumm hocken die Kranken an ihrem Tisch. Ein jeder für sich. Starren auf ihren Kaffeebecher oder mir ins Gesicht. Die Zigaretten verqualmen zwischen ihren Fingern bis auf den Stummel herunter. Aus den Zimmern dringen bisweilen die Schreie bis hierher. Wie habe ich hier nur landen können? Ab wann ist mein Leben schiefgelaufen? Ich müsse mich das fragen, sagen die Ärzte. Sophia. Hätte ich sie frühzeitig aufgeben müssen? Hätte ich von ihrem Zug abspringen müssen? Ich konnte sie nicht retten. Nicht vor Savio und nicht vor sich selbst. War es ein Zuwenig an Leben, an eigenem Leben, das mich in ihren Sog geraten ließ und in die Misere führte? Ist es so schlimm und so simpel?

Auch heute Abend besucht die Maldini mich. Ohne zu klopfen schlüpft sie in mein Zimmer, nicht mehr im Arztkittel – sie ist auf dem Weg nach Hause. Sie fragt, ob ich mit meiner Arbeit vorankomme, und ich antworte ohne den Füller vom Papier zu nehmen. Sie stellt eine zweite Frage, die ich ebenso knapp beantworte, und sie dann bitte, sie möge sich gedulden. Es bringe kein Glück, einen Text vor seiner Fertigstellung bereits jemanden lesen zu lassen. Ein Aberglauben, von dem ich weiß, das er die Maldini in meinem Rücken spöttisch lächeln lässt. Sie stört mich nicht, die Dottoressa, auch heute nicht, sie sitzt auf meinem Bett, ihr Parfum erfüllt die Luft, ein Duft, der mich leicht erregt, so wie mich alles Weibliche zugleich sanfter und matter werden lässt und letztlich entspannt. Draußen pulsiert die Stadt. Die Motorroller und die Autos, die Fußgänger und die Busse werden zahlreicher. Es ist jetzt die Zeit, da die Universitätsinstitute in unserem Viertel schließen. Manchmal, wenn die Dottoressa ihre Sitzhaltung ändert, raschelt ihr Kleid. Ich schaue aus dem Fenster. Vogelschwärme ziehen über den Himmel. Die Maldini steht auf, blickt mir über die Schulter und liest im Tagebuch, das aufgeschlagen neben mir liegt.

*Gelb ist das Stroh, in den Astern Mücken. Wir winkten den Booten nach. Durch Giulianos Hände lief der Vogelflug.*

*Das Knarren der Pinien draußen in Castello, das Schaukeln der Wipfel im Wind. Der Geruch ihrer sonnenwarmen Rinde mischte sich mit dem Aroma der Wacholderbeeren, die in der Glut zischten, wenn sie mit dem Bratensaft durch den Rost tropften.*

*Eine Witterung in der Nase, Pulver und Blut vielleicht. Die Taube ist hoch in der Luft. Sie ist allein, dem Schwarm voraus. Nur ein Punkt erst, der sich ihr näherte, dann ein zweiter: Falken.*

*Auf dem Heimweg war es die Farbe des Himmels über der Stadt, die uns anhalten ließ - ein Rauchblau, in das sich der Abend warf und unterging und an den Rändern errötete wie über ein Missgeschick.*

«Es ist schön, was Sophia schreibt.»

Ich reiche ihr das Tagebuch.

«Lesen Sie es ganz, Dottoressa.»

Ein Lächeln flackert auf ihrem Gesicht.

## 2

Ich schaue aus dem Fenster. Immer noch ziehen Vögel über den Himmel. Einzelne Tiere. Die Nachhut. Meine Gedanken kennen nur eine Richtung – die Richtung, die ein Zugvogel in seiner Volière einschlägt, bevor der Maschendraht ihn bremst. Ich strecke mich auf dem Bett aus. Schließe die Augen. Ich gehe den Flur entlang. Stelle mir vor, die Tür ist unverschlossen. Niemand hält mich auf. Niemand stellt sich mir in den Weg. Ich laufe in die Stadt, am Bargello vorbei, dann zur Piazza della Signoria. Jeden Abend. Manchmal, wenn die Touristenpulks vor Michelangelos David nicht enden wollen, gehe ich über den Ponte Vechio hinüber zur Piazza Santo Spirito. Auf dem Platz sind nur eine Handvoll Polizisten und Junkies, die sich gegenseitig belauern. Später wandere ich zum Ponte alle Grazie, wo Vernets Seil immer noch über dem Arno hängt, und schließlich von dort hinauf zum Kaffeehaus im Boboli, wo ich einen Grappa trinke und auf die Nacht warte, die von den Rändern her, vom Apennin im Osten, vom Chianti im Süden, über die Stadt kommt und ein Zwielicht über die Domkuppel und den Campanile legt und in der Ferne Bellosguardo mit den Farben eines Pastellkastens überzieht, bis irgendwann dort im Garten zwischen den Statuen ein Licht aufflammt und Savio wohl hinaustreten wird und auf die Stadt schaut, aus der ich immer noch nicht abgereist bin. Savio wird in der Dämmerung das Eindunkeln auf Sophias Stirn studieren. Er wird ihr gegenübersitzen und Ovid bemühen. *Keinem bleibt seine Gestalt.* Er wird von der Unvergänglichkeit der Kunst faseln, die allein festhielte, was die Zeit zerstöre. Er wird zum Skizzenbuch greifen, während ich hinauf nach San Miniato gehe, in jenes bläuliche Licht in der Sakristei, wo ich nach der Abendmesse allein bin mit den kurzbeinigen Teufeln an der Deckenwölbung. Meine Hand streicht über die Klinge. Das Metall ist kühl. Man muss schräg am Hals ansetzen und dann diagonal nach unten ziehen, durch das Platysma und die großen Halsgefäße eine keilförmige Wunde schneiden, eine Wunde, die sich nicht mehr schließen kann. Das Blut wird auf den Steinboden fließen. Erst ein Schwall aus hellem Rot, glänzend zunächst und ein wenig schäumend. An den Rändern trocknet es zuerst ein, ein stumpfes Rot dann, dessen Fließgeschwindigkeit sich wegen der Gerinnung immer mehr verringert, bis er schließlich ausdünnt und als Rinnsal zwischen den Fugen der Steinplatten versickert.

Es hat nach meiner Festnahme keinen weiteren Mord gegeben. Bislang sind es vier Morde. Mir kommt Deonne in den Sinn und sein Verweis auf Zeuxis und dessen Vorstellung, durch Amputate der jeweils schönsten Körperteile von fünf gutgewachsenen weiblichen Modellen ein Optimum körperlicher Schönheit zu erschaffen. Bislang sind es vier Morde.

Die Wiesen sind noch grün. In den Bäumen um San Miniato schwirren Spatzen. Ihr Schilpen erfüllt die Luft, die warm und weich ist und erst gegen Abend den Herbst in die Stadt zurückkehren lässt, der dann ein Nebelband auf den Fluss und die Brücken legt und die Lichter auf den Uferstraßen verwischt. Natürlich spüre ich Sophias Anwesenheit in der Stadt. Wann immer ich auf dem Kirchplatz von San Miniato Platz nehme und über die Stadt blicke, die Stadt, die Sophias, aber auch mein Schicksal ist, fühle ich in meinem Schmerz eine Art Glück. Der Verlust, so viel weiß ich heute, krönt in gewisser Weise eine Liebe. Er bewahrt sie vor dem Abrieb der Tage, vor den feinen und stetigen Zerstörungen, die die Zeit an uns vollzieht. Wann immer ich dort auf den Bänken Platz nehme – in meinem Ohr das leise Singen des Regens – und auf die Stadt und die verblassenden Farben der Gärten schaue, meine ich, dass Sophia von dort unten vom Lungarno Serristori, vorbei an Vernets Seil, das ein wenig durchhängt, über die Piazza Demidoff, durch das Stadttor von San Niccoló, an den wilden Katzen der Via San Salvatore di Monte vorüber zum Piazzale Michelangelo und schließlich zu mir hinauffindet. Ihr wiegender Gang, das Haar jetzt aubergine, jenes schwache blaue Leuchten, das diese Farbe in der Dämmerung annimmt. Ich sehe, dass Sophia auf mich zukommt. Sie lächelt. Wir sind ein wenig unbeholfen nach all den Monaten. Sie nimmt die Hände aus den Manteltaschen. Blumen, die Reste der Allerheiligenprozession liegen auf dem Kies. Ich stehe auf, ihr Atem duftet nach Minze, immer noch dieser Minzeduft, wir umarmen uns, schon atemlos, Magen und Zwerchfell sacken weg, dieses Gefühl, das man kennt, wenn der Aufzug aus großer Höhe durch den Schacht hinunterschießt, wir umklammern uns wie Ertrinkende, in der Wüste Ertrinkende, bevor wir ins Bodenlose fallen.

## 3

«Es gibt in der wissenschaftlichen Welt Stimmen», sagt die Maldini und streicht über den Einband des Tagebuchs, das sie auf meinen Tisch legt, «die meinen, dass auch Krankheiten eine Geschichte haben. Dass jedes Zeitalter seine Krankheiten hat, die in der Form zu einem früheren oder späteren Zeitpunkt nicht in Erscheinung treten.»

«Dottoressa, Sie glauben, das Stendhal-Syndrom passt in unsere Zeit?»

«Jede Epoche produziert ihre Krankheiten und sie bringt ihre Mode, ihre Kunst oder auch ihre Form der Erotik hervor. Hier nun, bei Savio, haben wir den Fall, dass das eine auch das andere ist. Savio und seine erotische Kunst müssen wir uns als eine Verirrung vorstellen. Es ist eine schöpferische Leistung auf dem Gebiet des Pathologischen. So sieht es auch Ferri mittlerweile. Er hält Savio nicht für den Mörder. Tut mir leid. Er glaubt, Savio sei nur der Verwerter der Leichen.»

«Und in meinem Fall, was müssen wir uns da vorstellen? Für Ferri bin ich der Hauptverdächtige.»

«Wir sollten die Liebe, auch und gerade die Liebe zu einer Statue, die Statuephilie, als eine äußerste Zuspitzung des Stendhal-Syndroms begreifen.»

Ich grinse säuerlich über die Hartnäckigkeit der Maldini. Ich bemerke, dass auch Tarek griemelnd den Kopf senkt. Er legt seinen Schlüssel auf den Beistelltisch und beginnt, mein Bett zu machen.

Ich nehme das Tagebuch, blättere es durch, stoße auf eine Seite, welche die Maldini während ihrer Lektüre markiert haben muss, und die eingeklebt ist. Ein Blatt, das ich zuvor nie gesehen habe, das mir unmöglich entgangen sein könnte, ein Blatt, das wie eine Feder, wenn ein Vogel mausert, sich plötzlich löst und zu Boden schwebt. Ich hebe es auf. Ich erkenne die Handschrift sofort. Die Maldini nimmt mir das Blatt aus der Hand und liest.

*«Es ist ein Enzym in der Leber, welches das Oxid abbaut. Zurück bleibt ein Sulfid. Nur noch Dimethyl*sulfid. *Hinterher riecht der Atem, die Haut nach Knoblauch.*

*Noch was Franz: sei kein Idiot! Dein Taumeln, der Schwindel, die Kopfschmerzen und bisweilen auch das Glück nährte der Fliegenpilz.»*

Ich schüttele den Kopf.

«Es ist alles gesagt», wirft die Maldini milde ein.

«Ja», antworte ich.

«Dann könnten Sie abreisen, nicht wahr?»

Ich schweige.

«Abreisen und Sophia hier bei uns zurücklassen, in dieser Stadt, der sie auf eine so wunderbare Art entspricht. Können Sie diesen Schritt tun?»

«Ein Sulfid, sagten Sie?»

«Ja, teilweise reduziert der Körper bei einer Vergiftung Dimethylsulfoxid zu Dimethylsulfid, das über die Lunge und die Haut ausgeschieden wird und zu einem unangenehmen, an Knoblauch erinnernden Geruch führt. Können Sie die Stadt verlassen?»

Die Maldini fährt sich mit den Händen durchs Gesicht.

«Eine Frage noch, Dottoressa: Baut sich das Oxid auch in einer Leiche ab?»

«Eher nicht, nein, die Umwandlung zum Sulfid findet in der Leber statt. In einem toten Organismus würde sich dieser Prozess gegen null bewegen.»

Weiß die Maldini, was das bedeutet? Das Mädchen, die Obdachlose von der Piazza Demidoff, als ich sie fand auf der

Bühne, in den frühen Morgenstunden nach dem Fest in der Villa Butimar – sie roch nach Knoblauch. Auch die Paruzzi. Auch ich. Also muss vor ihrem Tod das Dimethylsulfoxid aufgetragen worden sein. Und damit arbeitet nur einer: Savio. Vielleicht wiederum ein Bodypainting, ein Unfall wie bei der Paruzzi, und Savio und seine Gehilfen haben dem Mädchen hinterher die Kehle durchgeschnitten, vielleicht, um die Handschrift jenes Irren, jenes Schlitzers zu kopieren, Schnitt durch das Platysma. Savios Faktotum, er kennt sich damit aus … Ich muss Ferri informieren. Er darf Savio nicht davonkommen lassen.

«Kommen Sie jetzt zur Ruhe», zischelt die Maldini mit einem schiefen Lächeln.

Ich schaue sie an und nicke, öffne die Schublade meines Nachttisches. «Einen Moment noch, Dottoressa.»

Meine Stimme flattert, als ich lese.

*«Der Schatten der Hängematte ist ein dunkler Fleck auf der Veranda. Manchmal schaukelt der Schatten - wenn wir uns bewegen. Dann zittert das Licht auf den Dielen. Ein Heer von Mücken steht über den Büschen. Ein Reiher zieht durch das Nachtblau am Horizont. Sophia fährt mir durchs Haar, und dann weiß ich nicht weiter, wie man immer im Glück nicht weiter weiß, es nur bewahren möchte.»*

«Es ist schön. Aber Sie sollten damit aufhören und nicht mehr schreiben. Zumindest kein Tagebuch mehr. Auch die Poesie kann ein Irrweg sein. Ab einem bestimmten Zeitpunkt muss man Realitäten anerkennen. Sophia hat Sie verlassen. Das ist alles. Jeder darf wählen, wen er liebt oder nicht mehr liebt. Sophia hat ihre Wahl getroffen. Akzeptieren Sie das!»

Wind streicht durch das Fenster herein. Die Dottoressa fröstelt. Sie legt sich ihren Blazer um die Schultern und verlässt das Zimmer.

«Der Nachtwind», sagt Tarek und geht hinüber zum Fenster.

Immer noch liegt sein Schlüssel dort auf dem Beistelltisch.

«Die Tuareg glauben, dass er das Herz kühlt.» Tarek spricht leise und ein wenig verschämt. In seinem Gesicht nistet immer stärker das Heimweh. Es gäbe Orte am Rand der Sahara, die vergessen hätten, wie Regen schmeckt. Orte, die nur noch der Wind für ein paar Stunden während der Nacht erlöse – murmelt er und schließt das Fenster.

## 4

Tarek lässt die Tür ins Schloss fallen. Ich bin allein. Der Schlüssel. Er hat ihn liegen lassen. Ich kann nicht warten, bis die Ärzte mich entlassen. Ich kann nicht warten, bis man Savio verhaftet. Es kann Jahre dauern, ehe ich meine Unschuld beweisen kann. Niemand hält mich auf. Niemand stellt sich mir in den Weg. Tarek wird es mir nie verzeihen. Ich laufe in die Stadt, am Bargello vorbei, dann zur Piazza della Signoria, über den Ponte Vecchio hinüber zur Piazza di Santo Spirito. Auf dem Platz eine Handvoll Junkies, die sich gegenseitig belauern. Dann zum Ponte alle Grazie, wo Vernets Seil immer noch über dem Arno hängt, und schließlich von dort hinauf zum Kaffeehaus im Boboli, wo ich ein paar Grappa trinke, bis ich dann hinauf nach San Miniato gehe. Jetzt nach der Abendmesse bin ich dort allein. In der Krypta brennt eine Kerze. Ich nehme die Treppe zum Hochchor hinauf, stoße die Tür zur Sakristei auf. Die Sakristei ist dunkel bis auf das Zwielicht des Mondes, das durch das blauornamentierte Fenster fällt. Ich setze mich auf eine Bank. Das Licht wandert über die Wand. Ein blaues Licht. Die Teufel an der Deckenwölbung scheinen auf. Man muss schräg am Hals ansetzen und dann diagonal nach unten ziehen, durch das Platysma und die großen Halsgefäße eine keilförmige Wunde schneiden, eine Wunde, die sich nicht mehr schließen kann.

Ein Martinshorn tönt auf. Dann ein zweites, das sich schnell nähert. Ich rieche einen schwachen Knoblauchdunst. Irgendwo raschelt ein Tier. Unschuldig ist niemand. Die Nacht ist da. Der Mond vor dem Fenster ist blau. Ich höre das Knacken des Holzes, ich höre ihre Schritte, die Tür wird gleich auffliegen ... Sophia geht voraus. Ich folge ihr. Der Sand ist mondhell und gleißend. Er knirscht nicht. Er gibt unter unseren Schritten nach, fließt unter den Fußsohlen zur Seite weg. Das Gehöft ist verlassen. Die wenigen Akazien abgestorben. Der Fahrer sitzt am Feuer. Irgendwo muss er Holz gefunden haben. Funken fliegen in den Himmel. Er reicht uns Tee, dazu Apfelsinenstücke, die er auf sein Messer spießt. Niemand spricht. Wir trinken und essen. Der Saft läuft in unsere Kehlen. Er ist süß. Süß auch der Tee. Als das Feuer verlöscht, stapft der Mann zu seinem Wagen. Er streckt sich auf der Rückbank aus. Wir gehen zum Gehöft. Wir lassen uns im Windschatten an einer Mauer nieder. Hocken mit angezogenen Beinen dort. Wir schlagen unsere Wintermäntel um uns. Sophias Kopf auf meiner Schulter. Unser Atem steigt in die Luft. Wir schauen in den Himmel. Wir wissen es beide, niemand ist ohne Schuld.

## *Anmerkungen*

Ausführungen und Bemerkungen zur Psychopathie, zur Renaissance, zur Erotik in der Kunstgeschichte entnahm ich einer Vielzahl von Quellen.

Besonders hilfreich zum Verständnis des Stendhal-Syndroms waren die Arbeiten der Florentiner Psychiaterin Graziella Magherini, die als erste die bei Touristen immer wieder anzutreffenden psychosomatischen Beschwerden bis hin zu leichten psychotischen Krankheitsbildern erforschte und unter dem Begriff «Stendhal-Syndrom» in die Psychiatrie einbrachte.

Berthold Hinz' Arbeiten schulde ich Dank für Hinweise zur Rezeptionsgeschichte des Schönen in Gestalt der Knidischen Aphrodite. Ebenso wichtig waren seine Bemerkungen zu Zeuxis und Dürer, die u. a. Verwendung fanden bei der Beschreibung eines Krankheitsbildes in meinem Roman, das unter dem Begriff der Statuenliebe, der Statuephilie, bekannt ist.
Auch die Hinweise zu Albrecht Dürer und zu Botticellis Rezeption antiker Statuen entstammen *Berthold Hinz: Aphrodite. Geschichte einer abendländischen Passion. Hanser Verlag.*
Auch fanden sich bei Hinz zahlreiche Details, die in meine Beschreibungen der Arbeiten Savios einflossen.
Ebenso hilfreich war sein Aufsatz *Venus im Norden.* In: *Venus. Bilder einer Göttin. Herausgegeben von den Bayerischen Staatsgemäldesammlungen.*

Die Anmerkungen zu den bizarren Methoden der Manieristen verdanke ich *Mary McCarthy* (*Florenz*, *Verlag*

*Kiepenheuer & Witsch, Köln* ) *und Ekka von Merveld* (*Viermal Florenz, Piper Verlag, München*).

Ausführungen zur Mythologie der Venus sind frei zitiert nach *Ekkehard Mai: Entzauberung und Mystifikation.* In: *Venus. Bilder einer Göttin. Katalog zur Ausstellung der Alten Pinakothek. München 2001.*

Anregungen zu Savios Liebeskult und dessen Skulpturen verdanke ich einem Essay von Gerrit Confurius, aus dem ich ebenfalls frei zitiert habe. Confurius Essay findet sich in *Isolde Ohlbaum*: *Denn alle Lust will Ewigkeit. Erotische Skulpturen auf europäischen Friedhöfen in 77 Lichtbildern, verlegt bei Franz Greno, Nördlingen.*

Ferner wurde frei zitiert aus *Eva Gesine Baur*: *Meisterwerke der Erotischen Kunst.* Besonders die Ausführungen zu Poussin und anderen Vertretern erotischer Malerei, die im Roman Verwendung fanden, lassen sich dort vertiefend nachlesen.

Hinweise zu den Essgewohnheiten der Florentiner fand ich bei *Susanne Friedmann*: *Ein Kuss für David. Florentiner Flirts. Picus Verlag. Wien.*

Manche Details zur Kulturgeschichte, insbesondere zur Renaissance, entnahm ich *Hellmut Diwald*, *Anspruch auf Mündigkeit, in: Propyläen-Geschichte Europas. Band 1. Ullstein Verlag.*

Die Bemerkung zum Venusmythos stammt aus dem Ausstellungsbegleiter «*Faszination Venus*». *Bilder einer Göttin von Cranach bis Cabanel. Museum Ludwig, Köln.*

Einen Teil von Savios philosophischem Hintergrund entnahm ich: *Rüdiger Safranski: Das Böse oder das Drama der Freiheit (Fischer Taschenbuchverlag. Frankfurt am Main)*

Auf die Bedeutung des Wortes *Butimar* stieß ich in dem Roman *Die blinde Eule* von *Sadeq Hedayat* (*Bibliothek Suhrkamp, Frankfurt am Main*)

Insbesondere danken möchte ich für wertvolle Hilfen:

- Leo van Elferen, der mir als Chemiker entscheidende Informationen zu Dimethylsulfoxid gab,

- Rudolf Töpper vom neurologischen Institut der RWTH Aachen, der mir die Erscheinungsformen der Narkolepsie darlegte,

- Axel Bleek (von der Firma B. B. Medica, Aachen) für seine Hilfe an der Software und Hardware des Schreibgeräts. Ohne ihn wäre der Roman u. a. im Wüten der Viren untergegangen

- Jürgen Nendza für vielfältige Hinweise, insbesondere für seine Anmerkung bezüglich einer finalen Kunst, die ihr Ziel im Töten findet.

Schließlich schulde ich besonderen Dank für ihre Unterstützung Birgit Bodden, Günter Doetsch, Klaus Mackowiak und Hermann Josef Schüren.

Nicht zuletzt gilt mein Dank auch der *Stiftung Kunst und Kultur des Landes Nordrhein-Westfalen* und dem *Ministerium für Städtebau und Wohnen, Kultur und Sport des Landes Nordrhein-Westfalen* für ihre großzügigen Stipendien.

*Willi Achten*, geb. 1958 in Mönchengladbach, studierte Germanistik und Sonderpädagogik und arbeitet als Lehrer für verhaltensauffällige Schüler. Er veröffentlichte bislang Lyrik und Prosa.

Roman. Aus dem Spanischen von Klaus E. Lehmann
Geb., 440 Seiten, € 19,80
ISBN 978-3-936791-24-2

Daniel Chavarría, heute einer der berühmtesten Kriminalschriftsteller Lateinamerikas, eine Art Victor Hugo des Südens, hat einen Abenteuerroman geschrieben, der in drei Jahrhunderten und auf mehreren Kontinenten spielt und der gleichzeitig Wirtschaftskrimi, Beichtbericht und Liebesroman ist.

Roman

Geb., 192 Seiten, € 15,90

ISBN 978-3-936791-18-1

*Boy meets girl* - nur ist der boy ein deutscher Lehrer und das girl seine kurdische Schülerin. Eine angehende Soziologin versucht für ihre Diplomarbeit dahinterzukommen, was wirklich vorgefallen ist, und dabei gerät ihr das eigene Leben völlig aus der Bahn.

Roman
Geb., 296 Seiten, € 15,90
ISBN 978-3-936791-09-9

Das ist auch die Geschichte eines Kinos, das stirbt; die von Marlene Dietrich; die eines Killers, der bereut; die eines Ermittlers, der den Reuigen laufen lässt - Geschichten, die sich zu einem Stück deutscher Gegenwartsgeschichte zusammensetzen.

Gestaltung und Satz:
Grafikstudio Edition Köln / Heike Rittner

Druck und Bindung:
Graspo CZ a.s., Zlín, Tschechische Republik

ISBN 978-3-936791-57-0

Dieser Roman ist auch als eBook erhältlich:
ISBN 978-3-936791-59-4
€ 9,90
Abrufbar u.a. bei: www.libri.de
www.mobipocket.com

EDITION KÖLN
Mevissenstraße 16/2
50 668 Köln
www.peterfaecke.de